GOLDMANN

Buch

Glühender Haß sprüht aus Sara Bishops Augen, wenn sie an den Mann denkt, der sie als junges Mädchen wegen eines Stückchens Land heiratete. Nie bekam sie ihren Ehemann zu Gesicht, denn diesen zog es mehr an den Hof Königin Elizabeths als in ihr Ehebett. Verspottet von ihrer ganzen Familie, reist Sara inkognito an den Hof, besessen von nur einem Gedanken: sich ganz bitterlich an diesem Schuft zu rächen, ihn zum Geliebten und zum Sklaven ihres Herzens zu machen. Unter dem Namen Sabre zieht sie schon bald den gesamten Hof in ihren Bann, und innerhalb kürzester Zeit schockiert sie dort die vornehme Gesellschaft mit ihrem unverfrorenen Temperament. Besonders Kapitän Shane Hawkhurst, berüchtigt als gerissener Herzensbrecher, kann sich Sabres wilder Schönheit nicht entziehen. Er verliert Herz und Verstand und ist bereit, dieser Frau bis ans Ende der Welt zu folgen. Voller Raffinesse knüpft Sabre das Netz um ihren Verehrer immer enger und enger, doch sie bedenkt dabei nicht, daß auch ihr Herz in Gefahr gerät …

Autorin

Virginia Henley ist die Autorin mehrerer erfolgreicher Liebesromane. Für ihr schriftstellerisches Werk wurde sie bereits mehrfach preisgekrönt. Sie lebt in Kanada und Florida.

Bei Goldmann liegen von Virginia Henley bereits vor:

Namenlose Versuchung. Roman (42937)
Trügerische Herzen. Roman (42938)
Der Rabe und die Rose. Roman (42996)

Virginia Henley

DER FALKE UND DIE TAUBE

Roman

Aus dem Amerikanischen
von Uta Hege

GOLDMANN VERLAG

Originaltitel: The Hawk and the Dove
Originalverlag:
Dell Publishing, a division of Bantam Doubleday
Dell Publishing Group, Inc., New York

Umwelthinweis:
Alle bedruckten Materialien dieses Taschenbuches
sind chlorfrei und umweltschonend.
Das Papier enthält Recyclinganteile.

Der Goldmann Verlag
ist ein Unternehmen der Verlagsgruppe Bertelsmann

Deutsche Erstveröffentlichung März 1996

Umschlaggestaltung: Design Team München
Umschlagillustration: Schlück/Pellegrino
Satz: deutsch-türkischer fotosatz, Berlin
Druck: Elsnerdruck, Berlin
Verlagsnummer: 42995
Lektorat: Silvia Kuttny
Redaktion: Antje Hohenstein
Herstellung: Heidrun Nawrot
Made in Gemany
ISBN 3-442-42995-1

1 3 5 7 9 10 8 6 4 2

Dieses Buch ist zwei Frauen gewidmet,
die sich in ihrem Metier wirklich auskennen:
meiner Verlegerin Maggie Lichota,
der Besten in diesem Geschäft,
und Kathe Robin –
die ihre grenzenlose Macht niemals mißbraucht.

1. Kapitel

Cheltenham, 1586

Der Frühling hatte noch nicht begonnen. Von den Bäumen am Fluß hingen Eiszapfen herab, und der Atem der Pferde gefror in frostigen Wolken, als die beiden jungen Reiter vergnügt die letzten hundert Meter bis zu den Stallungen in gestrecktem Galopp zurücklegten.

Drinnen wurden sie in wohlige Wärme gehüllt, und der Duft von Pferden, Leder und Heu stieg in ihre Nase. Der junge, blonde Mann nahm die Hände der strahlendschönen Frau und zog sie an sich. Wenn er nicht dem Wahnsinn anheimfallen wollte, mußte er sie kosten. »Sara«, stöhnte er, ehe er ihre Lippen mit einem Kuß bedeckte, den sie beide seit Wochen sehnsüchtig erwartet hatten.

Nun, da sie endlich miteinander verschmolzen waren, fehlte ihnen die Kraft, sich wieder voneinander zu lösen. Sie hatte ihre Arme liebevoll um seinen Hals geschlungen, und seine Hände streichelten ihren Rücken, ehe sie langsam und vorsichtig ihre Brüste umfaßten. Leise stöhnend sank er ins Heu und zog seine schöne Peinigerin mit sich herab.

Sara wäre der Versuchung beinahe erlegen. Nie zuvor hatte sie derartige Gefühle erfahren. Es war, als wollte ihr Leib in dem herrlichen Verlangen vergehen, das sich heimlich eingeschlichen hatte. »Andrew, nein, das können wir nicht tun.«

»Bitte, Sara, bitte. Ich werde so bald wie möglich um deine Hand anhalten.« Als sie protestieren wollte, bedeckte er ihren Mund erneut mit seinen Lippen, während er anfing, die Knöpfe ihres Reitkleides zu öffnen. Er hatte bereits den vierten Knopf erreicht, als sie endlich die Kraft fand, sich von ihm zu lösen.

Es war nicht so, daß sie ihm nicht glaubte. Sie wußte, daß er zu seinem Wort stehen und um ihre Hand anhalten würde. Aber das hatten bereits andere getan, und dabei war nie etwas herausgekommen. Sie nahm seine Hände und sah ihn liebevoll an. »Du hast mich noch gar nicht gefragt, was ich davon halte!«

»Sara, mein Liebling, willst du mich heiraten?«

Die Worte klangen ihr noch in den Ohren, doch dann verschwand die Erinnerung an diese Szene wieder, und sie starrte aus dem Fenster, ohne etwas zu sehen. Sie zwang die ungeweinten, unerwünschten Tränen zurück, ehe jemand sie sah. Eher würde sie sterben!

Hexen! dachte Sara Bishop und konnte sich kaum noch beherrschen. Sie biß die Zähne zusammen und musterte ihre vier Halbschwestern, die in dem behaglichen Wohnraum zusammengekommen waren. Die beiden ältesten, aus der ersten Ehe ihrer Mutter, waren dunkle, geschmeidige Geschöpfe, die aufgrund ihrer sicheren Position als Erstgeborene eine widerliche Selbstgefälligkeit zur Schau trugen. Die beiden jüngeren entstammten der dritten und jetzigen Ehe der Mutter; sie waren hübsche, blonde Bälger, verwöhnt und selbstsüchtig bis ins Mark.

Sie alle hatten sich versammelt, um die Einzelheiten der bevorstehenden Hochzeit zu besprechen – Gästelisten zu erstellen, die Einladungen zu formulieren und die Stoffe für ihre Kleider auszusuchen. Ihre Mutter, Mary Bishop, hatte sich bereits mit Kopfweh zurückgezogen; sie hatte noch nie mit allen ihren Töchtern fertig werden können, wenn sie alle zusammen waren.

»Das Ganze ist eine Verschwörung!« tobte Sara, und ihre kupferfarbene Mähne flog um ihre Schultern. »Verdammt, ihr wißt ganz genau, daß ich in einem rosafarbenen Kleid furchtbar aussehe, und genau darum wählt ihr immer genau diese Farbe aus.«

»Sabre Wilde, hör sofort auf zu fluchen«, zischte Jane, die mit ihren zweiundzwanzig Jahren die Älteste war.

»Wag es ja nicht, mich noch einmal Sabre Wilde zu nennen! Ihr vier würdet es glatt schaffen, eine Heilige zum Fluchen zu bringen«, schrie Sara aufgebracht.

»Eine Heilige?« Sie bogen sich vor Lachen.

»Eine Heilige?« wiederholte Jane. »Du bist ja wohl eher eine Ausgeburt des Teufels als eine Heilige, Sabre Wilde.« Sie betonte den Namen noch. »Nicht mehr das Baby Sabbel, wie wir dich genannt haben, sonder Säbel, Sabre, das paßt besser zu dir. Und Wilde, der Name deines Vaters, hat schon den richtigen Klang!«

»Schließlich hast du dir diesen Spitznamen selbst zuzuschreiben«, grinste die Jüngste, Ann. »Jane, ist es wahr, daß sie nach dem Tod ihres Vaters seinen Säbel wochenlang mit sich herumgeschleppt und sogar mit ins Bett genommen hat?«

»Es ist wahr, und das, obwohl sie erst vier Jahre alt war. Sie hatte ein solch aufbrausendes Temperament, daß sie den ganzen Haushalt in Atem hielt, die arme Mama in Angst und Schrecken versetzte und sogar versuchte, die Bediensteten mit dem Säbel zu verletzen.«

»Wenn du nicht sofort den Mund hältst, gehe ich und hole den verdammten Säbel runter!« drohte Sara.

»Wenn du noch einmal fluchst, erzähle ich es Vater«, konterte Jane und stand von dem Schreibtisch auf, auf dem die Listen lagen.

Sara hatte das Gefühl zu ersticken. Es war ein ungewöhnlich stickiger, drückender Frühlingstag, ihre Wangen brannten vor Zorn und sie versuchte, tief einzuatmen, um sich zu beruhigen. Ihre ältere Schwester Margaret starrte neidisch auf ihre runden, festen Brüste, die vor Erregung bebten, und stellte dann boshaft fest: »Sabre hat eine so schreiende Haarfarbe, daß sie in jedem Kleid furchtbar aussieht. Wir wissen doch alle, daß sie nicht wegen der Farbe ihres Kleides wütend ist, sondern deshalb, weil jemand um die Hand der süßen, kleinen Beth angehalten hat und nicht um ihre.«

»Es ist einfach nicht fair!« schrie Sara. »Andrew sollte mein Ehemann werden. Nachdem ihr beide, Jane und du, nun verheiratet seid, war die Reihe an mir. Ich bin schließlich schon fast zwanzig, und Beth ist gerade mal fünfzehn.«

Die Schwestern fanden diese Feststellung wirklich amüsant. »Du lebst in einer Traumwelt, Sabre Wilde. Du wirst niemals einen Ehemann finden. Dein irischer Vater hat dich ohne jede Mitgift zurückgelassen, und oberdrein weiß alle Welt, daß du eine Exzentrikerin bist«, sagte Jane.

Reverend Bishop öffnete die Tür seines Arbeitszimmers, wo er eine beißende Predigt für den kommenden Sonntag hatte verfassen wollen. Das Mädchen machte schon wieder Schwierigkeiten. Sie war das einzig Störende an seiner ansonsten perfekten Ehe. Sein großer Schatten fiel im selben Augenblick durch die Tür, als Sara schrie: »Mein irischer Vater war der einzige, den meine Mutter aus Liebe geheiratet hat! Ihren ersten Mann hat sie nur seines Geldes wegen genommen und den dritten nur wegen seines Ansehens. Ihr seid nichts weiter als vier eifersüchtige Hexen!«

Der Vater ihrer beiden jüngsten Schwestern sagte nur zwei Worte. »Entschuldige dich!«

Sara fuhr ängstlich herum, doch dann richtete sie sich entschlossen auf und murmelte: »Es tut mir leid ... Es tut mir leid, daß sie vier eifersüchtige Hexen sind.«

Sein Mund, den er zu einer schmalen Linie zusammenpreßte, verriet Grausamkeit, als er, ohne zu zögern, den nächsten Befehl erteilte: »Packt sie, und legt sie über den Tisch.«

Eine derartig erniedrigende Behandlung machte Sara fuchsteufelswild, und sie hätte ihre beiden älteren Schwestern erfolgreich abwehren können, wenn der Reverend sie nicht am Nacken gepackt hätte, während er nach seinem Stock griff. Ihre Schwestern hielten sie fest, während sie die Prügel bekam, die sie niemals zu ertragen hatten. Der dünne Baumwollstoff von Saras Kleid und Unterrock bot kaum Schutz gegen den beißenden Schmerz der kraftvoll geschwungenen Rute. Sie spürte, wie ihr das Blut in die Wangen schoß, aber sie wollte verdammt sein, falls sie ihnen je die Befriedigung gab, in Ohnmacht zu fallen.

»Geh auf dein Zimmer«, befahl der Reverend schließlich, und als Sara die Treppe hinaufging, hörte sie noch, wie er feststellte: »Sie hat den Teufel im Leib.« Diese Worte waren der Tropfen, der bei ihr das Faß zum Überlaufen brachte. Eines Tages würde sie es ihnen allen heimzahlen. Das schwor sie sich.

Oben angekommen, knallte sie ihre Zimmertür zu, öffnete

das Fenster, kletterte den riesigen Weißdornbaum hinunter und rannte zum Stall. Sie schnappte sich Zaumzeug, schwang sich auf Sabbat, ohne ihn erst zu satteln, beugte sich dann tief über den Hals des Tieres und galoppierte hinüber in die Cotswolds. Normalerweise freute sie sich über den Anblick der blühenden Bäume und der fröhlich herumspringenden Frühlingslämmer, aber heute wurde ihr die Sicht auf die Schönheiten der Umgebung durch Tränen verschleiert.

Sie ritt geradewegs durch den Wald an das Ufer eines kleinen, versteckten Sees. Dort glitt sie vom Rücken des Pferdes, führte es an eine Stelle, wo es das süße, grüne Gras rupfen konnte und strich ihm liebevoll über die Nüstern. Ihr Stiefvater hatte sich gefreut, als sie das Fohlen nach dem religiösen Ruhetag Sabbat benannt hatte. Ihre Lippen verzogen sich zu einem heimlichen Lächeln. Er würde außer sich geraten, wenn er erfuhr, daß das Tier eigentlich Black Sabbath, Schwarzer Sabbat, hieß.

Als sie sich an das Ufer des Sees kniete und sich über das Wasser beugte, erblickte sie ihr Spiegelbild. »Ich bin nicht häßlich«, stellte sie trotzig fest, doch bei dem Gedanken an die Schönheit ihrer Halbschwestern seufzte sie.

In Wirklichkeit war sie wesentlich schöner als die vier anderen, aber die Jahre der Geringschätzung hatten an ihrem Selbstbewußtsein genagt. Ihre Schwestern waren attraktiv, aber verglichen mit ihnen sah sie einfach hinreißend aus. Ihr Haar hatte die Farbe weicher Flammen, ihr Mund war sinnlich und voll, und ihre grünen Augen wurden noch durch dunkle Brauen und lange, ebenso dunkle Wimpern betont. Außerdem hatte sie auf dem linken Wangenknochen einen winzigen Schönheitsfleck. Zögernd legte sie ihren Finger auf das kleine schwarze Muttermal, das ihre Familie als Teufelsmal bezeichnete, und einem uralten Impuls folgend, legte sie eilig ihre Kleider ab und glitt splitternackt in das kühle, lindernde Wasser des Sees.

Sie lächelte, als zwei Enten eilig in den Schutz des Schilfs paddelten, und während sich ihr Körper und ihr Zorn abkühlten, fiel ihr Blick auf die schillernden Farben der Libellen. Vielleicht hatte sie ja wirklich den Teufel im Leib! Hatte sie denn nicht einen Brief an Lady Katherine Ashford gefälscht? Kate war die Schwester des ersten Ehemannes ihrer Mutter und lebte am Hof der Königin. Sie hatte vor zehn Jahren Lord Ashford geheiratet und führte inzwischen den hochtrabenden Titel der Ersten Königlichen Kammerfrau. Sie bewegte sich in den allerfeinsten Kreisen! Sara hatte den Brief so formuliert, als wäre ihre Mutter die Absenderin des Briefes und hatte geschrieben, sie habe fünf liebreizende Töchter und erbitte für eine von ihnen eine Stellung am Hof, wie gering sie auch sein möge. Sie hatte ausführlich beschrieben, wie schwierig es sei, für alle fünf passende Ehemänner zu finden, und hatte angemerkt, daß sich an Elizabeths Hof mit mindestens sechzehnhundert Gentlemen doch bestimmt wenigstens für eins der süßen, wohlerzogenen Mädchen ein Ehemann finden lasse.

Es war über zwei Monate her, daß Sara den Brief abgeschickt hatte, und sie mußte aufpassen, wenn sie das Antwortschreiben von Lady Ashford abfangen wollte.

Sie gab sich wieder wunderbaren Phantasien hin, während sie nun durch das Wasser glitt. Sie sah sich bereits in einem blaßgrünen Ballkleid, wie sie mit einem juwelenbesetzten Fächer einem Gentleman zuwedelte, der außer sich war vor Begeisterung. Sie sah einen Saal, der im Licht von tausend Kerzen erstrahlte, und sich selbst am Arm des Mannes auf das Tanzparkett schweben.

Plötzlich ertönte ein Schuß, und sie schrie erschreckt auf, als eine der armen Enten wie ein Stein ins Wasser fiel. Der Schütze hörte ihren Schrei und kam ans Ufer gerannt. Es war Margarets Ehemann John.

»Aber! Um Himmels willen, du bist ja nackt!« Er leckte sich die Lippen und merkte, wie sehr ihn der Anblick seiner reizenden Schwägerin erregte.

»Verschwinde!« fluchte sie.

Sein Retriever schwamm zu der toten Ente hinüber, aber John hatte nur Augen für die Nymphe, die da vor ihm im Wasser trieb. Er war ein gutaussehender junger Mann, und er lächelte, als er sich der kompromittierenden Situation bewußt wurde, in der seine Beute sich befand. »Es gibt nur eine Möglichkeit, meine Lippen zu versiegeln, meine Süße.«

»Geh nach Hause zu deiner Frau!« erwiderte sie kalt.

»Du hättest meine Frau sein sollen, Sabre. Schließlich habe ich zuerst um deine Hand angehalten.«

»Unsinn! Sobald du wußtest, daß ich keine Mitgift habe, hast du dir Margaret geangelt; sie war ja wohl reich genug.«

»Das haben unsere Eltern arrangiert; ich hatte in der Angelegenheit kaum etwas zu melden. Sei nett zu mir, Sabre, du weißt, daß du mir das Herz gebrochen hast.«

»Am liebsten würde ich dir auch noch den Schädel einschlagen, du widerlicher Lüstling!« bellte sie.

»Also gut, dann komme ich eben zu dir.« Er grinste boshaft und beugte sich vor, um seine Stiefel auszuziehen.

Obgleich ihr die Angst fast die Kehle zuschnürte, ließ sie sich nichts anmerken. »John Thatcher, meine Lippen werden bestimmt nicht versiegelt sein, wenn du auch nur einen Schritt weiter in meine Richtung machst!«

Er zögerte nur eine Sekunde. »Du würdest es ja doch nicht wagen, dem ehrenwerten Reverend zu gestehen, daß du nackt im Wald herumspringst.«

»Was soll er mir schon tun? Mich verprügeln? Das hat er heute schon getan«, entgegnete sie tapfer.

John zog sich weiter aus und sprang in den See. Sabre verschwand unter der Wasseroberfläche und tauchte erst ungefähr zehn Meter weiter am grasbewachsenen Ufer wieder auf. Dort stieg sie eilig in ihre Kleider und war bereits auf ihrem Pferd, als er sie endlich entdeckte.

»Sabre, Hilfe! Meine Beine haben sich in den Schlingpflanzen verfangen«, rief er, und sie hörte, daß er ehrlich böse war.

Lachend trieb sie Sabbat an. »Ich hoffe, es gelingt dir niemals, dich zu befreien!«

Nach drei Tagen schöpfte sie Hoffnung, mit dieser Eskapade davongekommen zu sein. Niemand hatte ihren Ausflug zum See erwähnt, und auch der Zorn Gottes hatte sich nicht über sie gesenkt. Ihre Mutter und Beth fuhren nach Gloucester, um dort Bettwäsche auszusuchen, und die zahlreichen Tanten und Onkel und Cousins und Cousinen, die die drei Ehen ihrer Mutter ihnen verschafft hatten, zur Hochzeit einzuladen. Sara nutzte die Gelegenheit und schloß sich ihnen an, um die Post für die Kirche und die Priorei abzuholen.

Die Post aus London wurde im Swan Inn abgegeben. Sara sah eilig die an die Pfarrei und an die Kirche adressierten Papiere durch, und ihr Herz machte einen Satz, als sie die lang ersehnte Antwort von Lady Katherine Ashford entdeckte. Sie schob den Brief in den Ausschnitt ihres Kleides, wo er ihr fast die Brust versengte. Dann nahm sie die restliche Post mit zur Kutsche und händigte sie ihrer Mutter aus.

Sara war so froh, daß selbst der gefürchtete Besuch bei den Cousinen seinen Schrecken verlor. Sie verschloß einfach die Ohren vor dem unablässigen Geplapper der anderen, und ihre Gedanken wurden erst von dem Brief abgelenkt, als eine ihrer Cousinen sich direkt an sie wandte: »Das dunkelrote Kleid paßt wirklich nicht zu deiner komischen Haarfarbe, Sabre. Margaret hätte es dir wirklich nicht vererben sollen, ihr stand es viel besser.« Beth und sämtliche Cousinen kicherten.

Sara antwortete zuckersüß: »Aber findest du nicht auch, daß ich das Oberteil viel besser ausfülle?« und bedachte die flachen Brüste der anderen Mädchen mit einem mitleidigen Blick.

Eine Boshaftigkeit folgte auf die andre, und schließlich stellte eine der Cousinen fest: »Du mußt sehr enttäuscht sein, daß Beth bald heiratet. Bestimmt wird auch Ann bald einen passenden Kandidaten finden, und du wirst dann als alte Jungfer übrig sein.«

Himmel, wie sie sie alle haßte. Sie errötete, doch gleichzeitig reckte sie trotzig das Kinn. »O nein, ich bin bestimmt nicht enttäuscht. Schließlich werde ich selbst wahrscheinlich schon bald an den Hof nach London gehen.« Sobald die Worte heraus waren, hätte sie sich am liebsten selbst eine Ohrfeige verpaßt. Obwohl ihr Mundwerk sie schon so oft in Schwierigkeiten gebracht hatte, gelang es ihr einfach nie, ihre Zunge im Zaum zu halten.

Beth lachte. »Sabre, du lügst.«

Ihre Cousine, die fürchtete, es könnte sich ein Körnchen Wahrheit hinter Sabres Worten verbergen, stimmte ihr zu: »Ich fürchte, Sabre leidet an Größenwahn. Im Asyl in Gloucester sind viele Menschen eingesperrt, die an dieser Krankheit leiden.«

»Ach, bist du dort häufiger zu Besuch? Erstaunlich, daß sie dich noch nicht dort behalten haben«, stellte Sara boshaft fest.

»Hüte deine Zunge, Sabre Wilde«, drohte Beth. »Sonst sorge ich dafür, daß Daddy dir noch mal eine Tracht Prügel versetzt.«

»Eine Tracht Prügel?« fragte die Cousine atemlos.

»Wir haben sie auf dem Tisch festgehalten, und Daddy hat ihr mit seinem Stock den Hintern versohlt!«

Irgendwie glitt Sara ihre Teetasse aus der Hand, und deren Inhalt ruinierte nicht nur Beths teures, neues blaues Seidenkleid, sondern auch den Nachmittagbesuch. Ein Außenstehender hätte sicherlich geschworen, daß es ein Versehen war, aber die Anwesenden wußten es besser. Beth war in Tränen aufgelöst, murmelte erst unzusammenhängende Worte und kreischte dann hysterisch los, und Mrs. Bishop blieb nichts anderes übrig, als ihre beiden Töchter zu nehmen und unter einer Flut von Entschuldigungen eilig zu verschwinden.

In der Kutsche lehnte sich Mary Bishop in die Samtkissen und schloß die Augen. Sara hatte Schuldgefühle, weil sie wußte, daß ihre Mutter sehr zart besaitet war, aber Beth führte sich immer noch wie eine Wilde auf. Also bedachte sie die Kleine mit einem durchdringenden Blick: »Wenn du nicht auf der Stelle die Klappe hältst, stopfe ich dir das Maul.« Beth verstummte, denn ohne die Unterstützung ihrer Schwestern war sie ohne jeden Schneid.

Als die Kutsche die Pfarrei in Cheltenham erreichte, scheuchte Mrs. Bishop Beth ins Haus, damit sie das blaue Seidenkleid reinigte, und Sara ging in den Stall. Als niemand sie sah, zog sie den wertvollen Brief aus dem Bustier.

Die blumige Einleitung und den allgemeinen Klatsch und Tratsch überflog sie hastig, doch dann fand sie es: *Als Kammerfrau Ihrer Majestät brauche ich tatsächlich viele Helferinnen, und es wird mir ein Vergnügen sein, eine deiner liebreizenden Töchter unter meine Fittiche zu nehmen, solltest du entscheiden, sie an den Hof zu schicken. Ich weiß, daß du diese großartige Gelegenheit, die ich dir biete, zu schätzen wissen wirst und ich versichere dir, daß eine Dame von Rang, die ein gutes Benehmen aufzuweisen hat, hier am Hof zahlreiche Heiratsanträge erhalten kann, die sie andernfalls nicht bekäme. Wir leben in Greenwich, bis die heißen Sommermonate London zu einem ungesunden Ort machen. Da wir also in Bälde umsiedeln werden, muß ich darauf drängen, daß du deine Tochter sofort auf die Reise schickst. Sei versichert, daß mir jedes deiner Kinder von Herzen willkommen ist. Das einzige, worum ich dich bitte, liebste Mary, ist, daß du mir nicht den kleinen Rotschopf mit dem ungestümen Temperament auflädst. Ich brauche ein Mädchen, das sowohl zugänglich als auch anpassungsfähig ist, und wir beide wissen, daß die »Wilde« keine dieser Eigenschaften besitzt.*

Sara ließ den Brief sinken und begann lautlos zu weinen; all ihre schönen Träume hatten sich in Rauch aufgelöst. Es dauerte fast eine Stunde, bis sie sich ihrer Umgebung langsam wieder bewußt wurde. Der Geruch von Leder und Pferden drang ihr in die Nase, und langsam erwachte sie aus ihrer Lethargie. Sie seufzte tief, als sie ein letztes Mal daran dachte, was hätte sein können, und dann kehrte sie langsam ins Haus zurück.

Als sie am Arbeitszimmer ihres Stiefvaters vorbeiging, drang seine kalte Stimme an ihr Ohr. »Komm herein!« Sie öffnete die Tür und sah ihn an. Sofort ahnte sie, daß die dreitägige Gnadenfrist vorüber war. Er wußte, daß sie nackt im See gebadet hatte. Sie stand reglos vor ihm, ließ seine endlose Strafpredigt über sich ergehen und sehnte sich nur danach, bestraft zu werden und es hinter sich zu haben. Sie war eine Schande für die Familie. Ihr Benehmen war liederlich, bösartig, exzentrisch. Sie war ein Instrument des Teufels. Ihr wildes irisches Blut trieb sie um, und sie reagierte weder auf Züchtigungen noch auf Strafen; sie bedauerte ihr Verhalten nicht und zeigte auch nicht die geringste Reue. Sie hörte, wie er ein endloses Sündenregister herunterbetete und wartete auf sein Urteil. Als es kam, war es schlimmer als ein Schlag ins Gesicht. Er verkündete es mit ruhiger, unbewegter Stimme, aber es war entsetzlicher als jeder Hieb.

»Von nun an wirst du keinerlei Privilegien mehr genießen, angefangen mit dem Reiten. Um sicherzustellen, daß du dich meinen Anordnungen nicht widersetzt, habe ich dein Pferd bereits verkauft.«

»Nein«, flüsterte sie. »An wen habt Ihr es verkauft?«

»Schweig!«

Ihre hellgrünen Augen verengten sich zu schmalen Schlitzen. Sie deutete einen unverschämt winzigen Knicks an und zog sich so würdevoll zurück, wie ihr möglich war. Cheltenham war so klein, daß sie bald wissen würde, wo Sabbat war. Im Augenblick konnte sie nichts tun, aber eines Tages würde sie ihr Pferd zurückbekommen – das schwor sie sich. Bis dahin jedoch würde sie sich mit gelegentlichen Besuchen begnügen müssen, auch wenn das jedesmal einen Fußmarsch von drei Kilometern bedeutete.

Die Hochzeit von Beth stand kurz bevor. Jede Einzelheit des rauschenden Festes war mit derart liebevoller Aufmerksamkeit bedacht worden, daß Sara es einfach satt hatte und wünschte, es wäre endlich vorbei. Sie fürchtete sich bereits vor der Hochzeitszeremonie, während der ihr Stiefvater seine eigene Tochter trauen würde. Janes Ehemann würde Beth durch den Mittelgang der Kirche führen, in der all ihre Verwandten aus Gloucester und die Mitglieder der Gemeinde des Reverend in Cheltenham versammelt sein würden. Überall würden sich die Leute im Flüsterton darüber unterhalten, daß sie selbst noch nicht verheiratet war. Schließlich war die Reihe eigentlich an ihr, und Beth war fast fünf Jahre jünger als sie. Wenn im England der Tudorzeit ein Mädchen mit sechzehn noch nicht verheiratet war, galt es als alte Jungfer – unpassend, ungewollt, nicht vermittelbar.

Verdammt, ich würde ihnen gerne etwas zum Reden geben, dachte sie unglücklich. Sie saß im Obstgarten und entwarf zahllose Schlachtpläne, um sie jedoch alle genauso schnell wieder zu verwerfen.

Das rosafarbene Brautjungfernkleid, das sie so sehr haßte, hing bereits in ihrem Zimmer. Jedes Mal, wenn sie es ansah, überkam sie unendliche Traurigkeit. Nun gut, in zwei Tagen würde alles vorbei sein, außer daß sie dann drei Schwägern aus dem Weg gehen mußte statt wie bisher zweien. Denn auch dieser Bräutigam hatte sie bereits ein paarmal allein erwischt und versucht, ihr ein paar Küsse zu stehlen.

Als sie an der Waschküche vorbeiging, sah sie eine der Bediensteten, die sich über einen riesigen Waschzuber beugte. »Was machen Sie denn da, Mrs. Pringle?«

»Ach, meine Liebe, ich färbe die Soutanen der Chorknaben. Der Reverend legt großen Wert darauf, daß in der Kirche alles einen großartigen Eindruck macht. Die Soutanen sollen scharlachrot werden. Zu den weißen Chorhemden werden sie einfach prächtig aussehen!«

»Brauchen Sie vielleicht Hilfe, Mrs. Pringle?«

»Tja, nun, meine Liebe, du weißt ja, wie schnell mir der Rücken weh tut. Während ich die Soutanen im Obstgarten zum Trocknen aufhänge, könntest du vielleicht den Waschzuber ausleeren. Aber sei vorsichtig. Das Wasser muß erst abkühlen, sonst verbrühst du dich.«

Als Sara die scharlachrote, blubbernde Flüssigkeit sah, kam ihr eine Idee. Sollte sie es ehrlich wagen? Warum nicht? Die einzige Farbe, in der sie noch schlimmer aussah als in Rosa, war Scharlachrot! Eilig schmuggelte sie ihr rosafarbenes Kleid in die Waschküche.

Der Hochzeitstag brach an und niemand hatte Zeit, auch nur einen flüchtigen Gedanken auf Sara Bishop zu verschwenden. Sie wollte ihren Umhang bis zur letzten Minute anbehalten; dann wollte sie ihn mitten in der Kirche abwerfen und alle würde sehen, daß Saras alter Ego, Sabre Wilde, wieder mit ihr durchgegangen war.

Die Kirche war gerammelt voll. Ihre Mutter wurde zur vordersten Bank geführt, während der Bräutigam und der Reverend vor dem Altar warteten. Die vierzehnjährige Ann sollte die Prozession anführen und Rosenblüten streuen. Dann sollten, Hand in Hand, die hübschen, dunkelhaarigen Schwestern Margaret und Jane folgen und schließlich die Braut am Arm ihres Schwagers. Sara würde das Schlußlicht bilden und die Schleppe tragen.

Beth war viel zu sehr mit ihrem Brautkleid beschäftigt, als daß sie Sara beachtete, die in ihrer merkwürdigen Art darauf bestanden hatte, ihren Umhang erst im letzten Moment abzulegen. Die letzten Töne des Virginals verklangen, und die süßen Stimmen der Chorknaben erhoben sich wie Engelsflügel über die Anwesenden. Dann setzte sich die feierliche kleine Prozession in Bewegung, und die Gemeinde verfiel in erwartungsvolles Schweigen.

Plötzlich erklang ein Mißton vom Spinett, die Chorknaben vergaßen ihren Text, und sämtliche Hochzeitsgäste rangen nach Luft. Das Mädchen trug ein leuchtend rotes Kleid! Etwas Schockierenderes hatte man bei einer Trauung, in einer Kirche, an einem gottgeweihten Ort, noch nie gesehen!

Sara hatte ihre Rache bekommen. Sie hatte das selbstgefällige Getue bei der Hochzeit ihrer Halbschwester gestört und gleichzeitig das Sakrament des Reverend Bishop auf eine Farce reduziert. Nachdem der erste Schock überwunden war, konnten die Gäste ihr Lachen kaum noch unterdrücken. Noch monatelang würde man über diese Hochzeit sprechen! Diese Sabre war einfach ein rothaariger Teufel mit einem Hang zum Skandalösen, und niemand würde sie je bändigen!

2. Kapitel

Das prächtige Symbol auf dem Segel, ein Drache, war zu sehen, lange bevor das Schiff an jenem sonnigen Morgen im Mai im Hafen von Devonport vor Anker ging. Von der Kaimauer erhob sich ein Schrei: »Der Gott des Meeres! Der Gott des Meeres!« Die Kinder nahmen den Schrei auf und trugen ihn weiter, bis er in den gepflasterten Straßen widerhallte und auch der letzte Bewohner der Hafenstadt ihn vernommen hatte. Die Ladeninhaber traten gemeinsam mit ihren Kunden vor ihre Geschäfte, um das Schauspiel zu beobachten, das die Ankunft des geliebten Sohnes ihrer Stadt begleitete. Der Gott des Meeres war nicht der Name eines Schiffes, sondern seines Kapitäns.

Die Hawkhursts beherrschten die Hafenstadt Devonport in der Nähe von Plymouth bereits seit über hundert Jahren, aber erst die jetzige Königin hatte die Seefahrerfamilie mit einem Adelstitel bedacht. Bereits zu Anfang ihrer Regentschaft hatte sie Sebastian Hawkhurst in den Stand des Lord Devonport erhoben und ihn zum Gouverneur der Grafschaft Devon ernannt. Er fuhr schon lange nicht mehr zur See, aber seine Söhne trugen den ruhmvollen Namen Hawkhurst weiter, der in den Augen der Bevölkerung von Devonport inzwischen längst so berühmt war wie die Namen ihrer Rivalen Howard, Raleigh oder gar Drake.

Sein ältester Sohn, Kapitän Hawkhurst, war fast sechs Monate lang unterwegs gewesen und wußte noch nicht, daß es seinem Vater schlechtging. Auf der Kaimauer hatten sich zahlreiche Menschen eingefunden, die alle nach vorne drängten, um einen Blick auf die prachtvolle, nahezu legendäre Gestalt zu erhaschen. Die Frauen gerieten geradezu in Verzückung bei dem Gedanken, den gutaussehenden, kraftvollen Mann zu sehen, den die Königin selbst ihren Gott des Meeres genannt hatte. Sie waren ganz aus dem Häuschen angesichts der Prise, die er im Schlepptau hatte. Offensichtlich war es eine portugiesische oder spanische Galeone, und alle ergingen sich in Spekulationen über die Fracht, die gewiß aus Gold oder Silber oder zumindest aus Juwelen bestand. Falls jemand es gewagt hätte, Hawkhurst einen Freibeuter oder Piraten zu nennen, wäre er als Lügner angegriffen worden. Für sie war er der Kapitän eines Handelsschiffs, eines Kaperschiffs und ein Verteidiger von Englands Seewegen. Kein Wunder, daß Britannien die Meere beherrschte, wenn die Königin sich auf die Loyalität und die Stärke von Männern wie Hawkhurst verlassen konnte.

Er stand auf der Brücke des Vorderdecks und rief seinen Männern mit tiefer, männlicher Stimme seine Befehle zu. Hoch oben in der Takelage kletterten Matrosen herum und holten die Segel ein, und dann ließ das Schiff den Anker herab. Wieder einmal war es sicher von einer Fahrt zurückgekehrt. Die Menge am Kai brach in Jubelschreie aus, und die Zähne des Gottes des Meeres blitzten weiß in seinem dunklen Gesicht, als er die Hand dankend zum Gruß erhob. Er maß über sechs Fuß und hatte sicherlich die breitesten Schultern in ganz England. Er war sonnengebräunt, und sein langes schwarzes Haar war von der Sonne gebleicht, so daß es leuchtende Strähnen aufwies. Er trug es offen, und es erinnerte an eine Löwenmähne.

Die Menschen warteten geduldig, bis er ans Ufer kam. Die Matrosen trugen seine Kisten und Truhen zu dem großen Haus über den Klippen hinauf. Dann kamen seine beiden irischen Wolfshunde, die ihn auf jeder Reise begleiteten, und sein geliebter schwarzer Hengst Neptun. Früher oder später würde sein persönlicher Kammerdiener aus der Luke des unteren Decks treten – der mönchsgleiche »Baron«, der eine lange, dunkle Kutte trug und niemals sprach –, und nach ihm würde die kleine, puppengleiche Frau mit den schrägstehenden Mandelaugen auftauchen, die immer reich bestickte Seidenpantalons und eine geschlitzte Tunika trug. In den Geschichten, die man sich über ihre Herkunft und ihre Beziehung zum Gott des Meeres erzählte, war sie alles, von Konkubine bis hin zu seiner Sklavin.

Schließlich kam Hawkhurst persönlich an Land, um sich durch die Menge einen Weg zu seinem Haus zu bahnen. Als die Männer seinen Namen riefen, grüßte er sie, den wild winkenden Frauen warf er Küsse zu, und die Jungen, die ihm nachliefen und seinen festen Schritt imitierten, beglückte er mit Händen voller Münzen.

Die Frauen sahen ihm seufzend nach, aber in ihren Brüsten breitete sich freudige Erregung aus, denn gemeinsam mit dem Gott des Meeres waren seine Männer heimgekehrt – Ehemänner, Geliebte und Junggesellen, die sich alle nach der Gesellschaft einer freigiebigen Frau sehnten, die in dieser und den folgenden Nächten ihre Betten wärmen würde. Hawkhursts Männer waren etwas Besonderes – erfahrene Veteranen ohne jede Furcht, denn ihr Anführer war ein genialer Seefahrer und ein Meister der Täuschung. Er konzentrierte sich auf reich beladene spanische Schiffe und verfolgte sie mit unheiliger Leidenschaft. Hawkhursts Männer erhielten immer einen Teil der Prise und hatten somit die Taschen voller Geld.

Sämtliche Bediensteten von Devonport House eilten bei Hawkhursts Ankunft herbei und begrüßten ihn herzlich in seinem Heim. Seine Mutter Georgiana, die sein Kommen vom höchstgelegenen Fenster des Hauses aus beobachtet hatte, stürzte die Wendeltreppe herab und warf sich an seine breite Brust. Sie war eine dunkelhaarige Schönheit, deren Augen im tiefen Blau eines Sommerhimmels schimmerten, und kleidete sich stets mit größter Eleganz.

»Mein liebster Shane«, sagte sie. »Ich bin so froh, dich wieder zu Hause zu haben.« Sie war die einzige, die ihn bei seinem richtigen Namen nannte. Er unterschrieb immer nur mit S. Hawkhurst, und da sein Vater Sebastian hieß, nahmen die meisten Leute an, der Sohn hieße ebenfalls so.

Mutter und Sohn standen einander so nahe, daß er sofort bemerkte, wie erregt sie war.

»Was ist los?« fragte er und legte schützend seinen Arm um sie.

»Dein Vater war sehr krank, Shane.« Doch sie beeilte sich, den

Sohn zu beruhigen. »Es geht ihm inzwischen wieder etwas besser, aber« – sie hielt inne, um sich zu fassen – »er ist einseitig gelähmt.«

»Wird er sich wieder erholen? Was sagt der Arzt?«

»Es gibt nur wenig Hoffnung. Ich habe sogar einen Arzt aus London kommen lassen. Er meinte, dein Vater hätte einen Schlaganfall erlitten, und falls er einen weiteren bekäme, wäre das sein Tod.«

»Ich gehe sofort zu ihm«, sagte Shane. Er war bereits auf halbem Weg die Treppe hinauf, als sie ihm leise nachrief: »Er darf sich nicht aufregen, aber er hat deiner Rückkehr geradezu entgegengefiebert. Streite nicht mit ihm, und trinkt keinen starken Alkohol!«

»Hawk, mein Junge! Himmel, ich hasse es, daß du mich in diesem erbärmlichen Zustand sehen mußt.«

Shane Hawkhurst war vom Aussehen seines Vaters erschüttert. Er war immer so stark gewesen und hatte nur, wenn es um Georgiana ging, jemals so etwas wie Sanftmut gezeigt. Er sprach sehr undeutlich, da ein Mundwinkel schlaff hinunterhing. Nur seine Augen blitzten so hell wie eh und je.

»So, hast du der spanischen Flotte wieder einmal ein Schiff abgejagt. Ha!«

Er spürte, daß sein Vater nicht über sich selbst und seine Krankheit sprechen wollte. Er beschloß, ihm Zeit zu lassen, die richtigen Worte zu finden und die Entscheidungen zu treffen, die erforderlich waren, um die Hawkhurstsche Dynastie problemlos aus den Händen des Älteren in die Hände des Jüngeren zu übergeben.

»Was für eine Fracht hatten sie an Bord?« fragte Sebastian.

Shane grinste. »Silber aus Peru und Mexiko.«

»Himmel!« Der alte Mann war ehrlich beeindruckt. »Dafür wird dich Elizabeth zum Ritter schlagen.«

Shane hob eine Braue. »Vielleicht gebe ich ihr ein Viertel der Prise ab ... *Vielleicht.* Aber Bess ist einfach zu habgierig. Und zu geizig, wenn es um die Verleihung irgendwelcher Ehrentitel geht.

Ich habe immer noch keinen offiziellen Kaperbrief, um für England zu fahren, aber, bei Gott, dieses Mal werde ich ihn bekommen, und wenn ich dafür mit ihr ins Bett gehen muß!«

Nichts von dem, was in diesen vier Wänden gesprochen wurde, würde je nach außen dringen, aber dennoch sah Sebastian ihn warnend an. »Sei vorsichtig. Vielleicht haben ihre Spione ihr bereits berichtet, daß du eine Prise gemacht hast.«

Der junge Hawkhurst grinste. Er hatte Gefahren noch nie ignoriert, im Gegenteil, sie reizten ihn. »Das bezweifle ich nicht, aber ich habe noch genug Fracht in den Höhlen unter den Klippen und an anderen Orten versteckt, um die Prise mit spanischem Leder, Wein und Kunstgegenständen zu füllen. Vielleicht bin ich sogar so großzügig und schenke die Galeone der Flotte statt sie für mich zu behalten.«

Der ältere Mann war sichtlich ermattet, dennoch runzelte er besorgt die Stirn. Bei was für gefährlichen Intrigen mochte sein Sohn die Hand im Spiel haben, von denen er nicht das geringste ahnte? Aber er wollte es gar nicht wissen – der Schock hätte ihn wahrscheinlich bereits vor langer Zeit ins Grab gebracht, sagte er sich voller Selbstironie.

Hawk bemerkte die Erregung seines Vaters. »Ich lasse dich erst einmal etwas schlafen«, sagte er und stand auf.

Sein Vater hob die Hand. »Morgen werden wir uns ausführlich über wichtigere Dinge unterhalten. Bevor der junge Matthew aus London zurückkommt.«

Auf einmal runzelte Hawk besorgt die Stirn.

»Frag doch bitte deine Mutter, ob sie sich einen Augenblick von dir losreißen kann, um einem alten Mann ihr wertvolles Lächeln zu schenken.« Sein Grinsen glich eher einer Grimasse. »Was soll ich nur tun? Ich bete diese Frau nun einmal an.«

Der Ostflügel von Devonport House war Shanes Privatbereich. Es gab dort einen eigenen Vorder- und Hintereingang, so daß seine Männer und seine Bediensteten das Haupthaus niemals betreten mußten. Jetzt begab er sich in diesen Trakt, wo ihn bereits ein heißes Bad und frische Kleider erwarteten – Reitkleidung, damit er Neptune in der vertrauten Umgebung bewegen konnte, die ihnen beiden so am Herzen lag, sowie elegante Kleider für das Willkommensessen mit der Frau Mama.

Wie gewöhnlich hatte der Baron stumm und beflissen alles Erforderliche getan. Neptune war ruhelos, als spüre er, daß er seine muskulösen Beine bald auf dem weichen Gras der Devonschen Felder bewegen sollte. Hawk tätschelte seinen Hals und beruhigte ihn mit seiner tiefen Stimme, während er ihn sattelte und aus den Stallungen führte. »Morgen werde ich dich zu den Stuten lassen«, versprach er dem Tier.

Er ließ dem Hengst freien Lauf und gab sich dem Gefühl grenzenloser Freiheit hin. Sie waren beide viel zu lange eingesperrt gewesen, und nun setzten sie ihre aufgestaute Energie und Vitalität in der friedvollen Landschaft frei. Pferd und Reiter folgten einem vorgegebenen Weg, bis sie nach sieben Meilen sanfter Wiesen und rosenbewachsener Hecken schließlich das anheimelnde Gasthaus erreichten, in dem Hawk in den vergangenen Jahren so manch vergnüglichen Aufenthalt genossen hatte.

Das hübsche Schankmädel schrie vor Freude auf, als sie ihn sah, und ihr Mund verzog sich zu einem Lächeln, das sie selbst dann nicht hätte verbergen können, wenn sie es wirklich gewollt hätte.

»Willkommen zu Hause, M'lord.« Sie machte einen tiefen Knicks und eilte davon, um ihm einen Krug starken Apfelwein einzuschenken. Sein gebräunter Arm legte sich vertraulich um ihre üppige Figur, obgleich er nicht einmal mehr wußte, wie sie hieß. Ihr Devonscher Dialekt erfreute ihn. Sie war ein dralles Mädchen vom Land, das in seinem Leben noch nie verwöhnt worden war, aber sie besaß sämtliche weiblichen Instinkte einer Londoner Kurtisane. Sie beugte sich tief über den Tisch, so daß ihre üppigen Brüste deutlich zu sehen waren, und rieb mit ihren rauhen Fingern über den Samtärmel seines Reitkostüms. »Habt Ihr's etwa eilig, wieder wegzukommen, M'lord?« fragte sie atemlos.

Er schüttelte lachend den Kopf und sah, daß sie vor Freude errötete. Er war der schönste Mann, den sie je gesehen hatte, und sie konnte ihr Glück nicht fassen, daß er hin und wieder zu ihr kam. Sie hielt den Atem an, als sie an das Vergnügen dachte, das sie erwartete, wenn sie oben mit ihm im Federbett liegen und seinen herrlichen Körper in seiner nackten Perfektion bewundern würde. Allein der Gedanke reichte, daß sie wohlig erschauderte. Sie nahm seinen leeren Krug und stellte verwegen fest: »Ich mache ihn nur noch mal voll, und dann könnt Ihr den Gefallen oben erwidern.«

Er lachte laut, und dann fiel ihm auch ihr Name wieder ein. »Mit Vergnügen, Polly.«

Das Mädchen sah ihn einen Augenblick ernst an, ehe es leidenschaftlich rief: »Niemand füllt mich so an wie Ihr, M'lord.«

Er jagte sie die Treppe hinauf, kitzelte ihre Knöchel und schob seine Hände unter ihren Rock, während sie vor ihm die Stufen hoch hastete. Er wußte, daß ihn eine Stunde seligen Vergnügens erwartete, in der sie miteinander lachen und gemeinsam in dem Federbett herumrollen würden. Ah, es ging doch nichts über die unkomplizierte Begeisterung eines süßen Mädels vom Land.

Das Speisezimmer in Devonport House raubte ihm immer wieder den Atem. Von der Decke hing ein vergoldeter Kronleuchter herab, in dem hundert Kerzen brannten. Der Rosenholztisch und die Stühle hatten fein geschwungene Beine und Kissen mit aprikosen- und zitronenfarbenem Bezug. Die Sideboards waren mit venezianischem Kristall und schwerem Silber gefüllt und die Wände mit geschmackvollen Gemälden verziert. Georgianas sichere Hand war in jeder Einzelheit zu sehen, und die Einrichtung war so elegant wie die in ihrem Londoner Haus, obwohl man sich in einer der wildesten Gegenden des Landes befand.

Shane machte seiner Mutter ein Kompliment wegen des hervorragenden Essens, das er genossen hatte.

»Ich habe den Küchenchef von Hawkhurst Manor mitgebracht. Wir haben den Winter dort verbracht, weil es von dort nur vierzig Meilen bis London sind.« Sie schloß die Augen angesichts der Erinnerung, die für sie auch nach all den Jahren noch mit Hawkhurst Manor verbunden waren. Shane bemerkte ihre Erregung und wußte, an wen sie dachte, doch er sagte nichts. Schließlich hatte sie die Fassung wiedererlangt und fuhr fort. »Dein Vater war zweimal am Königshof, und dann hatte er zahlreiche geschäftliche Besprechungen auf Hawkhurst selbst. Ich weiß nicht, was in den letzten Wochen dort passiert ist, aber plötzlich reisten wir ab, und als wir hier ankamen, hatte er den Schlaganfall. Es schmerzt mich, seinen körperlichen Verfall mitanzusehen.«

»Ich gebe zu, daß mich sein Anblick ebenfalls erschüttert hat. Er scheint kaum noch Kraft zu haben«, sagte Shane ernst. »Aber sein Geist ist immer noch wach.«

»Gott sei Dank, wenigstens das.«

»Ich selbst habe auch noch geschäftlich in London zu tun. Meinst du, daß du allein zurechtkommen wirst, wenn ich Ende der Woche abreise?«

»Shane, mein Liebling, ich bin immer irgendwie allein zurechtgekommen.« Sie setzte ein trauriges Lächeln auf. »Ich war vielleicht nicht immer die perfekte Ehefrau, aber du weißt, daß ich ihn sehr gerne habe. Inzwischen sind wir fast neunundzwanzig Jahre verheiratet ... und ich habe solche Angst, daß wir unseren dreißigsten Hochzeitstag nicht mehr erleben.«

Er stand auf und schenkte ihnen beiden einen Brandy ein. Er wärmte den Schwenker zwischen seinen Händen und nippte dann langsam und genüßlich den herrlichen französischen Brandy, den er vor langer Zeit von einem Schiff gestohlen hatte.

»Ich werde Bess etwas von dem Brandy mitnehmen, wenn ich nächste Woche an den Hof fahre. Sie trinkt selbst nicht viel, aber sie freut sich immer, wenn sie anderen das Beste servieren kann.«

»Die Königin ist eine undankbare Person. Ich weiß nicht, warum du ihr überhaupt etwas mitnimmst.« Georgiana warf den Kopf in den Nacken.

Er nickte. »Gewieft und undankbar, das ist unsere Bess!«

»Vielleicht sollten alle Frauen so sein. Vielleicht liegen einem die Männer dann zu Füßen.«

Er lächelte. Alle schönen Frauen, die er kannte, haßten Elizabeth. Sie verstanden einfach nicht, was an dieser alternden, eitlen Frau so anziehend sein sollte, dabei war es doch so einfach – das größte Aphrodisiakum auf der Welt war nun einmal die Macht.

»Möchtest du, daß ich heute nacht bei ihm bleibe?« bot er an. Er sah die Angst, die seiner Mutter ins schöne Gesicht geschrieben war.

»Nein, ich werde bei ihm bleiben, bis er schläft, und dann werde ich in mein eigenes Zimmer gehen. Seit unserer Hochzeit habe ich immer die Tür zwischen unseren Räumen offen gelassen. Er weiß, daß ich da bin, falls er mich braucht.« Sie lächelte.

»Nun, du weißt, wenn du mich brauchst, bin ich ebenfalls da.«

Als Shane Hawkhurst das herrschaftliche Schlafzimmer im Ostflügel betrat, brannten dort sanfte Sandelholz-Kerzen, und aus einem Jadegefäß stiegen duftende Weihrauchwolken auf. Lak Sung Li trat auf ihn zu, um ihm sein Wams und das Hemd abzunehmen. Als er ihren Namen zum ersten Mal gehört hatte, hatte es in seinen Ohren wie »Larksong« – Lerchengesang – geklungen, und da ihm dieser Name gefiel, nannte er sie immer so.

Sie verbeugte sich so tief, daß ihr schimmerndes schwarzes Haar wie ein seidiger Wasserfall nach vorne fiel. »Möchte mein Herr etwas rauchen?« fragte sie sanft und zeigte auf die Wasserpfeife in der Ecke des Raums.

Er schüttelte den Kopf und fragte: »Warum nennst du mich nur immer ›Herr‹, Lerchengesang?«

»Es paßt«, stellte sie mit ihrer leisen, melodiösen Stimme fest. »Ich werde das Öl für Eure Massage holen«, fuhr sie dann fort, beugte sich über ein rotschwarz lackiertes Schränkchen und nahm eine Flasche parfümierten Öls und ein dickes Handtuch heraus. Sie nahm die Kissen von der langen, hölzernen Fensterbank und breitete statt dessen das Handtuch darauf aus – ein Ritual, das er schon häufig beobachtet hatte.

Er zog seine restlichen Kleider aus und streckte sich nackt auf der Holzbank aus. Lerchengesang kniete sich neben ihn, goß ein wenig Parfümöl in ihre Hand und begann mit der langsamen, geschmeidigen, rhythmischen Massage, die sie bereits als Kind gelernt hatte. Er spürte, daß die Anspannung aus seinen harten Muskeln wich, und während er sich dem sinnlichen Vergnügen ihrer dienenden Hände hingab, wanderten seine Gedanken zu all den Menschen, die er in London treffen mußte. Ein paar der Treffen waren rein geschäftlicher Natur. Sein Anwalt versuchte herauszubekommen, wem die Ländereien in Irland gehörten, die er kaufen wollte. Bei den Treffen mit der Königin und einigen ihrer Höflinge ging es um Geschäfte, aber auch das Vergnügen kam nicht zu kurz. Und dann gab es noch ein paar heimliche Verabredungen, die hoffentlich zustande kommen konnten, ehe er hierher zurückkehren mußte, wo er sicher bald gebraucht werden würde.

Lerchengesangs kleine Hände drängten ihn, sich auf den Rücken zu drehen, damit sie sich den Muskeln in seiner breiten Brust, seinem Bauch und seinen Lenden widmen konnte. Es war ein reichhaltiges Programm erotischer Köstlichkeiten, was sie ihm bot, doch ihre Haltung blieb immer bescheiden und zurückhaltend. Sie war eine Expertin in Fragen der Sinnlichkeit, aber allmählich war er ein wenig enttäuscht, da er bei ihr keine gefühlsmäßige Reaktion wahrnahm. Sie war demütig, unterwürfig und höflich, genau wie eine Frau sein sollte, und trotzdem ... trotzdem ... Er schob ihre Finger sanft beiseite und stand auf. Dann nahm er ihre Hand. »Komm, Lerchengesang.«

Sebastian Hawkhurst sah erbärmlich aus, aber Hawk spürte, daß er all seine Kräfte zusammennahm, um seinem Sohn etwas Wichtiges mitzuteilen.

Als er Hawk erklärte, was er von ihm erwartete, war der junge Mann gleichzeitig verärgert und amüsiert, doch im Grunde nahm er die Bitte seines Vaters nicht ernst. »Heiraten? Ich habe nicht die Absicht, etwas Derartiges zu tun.« Er grinste über das ganze Gesicht.

»Hawk, du bist jetzt achtundzwanzig Jahre alt. Du hättest schon vor Jahren zur Ruhe kommen sollen.« Sebastian verlor die Geduld und stellte zornig fest: »Eine Ehe hätte einen mäßigenden Einfluß auf dich. Und den hast du wirklich nötig, weiß Gott! Ich möchte, daß du heiratest. Erst dann werde ich dir den Titel vererben!«

»Das werde ich nicht tun«, stellte Hawk mit einem Schulterzucken fest. »Und zwingen kannst du mich wohl kaum.« Er grinste erneut, um seinen Worten die Schärfe zu nehmen.

»Oh, doch, das kann ich und das werde ich tun, wenn es sein muß«, brüllte sein Vater erbost.

Hawk zog fragend eine schwarze Braue hoch.

»Bei meinem Tod geht der Titel des Lord Devonport auf meinen Erben über ... meinen rechtmäßigen Erben ...« Er ließ die Bedeutung seiner Worte in der Luft hängen, und Hawk starrte ihn entgeistert an.

»Seit wann weißt du es?« fragte er schließlich ruhig.

»Was? Daß dein richtiger Vater dieser irische Teufel ist, dieser O'Neill?«

Hawk hatte Angst, daß sein Vater sich derart aufregen könnte, daß er einen erneuten Schlaganfall bekam, doch plötzlich entspannte sich der alte Mann. Er lächelte, und sein Gesicht wurde weich. Die Liebe, die er für seinen Sohn empfand, war nicht zu übersehen. »Ich weiß es seit fast zwanzig Jahren.« Er schüttelte den Kopf, als er sich an jene Zeit erinnerte. »Wir hatten dich auf diese feine Schule in der Nähe von London gebracht, und in jedem Sommer – du warst vielleicht neun oder zehn – habe ich dich furchtbar vermißt. Als ich geschäftlich nach London fuhr, wollte ich dich in der Schule besuchen. Dabei stellte ich fest, daß du immer nur in den Wintermonaten, nicht aber im Sommer dort warst. Ich war verwirrt und verblüfft ... und dann habe ich Männer auf den Fall angesetzt, die herausfinden sollten, wo du warst, und die verfolgten deine Spur bis nach Irland ... bis zu O'Neill.«

Shane legte seinem Vater die Hand auf die Schulter. »Ich hätte dir dieses Wissen gerne erspart.«

Sebastian schüttelte den Kopf. »Was für mich am schlimmsten war, war nicht Georgianas Untreue – schließlich war sie eine ungewöhnlich schöne Frau, und welche Frau hätte einem wilden

Iren wie O'Neill schon widerstehen können? Nein, am schlimmsten war für mich die Erkenntnis, daß so ein wunderbarer Sohn nicht meinen eigenen Lenden entsprungen war. Sie schickte dich jeden Sommer zu ihm, und ich ließ sie gewähren, denn schließlich hatte er wohl auch das Recht, dich zu einem Mann heranwachsen zu sehen, und du hattest das Recht, deinen eigenen Vater, dein eigen Fleisch und Blut, zu kennen und zu sehen.«

Shane war zutiefst gerührt angesichts dieser großmütigen Haltung. »Du bist der edelmütigste Mann der Welt. Du hast meiner Mutter vergeben und mich geliebt.«

»Das war kein Edelmut. Es war Eigennutz! Andernfalls hätte ich mir doch nur ins eigene Fleisch geschnitten. Wo hätte ich je wieder eine Frau finden sollen, die deiner Mutter an Schönheit und Leidenschaft gleichgekommen wäre? Wo hätte ich je wieder einen Sohn gefunden, der mir vor Stolz die Brust schwellen ließ?« Er lachte leise. »Und außerdem habe ich immer die Hoffnung gehegt, daß es vielleicht eine winzige Möglichkeit gibt, daß du doch mein Nachkomme bist.«

Shane war beschämt. Wie konnte er diesem Mann seinen letzten Wunsch abschlagen? Wie konnte er angesichts einer solch überwältigenden Großmut nicht selber großmütig sein?

»Weißt du, ich würde dir niemals den Titel verwehren. Aber weißt du, Hawk, du würdest mich glücklich machen, wenn du mir dein Wort geben würdest, daß du bald heiratest.«

»Ich gebe dir mein Wort, daß ich es tun werde, falls ich eine Frau finde, die mich nimmt. Aber warum glaubst du, daß eine Ehe mich ruhiger macht?« Er grinste, und Sebastian Hawkhurst verzog das Gesicht. »Dieser Hurensohn O'Neill – ich weiß, daß du ihm Geld gibst ... ihn mit Waffen ... und noch schlimmer, ihn mit Informationen versorgst! Ich habe furchtbare Angst, daß du eines Tages für die verdammte Freiheit von Irland hängen wirst!« Er rang nach Luft. »Als ich in London war, habe ich versucht, herauszufinden, ob Walsingham bereits ein Auge auf dich geworfen hat. Soweit ich weiß, hat er das bisher noch nicht getan. Aber ich nehme an, daß er O'Neill dafür um so besser überwachen läßt.«

Hawk beeilte sich, seinen Vater zu beruhigen. »Sie haben überall auf der Welt ihre Spione – in den Niederlanden, Italien, Spanien –, die ihnen über jeden Furz der dortigen Könige Auskunft geben, aber in Irland sieht die Sache ganz anders aus. Sie tappen vollkommen im Dunkeln herum, und ihre Spione können ihnen rein gar nichts berichten.«

Sebastians Gesicht zuckte vor Anstrengung, und Hawk sah ihn ängstlich an. »Beruhige dich, Vater, beruhige dich.«

Sebastian schüttelte den Kopf. »Eine Frau würde dich von ihm ablenken.«

»Und was, wenn ich eine Irin heirate?« Hawk zwinkerte vergnügt mit den Augen, obwohl ihm nicht im geringsten nach Scherzen zumute war. Sein Gewissen lastete schwer auf ihm. Welchen Anteil hatte die Sorge um ihn an Sebastians Krankheit gehabt? Er war immer stolz darauf gewesen, daß er seine Verbindungen nach Irland geheimhielt, aber wenn sein Vater darüber Bescheid wußte, wer wußte dann außer ihm noch etwas? Es wäre sinnlos, mit seiner Mutter über diese Unterhaltung zu sprechen, zumal sie wahrscheinlich im Augenblick selber Höllenqualen litt, aber er mußte unbedingt den Baron einweihen. Seine Sicherheit und sein Leben hatten schon oft in den Händen des Barons gelegen, und er hatte keinerlei Geheimnisse vor ihm. Niemals.

Das Heiratsversprechen belastete ihn nicht allzu sehr. Eine Eheschließung war eine reine Formsache, um die er bestimmt irgendwie herumkommen würde. Er schob den Gedanken daran beiseite. »Der junge Matt müßte morgen kommen. Er wird dich bestimmt ein bißchen aufheitern«, sagte er, aber er sah, daß sein Vater vor Erschöpfung eingeschlafen war. Er sah ihn an und dankte Gott, daß der alte Mann nicht wußte, daß er O'Neill bereits in einer versteckten Bucht unterhalb der Mountains of Mourne getroffen hatte, um ihm die Hälfte des Silbers von der spanischen Galeone zu übergeben.

Während Shane bei seinem Vater war, litt Georgiana tatsächlich Höllenqualen. Sie hatte gedacht, daß sie ihre Schuld bereits vor

Jahren abgetragen hätte, aber jetzt schmerzte es sie in ihrer Brust wie eine frische Wunde. Und das Schlimmste an diesen Erinnerungen war, daß alles auf ihrer Hochzeitsreise begonnen hatte. Sebastian hatte sie mit nach London genommen, wo er von der Königin zum Lord Devonport ernannt werden sollte. Sie hatten auf Hawkhurst Manor gewohnt, das seit fast hundert Jahren im Besitz seiner Familie war. An den Tagen, an denen ihr frisch gebackener Ehemann geschäftlich in London oder in den Häfen entlang der Straße von Dover von Hastings bis Hythe unterwegs gewesen war, war sie im Wald von Weald und Ashdown spazierengeritten. Sie hatte ihr Pferd so wild angetrieben, wie sie es als Kind in Irland immer getan hatte, ehe ihre Eltern nach Devon gezogen waren. An jenem schicksalhaften Tag war sie mit einem Mann zusammengestoßen, der schneller galoppieren konnte, als sie es je für möglich gehalten hätte. Zunächst hatte der Anblick des rothaarigen Hünen mit dem zerfurchten Gesicht sie erschreckt. Er hatte in wildem Gälisch geflucht, und sie war bis unter die Haarwurzeln errötet.

»Ihr seid Ire!« hatte sie gesagt.

»Nicht nur Ire«, hatte er überheblich erwidert. »Ich bin ein irischer Prinz.«

»Ihr mögt ein Prinz sein, aber ein Gentleman seid Ihr nicht!« hatte sie wütend geschrien.

»Wenn Ihr mich verstanden habt, dann seid Ihr auch keine Lady!« hatte er gekontert.

Sie waren beide zornig abgestiegen, bereit zum Gefecht, und dann war es passiert. Er hatte sie vergewaltigt. Nein, dachte Georgiana, nicht vergewaltigt, denn sie hatte ihn mit derselben Leidenschaft begehrt, die er für sie empfunden hatte. In Wahrheit hatten sie einander geradezu verschlungen, dort in dem Wald, wo sie sich nur wenige Augenblicke zuvor zum ersten Mal begegnet waren.

Hugh O'Neill hatte auf eine blutige Vergangenheit zurücksehen müssen. Sein Vater hätte das Oberhaupt der O'Neill sein sollen, aber er war von seinem eigenen Bruder Sean ermordet worden, der seine Macht mit niemandem hatte teilen wollen. Anschließend war Sean nach England gegangen, um der Königin den Hof zu machen und die riesigen Ländereien der O'Neills in Ulster einzufordern. Er hatte ihr die Treue geschworen und zugesagt, all ihren Feinden den Krieg zu erklären. Er hatte die beiden jüngeren Söhne seines ermordeten Bruders mitgenommen und sie auf Vorschlag der Königin hin bei englischen Adligen untergebracht. Elizabeth hatte gedacht, daß die beiden irischen Prinzen noch jung genug waren, um zivilisierte Untertanen zu werden, wenn sie erst einmal vom Katholizismus zum Protestantismus gewechselt hätten. Hugh O'Neill war zu den Sidneys gekommen, und Sean war triumphierend nach Irland zurückgekehrt. Bald jedoch hatte sich herausgestellt, daß er die junge Königin hinterging. Die versprochenen Steuern gelangten nie nach England, sondern versackten immer nur in seinen Privatschatullen. Schließlich hatte sie eine Armee nach Irland geschickt und Sean O'Neill abgesetzt. Er hatte sich zu den MacDonnells geflüchtet, die ihn kurzerhand ermordet hatten, so daß Hugh O'-Neill, Baron Dungannon der neue Erbe von Ulster wurde. Mit vierzehn Jahren war er von der Königin nach Irland geschickt worden, um seinen Untertanen die Weisheit der englischen Gesetze nahezubringen – denn schließlich war er zum Protestantismus konvertiert und der Krone treu. Er war also zurückgekehrt und hatte dort seine Loyalität zu England kundgetan. Als Zeichen dieser Loyalität hatte er am Tag seiner Rückkehr seinen Cousin, den Sohn des toten Sean O'Neill, ermordet und sich selbst zum Friedensstifter ernannt. Die Königin war so erfreut gewesen, daß sie ihm versprochen hatte, ihn zum Earl of Tyrone zu machen und ihm sämtliche Ländereien sowie das gesamte Vermögen der O'Neills zu überlassen, wenn er den Frieden wahrte und die aufsässigen Clans von der Rebellion abhielt.

Als er von der Königin nach England zurückgerufen wurde, um von ihr geadelt zu werden, hatte Georgiana ihn kennengelernt. Er war mit größerem Charme gesegnet, als für einen gewöhnlichen Sterblichen gut war. Er hatte alles getan, um ihr Herz zu gewinnen und zu behalten. Irische Prinzen waren berühmt dafür, daß sie anderen Männern die Frauen ausspannten, aber obgleich die Versuchung groß gewesen war, hatte Georgiana ihr widerstanden und war ihm nicht gefolgt. Doch sie hatte ihm den gemeinsamen Sohn geschenkt.

O'Neill war ein mächtiger, skrupelloser Mann. Es gab kein Verbrechen, kein Opfer, keine Sünde, die er nicht begehen würde, um sein Ziel zu erreichen. Er küßte der Königin die Hand, während er sie im gleichen Atemzug verfluchte. Er zollte der Krone Lippenbekenntnisse, während er sie ausraubte. Seit Jahren arbeitete er daran, die Clans zu vereinen, damit sie an dem Tag, an dem er die Rebellion gegen das englische Joch ausriefe, hinter ihm stünden. Und nun hatte er auch noch einen reichen unehelichen Sohn, der ihm dabei half.

3. Kapitel

Sabre Wilde kam in jenem Sommer nur wegen der Ankunft eines Fremden mit heiler Haut davon. Seit der Hochzeit, die sie so erfolgreich ruiniert hatte, war sie auf ihr Zimmer verbannt, und niemand aus ihrer Familie sprach auch nur ein Wort mit ihr. Der einzige Mensch, mit dem sie zu tun hatte, war Mrs. Smite, eine verknöcherte Bedienstete, die Reverend Bishop treu ergeben war. Sara war von einem Arzt untersucht worden, der den Kopf geschüttelt und erklärt hatte, seiner bescheidenen Meinung nach sei das Mädchen zwar halsstarrig, hitzig und exzentrisch, aber keineswegs geisteskrank. Er hatte ihr eine Diät aus Wasser und Brot verschrieben, durch die ihr heißes Blut verdünnt und abgekühlt werde, und empfohlen, sie einen Monat lang auf ihr Zimmer zu sperren, um ihr Temperament zu besänftigen. Dann werde sie eine umgänglichere junge Dame sein.

Sabre, die sich selbst inzwischen ebenfalls nicht mehr als Sara sah, hatte die Einsamkeit zunächst begrüßt. Sie war der verhaßten Gesellschaft ihrer Familie ledig, mußte nicht mehr dreimal wöchentlich in die Kirche, um sich dort die endlosen Predigten des Reverends über Schwefel und Höllenfeuer anzuhören, und konnte täglich Stunden damit verbringen, sich auszumalen, was *eines Tages* sein würde.

Eines Tages würde sie ein Kleid tragen, wie sie es sich wünschte. Ein Kleid in Hellgrün oder ein cremefarbenes oder vielleicht eines in gewagtem Pfauenblau. Vor ihrem inneren Auge sah sie eine Unzahl von Schattierungen, zwischen denen sie frei wählen konnte.

Eines Tages würde ein Mann, der nicht einer ihrer Schwäger war, versuchen, ihr einen Kuß zu rauben. Sie hatte eine lebhafte Phantasie, und darin waren die Männer, die sie sich vorstellte, so verschieden wie die Kleider, von denen sie träumte. Sie seufzte.

Eines Tages würde sie diesen verhaßten Ort verlassen. Und wenn sie erst einmal gegangen war, würde sie niemals zurückkommen. Ihr Traumziel war natürlich der Königshof. Ihre Lieblingsphantasie bestand darin, ihrem Stiefvater und ihren Halbschwestern erklären zu können, sie ginge an den Hof, und zu sehen, wie sich deren Gesichter vor Neid erbsgrün verfärbten.

Ihre Träume halfen ihr eine Woche lang, doch dann war sie so verzweifelt, daß sie am liebsten geweint hätte. Ohne Freiheit war das Leben einfach unerträglich. Sie liebte die Bewegung, und nun, da sie nicht mehr reiten und noch nicht einmal mehr spazierengehen durfte, wuchs ihre Rastlosigkeit mit jedem Tag. Sie saß in der Falle, fühlte sich eingesperrt, und ehe nicht der Schlüssel zur Freiheit gefunden war, war sie vollkommen hilflos.

Als der Fremde kam, sah sie ihn von ihrem Fenster aus; von dem Fenster, das der gute Reverend mit seinen eigenen makellos weißen Händen zugenagelt hatte. Das Pferd, die Kleider und die Haltung des Fremden verrieten, daß er wohlhabend war; ein Mann, der Geschäfte zu führen hatte. Sie platzte fast vor Neugierde und war höchst verärgert, weil sie vielleicht nie herausfinden würde, wer er war oder warum er gerade zu ihnen kam.

Sie sah aus dem Fenster und wartete darauf, daß er wieder fortreiten würde, aber nach zwei Stunden war er immer noch im Haus. Sie begann, über die Gründe für sein Erscheinen zu spekulieren, aber nicht in einer Million Jahre hätte sie richtig getippt.

Unten im Arbeitszimmer des Reverends erklärte Jacob Goldman die Sache noch einmal. »Mr. Bishop, mir ist bekannt, daß Sie der Stiefvater der jungen Dame sind, aber in dieser Angelegenheit können Sie sie unmöglich vertreten. Ich bin Anwalt, Sir, und ich kenne die Gesetze. Ich habe Monate gebraucht, bis ich die Person ausfindig gemacht hatte, die rechtmäßigen Anspruch auf diese Ländereien in Irland hat. Mein Klient hat mich beauftragt, in seinem Namen tätig zu werden und dem aktuellen Besitzer die Ländereien abzukaufen. Da der Besitz von Rory Wilde bei seinem Tod auf seine einzige lebende Verwandte, Sara Wilde Bishop, übergegangen ist, brauche ich Sara Bishops Einverständnis, Sara Bishops Unterschrift und Sara Bishops Quittung für den Erhalt des Geldes.« Jacob Goldman nickte zweimal, als wolle er damit betonen, daß die Sache erledigt sei. Hinter halbgeschlossenen Lidern hatte er den Kirchenmann eingehend gemustert und seine autoritäre Machtgier und sein Bedürfnis nach Gehorsam richtig eingeschätzt.

»Also gut, Mr. Goldman, ich gestatte Ihnen, mit meiner Tochter zu sprechen. Aber ich werde dabeisein, und ich hoffe, daß Sie keine Einwände dagegen erheben, wenn ich ihr bei diesem Geschäft zur Seite stehe. Sie müssen mir recht geben, wenn ich sage, daß Frauen von Geschäften und Gesetzen nichts verstehen. Diese irischen Ländereien galten immer als wertlos, da auf dem felsigen, mit Steinen übersäten Boden sowieso nichts gedeiht. Wenn ich gewußt hätte, daß sie von irgendeinem Wert sind, hätte ich sie bereits vor Jahren, als ich ihre Mutter heiratete und Saras Stiefvater wurde, in meinen Besitz gebracht.«

»Mr. Bishop, wahrscheinlich haben Sie recht, wenn Sie denken, daß die Ländereien alles andere als ertragreich sind«, pflichtete Goldman ihm bei. »Ihr einziger Wert besteht darin, daß man von dort aus Zugang zu wertvolleren Besitzungen hat.«

Reverend Bishop trat aus seinem Arbeitszimmer und schickte eine Bedienstete aus, sie solle Sara holen. Seine Frau vernahm den Befehl und sah ihn fragend an, aber er tätschelte ihr lediglich die Schulter und erklärte: »Geschäfte, meine Liebe, zerbrich dir darüber nicht deinen kleinen Kopf. Und jetzt lauf nach oben und sorge dafür, daß Sara sich ordentlich kleidet, ehe sie herunterkommt.«

Sabre blieb vor der Tür des Arbeitszimmers zögernd stehen. Mit dem Raum verbanden sich für sie nur negative Dinge, und sie war sich sicher, daß sie nun der nächste Schlag erwartete.

»Komm, komm, Mädchen, unsere Zeit ist zu wertvoll, um sie zu vergeuden«, sagte ihr Stiefvater voller Ungeduld. Es ärgerte ihn, daß er sie in dieser Angelegenheit hinzuziehen mußte. Es ärgerte ihn vor allem, weil es um Rory Wilde ging, den toten Rivalen im Kampf um die Zuneigung seiner Frau. »Mr. Goldman, dies ist meine Tochter Sara.«

Sie machte einen Knicks vor dem kleinen, dunkelhaarigen Mann. »Guten Tag, Sir.«

Goldman war verblüfft, obgleich er sich nichts anmerken ließ. Das Mädchen war einfach atemberaubend schön. Das schlecht sitzende, unscheinbare Kleid kaschierte ihre prächtigen Formen kaum. Ihr wunderbares Gesicht wurde von einem Diadem rotgoldener Zöpfe gekrönt. Ihr Mund war im Augenblick zu einer trotzigen Linie zusammengekniffen, aber wenn sie lächelte, war er bestimmt eine Pracht. Ihre blaßgrünen Augen, die von dunklen Brauen und langen, dunklen Wimpern gerahmt wurden, waren geradezu verwirrend schön, und der schwarze Schönheitsfleck war das Tüpfelchen auf dem I.

»Miss Bishop, ich bin geschäftlich hier. Es geht um die Ländereien in Irland, die Ihr verstorbener Vater Ihnen hinterlassen hat.«

Sie zog erstaunt die Brauen hoch. Der Mann war hier, weil er mit *ihr* Geschäfte machen wollte!

Reverend Bishop sah sie an. »Du wirst es wahrscheinlich nicht verstehen, Sara. Mr. Goldman braucht deine Unterschrift auf einem Papier. Das ist alles.«

Sie sah ihren Stiefvater an, reckte das Kinn und erwiderte: »Bitte sprecht nicht mit mir, als wäre ich ein vierjähriges Kind.« Sie wandte sich an den anderen Mann, doch ihre Miene verlor nichts von ihrer Härte. »Mr. Goldman, ich nehme an, daß Sie Anwalt sind und meine Unterschrift auf einer Urkunde brauchen, die meine Ländereien in Irland betrifft. Warum?«

Jacob Goldman konnte nur mit Mühe ein Lächeln unterdrücken. Sie war nicht nur schön, sondern auch intelligent. Und sie hatte Selbstbewußtsein. Ein Selbstbewußtsein, das dieser engstirnige, kleinstädtische, ständig mit der Bibel drohende Machtmensch nicht hatte zerstören können. »Miss Bishop, ich handle im Auftrag eines Gentlemans, der Ihre Ländereien zu kaufen wünscht.«

»Sie sind nicht verkäuflich, Mr. Goldman. Wissen Sie, sie sind das einzige Erbe, was mir mein Vater außer seinem Säbel hinterlassen hat. Dieses Land ist die einzige Mitgift, die ich besitze.«

Reverend Bishops Mund verzog sich zu einer harten Linie. »Das Land ist vollkommen wertlos, du dummes Mädchen, es liegen dort so viele Steine und Felsen herum, daß einfach nichts gedeihen kann.«

»Wenn es wertlos ist, wüßte ich gern, weshalb der Gentleman hier so begierig ist, dies Land zu kaufen.« Ihre zarten Brauen zogen sich erneut fragend hoch.

»Mr. Goldman, Sie sehen ja, daß man mit ihr einfach nicht reden kann. Bitte entschuldigen Sie ihre Impertinenz. Ich schäme mich, daß Ihnen unter meinem Dach eine junge Frau derart zu nahe tritt.«

»Oh, das tut sie nicht, Mr. Bishop«, stellte Goldman fest. Himmel, wenn der Kerl nicht gleich die Klappe hielt, würde er noch das Geschäft in Gefahr bringen, das er unbedingt abschließen wollte. »Miss Bishop, bitte fragen Sie mich alles, was Sie interessiert. Der Gentleman, in dessen Auftrag ich tätig bin, braucht Ihr Land, um leichteren Zugang zu seinen eigenen Besitzungen zu bekommen. Dürfte ich fragen, ob Sie Ihre irischen Besitzungen schon einmal gesehen haben?«

»Nein, Sir, ich bedaure sehr, daß ich sie noch nicht gesehen habe, aber ich hoffe, eines Tages dazu Gelegenheit zu bekommen.«

»Ihre Ländereien liegen in Ulster zwischen den Mountains of Mourne und dem Fuß des Slieve Croob. Es gibt dort einen langen, schmalen Wasserweg bis kurz vor Newry. Mein Klient besitzt das gesamte Land um Newry herum, fast bis nach Armagh hinauf, aber Ihre kleine Besitzung trennt seine Ländereien von der Wasserstraße, die ihm den direkten Zugang zum Meer verschaffen würde. Ich bin autorisiert, Ihnen zweihundert Pfund zu bieten, wenn Sie mir Ihr Land auf der Stelle verkaufen.«

»Es tut mir leid, Sir, aber wie ich schon sagte, sind die Ländereien die einzige Mitgift, die ich habe«, lehnte sie das Angebot höflich ab.

»Bist du wahnsinnig, Mädchen? Oder gar vom Teufel besessen?« donnerte Bishop los. »Mitgift! Welcher Mann, der bei Verstand ist, nimmt dich schon zur Frau? Wenn du auch nur ein Mindestmaß an Pflichtgefühl hättest, würdest du das Geld nehmen und es deiner Mutter und mir dafür geben, daß wir dich immer noch durchfüttern. Die Wahrscheinlichkeit, daß je ein Mann um deine Hand anhält, ist ja wohl äußerst gering, so daß wir wahrscheinlich noch auf Jahre hinaus für dich aufkommen müssen.«

Die Feindseligkeit zwischen den beiden war fast mit Händen greifbar. Mr. Goldman verzweifelte. Er seufzte innerlich und schlug besänftigend vor: »Ich bin autorisiert, das Angebot auf fünfhundert Pfund zu erhöhen, Miss Bishop. Die fünfhundert Pfund könnten per Vertrag als Ihre Mitgift festgelegt werden, was meiner bescheidenen Meinung nach eine größere Verlockung für einen möglichen Bewerber wäre als ein Stückchen Land in einer gottverlassenen Ecke Irlands, falls Sie die Blasphemie entschuldigen, Reverend.«

Sara hätte das Angebot beinahe angenommen. Fünfhundert Pfund würden ihr sicherlich einen Ehemann bescheren. Sie sah ihren Stiefvater an. Wenn sie dem Verkauf nicht zustimmte, würde er vor Zorn außer sich geraten. Warum nur war er so versessen darauf? Wollte er sie um jeden Preis loswerden? Wenn das der Fall war, warum hatte er dann die bisherigen Anträge um ihre Hand abgelehnt? Zumindest zwei der Ehemänner ihrer Schwestern hatten eigentlich sie gewollt. Nein, er wollte, daß sie das Geld nahm, um es dann selbst einzustecken. Land konnte er schwerlich ausgeben.

»Ihr Angebot ist sehr großzügig, Mr. Goldman. Bitte verstehen Sie, es ist nicht die Summe, weswegen ich ablehne. Mein Vater hat mir das Geld hinterlassen, und aus diesem Grund will ich es behalten.« Sie sah ihren Stiefvater triumphierend an. »Guten Tag, die Herren.«

»Sehen Sie?« fragte Bishop, nachdem sie gegangen war. »Als ein Mann des Gesetzes können Sie es doch sicher irgendwie so drehen, daß ich die Papiere für sie unterschreiben kann.«

Jacob Goldman klappte seine lederne Aktentasche zu und sah

den Kirchenmann verächtlich an. »Ich werde mit meinem Klienten sprechen, Sir. Falls er die Ländereien dann immer noch zu kaufen wünscht, werde ich mich wieder bei Ihnen melden. Guten Tag.« Er verbeugte sich, trat an die frische Luft und war nur froh, daß er jede Erfrischung abgelehnt hatte. In einem Landgasthaus herrschte sicherlich eine angenehmere Atmosphäre.

Sara kehrte in ihr Zimmer zurück. Reverend Bishop würde entweder so wütend sein, daß er sie erneut verprügelte, oder er würde zu subtileren Methoden greifen, um ihr seinen Willen aufzuzwingen. Solange sie nicht wußte, für welchen Weg er sich entschied, schloß sie um ihrer eigenen Sicherheit willen die Tür lieber von innen zu.

Shane Hawkhurst hatte im Alter von acht bis achtzehn zehn Sommer mit O'Neill verbracht und hatte so sein Leben lang versucht, es zwei Vätern recht zu machen, was angesichts dieser beiden willensstarken, anspruchsvollen und selbstgerechten Männer keine leichte Aufgabe war. Shane verfügte über ein Netz von Kurieren, die ständig zwischen England und Irland pendelten. Eines seiner Schiffe, das nur für Kurierfahrten eingesetzt wurde, war noch nicht einmal unter dem Namen Hawkhurst registriert. Es war als das Schiff von Kapitän Liam O'Malley gemeldet, den er wegen seines Namens ausgewählt hatte. Falls er je geschnappt werden sollte, würde man vermuten, daß er mit der Piratenkönigin Grace O'Malley in Verbindung stand. Der Name des Schiffes war *Liverpool Lady,* da es ständig zwischen Liverpool, Carlingford Lough und Newry pendelte. Zwischenstation zwischen London und Liverpool war Birmingham, und die Kuriere wurden eher bei den Namen der Städte genannt denn bei ihren eigenen.

O'Neill nutzte die Loyalität seines Sohnes schamlos aus, indem er ohne jede Gegenleistung Waffen, Geld und Informationen von ihm nahm. Direkt unter Englands Nase stellte er eine ganze Armee auf die Beine und rüstete sie mit modernen Waffen aus.

Shane tat, was er konnte, um irische Gefangene zu befreien,

indem er entweder ihre Strafen oder Lösegeld bezahlte oder ihre Gefängniswärter bestach. Der Baron trat oft als Mittelsmann auf, vor allem, wenn es bei einer Sache um größte Geheimhaltung ging. In der Rolle des einfachen Mönchs war er nahezu unsichtbar. Seit König Heinrich VIII. die großen Klöster hatte schließen lassen, waren die Landstraßen mit diesen heiligen Männern geradezu übersät.

Der Baron brachte eine Nachricht von Hawkhurst zu Francis Drake nach Plymouth:

– Gerüchte wahr. Armada wird gebaut. –

und kehrte mit einer ebenso kurzen Antwort zurück:

– Nächste Woche am Hof. –

Matthew Hawkhursts Schiff lief planmäßig im Hafen ein. Er war gerade aus Holland zurückgekehrt, wo er die englischen Truppen versorgt hatte, die den Holländern im Krieg gegen die Spanier zur Seite standen.

Als Matthews Schiff vor Anker ging, war Hawk am Kai, und die beiden Brüder begrüßten einander in aller Herzlichkeit.

»Hawk, alter Junge, ich bin froh, daß du sicher zurück bist.« Er war eine jüngere, schlankere Ausgabe von Shane, weniger ernst, mit einem offenen, lachenden Gesicht. Er war ein netter Junge, der die Mädchen zum Seufzen brachte und bei älteren Frauen den Mutterinstinkt weckte.

»Matt, kleiner Teufel! Hast du bei deinen Lieferungen denn irgendwelche Schwierigkeiten gehabt?«

Matt grinste. »Nein. Ich habe fünf Fahrten gemacht, während du fort warst, und ich habe deinen Rat jedesmal befolgt.«

»Braver Junge!« stellte sein Bruder zufrieden fest. Elizabeth war wirklich geizig, wenn es um die Ausstattung ihrer Armee in Holland ging. Die Kommandeure bezahlten ihre Männer aus der eigenen Tasche, weil die Krone die Rechnungen einfach nie beglich. Also hatte Hawk Matthew geraten, die Hälfte der Waffen, Musketen und Munition von jeder Fracht in ihren eigenen Lagerhäusern unterzubringen und den frei gewordenen Laderaum mit Nahrungsmitteln, Uniformen, Decken und dringend benötigten Pferden zu füllen. Die Pferde kamen aus Irland, und Hawk tauschte sie mit Hilfe von O'Neill gegen die gestohlenen Waffen ein.

»Wie geht es Vater?« fragte Matt besorgt.

Hawk schüttelte unglücklich den Kopf. »Mit jedem Tag schlechter, aber ich wette, daß ihm deine Gesellschaft guttun wird.«

Matthew machte eine Kopfbewegung zu der spanischen Galeone. »Behältst du sie?«

Hawk raufte sich die Mähne. »Sie ist ein bißchen protzig. Ich lasse gerade vier der Messingkanonen auf unsere Schiffe montieren, aber ich glaube, danach kann England sie haben. Morgen kannst du mir helfen, die Fracht für London auszusuchen.«

Matthew grinste, da er die Taktik seines Bruders kannte. »Was hast du dieses Mal geschmuggelt?«

Hawk rieb sich die Nase. »Sei still! Himmel, warum rufst du es nicht gleich vom Oberdeck herunter? Manchmal hast du wirklich ein zu großes Maul!«

»Nach Meinung der Damenwelt ist das aber nicht das einzige Große an mir«, stellte Matt mit einem lüsternen Grinsen fest. Hawk legte den Arm um die Schulter seines jüngeren Bruders, und gemeinsam gingen sie zum Haus hinauf.

Als Hawk nach dem Essen zu seinem Vater ging, traf er Matthew dort bereits an. Er und Sebastian saßen lachend zusammen und stießen mit einer Flasche Brandy, die Matt vor den scharfen Augen seiner Mutter sorgsam verborgen hatte, auf die Gesundung des Vaters an, obgleich sie beide wußten, daß dieser Wunsch wohl kaum in Erfüllung gehen würde. Und dann sprach ihr Vater einen Toast:

»Trinken wir auf die bevorstehende Hochzeit.«

Matt fand diesen Satz so amüsant, daß er seinen Brandy vor Lachen auf den Boden spie. Hawks Stirnrunzeln verriet ihm jedoch, daß sich hinter den Worten ihres Vaters vielleicht ein Körnchen Wahrheit verbarg. »Und wer ist die Glückliche?« fragte er und bemühte sich um eine ernste Miene.

Sebastian sah seinen jüngeren Sprößling an. »Ich meine es

ernst, Matthew. Dein Bruder hat mir sein Wort gegeben, daß er heiraten wird, bevor er sein Erbe antritt.«

»Die Frau, die mich nimmt, tut mir jetzt schon leid«, stellte Hawk selbstironisch fest, und die beiden Brüder grinsten sich verständnisinnig an.

Am nächsten Morgen jedoch schämten sie sich ihrer Ausgelassenheit, denn Sebastian war in einen komaähnlichen Schlaf verfallen, aus dem er sich nicht aufwecken ließ. Nach einer eiligen Beratung mit Matt und Georgiana beschloß Hawk, umgehend nach London aufzubrechen, um zurück zu sein, ehe noch Schlimmeres geschah. Es war offensichtlich, daß der Tod sich nicht mehr aufhalten ließ; nur den genauen Zeitpunkt wußte man nicht.

Er lud zusammen mit seinem Bruder Töpfe mit pudrigem rotem Koschenille und Truhen mit Indigoklumpen zum Färben guter englischer Stoffe sowie Krüge mit Oliven und Flaschen voller Olivenöl an Bord. Außerdem wählte er feines orientalisches Porzellan und Ballen philippinischer Seide, die über Mexiko bis zu den Azoren transportiert worden waren, ehe er sie von dort nach England geschmuggelt hatte.

Georgiana sprach noch einmal unter vier Augen mit ihm, ehe er sie erneut verließ. »Ich weiß, daß Sebastian dir das Versprechen abgenommen hat zu heiraten, aber wenn du wartest, bis du erst einmal Lord Devonport bist, hast du wahrscheinlich bessere Chancen auf dem Heiratsmarkt. Am Hof gibt es Dutzende adliger Erbinnen, unter denen wirst du dann auswählen können.«

»Mutter, du täuschst dich, wenn du glaubst, daß Elizabeth mir je gestattet, eine ihrer Hofdamen zu ehelichen. Allein das Wort Heirat reicht aus, um sie in eifersüchtige Wut zu versetzen. Wenn ich heirate und deswegen nicht im Tower landen will, werde ich es geheimhalten müssen.«

»Dann heirate ein Mädchen aus Devon, und laß sie hier bei mir. Meine Freundinnen haben alle Töchter, die ganz versessen darauf sind, dich kennenzulernen. Shane, mein Liebling, du bist eine lebende Legende!«

Er lachte verbittert auf. »Aber lebende Legenden können sich ihre Frauen doch gewiß selbst aussuchen, oder nicht?«

Sie merkte, daß sie zu weit gegangen war, als sie vorgeschlagen hatte, eine Frau für ihn auszuwählen. »Auf Wiedersehen, mein Liebling, und komm bald zurück.«

Die beiden Galeonen segelten durch die Straße von Dover, umrundeten Margate und fuhren Richtung Southend durch die Themse zum Hafen von London hinauf. Wenn man sein Schiff erkannte, würde sich die Nachricht von seiner Ankunft wie ein Lauffeuer ausbreiten, und schließlich würde auch die Königin davon erfahren.

Da Hawkhurst pompöse Auftritte liebte, hielt er sein berühmtes Drachensegel gegen die steife Brise über dem Fluß, ließ erst vor dem Palast von Greenwich die Segel reffen und befahl, einen Kanonenschuß als Salut abzufeuern. Die Privatgemächer der Königin lagen direkt über dem Fluß, so daß sie immer die Schiffe aus aller Herren Länder beobachten konnte, die diesen dicht befahrenen Wasserweg befuhren.

Hawkhurst wußte, daß das Donnern einer Kanone so nah am Palast einen Aufruhr verursachen würde, aber er liebte das Dramatische. Er wartete fünf Minuten, damit die Königin mit ihrem gesamten Hofstaat an die Fenster eilen konnte, ehe er seinen federgeschmückten Hut schwenkte und sich formvollendet verbeugte.

In den Fluren des Palastes von Greenwich sprach inzwischen jedermann davon, daß der Gott des Meeres zurückgekommen sei, und sämtliche Frauen, vom niedrigsten Küchenmädchen bis hin zur höchstrangigsten Kammerzofe, tuschelten und kicherten verzückt. Weniger als eine Stunde später spazierte er nach der neuesten französischen Mode gekleidet durch die öffentliche Galerie. Seine weichen Lederstiefel reichten ihm bis zu den kraftvollen Schenkeln hinauf, das kurze pelzgesäumte Cape betonte seine breiten Schultern, das schmale italienische Rapier in der juwelengeschmückten Scheide unterstrich seine Gefährlichkeit, und die weiße plissierte Halskrause hob sich leuchtend von seinem gebräunten Gesicht und seiner Löwenmähne ab. Als Schmuck trug er zwei riesige Daumenringe, einen mit einem schwarzen Diamanten und einen mit einem blutroten Rubin so groß wie ein Taubenei.

Er begab sich in den Audienzsaal, wo die Königin auf ihrem prachtvollen Thron saß und zahlreiche Gäste empfing. In der letzten Stunde hatte sie zweimal das Kleid und dreimal das Geschmeide gewechselt und war dabei derart in Rage geraten, daß sie Mary Shelton sogar ins Gesicht geschlagen hatte. Schließlich hatte sie sich für die Tudorfarben Grün und Weiß entschieden. Die dunkelgrünen Satinärmel waren aufgeschlitzt, so daß die weißen, mit Kristallperlen bestickten Unterärmel zu sehen waren. Außerdem hatte sie eine steife, spitzenbesetzte Halskrause gewählt, unter der ihre weißen Brüste und ihr weißer Hals deutlich zu erkennen waren, und trug nicht weniger als zehn Perlenreihen. Ein perlen- und diamantbesetztes Diadem drückte auf eine leuchtendrote Perücke, und an jedem Finger ihrer langen, schlanken Hände trug sie einen juwelengeschmückten Ring. Ihre Haut leuchtete so weiß wie die Felsen von Dover, gebleicht mit einer Geheimlotion. Ihre Nase war zu lang und ihre Lippen zu schmal, aber sie erwartete von ihren Kammerfrauen, daß sie ihr täglich sagten, wie schön sie sei und daß die Männer am Hof ihr beständig versicherten, vor Leidenschaft für sie zu vergehen.

Trotz der fieberhaften Vorbereitungen während der letzten Stunde saß sie jetzt auf ihrem Thron und sah durch Hawk hindurch, als wäre er nicht da. Shane lächelte innerlich. Sie bestrafte ihn dafür, daß er die Kanone abgefeuert hatte und daß er sechs Monate lang fort gewesen war. Er fragte sich voller Arroganz, wie lange sie wohl in der Lage sein würde, ihm zu widerstehen. Er gab ihr eine halbe Stunde, aber bereits nach fünfzehn Minuten erhob sie sich und scheuchte alle anderen mit einem gebieterischen »Verlaßt uns jetzt. Wir möchten allein sein.« aus dem Raum. Sie machte eine dramatische Pause, ehe sie herablassend feststellte: »Kapitän Hawkhurst, ich glaube, Ihr wünscht eine Privataudienz.«

Sie hatte ihre Kammerzofen noch nicht entlassen, und die standen in den blassen, farblosen Kleidern um sie herum, die sie tragen mußten, damit Elizabeth wie ein juwelenbesetztes Mittelstück zwischen ihnen aufragte. Er war sich der Tatsache bewußt, daß sie alle ihn begehrten, aber weder durch Blicke noch durch Gesten zeigte er, daß er sie überhaupt zur Kenntnis nahm. Er kannte die Jugend und Schönheit jeder der Damen genau, aber in diesem Augenblick hatte er nur Augen für die Königin. Sie war zufrieden mit ihm, und die schwarzen Pupillen ihrer Augen glitzerten. »Ihr dürft uns jetzt verlassen. Die Königin möchte mit ihrem Gott des Meeres alleine sein.«

Ehe sich die Tür hinter den Kammerzofen noch ganz geschlossen hatte, nahm Shane Elizabeth in seine starken Arme und trug sie hinüber zum Thron. »Bess, wie habe ich mich nach deinem Anblick gesehnt!« Hawkhurst wußte, daß sie es liebte, wenn ein Mann unabhängig und verwegen war. Sie ertrug Schwäche einfach nicht.

»Laß mich sofort runter! Himmel, du bist wirklich ein dreister Kerl!«

»Der die Absicht hat, noch dreister zu werden«, sagte er und preßte seine Lippen an ihren Hals, während er sich auf den Thron setzte und sie auf seinen Schoß zog. Er grinste. »Ich habe dir ein Geschenk mitgebracht.«

»Ich habe von der spanischen Galeone gehört. Dein Wagemut übertrifft jede Vernunft!«

»Ich meine ein Geschenk für dich, Bess, nicht für England.«

Ihre schwarzen Augen glitzerten vor Erregung, als er sie an seiner breiten Brust gefangen hielt.

»Wo ist es?« fragte sie.

»Such es!« forderte er sie heraus.

Ihre langen, schlanken Finger glitten an seinem Körper hinauf, bis sie eine Schachtel in seinem Wams ertastete. Ihre Finger glitten zwischen Wams und Seidenhemd, aber sie bekam den Schatz immer noch nicht zu fassen, da er unter dem Hemd verborgen war. Ihre flinken Finger öffneten einen Knopf und glitten spielerisch zwischen den Seidenstoff und seine nackte Haut, und er tat so, als ließe ihn Leidenschaft aufstöhnen.

Jauchzend zog sie die Schachtel hervor, öffnete sie begierig und starrte auf ein Paar herrlicher Ohrringe aus Jade und Smaragd. Sie hatte eine Vorliebe für Schmuck und gestattete ihm, ihr das neue Geschmeide anzulegen. Dann sah er ihr tief in die Augen und fragte mit lüsternem Unterton: »Und welche versteckten Schätze hast du für mich?«

Sie schlug ihm auf seine Hand, die verwegen über den Saum ihres Kleides strich. »Du vergißt dich, weil ich dich einen Gott genannt habe.«

»Oh, nein, ich bin durch und durch ein Mann.«

»Spitzbube ist wohl das passendere Wort«, schalt sie mit einem schelmischen Kopfschütteln. »Wenn ich dich einlade, morgen wiederzukommen, bringst du mir dann ein weiteres Schmuckstück mit?«

Er grinste. »Ja, aber wenn du mich einlädst, heute abend wiederzukommen, werde ich dir das geben, was mir am teuersten ist.« Dann beugte er sich vor und küßte sie auf den Mund.

Sie schmolz in seinen Armen dahin, doch dann sprang sie behende von seinem Schoß und war wieder ganz die Königin. »Sir, ich befehle Euch, heute abend zum Tanz zu erscheinen. Auf mehr wagt Ihr besser nicht zu hoffen.«

»Ich wage alles, Bess.«

»Du warst allzu lange fort, mein Adonis – sechs Monate, nicht wahr? Ich fordere mindestens die gleiche Zeit für mich.«

»Eure Majestät, mein Vater liegt im Sterben. Für diesen Fall werde ich Euch um die Erlaubnis bitten müssen, den Hof für ein paar Tage zu verlassen.«

Ihre Augen verengten sich zu schmalen Schlitzen. »Aber nur für ein paar Tage. Ich will, daß Ihr den Juli mit uns auf dem Land verbringt.«

Obwohl dies das letzte war, was er sich vorstellen konnte, erklärte er: »Es wird mir eine Ehre sein, Eure Majestät.« Er verbeugte sich tief, und sie bot ihm ihre Hand zum Kuß, doch ehe er gehen konnte, stellte sie schließlich doch noch die Frage, die er die ganze Zeit erwartet hatte. »Und wie hoch ist mein Anteil an der Beute?«

Er verbarg ein Grinsen und sah sie ernst an. »Vierzigtausend Pfund, Eure Durchlaucht.« Sie lächelte, und er fügte hinzu:

»Und dazu bekommt Ihr noch die Galeone.« Ihr Lächeln wurde breiter, und die Wirkung war umwerfend.

Zurück an Bord, legte er seine Pfauenkleider ab und wandte sich seinen anderen Geschäften zu. Bis zum Abend hatte er die gesamte Fracht in seine Lagerhäuser transportiert, die vierundzwanzig Stunden am Tag bewacht wurden. Morgen würde er Silber und andere seltene Waren im Wert von vierzigtausend Pfund aussortieren und an den königlichen Schatzmeister weiterleiten.

Später traf er Jacob Goldman im Gray's Inn, wo sämtliche Londonder Anwälte verkehrten. »Guten Abend, Goldman.«

»Leider kein so guter, Kapitän Hawkhurst. Obwohl ich herausgefunden habe, wem die Ländereien gehören, die Sie kaufen wollen, konnte ich sie nicht erwerben.«

Hawk fluchte leise, doch dann sagte er: »Versuchen Sie es noch einmal – erhöhen Sie einfach das Angebot.«

Goldman nickte, und Hawkhurst winkte ab und wischte mit einer Handbewegung das Problem vom Tisch. »Im Augenblick gibt es allerdings wichtigere Dinge. Setzen Sie einen Ehevertrag auf.«

Jacob Goldman zog überrascht die Brauen hoch. »Und wer ist die glückliche Braut, M'lord?«

»Das ist die Schwierigkeit bei der Sache. Sie müssen eine Braut für mich finden.«

Jacob Goldman hatte immer geglaubt, daß seine Geschäftsbeziehungen zu den Hawkhursts ihn gegen jede Überraschung gefeit hätten, aber als er jetzt diese Bitte des Klienten hörte, konnte er kaum glauben, ihn richtig verstanden zu haben.

Hawk setzte noch eine Erklärung hinzu: »Sehen Sie, ich habe meinem Vater mein Wort gegeben. Weiß Gott, die Bitte ist gewiß nicht allzu groß.«

»Und was für Ansprüche stellen Sie an diese Frau?« Insgeheim fragte er sich, wo er denn da mit der Suche anfangen sollte.

Hawkhurst schenkte sich einen Krug Bier ein und schritt in dem Raum auf und ab. »Ich habe keine besonderen Ansprüche. Nur einen, sie darf nicht aus London sein. Ich denke, eine junge Frau vom Land wäre das beste. Außerdem sollte sie im heiratsfähigen Alter sein. Eine zu alte Frau läßt sich weniger beeinflussen als ein junges Mädchen. Sie braucht nicht schön zu sein, nicht reich und auch nicht adlig, Hauptsache, sie hat einen tadellosen familiären Hintergrund.«

Jacob Goldman sah ihn verwundert an. »Ist das alles? Sie werden doch sicher noch andere Kriterien berücksichtigen wollen, M'lord?«

»Jacob, ich habe keine Zeit, jetzt noch besonders wählerisch zu sein. Großer Gott, Mann, ich suche schließlich keine Geliebte. Ich brauche ein Mädchen, das bereit ist, mich in weniger als einem Monat zu heiraten, sagen wir am fünfzehnten Juni, und wegen meiner unangemessenen Eile werde ich ihr und ihrer Familie jeweils fünfhundert Pfund als Entschädigung bezahlen.« Er stellte den leeren Krug krachend auf den Tisch und fragte: »Glauben Sie, daß Sie mir helfen können?«

Es war so still, daß man sogar das entfernte Bellen eines Hundes hören konnte, dann fing Jacob Goldman an zu lachen. Er lachte so sehr, daß ihm die Tränen über die Wangen rannen.

Hawkhurst starrte den Anwalt finster an und fragte: »Was ist los?«

»Sie werden es nicht glauben, M'lord«, sagte der und tupfte sich mit einem Leinentaschentuch die Tränen fort. »Aber ich habe bereits eine Frau für Sie!«

Shane war gleichzeitig erleichtert und enttäuscht.

»Die Ländereien, die Sie in Irland kaufen wollen, gehören einer jungen Frau in Cheltenham. Sie will das Land nicht verkaufen, weil es die einzige Mitgift ist, die sie von ihrem irischen Vater geerbt hat. Ihr Stiefvater ist ein Reverend der englischen Kirche in Cheltenham – eine tadellose Familie. Sehen Sie, wenn Sie um ihre Hand anhalten ...«

»... dann bekomme ich nicht nur eine Frau, sondern gleichzeitig mein Land«, beendete Hawkhurst den Satz.

»Genau! Wann können Sie nach Cheltenham reisen, um die junge Dame zu begutachten?«

»Gar nicht.«

»Aber Sie wollen sie doch sicher sehen und mit ihr sprechen?« drängte Goldman.

»Ich vertraue vollkommen auf Ihre Urteilskraft. Setzen Sie die Verträge auf.«

»Sie wollen also, daß die Hochzeit für den fünfzehnten Juni angesetzt wird?« fragte der Anwalt, obgleich er immer noch gewisse Zweifel hegte. Würde das Mädchen den Antrag annehmen? Würde der Stiefvater ihn annehmen? Mit dem Alten gab es wegen der großzügigen Abfindung gewiß keine Probleme, aber was war mit dem Mädchen? Er hoffte nur, daß die Feindseligkeit zwischen ihr und ihrem Stiefvater so groß war, daß sie in einer Ehe eine Fluchtmöglichkeit sah. Er mußte unbedingt Erfolg haben, denn wenn er versagte, würde das das sichere Ende seiner Tätigkeit für die Familie Hawkhurst bedeuten.

Um neun Uhr desselben Abends trug Shane Hawkhurst erneut seine blaßblaue Galauniform und schritt mit der Königin im Takt einer Gavotte durch den Musiksaal von Greenwich. Er blieb bis nach Mitternacht, wie es ihm befohlen war.

Um eins hatte er sich erneut umgezogen, um den wichtigsten Geschäften seiner ersten Londoner Nacht nachzugehen. Er und der Baron waren beide in schwarze Umhänge gehüllt und trugen schwere Dolche, als sie von den Hafenanlagen durch die Gracechurch Street zur Ecke Threadneedle eilten. Dort schlüpften sie ungesehen durch die Hintertür eines unscheinbaren grauen Gebäudes, in dem sich ein Bordell befand. Es gereichte ihm allerdings zur Ehre – vielleicht ja auch zur Schande –, daß er das Gebäude nicht wegen der Huren betrat.

4. Kapitel

Sara hatte einen solchen Tiefpunkt erreicht, daß sie, hätte sie die Möglichkeit dazu gehabt, ihr Land doch verkauft hätte. Ihr wurde klar, daß das Geld ihr die Möglichkeit zur Flucht verschafft hätte, selbst wenn sie es ihrem Stiefvater im Tausch gegen ihre Freiheit hätte überlassen müssen.

Auch der Reverend wünschte, er hätte sich während des Gesprächs mit dem Anwalt anders verhalten. Wenn er sie mit Samthandschuhen angefaßt und ihr ein wenig väterliche Zuneigung gezeigt hätte, hätte er die kleine Höllenkatze vielleicht umstimmen können. Als Jacob Goldman zum zweiten Mal in der großen Pfarrei in Cheltenham auftauchte, wurde er daher äußerst zuvorkommend behandelt, Mrs. Bishop vorgestellt und mit Erfrischungen bedacht.

»Reverend, Mrs. Bishop, der Mann, den ich vertrete, ist Kapitän Hawkhurst, Erbe der großen Hawkhurstschen Seefahrer-Dynastie. Sein Vater, Lord Devonport, ist schwer krank, und für den Fall seines Todes geht sein Titel auf Kapitän Hawkhurst über.«

Reverend Bishop war von der Tatsache einigermaßen beeindruckt, es mit einem Adligen zu tun zu haben. Aus diesem Grund sackte ihm vor Überraschung das Kinn hinunter, als Goldman auf das Thema Ehe zu sprechen kam.

»Ich überbringe Ihnen den Antrag von Lord Devonports Erbe, ihm die Hand Ihrer Tochter Sara zu geben. Allerdings stellt er die Bedingung, daß die Hochzeit am fünfzehnten Juni stattfinden kann.«

Dem Reverend kam sofort seine jüngste Tochter, die liebliche Ann, in den Sinn, aber als er ihren Namen nannte, wurde ihm im gleichen Augenblick klar, daß natürlich das Mädchen, in dessen Besitz die begehrten Ländereien waren, den adligen Gatten bekommen würde.

»Kapitän Hawkhurst läßt sich für die unziemliche Eile entschuldigen, aber ich habe die Eheverträge bereits aufgesetzt, und er hat sich großzügig bereit erklärt, nicht nur Sara, sondern auch ihre Familie für die Umstände zu entschädigen.«

Mrs. Bishop war voll des Lobes für ihr Kind: »Ich wußte schon immer, daß Sara eines Tages eine gute Partie machen würde. Wissen Sie, sie ist etwas ganz Besonderes.«

»Dann gehen Sie also nicht davon aus, daß sie gegen die vorgeschlagene Heirat irgendwelche Einwände erhebt?« fragte Jacob Goldman. Der Gedanke, dieses Thema mit der schönen jungen Frau besprechen zu müssen, bereitete ihm einiges Unbehagen.

»Einwände?« fragte ihr Stiefvater erbost. »Ich werde ihre Einwände zurückweisen. Schließlich ist es an mir, die Hand meiner Tochter einem Mann zu geben. Oder etwa nicht? Sie hat da gar nichts zu sagen!«

»Ah, Reverend Bishop, das ist natürlich wahr«, pflichtete Goldman ihm taktvoll bei. »Aber meinen Sie nicht, daß wir eine schnellere Einigung in dieser Sache erzielen, wenn Sara den Eindruck hat, daß sie die Entscheidung trifft?«

»Ja, George, irgendwie schaffst du es immer, Sara dazu zu bringen, genau das Gegenteil von dem zu tun, was du willst, auch wenn ich wirklich nicht weiß, woran das liegt.« Mary Bishop sah ihn flehend an und hoffte, er würde ihre Chancen, durch eine Heirat der Tochter mit dem Adel in Verbindung zu treten, nicht verderben.

»Also gut. Nur, um dir einen Gefallen zu tun, meine Liebe, werden wir sie herunterbitten und sie *fragen*, statt ihr einfach unsere Entscheidung mitzuteilen.«

Als Sara von dem Heiratsantrag hörte, konnte sie zunächst nicht glauben, was ihr da geschah. Sie blickte von einem zum anderen und hoffte, daß das alles nicht nur ein Traum war. Ihr war klar, daß sie nur wegen der Ländereien geheiratet werden sollte, aber darum hatte sie sie ja auch behalten – als Mitgift für ihren Ehemann. Die Aussicht, einen vollkommen Fremden zu ehelichen, war beängstigend, aber auch aufregend, und daß sie tatsächlich an den Königshof kommen würde, war wie ein wahr gewordener Traum. Wenn sie diese Chance nicht nutzte, würde sie vielleicht nie wieder eine ähnliche Gelegenheit bekommen. Wenn sie zwischen zwei Möglichkeiten wählen mußte, nahm sie außerdem immer die verwegenere. Daher lächelte sie Jacob Goldman jetzt an, daß sein Herz vor Freude einen Satz machte. »Darf ich den Vertrag sofort unterschreiben?«

Ihre Mutter machte einen riesigen Wirbel, und ihr Stiefvater wirkte auf alberne Art zufrieden. Mr. Goldman wies sie an, alles sorgfältig zu lesen, und anschließend unterschrieb sie dreimal mit *Sara Bishop,* aber alles, was sie sah, war der verwegene, düstere Name, der bereits unter den Verträgen stand: *S. Hawkhurst.*

Wie von Zauberhand hatte sich ihr Leben plötzlich radikal verändert. Auf einmal stand sie im Mittelpunkt des allgemeinen Interesses. Nicht nur, daß sie die Hauptperson war, um die sich die fieberhafte Aktivität der gesamten Familie drehte, darüber hinaus wurde sie von sämtlichen Tanten und Cousinen neugierig und neidisch gemustert, und die Neuigkeit von der bevorstehenden Hochzeit sprach sich in Windeseile in ganz Cheltenham und Gloucester herum.

Sie genoß diese ungewohnte Aufmerksamkeit, und bei jeder Gelegenheit betonte sie: »Wißt ihr, mein zukünftiger Ehemann ist ein Favorit der Königin, und wir werden oft am Hof in London sein.« Ihre Aufregung steigerte sich, bis sie nachts keine Ruhe fand und nicht mehr schlafen konnte, und sie konnte es sich auch nicht verkneifen, ihre Halbschwestern selbstzufrieden anzugrinsen, als diese bei ihr für ihr Hochzeitskleid Maß nahmen.

Sie wählte sogar die Farbe des Kleides selbst. Sie entschied sich für über und über mit Glasperlen bestickte cremefarbene Satin und eine cremefarbene, spitzenbesetzte Halbkrause, so daß sie ihr prächtiges Haar offen zur Schau stellen konnte, und als sie das Kleid zum ersten Mal anprobierte, sah sie in den Spiegel und stellte fest, daß ihre kupferfarbenen Locken über der Krause einfach unwiderstehlich waren.

Sara genoß die neidischen Blicke ihrer Schwestern und Cousinen und konnte über ihre gehässigen Sticheleien nur lachen. Das Gift dieser Hexen war viel zu schwach, um ihr den Hochzeitstag zu verderben; in der Tat war sie der festen Überzeugung, daß es auf der ganzen Welt nichts gab, was diesen Tag zu ruinieren vermochte.

Sie lief wie in Trance herum und träumte davon, wie ihr Bräutigam sie holen würde. Sie war wie besessen von ihm, und wenn sie sich seine Statur, sein Haar, seine Augen, seinen Mund und seine Hände vorstellte, erschauderte sie. Er war gewiß ein höflicher Mensch, denn schließlich war er die Gesellschaft der Königin gewohnt, die sie sich ebenfalls als wunderbare Frau vorstellte, die mit sämtlichen Tugenden gesegnet war. Eines Tages, in nicht allzu ferner Zukunft, würde er Lord Devonport sein, und sie wäre dann eine Lady. Der Gedanke raubte ihr den Atem, obwohl es sie traurig machte, daß sein lieber Vater sterben mußte, ehe es soweit war.

Sie zeigte ihren Cousinen ihre bescheidene Aussteuer aus Korsettstäbchen, Unterröcken, Nachthemden, Pantoffeln und einem Reisekostüm, und als diese boshaft bemerkten, wie mager diese Ausstattung doch sei, winkte sie lässig ab und erklärte, ihr Ehemann würde ihr in London bestimmt eine ganz neue Garderobe kaufen, da die Mode am Hof wesentlich fortschrittlicher war als alles, was es in Gloucester gab. Der Stil am Hof war so gewagt, erklärte sie, daß er überall anders einen Skandal verursachen würde. Sämtliche Frauen wurden grün vor Neid, vor allem, da sie wußten, daß sie durchaus in der Lage war, einen Skandal heraufzubeschwören, durch gewagte Mode oder sonst irgendwie aufzufallen.

Hawkhurst und Drake saßen auf einem Balkon in der Narrow Street, von wo aus sie einen guten Blick auf den Fluß und die vorüberfahrenden Schiffe hatten.

»Ich kann die Gerüchte über Philipps Große Armada bestätigen. Sie wird in Cádiz gebaut«, flüsterte Hawk.

»Natürlich! Cádiz ist abgelegen genug dafür«, sagte Drake,

und seine Augen blitzten auf. »Und ich habe den Golf von Biskaya von San Sebastian bis La Coruña und schließlich die gesamte portugiesische Küste bis Lissabon abgesucht, ohne etwas zu finden!«

»Philipp raubt Silber und Gold in Mexiko und Peru und steckt alles in seine Schiffe, um England zu besiegen.«

»Hast du der Königin davon erzählt?« fragte Drake.

Hawkhurst schüttelte den Kopf. »Das wäre vollkommen sinnlos, Francis. Du weißt, daß sie eine weibische Angst vor Kriegen hat und uns beschuldigt, daß wir Philipps Haß schüren, weil wir unseren eigenen Ruhm mehren wollen. Essex bekommt ihren Zorn jedesmal zu spüren, wenn er über das Thema spricht. Sie distanziert sich, wenn wir spanische Schätze rauben, und tut so, als wüßte sie nichts davon, aber andererseits kann sie gar nicht schnell genug die Gewinne einheimsen.«

Drake nickte zustimmend. Wie oft schon hatte er selbst mit Elizabeth gestritten, bis er vor Anstrengung ganz blau geworden war? Und es hatte nie etwas genützt. »Am besten geben wir diese Information an Walsingham und Cecil weiter«, stellte er entschlossen fest.

Hawkhurst zuckte unmerklich zusammen, als er den Namen des königlichen Sekretärs Walsingham vernahm, aber dann sagte er: »Du übernimmst Walsingham, und ich spreche mit Cecil.«

Die beiden Männer gingen immer auf vollkommen unterschiedliche Weise vor. Hawkhurst vertrat die Auffassung, daß man seine wahren Wünsche stets verbergen und es sich immer zweimal überlegen sollte, ehe man ein Wort sprach, während Drake, der längst verheiratete Sohn eines Landpfarrers, immer ehrlich war und so offen, daß es ihm selbst manchmal schadete. Andererseits war er ein genialer Seefahrer, und Hawkhurst würde seine Gesellschaft der jedes anderen vorziehen, falls es dazu kam, daß ein spanisches Kriegsschiff Kanonenkugeln auf ihn abfeuerte.

Eines der Hawkhurstschen Handelsschiffe kam in London an und brachte Nachrichten von Georgiana und seinem Bruder

Matt. Er sollte so schnell wie möglich nach Devonport zurückkommen, und da er während seines Kurzbesuchs in London schon sehr viel erreicht hatte, meinte er, den Hof für kurze Zeit verlassen zu können. Noch vor Einbruch der Dunkelheit sattelten er und der Baron ihre Pferde für den langen Ritt.

Nachdem sie die Hälfte der Strecke hinter sich gebracht hatten, machten sie eine kurze Pause, doch noch vor dem Morgengrauen hatten sie Devonport House erreicht. Bei ihrer Ankunft lag Sebastian in den letzten Zügen, und als die Dämmerung ihre roten Finger in den Himmel streckte, war sein Sohn der neue Lord Devonport.

Mit der ihm eigenen Energie kümmerte er sich um die Einzelheiten der Beerdigung, tröstete seine Mutter und traf zahllose Entscheidungen bezüglich des Schiffahrtsimperiums. Außer dem Titel hatte er das Amt des königlichen Gouverneurs von Devon geerbt, was bedeutete, daß er im Kriegsfall für die Versorgung der Seestreitkräfte und die Rekrutierung sämtlicher körperlich unversehrter Männer zwischen sechzehn und sechzig verantwortlich war.

Shane wußte, daß er als erstes einen Stellvertreter ernennen mußte, und spielte mit dem Gedanken, diese Ehre seinem Bruder zuteil werden zu lassen, doch schließlich entschied er sich für einen jüngeren Bruder seines Vaters, auch ein Hawkhurst und einer der besten Kapitäne zur See. Matthew hatte im Augenblick andere Aufgaben zu erfüllen, und je eher er mit seinem Bruder über seine Pläne sprach, um so besser, denn die Zeit bis zum fünfzehnten Juni verging wie im Flug.

Er lud Matthew ein, im Ostflügel von Devonport House mit ihm zu Abend zu essen, und stellte fest, daß sein jüngerer Bruder sichtlich enttäuscht war, daß Lerchengesang nirgends zu sehen war. Dennoch machte er sich mit großem Appetit über das Essen her, und Shane ließ ihn das Mahl genießen, ehe er ihm einen großen Brandy servierte und auf sein Anliegen zu sprechen kam.

»Ich werde dir das Eigentum an der *Devon Rose* übertragen, Matt. Du bist seit über einem Jahr ihr Kapitän, und jetzt gehört sie dir.«

Matt zog überrascht die Brauen hoch. Sein Vater hätte niemals ein Schiff der Gesellschaft an ein einzelnes Familienmitglied gegeben, Sohn oder nicht. Shane selbst hatte alle seine Schiffe kaufen (oder stehlen) müssen, da Sebastian ihm keines hatte überlassen wollen.

»Es ist an der Zeit, daß du anfängst, sowohl für dich selbst als auch für die Familie Geld zu verdienen.«

»Wie kann ich dir dafür danken?« fragte Matt hocherfreut.

»Nun, es gibt da etwas, was du für mich tun müßtest, Matt.«

»Sag nur, was!« bot Matt eifrig an.

»Am fünfzehnten Juni werde ich eine junge Frau aus Cheltenham heiraten. Ich möchte, daß du dorthin fährst und dich für mich um die Einzelheiten kümmerst.«

Matt pfiff leise durch die Zähne. »Himmel, du bist mir vielleicht einer! Wann hast du sie kennengelernt? Seit wann geht die Sache zwischen euch? Es ist mir eine Ehre, dein Trauzeuge zu sein. Wann reisen wir ab?«

»*Wir* reisen gar nicht ab«, sagte Shane knapp. »Ich muß in ein paar Tagen zurück an den Hof. Ich will, daß du hinfährst und sie stellvertretend für mich ehelichst.« Er sah seinen Bruder aus halb geschlossenen Augen an.

»Das ist ja wohl ein Scherz!« rief Matt ungläubig aus.

»Nein«, stellte Shane ruhig fest. »Die junge Frau, um die es geht, heißt Sara Bishop; ihr Stiefvater ist ein Reverend der Kirche von England. Die Eheverträge sind bereits aufgesetzt und von allen Beteiligten unterschrieben. Du wirst sie einfach in meinem Namen heiraten. Ich versichere dir, das ist vollkommen legal.«

Matt pfiff erneut. »Gott der Allmächtige, du siehst das Ganze ja wirklich sehr geschäftsmäßig. Willst du etwa behaupten, daß du sie noch nie gesehen hast?«

»Und ich habe auch nicht die Absicht, sie zu sehen. Nach der Zeremonie wirst du sie nach Blackmoor Hall begleiten, wo sie leben wird, und somit habe ich mein Versprechen gegenüber Sebastian eingelöst. Das Ganze ist eine rein technische Angelegenheit.«

»Blackmoor?« Matt rang sichtlich nach Luft. »Du willst allen Ernstes ein junges Mädchen aus den schönen Cotswolds in den tristen, einsamen Steinhaufen am Wald von Exmoor verbannen?«

»Himmel, Junge, du erwartest doch wohl nicht etwa, daß ich sie mit an den Hof nach London schleife, wo sie mir den lieben langen Tag am Hals hängen würde?« fragte Shane.

»Nun, wohl kaum – du wirst niemandem verraten dürfen, daß du verheiratet bist. Aber Blackmoor?« protestierte Matt. »Das ist grausam, selbst für deine Verhältnisse«, sagte er frei heraus.

»Verdammt, Matt, diese Ehe bringt ihr Reichtum und einen Titel ein. Was könnte sie mehr verlangen? Sie ist ein einfaches Mädchen vom Land und wird sich meinen Wünschen beugen. Blackmoor braucht eine Hausherrin; es wird schon zu lange nur noch von Bediensteten geführt. Sie wird den Haushalt führen dürfen, wie es ihr gefällt, und die Verwaltung der Ländereien wird sie so sehr beanspruchen, daß es ihr bestimmt nicht einfällt, irgendwelchen Unsinn anzustellen. Ich kann sie ja wohl unmöglich hierherbringen, damit sie bei Mutter lebt. Die beiden Frauen unter einem Dach kämen niemals miteinander zurecht. Ich finde, das ist die perfekte Lösung.«

»Aber was wird Sara denken?« fragte Matt.

»Ich bin es nicht gewohnt, Frauen um Rat zu fragen, wenn ich eine Entscheidung treffe, Matthew«, sagte Shane. »Am besten segelst du von Devonport in den Kanal von Bristol und gehst irgendwo im Severn vor Anker. Dann segelst du zurück, setzt Sara in Blackmoor Hall ab, sorgst dafür, daß sie sich dort eingewöhnt, und anschließend kommst du mit der *Devon Rose* nach London rauf. Ich habe eine ertragreiche Fracht, die du von meinen Lagerhäusern nach Calais verschiffen kannst.«

Matt zuckte mit den Schultern. Es war schlicht und einfach Erpressung, aber wann hatte sich sein Bruder je mit etwas so Zivilem wie Erpressung begnügt? Aus dem Nebenzimmer drang der Duft von Sandelholz herüber, und man hörte das leise Rascheln von Seidenstoff. Matt leckte sich die Lippen und setzte zögernd an. »Ich glaube nicht ... du würdest bestimmt nicht.«

»Wag ja nicht, auch nur danach zu fragen«, unterbrach Shane die Phantasien seines kleinen Bruders.

Saras drei Schwäger fingen sie alle einzeln ab, um ihre Reaktion auf die jüngsten Ereignisse zu testen. Jeder von ihnen wußte, daß auch die anderen beiden zunächst um ihre Hand angehalten hatten, ehe sie sich mit ihren jeweiligen Frauen zufriedengegeben hatten, aber es gab keine Eifersucht, da jeder glaubte, Saras Herz gehöre nur ihm allein.

Aber jetzt würde sich alles ändern. Ein Fremder sollte sie bekommen, ein reicher, adliger Mann vom Hof der Königin, und ihre Eifersucht war tief und heiß. David fing sie in der Sakristei der Kirche ab, in die sie allein gegangen war, um für ihre Erlösung zu danken und einen Ehemann zu erbitten, der sie lieben würde. Er drückte sie gegen die dicke Eichentür. »Sara, du weißt gar nicht, wie sehr ich dich immer begehrt habe.« In dem Augenblick, in dem er sie berührte, hätte er fast die Beherrschung verloren. Obgleich es unmöglich war, daß irgend etwas durch das dicke samtene Wams drang, das er trug, hätte er schwören können, die Hitze ihrer herrlichen Brüste direkt auf der Haut zu spüren.

»Nimm deine Pfoten weg, David. Ich bin inzwischen vergeben«, warnte sie.

»Sara, laß mich dich nur ein einziges Mal besitzen – laß mich dich in die Kunst der Liebe einführen.« Er keuchte schwer, und seine Arme verwandelten sich mit zunehmender Erregung in Bänder aus Stahl. Sie spürte ihn voll und hart an sich, aber die Erfahrung hatte sie gelehrt, daß sie es sein würde, die man der Verworfenheit bezichtigte, falls sie laut um Hilfe schrie. Sie hatte gelernt, sich auf sich selbst zu verlassen, also holte sie aus und trat ihm kraftvoll zwischen die Beine. Er klappte zusammen und stieß widerliche Obszönitäten aus.

»Die Einführung in die Kunst der Liebe kann durchaus schmerzhaft sein, David«, flüsterte sie fast vergnügt.

»Bei Gott, ich hoffe, daß sie für dich schmerzhaft wird, du wilde, kleine Hexe. Ich hoffe, Hawkhurst vergewaltigt dich!«

Die zweite Begegnung hatte sie in ihrem eigenen Zimmer, obgleich sie geglaubt hatte, dort sicher zu sein. Aber sie hatte nicht mit Johns Verwegenheit gerechnet. Eines Morgens wollte sie gerade aus der Tür treten, als er zufällig in der Nähe war. Ohne zu zögern, schob er sie zurück und schloß hinter sich die Tür. Er wußte, daß sie wohl kaum ein paar Tage vor ihrer Hochzeit kompromittiert werden wollte, und vertraute darauf, daß sie den Mund halten würde.

»Süße, es gibt da noch eine unerledigte Sache zwischen uns. Am See bist du mir entwischt, aber dieses Mal sitzt du eindeutig in der Falle.«

»John, du siehst gut aus, aber du bist ein erbärmlicher Feigling. Ich hätte es dir vielleicht verzeihen können, daß du versucht hast, nackt mit mir zu baden – schließlich ist es nicht deine Schuld, wenn dich die Lust überkommt –, aber ich werde dir niemals verzeihen, daß du meinem Stiefvater davon berichtet hast. Er hat deshalb Sabbat verkauft.«

»Ich lasse dich gerne auf mir reiten«, sagte er mit einem lüsternen Grinsen, und ehe sie sich versah, hatte er sie auf das Bett geworfen und ihr die Röcke die Schenkel hochgeschoben. Er öffnete eilig seine Hose und wollte sie gerade hinunterschieben, als Sara unter dem Bett die Waffe ihres Vaters ertastete; die Waffe, die ihr ihren Spitznamen eingetragen hatte. Die lange, geschwungene Klinge kratzte an seinem Bauch.

John flüsterte verzweifelt: »Der Säbel! Um Gottes willen, sei vorsichtig. Es tut mir leid, ich habe es nicht so gemeint, und ich verspreche dir, dich nie wieder zu belästigen.« Er stotterte fast vor Angst. Sie schob die Spitze ein Stückchen weiter, ohne ihn ernsthaft zu verletzen, und er floh.

Die dritte Begegnung war etwas subtiler arrangiert. Andrew war plötzlich mit ihr in den Stallungen allein. Das erinnerte sie beide an die Zeit, als er sie gebeten hatte, seine Frau zu werden, und sie sich ihm fast hingegeben hätte. Obwohl er nähertrat, versuchte er nicht, sie zu berühren. Er wußte, wenn er sie berührte, würde alles vorbei sein. »Sara«, sagte er heiser. Und dann: »Bitte verzeih mir, Sara, ich habe einen furchtbaren Fehler gemacht.«

Sie biß sich auf die Lippe. »Weißt du, wie weh du mir getan hast, Andrew?«

»Dafür bin ich schon tausendmal gestraft. Beth ist selbstsüchtig, oberflächlich, unglaublich verwöhnt ... und unerfahren im Bett, wie ein kleines Mädchen.«

»Verdammt, Andrew, sie ist ein kleines Mädchen. Sie ist erst fünfzehn.«

»Ich ertrage den Gedanken nicht, daß Hawkhurst dich bekommt. Ich liebe dich, Sara ... Ich liebe dich immer noch!« Er sah sie aus traurigen Augen an. »Meine Eltern und Reverend Bishop haben meine Ehe mit Beth arrangiert.«

Der Stallgeruch – Leder, Heu und Pferde – drang ihr in die Nase und erinnerte sie an die Zärtlichkeit, die sie einst füreinander empfunden hatten. »Ich dachte auch, daß ich dich liebe, Andrew, aber ich habe mich geirrt. Du bist nicht viel mehr als ein Junge ... aber ich brauche einen Mann.« Jetzt erkannte sie Andrews Schwäche und war froh, daß sie ihn nicht geheiratet hatte, aber immer noch verspürte sie das Bedürfnis, es ihm ein wenig heimzuzahlen. »Allem Anschein nach heirate ich einen starken Mann. Wenn er kommt, paß gut auf, Andrew. Sieh ihn dir genau an, er ist ein richtiger Mann!«

In der Tat hatte sie in letzter Zeit weder die Geduld noch die Zeit gehabt, überhaupt an die Männer zu denken, die es bisher für sie gegeben hatte. Im Mittelpunkt all ihrer Gedanken stand Hawkhurst, Hawkhurst allein. Sie dachte an die ersten Worte, die er zu ihr sagen würde, und übte, ihm die Hand zu einem Kuß zu bieten. Wenn sie nachts nach Stunden endlich in einen seligen Schlaf verfiel, träumte sie von einem schönen, galanten und liebevollen Ehemann.

Die Zeit verging so schnell, daß plötzlich nur noch ein Tag bis zur Hochzeit war. Sie drückte sich die Nase am Fenster ihres Zimmers platt, um ihn sofort zu sehen, wenn er kam. »Bitte, bitte, lieber Gott, mach, daß ich nicht enttäuscht bin. Dies ist der wichtigste Augenblick in meinem ganzen Leben. Bitte, bitte!«

Ein kurzer Blick genügte, um ihr Herz schneller schlagen zu

lassen. Wie groß er war! Falls ihre Augen sie nicht betrogen, war er außerdem noch hübsch! *Oh, danke, danke,* flüsterte sie. Plötzlich fühlte sie sich wie eine echte Braut, aufgeregt und schüchtern zugleich, und da sie ihre Gefühle nicht länger unter Kontrolle hatte, fühlte sie sich hoffnungslos verletzlich. Sie flog zum hundertsten Mal zum Spiegel hinüber, doch dieses Mal bewunderte sie nicht ihr wunderbares blaßgrünes Tageskleid, sondern suchte nach möglichen Fehlern in ihrem Gewand und ihrem Gesicht, die den ersten Eindruck schmälern könnten, den ihr Bräutigam von ihr bekam.

Es freute sie, daß ihre vier Halbschwestern sowie ihre verhaßten Cousinen alle unten waren und seine Ankunft miterleben konnten. Sie versuchte, geduldig zu sein, während sie darauf wartete, daß man sie rief, aber Geduld gehörte nicht zu ihren Tugenden. Sie konnte es nicht erwarten, hinunterzustürzen und ihrer Zukunft, ihrem Schicksal, ins Gesicht zu sehen.

Matthew Hawkhurst fand die ganze Situation, gelinde gesagt, unangenehm. Es gelang ihm, sich halbwegs zivilisiert vorzustellen, doch ihm wurde sofort klar, daß Jacob Goldman von einer Eheschließung mit Stellvertreter nichts hatte verlauten lassen. Dieser verdammte Feigling, dachte Matthew entnervt, aber er verstand Goldmans Zurückhaltung, als er den Reverend Bishop traf.

Außer Mrs. Bishop waren noch sechs junge Frauen anwesend, und Matthew fand nicht sofort heraus, welche von ihnen die Braut war, denn sie alle waren begierig, die Einzelheiten der Hochzeit mit Stellvertreter zu erfahren. Er erklärte, daß die Umstände es seinem Bruder leider unmöglich machten, persönlich zu seiner Trauung zu erscheinen, und daß deshalb er gekommen sei. Es gefiel ihm nicht, die Entschuldigung vor der gesamten Familie vorzubringen, aber zu seiner Überraschung waren die Mädchen daraufhin alle ungewöhnlich vergnügt.

»Unter den gegebenen Umständen sind die große kirchliche Trauung und der anschließende Empfang, den wir geplant hatten, wohl nicht angemessen. Ich werde sofort einen Boten losschicken, der die geladenen Gäste über die veränderten Gegebenheiten informiert«, sagte der Reverend. »Es dürfte reichen, wenn die Zeremonie in unseren Privaträumen stattfindet.«

Erleichtert stimmte Matthew ihm zu und musterte erneut die jungen Frauen, um zu sehen, welche von ihnen die Unglückliche war. Zu seinem Entsetzen bemerkte er, daß sie vergnügt lächelten oder sogar verstohlen kicherten. Nur Mrs. Bishop wirkte traurig und verwirrt.

»Ich glaube, wir sollten Sara holen und ihr die Sache erklären«, stellte der Reverend fest.

Mrs. Smite, die lange genug an der Tür gelauscht hatte, um jedes Wort mitzubekommen, wurde losgeschickt. Die griesgrämige Frau lächelte bösartig und murmelte etwas von »wohlverdienter Strafe«, aber Sara war viel zu glücklich und aufgeregt, um etwas davon zu bemerken.

Sie rannte fröhlich die Treppe hinab und wurde erst langsamer, als sie den eleganten Salon betrat.

Matthew war hingerissen. Sein erster Gedanke war, daß sein Bruder ihn hinters Licht geführt hatte, als er behauptete, seine Braut nicht zu kennen. Diese Frau war mit größerer Sorgfalt ausgesucht als die gesamte Mannschaft eines seiner geliebten Schiffe. Sie war einfach atemberaubend, herzergreifend, allerliebst. Sie hob ihm ihr herzförmiges Gesicht entgegen und sah ihn aus dunkelgrünen Augen an, in denen ein Mann ertrinken konnte … und das freiwillig. Sie trat näher, machte einen zierlichen Knicks und hauchte: »Mr. Hawkhurst.«

Er räusperte sich und erwiderte: »*Matthew* Hawkhurst, Euer zukünftiger Schwager, Mistress Bishop.«

Sie starrte ihn entgeistert an, und er hätte sich ohrfeigen können dafür, daß er ihr ihr hübsches, erwartungsvolles Lächeln geraubt hatte. Sie war enttäuscht, daß er nicht der Bräutigam war, und er war ebenso enttäuscht. Aber zumindest zeigte ihm ihre Reaktion, daß sie seinen Bruder tatsächlich nicht kannte.

Er nahm ihre Hände und zog sie hoch. »Mistress Bishop, ich bin als Stellvertreter meines Bruders hier. Ich soll an seiner Stelle den Eheschwur leisten. Es war ihm leider unmöglich, den Hof zu verlassen.«

Sie erstarrte und sah ihn schockiert und ungläubig an. Das war einfach unmöglich! Der Bräutigam, mit dem sie geprotzt und geprahlt hatte, machte sich noch nicht einmal die Mühe, zur Hochzeit zu kommen! Sie spürte die feixenden Blicke der acht anderen Mädchen im Raum und errötete bis unter die Haarwurzeln. Sie war am Boden zerstört.

Matthew bemühte sich, das peinliche Schweigen zu brechen. »Mein Schiff liegt auf dem Severn vor Anker. Es wird mir eine Ehre sein, Euch sicher zu begleiten, Mistress.«

»An den Hof?« flüsterte sie.

Nun war die Reihe an Matthew zu erröten. Er wagte nicht, ihr in die Augen zu sehen. »Nein. Ich begleite Euch nach Blackmoor Hall in der Nähe des Waldes von Exmoor. Das ist eine der Besitzungen meines Bruders, und seit Jahren fehlt dort eine Hausherrin. Er hat mir ein Schreiben mit genauen Anweisungen an Euch mitgegeben.«

Ihre Augen sprühten grüne Funken. Haß und Ärger fraßen derart an ihr, daß sie nicht mehr denken konnte. Der Hurensohn Hawkhurst hatte ihr die schlimmste Beleidigung zuteil werden lassen, die es gab. Dies war die letzte und furchtbarste Erniedrigung.

Sie versuchte zu sprechen, aber aus ihrer Kehle drang kein Laut. Sie griff sich an die Kehle und rang nach Luft, als sich alles um sie herum zu drehen begann. Matthew sah, daß sie in Ohnmacht fiel, und fing die zarte Last mit seinen starken Armen auf. Er sah sie an und empfand eine nie gekannte Zärtlichkeit. Ihre Lider flatterten wie die Flügel eines sterbenden Schmetterlings, ehe sie auf ihren Wangen zur Ruhe kamen. Ihr süßer Mund wirkte so jung und so verletzlich. Sein Bruder war ein Schwein, einem unschuldigen Mädchen so etwas anzutun.

5. Kapitel

Mrs. Bishop trat neben Matthew. »O je. Könnten Sie sie vielleicht in ihr Zimmer tragen, Mr. Hawkhurst?«

Matthew folgte ihr nach oben, froh, dem Raum voller Frauen entkommen zu können. Statt auf das Bett legte er seine zarte Last auf ein kleines Sofa unter dem Fenster ab. Mrs. Bishop flatterte aufgeregt herum, und er mußte erst einmal sie beruhigen. »Haben Sie vielleicht etwas Brandy, Ma'am?«

»Oh, nein!« erwiderte sie schockiert. »Der Reverend würde solche Dinge niemals gestatten. Was soll ich nur tun? Riechsalz holen oder ihr kräftig ins Gesicht schlagen?«

»Nein, nein, Ma'am. Sie wird gleich wieder zu sich kommen. Sie hat lediglich einen Schock. Mrs. Bishop, glauben Sie, daß ich kurz unter vier Augen mit Sara sprechen könnte? Ich bin sicher, daß ich ihr die Situation so erklären kann, daß sie sie verstehen und akzeptieren wird.«

Mrs. Bishop sah ihn zweifelnd an, aber dann überließ sie die ganze Angelegenheit dem jungen Mann. Sie fühlte sich selbst alles andere als wohl und zog sich auf ihr Zimmer zurück, ehe sie ebenfalls zusammenbrach.

Als die Tür hinter ihr ins Schloß gefallen war, zog Matthew eine kleine, silberne Flasche aus der Tasche und benetzte Saras Lippen mit etwas Brandy. Sie hustete und richtete sich so abrupt auf, daß sie ihn dabei fast niederschlug.

»Dieses Schwein!« keuchte sie. »Er hat mich zum Gespött von ganz Cheltenham gemacht!« Sie legte die Hände auf die Schläfen und öffnete den Mund zu einem gellenden Schrei. Matthew sah nervös zur Tür, weil er dachte, jeden Augenblick käme ein erzürnter Vater hereingestürmt, um seine Tochter zu rächen.

Sara lachte hysterisch auf. »Niemand wird es wagen, durch

diese Tür zu kommen, solange die ›Wilde‹ ihren Koller hat.« Sie bückte sich, zog den Säbel unter dem Bett hervor und schwenkte ihn durch die Luft. »Dieser Schweinehund, wenn er hier wäre, würde ich ihn auf der Stelle durchbohren.«

»Sara –« setzte er sehr vorsichtig an.

»Ich bin nicht Sara. Sie haben nie zugelassen, daß ich Sara Bishop war. Ich bin Sabre, der Säbel, so nennen sie mich. Ich bin für sie Sabre Wilde. So haben sie mich nach meinem Vater und seiner Waffe benannt.«

Er sah sie bewundernd an. »Sabre ist ein wunderbarer Name. Er paßt hervorragend zu Euch.«

»Euer Bruder hat mein Leben ruiniert!« schrie sie ihn dramatisch an. »Und ich werde das seine ruinieren, und wenn es das letzte ist, was ich tue!«

»Sabre ... ehrlich, er konnte nicht kommen. Die Königin hat ihm befohlen, am Hof zu bleiben.«

»Die Königin?« Sie runzelte die Stirn, und plötzlich wallte eine nie gekannte Eifersucht in ihr auf. Ihr Bräutigam hatte sie versetzt, um vor der verdammten Königin zu katzbuckeln! »Bei Gott, ich werde es ihm zeigen! Ihm und der Königin, das schwöre ich! Ich werde sie dafür bezahlen lassen ... ewiglich!«

Sie warf den Säbel auf den Boden, und ihre Brust hob und senkte sich, als sie tief einatmete, um sich zu beruhigen.

Plötzlich brach Matthew in Lachen aus.

Ihre Augen sprühten grüne Funken, und sie stellte hitzig fest: »Ihr seid wirklich ein eingebildeter Kerl ... aber vielleicht hättet Ihr ja die Freundlichkeit, mir zu erklären, was daran so lustig ist.«

»Mädchen, ich bin vollkommen auf deiner Seite. Ich gebe zu, daß es ein selbst für Hawkhursts Verhältnisse verdammt schäbiges Verhalten ist, aber bei Gott, dafür wird er büßen. Er hat nicht die geringste Ahnung, was er sich selbst vorenthält. Als ich dich zum ersten Mal sah, fand ich dich so liebreizend, daß mein Blut geradezu in Wallung geriet, aber wenn du wütend bist, bist du noch viel wunderbarer. Wenn er je auch nur einen Blick auf sein zukünftiges Eigentum geworfen hätte, würde er jeden anderen

Mann umbringen, der es auch nur wagen würde, dich zweimal anzusehen.«

»Noch gehöre ich ihm nicht! Noch haben wir uns nicht die Treue geschworen!«

»Willst du die Hochzeit etwa absagen?« Falls sie das jetzt tat, würde er selbst sie sofort bitten, seine Frau zu werden.

Sie runzelte die Stirn und dachte über ihre Möglichkeiten nach. Hier konnte sie unmöglich bleiben. Sie wußte ja noch nicht einmal, wie sie den Leuten morgen in die Gesichter sehen sollte.

»Der Fairneß halber muß ich dir sagen, daß du immerhin Lady Devonport sein wirst, wenn du ihn heiratest.«

Ihre Miene hellte sich auf. »Dann werde ich es tun!«

»Du würdest ihn nur seines Titels wegen ehelichen?« fragte er, und sie blitzte ihn zornig an.

»Er heiratet mich schließlich wegen meiner Ländereien – das ist doch wohl ein fairer Tausch, oder nicht?« Doch dann fiel ihr etwas anderes ein. »Oh, es tut mir leid, Matthew – das bedeutet, daß du deinen Vater verloren hast.« Sie setzte sich mit zärtlicher Besorgnis neben ihn, und Matthew drückte ihre Hand. »Er war so schwach, daß es im Grunde ein Segen war. So hätte er nicht weiterleben wollen.«

»Aber um deines Verlustes wegen tut es mir leid. Mein Vater starb, als ich vier Jahre alt war. Die Leute dachten, ich wäre zu jung, um es zu verstehen, aber das stimmte nicht. Ich habe sehr lange um ihn getrauert. Er war der einzige Mensch, der mich je geliebt hat. Er war mein Freund.«

»Ich wäre auch gerne dein Freund, Sabre«, sagte er leise.

»Matt ... wie wunderbar. In deiner Gesellschaft fühle ich mich wohl. Wenn ich fluche, ist es dir egal, und wenn ich tobe, lachst du nur. Ich schockiere die Menschen, das ist meine Hauptbeschäftigung, aber du bist einfach unerschütterlich.«

»Ich werde deinen verruchtesten Gedanken mit Begeisterung lauschen«, stichelte er.

»Oh, du wirst mir nicht nur zuhören, du wirst mir auch helfen«, versprach sie, während sie ihm die Flasche abnahm. »Darf ich noch etwas davon haben?«

»Langsam, Sabre«, warnte er. »Trink langsam, damit du dich nicht verschluckst. Und atme nicht ein, bevor du trinkst, denn sonst wirst du denken, daß du erstickst. Wenn du einen großen Schluck nimmst, wird es sich anfühlen, als würde ein Loch in deinen Bauch gebrannt!«

Die erste Lektion im Alkoholgenuß machte ihr Spaß. Matt war bestimmt ein Verbündeter von unschätzbarem Wert. »Oh, Himmel, Matt, wie soll ich ihnen nur morgen gegenübertreten? Sie werden sich vor Lachen die Bäuche halten, und sie werden vor Vergnügen mit den Beinen strampeln.«

»Sabre, dein Stiefvater hat die Feierlichkeiten in der Kirche und den Empfang abgesagt. Wir werden den Schwur in seinem Arbeitszimmer leisten. Und dann werden wir sofort abreisen, falls deine Truhen bis dahin gepackt sind. Du wirst Lady Devonport sein. Der Titel gibt dir große Macht.«

»Macht? Mmmm, Macht ... oh, das hört sich gut an«, stellte sie lächelnd fest, und plötzlich sah sie ihn an. »Hast du das Geld mitgebracht?«

»Natürlich. Fünfhundert Pfund für dich und fünfhundert Pfund für deinen Vater. Und natürlich stehen dir auf Blackmoor weitere Gelder zur Verfügung. Hawk hat in seinem Schreiben alles genau erklärt.«

Ihre Miene hellte sich sichtlich auf. »Los, laß uns gehen und dem Reverend sein Blutgeld geben!« Sie nahm seine Hand und zog ihn zur Tür. Ihr Haar floß wie geschmolzenes Kupfer über ihre Schultern, und sein Herz machte einen Satz. Hoch erhobenen Hauptes kehrte Sabre, gefolgt von Matthew, in den Salon zurück.

Sofort verstummten sämtliche Gespräche, und alle starrten sie verwundert an. Erst als sie die ungeteilte Aufmerksamkeit sämtlicher Anwesenden hatte, verkündete sie: »Lord Devonports Bruder hat die Abfindung für euch mitgebracht, Reverend! Matthew, bitte gib ihm fünfhundert Pfund, und sorge dafür, daß er dir eine Quittung gibt.« Sie wandte sich an ihre älteste Schwester. »Jane, sieh zu, daß die Bediensteten meine Aussteuer in meine Truhen packen. Vor allem sollen sie vorsichtig mit meinem

Hochzeitskleid umgehen. Ich bin sicher, daß Lord Devonport auf eine zweite Hochzeit bestehen wird, um seinen Treueschwur persönlich zu leisten. Matthew und ich haben noch geschäftlich zu tun. Ich habe beschlossen, Sabbat, besser gesagt Black Sabbath, zurückzukaufen. Ich werde mein eigenes Pferd mitnehmen. Wußtet ihr übrigens schon, daß Lord Devonport sein eigenes Schiff besitzt? Bestimmt wußtet ihr das. Die Hawkhursts sind schließlich eine Legende, nicht wahr?«

Dann verließ sie den Salon, und Matt folgte ihr auf dem Fuße. Er wartete, bis sie draußen waren, ehe er sich vor Lachen bog. Diese junge Frau war einfach eine Pracht, aber was noch besser war, er wußte, daß sie seinem Bruder eine ebenbürtige Gegnerin sein würde.

Früh am nächsten Morgen ging Sabre zu ihrer Mutter, um sich allein von ihr zu verabschieden. Sie wußte, daß das Leben ihrer Mutter von nun an wesentlich glatter verlaufen würde. Als sie ihrer Mutter einen Kuß auf die Stirn gab und ihr Lebewohl flüsterte, hatte sie fast das Gefühl, als hätten sich ihre Rollen vertauscht. Überrascht sah sie daher auf, als ihre Mutter ihre Hand drückte und flüsterte: »Ich habe deinen Vater über alle Maßen geliebt. Ich glaube nicht, daß irgendeine Frau einem wilden Iren widerstehen kann, wenn er sie erst einmal genommen hat.«

Später stand sie im Arbeitszimmer des Reverends und sprach das Ehegelübde. Wie seltsam, daß Matthew in der Person seines Bruders sprach: »Ich, Shane, nehme dich, Sara ...« *Das also bedeutete das S.*, dachte sie. *Aber warum hatte er einen irischen Namen?* Sie würde es herausfinden. Ja, sie würde alles herausfinden, was es über Shane Hawkhurst, Lord Devonport, zu wissen gab.

Der schwere Goldring wurde ihr auf den Finger geschoben, und die kurze Zeremonie war vorbei. Die ganze Zeit über hatten ihre Schwestern boshaft gekichert. Sie und Matthew blieben nur noch lange genug, um etwas Likör zu trinken und ein Stück von der Hochzeitstorte zu essen, dann wurden ihre Truhen in die Kutsche gehievt, die sie zum Schiff bringen würde. Matthews Pferd wurde neben Sabbat hinten angebunden, da er mit der jungen Braut im Inneren des Gefährts Platz nehmen würde.

Sie trug ein herrliches aprikotfarbenes Reisekleid und einen passenden Umhang, und sie wußte, daß sie niemals schöner gewesen war. Matthew wollte ihr gerade in die Kutsche helfen, als sie ihn bat, kurz zu warten, weil sie noch einmal ins Haus gehen und sich ordnungsgemäß von ihrer Familie verabschieden müsse.

Außer ihrer Mutter, die schluchzend auf ihrem Zimmer saß, waren sie alle da. Sie sah Beth und Andrew, Margaret und John, Jane und David und schließlich den Reverend an, und ihre Mundwinkel verzogen sich zu einem boshaften Grinsen. »Nun, es war wunderbar, ein Teil dieser Familie zu sein. Da ich keinen von euch jemals wiedersehen werde, möchte ich euch nur noch ein paar letzte schwesterliche Worte sagen. Beth, dein Ehemann meint, daß du dich im Bett wie ein kleines Kind benimmst ... verglichen mit mir.« Und mitten in dem schockierten Schweigen fuhr sie fort. »Margaret, ich bin wirklich nackt im See geschwommen, John hat nur vergessen zu sagen, daß er ebenfalls geschwommen ist. Und wenn du heute abend ins Bett gehst, laß dir doch mal den kleinen Stich zeigen, den die Spitze des Säbels in seinem Bauch hinterlassen hat.«

»Sabre Wilde, du bist eine widerliche Schlampe«, zischte Margaret. Dies war das schlimmste Wort, das sie je in den Mund genommen hatte.

Reverend Bishop war außer sich vor Zorn. »Du bist eine schamlose, verruchte Hure.«

Sabres Augen blitzten gefährlich auf. »Ja, und obendrein bin ich Lady Devonport.«

Jane sah sie kalt an. »Devonport vielleicht ... aber Lady, niemals!«

Sie verließ hoch erhobenen Hauptes das Haus, aber sobald sie in der Kutsche saß, rannen ihr Tränen der Verzweiflung über das Gesicht.

Matthew nahm sie tröstend in den Arm. Er hielt sie fest und murmelte leise, beruhigende Worte. Schließlich hob sie den Kopf und sah ihn an. Die Tränen in ihren Wimpern schimmerten diamantengleich, und da war es um ihn geschehen. Er beugte sich vor und küßte sie sanft.

Plötzlich brach sie in lautes Gelächter aus, und er fragte gekränkt: »Dürfte ich vielleicht erfahren, was an meinem Kuß so unterhaltsam ist?«

»Oh, Matthew, bis heute bin ich immer nur von meinen Schwägern geküßt worden, und jetzt küßt mich schon wieder ein Schwager!«

Am Severn angekommen, sah Sabre zu, wie Matthew die Pferde beruhigte, um sie an Bord des Schiffes zu führen. Als er ihr die schweren Holzboxen zeigte, sah sie ihn verwundert an. »Wir transportieren häufig Pferde«, erklärte er. »Die meisten kommen aus Irland, und wir verschiffen sie nach Holland, Frankreich oder sogar Marokko, und manchmal bringen wir auch Araberpferde von dort mit. Auf sämtlichen Hawkhurstschen Schiffen sind dafür extra Stallburschen angestellt.«

Das Schiff faszinierte sie. Sie hatte keine Ahnung, wie viele Männer benötigt wurden, um ein so großes Schiff zu führen. Sie interessierte sich auch für das kleinste Detail, und die siebzig Männer an Bord erwiderten dieses Kompliment.

Matthew zog zu seinem Ersten Offizier und bestand darauf, daß sie für die nächtliche Fahrt nach Blackmoor seine Kabine nahm. Der Raum war sehr klein, aber gemütlich eingerichtet mit einer Schlafkoje, einem Tisch, lederbezogenen Stühlen, eingebauten Schränken und einem dicken Wollteppich, damit einem die Kälte der See nicht in die Knochen drang.

Sabre bat, Matthew an Deck begleiten zu dürfen, um zu sehen, wie die *Devon Rose* den Severn hinab und dann durch den Kanal von Bristol fuhr. Matthew führte sie auf die Brücke, bat sie, sich dort gut festzuhalten, stemmte sich selbst gegen das Rollen und Schwanken des Schiffs und erhob die Stimme zu seinem ersten Befehl. Das Tauwerk über ihren Köpfen quietschte, und Sabre blickte hinauf. Als sie winzige Gestalten oben in der Takelage sah, die sich um das Hauptsegel kümmerten, hielt sie erschreckt den Atem an. Sie hingen wie Affen mit nur einem Arm über den Spieren und warteten auf den richtigen Augenblick, um die Brise aufzufangen, während das Schiff in die offenen Gewässer des Kanals von Bristol glitt.

Sie sah Matthew an, und er freute sich über ihre Aufregung.

»Steuer nach Backbord!« brüllte er, und seine Stimme wurde vom Wind über das ganze Schiff getragen. »Das Land steuerbord ist Wales – ein wildes Land.«

Sie nickte heftig.

»Der Himmel wird langsam bunt. Wir kriegen bestimmt einen schönen Sonnenuntergang – extra für dich«, stellte er grinsend fest.

Der salzige Geruch von Seetang drang ihr in die Nase. Die steife Brise hatte die Kapuze ihres Umhangs von ihrem Kopf geweht, und ihre Haare flatterten wild um ihren Kopf. Meeresvögel segelten kreischend um die hohen Maste, und das Geräusch des Bugs, der durch die Wellen schnitt, setzte sich rhythmisch in ihren Adern fort. Nie zuvor hatte sie eine derart wunderbare Freiheit verspürt. Sie fühlte sich wie neu geboren. Dies war ein neuer Anfang. Sie würde ihrer Zukunft geradewegs ins Auge sehen. Nie wieder würde sie sich von einem Menschen zum Opfer machen lassen. Sie wußte, sie war eine willensstarke Frau. Von diesem Augenblick an würde sie den Becher des Lebens in beide Hände nehmen und in großen Schlucken daraus trinken. Sie würde nur noch tun, was ihr gefiel. Sie würde gut leben. Sie würde ihre Rache nehmen, und die sollte süß sein wie Nektar. Sie füllte ihre Lungen mit dem berauschenden Duft der See und schwor sich, daß sie sich durch nichts von ihrem neuen, wahren Leben würde abbringen lassen. Und noch während sie an der Reling stand, legte sie sich einen Plan zurecht. Es war alles ganz einfach. Natürlich würde Matthew versuchen, sie von ihrem Vorhaben abzubringen, aber trotzdem lachte sie glücklich auf. Sie wußte, daß sie diesen Hawkhurst bereits erobert hatte, und nun war der andere dran. So einfach würde der arme Hund nicht davonkommen!

Blackmoor Hall war ein rauher, windumtoster Ort. Die geheimnisvolle, düstere Atmosphäre gab einem das Gefühl, am Ende der Welt zu leben. Es war Matthew wirklich peinlich, sie an einen derart wilden und einsamen Ort zu bringen, und er suchte unermüdlich nach neuen Entschuldigungen.

Als Sabre das Gebäude betrat, war es für sie Liebe auf den ersten Blick, aber davon verriet sie Matthew nichts. Er stellte sie sämtlichen Bediensteten als Lady Devonport vor, und die Haushälterin, eine hübsche Frau mit rosigen Apfelwangen, überreichte ihr ein riesiges Schlüsselbund.

Matthew gab den Köchen Anweisung, genug für die gesamte Mannschaft vorzubereiten, und befahl zwei Matrosen, fünfzig Fässer Apfelwein aus den Weinkellern an Bord zu nehmen. Sabre und Matthew aßen allein im Salon, in dessen Kamin ein gemütliches Feuer prasselte. Obwohl es ein sonniger Tag gewesen war, war es hinter den dicken Steinmauern von Blackmoor kühl, so daß sie die Wärme begrüßten, die sie in dem Raum empfing.

Vernünftigerweise ließ Sabre Matthew zunächst das gute Essen und den Wein genießen, ehe sie von ihren Plänen sprach.

»Auf gar keinen Fall! Mein Bruder würde mich dafür – umbringen!«

»Matt, du hast alles getan, was er von dir erwartet hat. Du hast ihn während der Trauung vertreten und mich sicher nach Blackmoor gebracht. Deine Pflichten sind hiermit erfüllt. Ich habe ja gar nicht die Absicht, als Lady Devonport an den Hof zu gehen. Meine Tante ist Kate Ashford, die Erste Kammerfrau der Königin. Sie hat mir geschrieben, daß sie meine Hilfe braucht.« Das war schließlich kaum gelogen, und außerdem war sie bereit, mehr zu tun, als zu lügen, um ihr Ziel zu erreichen.

»Wenn mein Bruder etwas davon erfährt, ist unser beider Leben keinen Pfifferling mehr wert!«

»Wie sollte er es erfahren, wenn du es ihm nicht gerade erzählst? Er hat Sara Bishop geheiratet ... und ich bin Sabre Wilde.«

»Du bist wahnsinnig! Du spielst mit dem Feuer! Verdammt, Sabre, warum lachst du?« fragte er.

»Nun, du magst Angst vor ihm haben, ich aber nicht!« stellte sie herausfordernd fest.

»Es ist einfach unmöglich. Auch wenn der Hof aus allen Nähten platzt, wirst du doch kein anonymes Gesicht in der Menge bleiben ... du fällst den Menschen sofort auf. Glaub mir, wenn ich dir sage, daß mein Bruder dich sofort bemerken würde.«

»Mit anderen Worten also: Shane Hawkhurst ist ein Frauenheld.«

»Wenn es um Frauen geht, ist er ein Raubtier«, stellte Matt unverblümt fest.

»Gut! Ich habe nämlich vor, seine Geliebte zu werden«, teilte sie mit blitzenden Augen mit. »Und ich werde diejenige sein, die den Ton angibt.«

Matthew starrte sie an, als wäre sie vollkommen übergeschnappt. »Aber du wirst auch diejenige sein, die den Preis dafür bezahlen wird. Meine Antwort ist und bleibt: Nein!« brüllte er.

Sie lächelte. Matt war ihr Freund, und er würde sie bestimmt nicht hier versauern lassen! Dafür würde sie schon sorgen!

6. Kapitel

Matthew Hawkhurst segelte langsam die Küste von Devon hinab. Bei Tintagel ging er vor Anker, um Sabre die legendäre Burg zu zeigen, von der es hieß, sie hätte König Arthus gehört. Sie umrundeten Land's End, und einzig zu Sabres Unterhaltung fuhr er in den malerischen Hafen von Mousehole ein. Er wandte jede mögliche Verzögerungstaktik an, da er wußte, daß Shane den Befehl hatte, im Sommer mit der Königin aufs Land zu ziehen. Deswegen wollte er Sabre keinesfalls vor dem zweiten Tag im Juli in Greenwich abliefern.

Da die Königin am ersten Juli abreisen würde, versuchte Shane Hawkhurst ebenfalls, so spät wie möglich an den Hof zurückzukehren. Er wollte London auf keinen Fall verlassen, da es dort einfach zu viele Dinge zu erledigen gab. Er zögerte seine Abreise von Devonport um eine weitere Woche hinaus, so daß Georgiana seine Anwesenheit noch ein wenig länger genießen konnte, Elizabeth ihrerseits jedoch darauf verzichten mußte.

Leider verrechneten sich die Brüder um einen Tag. Ihre Majestät hatte die Absicht, durch den Bezirk Norfolk zu reisen und von dort nach Norwich in East Anglia zu ziehen. Erster Aufenthaltsort sollte Theobalds sein, Cecils Landsitz in der Nähe von London. Elizabeths Erster Zeremonienmeister war vorausgereist, um die erforderlichen Vorbereitungen zu treffen. Auch ihre Hofdamen waren bereits auf Theobalds, und die Zustände auf dem Landsitz entsetzten sie. Die Gemächer der Königin waren prunkvoll und großzügig, aber die anderen Frauen wurden zusammen mit den einfachen Dienstmädchen in einem einzigen Raum untergebracht, und ihre männlichen Höflinge wurden in den Nebenraum gepfercht.

Als Lord Devonport feststellen mußte, daß Bess erst im Begriff stand, nach Theobalds aufzubrechen, nutzte er die unziemliche Unterbringung dort als Vorwand dafür, daß er sich dem Zug erst anschließen würde, wenn er weiter zur Burg in Bishop's Stortford zog. Seine ständigen Gemächer in Greenwich benutzte er so gut wie nie, da er direkt an der Themse ein eigenes Haus besaß, aber er hatte vor, mit dem Baron die nächsten Tage im Palast zu verbringen, da sie vorhatten, einige der Räume zu durchsuchen, sobald deren Bewohner mit der Königin abgereist wären.

Sabre konnte es nicht fassen, wie viele Menschen sich in Greenwich tummelten. Nicht nur im Palast, sondern auch im Park, im Hof und in den Stallungen herrschte reges Treiben. Das Ganze erinnerte sie an den Jahrmarkt, auf dem sie einmal gewesen war und auf dem Jongleure und Schauspieler die Besucher vortrefflich unterhalten hatten. Die Kleider waren so farbenprächtig und extravagant, daß sie wie Kostüme wirkten. Jeder schien ein bestimmtes Ziel zu haben und schritt festen Fußes voran, ohne auf die anderen zu achten.

Matthew versprach, sich um eine Box für Sabbat zu kümmen und ihre beiden Truhen aufzubewahren, bis sie von ihrem Gespräch mit Lady Ashford zurückkehren würde. Sie würden mehr als genug Platz im Palast haben, wenn die Gesellschaft ihrer Majestät erst einmal aufgebrochen wäre.

Sabre verpaßte die Königin um eine halbe Stunde, da sie bereits abgereist war; aber wenigstens sah sie noch all ihr Gepäck, ihre Gefolgschaft, deren Gepäck und die Bediensteten. Sie fragte sich, wie sie in diesem Gedränge je ihre Tante finden sollte, denn alle waren viel zu beschäftigt, um ihr mehr als eine ungefähre Wegbeschreibung geben zu können.

All die Korridore verwirrten sie. Sie ging nach rechts, dann nach links, dann wieder nach rechts und stieg mindestens drei Treppen hinauf. Schließlich wurde sie von einem jungen Pagen, dem das fremde Gesicht auffiel, in die Räumlichkeiten geführt, in denen die königliche Garderobe untergebracht war, und dort trat sie einer Frau gegenüber, die wesentlich älter wirkte als sie sie in Erinnerung gehabt hatte. Die beiden Frauen starrten einander ungefähr zwei Minuten lang wortlos an, ehe Sabre tief einatmete und fragte: »Lady Ashford? … Tante Kate?«

Die große Frau, die einmal recht hübsch gewesen sein mußte, spitzte die Lippen und stellte unverblümt fest: »Jetzt hat sie mir also doch den Rotschopf geschickt!«

»Ich fürchte, ja«, sagte Sabre und wirkte mindestens ebenso zerknirscht wie ihre Tante Kate.

Plötzlich blitzten Kates Augen auf. »Erst heute morgen habe ich sowohl Gott als auch den Teufel angefleht, mir noch eine zusätzliche Hilfskraft zu schicken … anscheinend hat einer der beiden mein Flehen erhört!«

Sabre lächelte und machte einen tiefen Knicks; sie wußte, daß sie miteinander auskommen würden.

Kate Ashford redete ohne Unterlaß. Sie war gut informiert, gab viele Ratschläge und Anweisungen und versorgte ihre Nichte mit dem neuesten Klatsch. »Du hättest zu keinem besseren Zeitpunkt hier auftauchen können. Die Königin ist zu ihrer allsommerlichen Reise aufgebrochen und hat mich zurückgelassen. Ich soll die Garderobe, die sie nicht mitgenommen hat, reinigen und auffrischen. Das ist ein großen Vorhaben«, sagte sie und schüttelte den Kopf. »Ihre Majestät hat mindestens zweihundert Kleider – nur hier in Greenwich … in Windsor und Hampton Court ist es genauso.« Ihre Sätze gingen ohne Unterbrechung ineinander über, so daß Sara als Reaktion nur hin und wieder nicken mußte.

»Puh! Hier stinkt's. Laß uns die Fenster aufmachen. Angeblich unternimmt sie ja diese Reisen nur, damit ihr Volk sie endlich auch einmal im kleinsten Weiler zu Gesicht bekommt, aber in Wahrheit verläßt sie den Palast, den im Winter ungefähr fünfzehnhundert ungewaschene Körper vermiefen, damit er endlich mal gelüftet und gereinigt werden kann«, stellte sie mit gerümpfter Nase fest. »Himmel, ich hoffe nur, daß sie die Treppenhäuser reinigen, bevor es noch heißer wird, sonst kriegen wir noch alle die Pest!« Sie holte kaum Luft, ehe sie sich wieder dem Thema ihrer eigenen Aufgaben zuwandte. »Aber es sind nicht nur die Kleider, sondern auch ihre Korsetts, die Schuhe, der

Schmuck und nicht zuletzt die *Perücken*!« Das letzte Wort sagte sie mit einem abgrundtiefen Seufzer und einem deutlichen Augenrollen. »Ich habe zwei Helferinnen, die zusammen vielleicht den Verstand einer Laus haben. Du wirkst wenigstens so, als hättest du ein wenig Hirn. Ich werde dich aus meiner eigenen Tasche bezahlen müssen. Natürlich wirst du hier wohnen und essen können, also iß, bis du platzt, denn mehr wirst du von ihr nie bekommen. Sie ist so geizig, daß sie sogar noch eine Traube durchschneiden würde! Das ist ein weiterer Vorteil, für den sie ihre sommerlichen Reisen veranstaltet. Die armen Adligen, die sie besucht, müssen die gesamte Umgebung absuchen, um genug Eßbares für sie und ihre über tausend Gefolgsleute aufzutreiben, wenn sie sich in ihren Landhäusern vergnügt. Nun, genug von all dem Klatsch. Ich werde dir eins von unseren Zimmern geben, es ist ein bißchen eng, aber wenigstens hast du ein Bett und ein Fenster, was an sich schon ein Luxus ist. Kannst du dir vorstellen, daß es in Greenwich Zimmer ohne Fenster gibt? Also gut, du wirst im dritten Stock wohnen, ich hoffe, du findest dich zurecht ... Sara, nicht wahr?«

»Nein, Ma'am. Ich heiße Sabre ... Sabre Wilde.«

Kate sah sie durchdringend an. »Ah, ja, jetzt erinnere ich mich.« Sie führte sie in einen kleinen Raum im dritten Stock. »Sobald du dich eingerichtet hast, kommst du in die Kleiderkammer zurück, damit ich dich einweisen kann. Die Kleider müssen geschrubbt werden – unter den Armen haben sie Schweißflecken, wie du sie noch nie gesehen hast! Und diese verdammte weiße Paste, die sie sich immer ins Gesicht schmiert; sie besteht aus Eiweiß, Alaun und Borax. Es ist unmöglich, Borax von den Halskrausen und den *Perücken* abzukriegen.« Wieder flüsterte sie das verbotene Wort.

Da Sabre jetzt ein paar Minuten lang alleine war, sah sie sich in dem winzigen Kämmerchen um. Wenigstens gab es ein bequemes Bett mit anständigen Decken. Außerdem standen in einer Ecke ein Schrank für ihre Kleider und ein kleiner Waschtisch, der einen Nachttopf in sich barg und mit Schüssel und Krug ausgestattet war. Was den Raum bewohnbar machte, waren die großen Fenster, die eine ganze Wand einnahmen. Sie öffnete die Flügeltüren und trat auf einen winzigen Steinbalkon hinaus. Anschließend zog sie die schweren Vorhänge weit zurück, um das Zimmer zu lüften; so hoch über dem Boden drohte ihr keine Gefahr von irgendwelchen Eindringlingen.

Wieder mußte sie einen Pagen fragen, um den Weg zu den Ställen zu finden, und dann dauerte es noch eine halbe Stunde, bis sie Matthew traf. Er schleppte ihre Truhen in das winzige Zimmer hinauf, dann sahen sie einander an und sagten gleichzeitig: »Es wird das beste sein, wenn man uns nicht zusammen sieht.« Sie lachten, und Sabre sagte: »Wenn wir uns irgendwo begegnen, müssen wir so tun, als wäre es das erste Mal. Falls jemand nach mir fragt, sagst du, daß du lediglich weißt, daß ich Lady Kate Ashfords Nichte bin. Aber jetzt zieht es dich wahrscheinlich zu dem erhabenen Lord Devonport, und falls der Schuft wissen will, wie seine Frau aussieht, sag ihm, daß ich keine Zähne habe, schiele und ganz versessen darauf bin, daß er endlich nach Blackmoor kommt, um mit mir zu schlafen!«

»Oh, um Hawkhurst brauchen wir uns vorläufig keine Gedanken zu machen«, stellte Matt fröhlich fest. »Er ist sicherlich mit der Königin auf Reisen.«

Sabre verspürte einen Stich. Zur Hölle mit dem Kerl! Er machte sich zur Marionette dieser Frau, nur weil sie eine Königin war. Nun, ehe sie mit ihm fertig wäre, würde er nach ihrer Pfeife tanzen!

Sabre ließ ihre Truhen ungeöffnet stehen, da sie es nicht wagte, ihre Tante noch länger warten zu lassen. In den ersten paar Tagen würde sie hart arbeiten müssen, um sich Lady Ashfords Achtung zu verdienen und ihre Position zu festigen. Sie würde alle Informationen aufsaugen wie ein Schwamm, und was für eine bessere Lehrerin konnte es geben als eine geschwätzige Kammerzofe der Königin?

»Da bist du ja, mein Kind«, begrüßte Kate sie freundlich. »Ich habe schon mal die Korsetts, die Unterröcke und die Halskrausen für die Wäscherinnen rausgesucht. Weißt du, ich muß eine genaue Liste von allen Dingen machen, sonst würden mich diese verdammten Weiber wie die Elstern bestehlen. Jedes Teil der Unterwäsche der Königin ist mit ihrem Monogramm, *Elizabeth Regina,* und einer Krone bestickt. Diese Personen würden sie glatt auf den Straßen von London verkaufen – zehn Pfund für die Unterhosen der Königin –, kannst du dir das vorstellen? Also ist eine unserer Aufgaben die ständige Kontrolle der Garderobe. Aber am besten fängst du erst mal damit an, die Kleider zu schrubben. Ein paar der bestickten Ärmel kann man abnehmen. In ein paar Tagen werden wir sie alle noch mal durchsehen, um die Juwelen und Perlen anzunähen, wo sie lose sind. So, ich muß jetzt erst einmal nach den Mädchen sehen, die ich mit der Reinigung der Schuhe, Pantoffeln und Stiefel beauftragt habe. Ihre Majestät hat über fünfhundert Paar.«

Sabre konnte eine derartige Extravaganz kaum fassen. Sie selbst besaß ein Paar kleiner Reitstiefel für draußen und ein Paar weicher schwarzer Lederpantoffeln für drinnen. Sie setzte sich auf einen Hocker, griff nach einem weichen Seifenlappen und begann, die Kleider der Königin zu reinigen. Die Oberteile hatten zahlreiche Flecken von Essen, Wein, Schweiß und Schminke, während die Röcke von Schlamm, Staub oder gar Pferdemist überzogen waren.

Als Kate zurückkam, setzte sie sich ebenfalls auf einen Hocker und beteiligte sich an der Schrubberei.

»Ich habe noch nie so prächtige, so reich verzierte Kleider gesehen«, sagte Sabre und strich vorsichtig über den juwelenbesetzten Samt.

»Das dient alles vor allem der Mystifizierung der Monarchie. Eine große Königin braucht das passende Drumherum. Ihr Anblick muß die Menschen blenden. Ihre Hofdamen sind lediglich dazu da, sie groß herauskommen zu lassen. Laß mich dich warnen ... der kleinste Hinweis, daß eine von ihnen vielleicht attraktiver sein könnte als sie selbst, versetzt Ihre Majestät in teuflische Wut. Und wenn sie wütend ist, ist nicht mit ihr zu spaßen. Sie ist launisch, anspruchsvoll und hat ein beängstigend unberechenbares Temperament. Manchmal schlägt sie ihre Hofdamen, aber normalerweise begnügt sie sich mit Beleidigungen. Sie hat eine spitze Zunge und einen ätzenden Geist, was für andere oft quälend ist. Ihre Hofdamen müssen immer Weiß oder andere blasse Farben tragen, damit ihre eigene juwelenbesetzte Garderobe besonders gut zur Geltung kommt. Niemand darf sie in den Schatten stellen. Alle müssen ihre Individualität unterdrücken, um sie zu verherrlichen!«

»Ihr haßt sie?« Es war mehr eine Frage als eine Feststellung.

Kate blickte auf und blinzelte. »Nein, das wäre Verrat. Wir lieben sie.«

»Aber wenn sie die Menschen zum Weinen bringt und ihr Leben unerträglich macht, warum sind dann alle Frauen so versessen auf eine Stellung am Hof?«

»Ja, weißt du, sie hat viele Gesichter. Sie ist manchmal auch freundlich und großzügig. Sie kann nett, vertrauenerweckend und reizend sein. Manchmal sogar richtiggehend entzückend. Ihr Lächeln kann einem das Herz wärmen. Sie ist nie langweilig. Sie zieht uns alle in ihren goldenen Bann. Frauen können dem Sirenengesang ihres Hofes einfach nicht entgehen. Außerdem, wo sonst hat man eine so große Auswahl an reichen Männern!«

Sabre lachte über den schwarzen Humor ihrer Tante. Sie verriet ganz unverblümt die Wahrheit!

Die Palastbevölkerung hatte sich auf ein paar hundert Bedienstete und eine Handvoll Höflinge reduziert, als Kate mit Sabre den Eßsaal betrat. Obwohl die Königin abwesend war, floß der Wein in rauhen Mengen und bogen sich die Tische unter der Last erlesener Speisen.

»Normalerweise wird nach dem Essen bis Mitternacht getanzt oder Karten gespielt, und an Festtagen gibt es Maskenbälle und Soireen, aber heute abend findet natürlich nichts Derartiges statt. Ich persönlich bin dankbar dafür. Ich bin froh, wenn meine müden Knochen in den Federn sind.«

»Auch für mich war es ein langer Tag. Ich danke Euch für das, was Ihr für mich getan habt, Tante Kate.«

»Unsinn, mein Kind, es ist mir ein Vergnügen, ein neues Paar Ohren zu haben, das ich mit meinen Geschichten langweilen kann. Den Gerüchten zufolge bin ich einfach in meine eigene

Stimme verliebt.« Sie lachte und tätschelte Sabre die Schulter. »Wollen wir auf unsere Zimmer gehen?«

Sabre war froh, daß Kate sie begleitete, denn sie hätte beim besten Willen nicht sagen können, wo sie sich gerade befand. Als sie ihr kleines Zimmer erreichte, setzte sie sich erleichtert aufs Bett. Der erste Tag am Hof lag hinter ihr, und sie hatte einen guten Anfang gehabt. Inzwischen sah sie ein, daß die Abwesenheit der Königin ein Vorteil war, da sie so Zeit hatte, sich mit dem Palast und dem Leben am Hof vertraut zu machen, ehe Elizabeth und ihr Hofstaat erneut Einzug hielten.

Sie zündete die Kerzen im Leuchter an, zog ihr Kleid aus und hängte es in den Schrank. Dann schüttete sie etwas Wasser aus dem Krug in die Schüssel und wusch sich den Hals und das Gesicht. Anschließend entledigte sie sich ihres Korsetts und wusch ihre Brüste und die Achselhöhlen. Nachdem sie auch ihre Schuhe, Strümpfe, den Unterrock und die Unterhose beiseite gelegt hatte, wandte sie sich ihren langen, schlanken Beinen und ihren Füßen zu.

Von Kopf bis Fuß in schwarze Kleider gehüllt, stieg Shane Hawkhurst durch das Fenster seiner Gemächer in der vierten Etage des Palastes. Er verharrte vollkommen reglos, bis sich seine Augen an die Dunkelheit gewöhnt hatten, dann kletterte er geschmeidig über zwei Balkone und sprang behende auf einen Steinbalkon im dritten Stock. Seine Augen suchten in der Finsternis nach einer Bewegung in den Gärten unter ihm; doch dann wurde seine Aufmerksamkeit von einer verschwommenen Bewegung in dem Zimmer angezogen. Er sah eine junge Frau, die ein Paar Strümpfe auswrang und sie zum Trocknen über den Wandspiegel hängte. Sie war so nackt, wie Gott sie geschaffen hatte! Er hielt den Atem an, als sie sich vor eine Truhe kniete und drinnen nach etwas zu suchen schien.

Sabre wußte, daß sie zwei Batisthemden zum Schlafen eingepackt hatte, aber offenbar befanden sie sich in einer anderen Truhe. »*Merde!*« fluchte sie auf französisch und blickte zu dem Fenster hinüber. Mit den zurückgezogenen Vorhängen fühlte sie sich plötzlich sehr nackt. Ihre Vernunft sagte ihr, daß ihr Zimmer zu hoch gelegen war, als daß jemand sie beobachten könnte, aber dennoch schämte sie sich und beschloß, die Vorhänge zuzuziehen. Es würde bestimmt noch einige Zeit dauern, bis sie ihr Nachthemd fand. Sie stand auf und ging zum Fenster.

Hawkhursts Körper reagierte heftig auf den Anblick der nackten jungen Frau. Während er reglos auf dem Balkon stand, pochten seine Lenden, so daß er nur noch einen einzigen Gedanken zu fassen vermochte. Er wagte nicht einmal zu blinzeln, um ja keinen Augenblick dieser wunderbaren Vision zu verpassen. Ihre hohen Brüste waren herrlich rund und verführerisch, ihre Hüfte war so schmal, daß eine Männerhand sie umfassen konnte, aber das Prächtigste war ihr Haar. Es fiel in einer kupferfarbenen Wolke bis zu ihren Hüften hinab. Er leckte sich die Lippen, die plötzlich sehr trocken waren, denn inzwischen war sie ihm so nahe, daß er nur die Hand hätte ausstrecken müssen, um sie zu berühren. Als sie sich nach oben reckte, um die Vorhänge vor das Fenster zu ziehen, stellte er fest, daß auch ihr Gesicht alles andere als häßlich war.

Als er der Vision beraubt wurde, fühlte er sich betrogen und verspürte den Zorn eines Hundes, dem man den Knochen weggenommen hat. Er wollte gerade die Gardine zurückschieben und eintreten, um sich zu nehmen, was er begehrte, als ihm plötzlich einfiel, daß der Baron ihn erwartete und, was noch schlimmer war, daß er ihn bereits viel zu lange an einem Ort hatte stehen lassen, an dem er entdeckt werden konnte. Wie hatte er nur seine eigentliche Aufgabe vergessen können? Das Pulsieren zwischen seinen Beinen trug nicht gerade dazu bei, seine Laune zu verbessern, und er verfluchte das Weib, das seine Leidenschaft so leicht zu wecken verstand.

Am nächsten Tag wurde ernsthaft mit der Reinigung des Palastes begonnen. Jeder Vorhang wurde zurückgezogen und jedes Fenster weit geöffnet, um die abgestandene Luft hinaus- und frische Luft hereinzulassen. Männer und Frauen fegten altes Stroh hinaus, entfernten Spinnweben und Staub von den goldenen Bilderrahmen, Wandleuchtern und Deckensimsen, schrubbten die Böden und rieben jedes Möbelstück mit Terpentin und Bienenwachs ein.

Sabre saß erneut neben Kate und schrubbte an den Kleidern der Königin herum. Sie saugte jedes Wort begierig auf, das über die Lippen ihrer Tante kam. Beim Essen wurde sie einer Gruppe von Damen vorgestellt, die Ihre Majestät aus irgendeinem Grund nicht begleiteten. Katherine und Philadelphia Carey, zwei Schwestern, die einfach nicht reich genug waren, um im großen Stil zu reisen, saßen an einem Tisch mit Lady Leighton, Lady Holby und Lady Barow. Sie alle waren freundlich, und die Atmosphäre war entspannt, da das Höchstmaß an Förmlichkeit, mit dem die Mahlzeiten für gewöhnlich vonstatten gingen, entfiel. Normalerweise rieb eine Hofdame jeden Teller mit Brot und Salz ab, ehe sie sich dreimal verbeugte. Jedes Gericht wurde auf Gift untersucht, und dann wurde das Fleisch vor die Königin gestellt, damit diese sich die Teile nahm, die sie begehrte. In ihrer Abwesenheit verzichtete man auf all diese Dinge.

Sabre musterte die Kleider der anderen Frauen und kam zu dem Schluß, daß ihre eigene Garderobe altmodisch und viel zu bescheiden war. Sie mußte sich eine Schere, Nadel und Faden besorgen und ihre drei Kleider mit einem tieferen Ausschnitt versehen. Heute trug sie das blaßgrüne Gewand, und obwohl sie wußte, daß ihr die Farbe hervorragend stand, blickte sie verstohlen auf das züchtige Oberteil und überlegte, wie sie es am besten ausschneiden konnte, damit man ihre Brüste sah. Schließlich wollte sie nicht als Landpomeranze ausgelacht werden.

Die Carey-Schwestern trugen jede nur einfache Perlen und einen Ring, aber die Juwelen der anderen Damen fanden Sabres Bewunderung. Sie hatte Portraits von Elizabeth gesehen, die sie mit Ringen an sämtlichen Fingern zeigten, und ihre Hofdamen ahmten diesen Stil begeistert nach. Sabre besaß kein einziges Schmuckstück, aber sie überlegte bereits, wie sie diesen Zustand ändern könnte.

»Ohne die Königin ist es hier so langweilig, daß wir uns wahrscheinlich zu Tode grämen werden«, beschwerte sich Lady Holby.

»Oh, nein! Ich habe beschlossen, morgen abend eine kleine Feier zu veranstalten«, sagte Lady Leighton. »Und ich habe Lady Barow dazu überredet, mir zu helfen. Wollen Sie sich uns vielleicht anschließen, Lady Ashford?« Sie sprachen einander immer mit ihren Titeln an.

»Ich bin froh, daß ich mich endlich einmal ausruhen kann, danke, die Damen. Aber vielleicht würde sich ja meine Nichte Sabre über Ihre großzügige Einladung freuen. Sie ist neu am Hof und sollte so viele Freundschaften wie möglich schließen, während die Aasgeier nicht da sind.«

»Ja, sie ist hübsch«, gestand Philadelphia Carey. »Mit ihrem Gesicht wird sie sich bestimmt schnell Feinde schaffen.«

Sabre lächelte. »Ihr habt einen ungewöhnlichen Namen.«

»Auch dein Name ist recht eigenartig. Er wird bestimmt die Aufmerksamkeit der Leute wecken«, stellte Philadelphia fest.

Lady Anne Leighton senkte ihre Stimme auf ein Flüstern herab. »Sagt so vielen Männern wie möglich Bescheid. Ihr werdet überrascht sein, wie viele Gentlemen hiergeblieben sind. Und sie alle werden über etwas Ablenkung glücklich sein.«

Katherine Careys Augen blitzten. »Gestern abend habe ich den Fuchs und den Zigeuner gesehen, und es heißt, auch der Gott des Meeres sei noch da.«

Sabre war verwirrt, und Kate klärte sie lachend auf. »Die meisten Männer am Hof haben Spitznamen, die Ihre Majestät persönlich ausgesucht hat.«

Anne Leighton blinzelte keß. »Zumindest die Namen der Männer, mit denen es sich lohnt, ins Bett zu gehen.«

Sabre war schockiert, denn sie war sich fast sicher, daß Lady Leighton verheiratet war.

»Himmel, ich sterbe noch bei all den offenen Fenstern«, sagte ihre Tante. »Ich gebe es ja nur ungern zu, aber meine Knochen spüren inzwischen jedes kleine Lüftchen. Sabre, sei so gut und hol mir mein Umhängetuch aus meinem Zimmer.«

Sabre verließ den Speisesaal und überlegte einen Augenblick, in welche Richtung sie sich wenden sollte. Sie kam zu dem Schluß, daß die Kleiderkammern rechter Hand waren, aber dann wandte sie sich nach links in Richtung auf eine kleine Treppe, die in einen Korridor mündete, der seinerseits zur Haupttreppe in den dritten Stock führte. Sie bog um eine Ecke und fand sich in einem Teil des Palastes wieder, den sie noch nie gesehen hatte. Von hier aus konnte sie in zwei Flure einbiegen; einen mit vielen Türen und eine lange, spiegelgeschmückte Galerie.

Sie drehte sich um, aber alles um sie herum war ihr auf einmal vollkommen fremd. Sie hatte sich verirrt. Mit einem Seufzer der Erleichterung entdeckte sie einen Gentleman, der sich ihr von der Galerie her näherte. Als er näherkam, merkte sie, daß er irgendein Adliger sein mußte, denn seine Kleider waren äußerst elegant. Er trug Scharlachrot mit Schwarz. Seine schenkelhohen Stiefel waren aus weichem schwarzem Leder mit scharlachroten Streifen am Rand der Krempen. Er trug ein kurzes, flottes Cape nach der neuesten Mode, was die unglaubliche Breite seiner Schultern noch unterstrich.

Sabres Knie wurden wachsweich, als sie seine weißen Zähne in dem tief gebräunten Gesicht aufblitzen sah. Er war ein so gutaussehender Kerl, daß ihr Blut zu kochen begann. Sie waren einander so nah, daß sie glaubte, die Hitze seines großen, muskulösen Körpers zu spüren. »Sir«, hauchte sie, überrascht von der plötzlichen Heiserkeit ihrer Stimme. »Ich bin hoffnungslos verloren.«

Er sah in gespieltem Ernst auf sie herab. »Ich auch, Mistress.« Er legte sich die Hand aufs Herz.

Ihre Lider senkten sich auf ihre Wangen, doch dann blickte sie ihn mit ihren grünen Augen an. »Bitte, M'lord, macht Euch über mich nicht lustig.«

Er nahm ihre kleine Hand in seine starke, braune Pranke. »Hier entlang, meine Süße.«

»Aber – aber ich habe Euch doch noch gar nicht gesagt, wohin ich will«, protestierte sie schwach.

Sie fanden sich in einer entlegenen Nische wieder, und als er auf sie herabsah, wurde ihr klar, daß seine Absichten so böse waren wie sein Grinsen!

Hawk war hocherfreut, als er merkte, daß die Augen der Verführerin schimmernd grüne Seen waren, in denen man geradezu versank. Er hatte stundenlang wach gelegen und versucht, sich ihre Farbe vorzustellen. Mit lüsternem Blick dachte er an die attraktiven Kurven, die sie unter ihrem Kleid verborgen hielt. Seine Blicke spielten mit ihrem Körper, doch sie wußte, daß er sich bestimmt nicht mit Blicken zufriedengeben würde. Er zog sie an sich und bedeckte ihre Lippen mit einem herausfordernden Kuß. Er verströmte Stärke und Kraft und war muskulös genug, um ihr das Gefühl zu geben, völlig beherrscht zu werden. Sie öffnete den Mund, um zu protestieren, aber er erstickte ihre Worte mit einem zweiten leidenschaftlichen, alles verschlingenden Kuß. In ihrem Inneren wallten heiße Wogen auf. Sie löste sich eilig von ihm und sah die Spitze seiner Zunge. Mein Gott, dachte sie, er würde ihr doch gewiß nicht seine Zunge zwischen die Zähne schieben?

Sie holte aus und versetzte ihm eine schallende Ohrfeige. Das war das letzte, was er erwartet hatte. Er ließ von ihr ab und sah sie mit zusammengekniffenen Augen an. »Was für ein Spiel treibt Ihr da, Mistress?«

»Lüstling …« Ihre Brust hob und senkte sich vor Empörung. »Ihr – Ihr Jungfrauenschänder!«

Er lachte, ehrlich amüsiert von diesem eigenartigen Wort. »Wollt Ihr etwa behaupten. daß Ihr noch Jungfrau seid? Das glaube ich nicht. Ihr fordert mich auf, Euch in eine versteckte Nische zu führen, indem Ihr so tut, als hättet Ihr Euch verirrt, und dann schlagt Ihr mich und versagt mir das, was Ihr selbst noch eben erbeten habt.«

»Indem ich so tue … oh, Ihr seid ein widerlicher Schuft … meine Unschuld einfach so schamlos auszunutzen«, stammelte sie.

»Unschuld?« lachte er. »Eine Frau, die länger als vierundzwanzig Stunden am Hofe weilt, ist bestimmt nicht mehr unschuldig.«

Sie blitzte ihn zornig an. »Ich bin seit genau dreiundzwanzig Stunden da – Ihr habt also noch genau eine Stunde Zeit, um mich zu verführen!« forderte sie ihn heraus, und plötzlich hatte er das Gefühl, im Unrecht zu sein. Ihre Nähe hatte dieselbe Wirkung auf seine Männlichkeit wie in der letzten Nacht. Normalerweise hatte er seinen Körper unter eiserner Kontrolle, und es ärgerte ihn, daß dieses Weib mit dem flammenden Haar ihn diese Kontrolle so einfach verlieren ließ. Er verbeugte sich förmlich. »Darf ich Euch zurückbegleiten, Mistress?«

»Fahrt zur Hölle!« schnauzte sie, machte auf dem Absatz kehrt und marschierte dorthin zurück, woher sie gekommen war.

»Kleine Hexe!« fluchte er. »Sie wagt es, mich abzuweisen, wenn ich den Mann hervorkehre, und dann weist sie mich genauso ab, wenn ich ein Gentleman bin.« Er starrte ihr nach. War sie wirklich eine unschuldige Jungfrau oder eine erfahrene Kurtisane? Auf jeden Fall brauchte sie einen richtigen Mann!

Kate fand Sabre in ihrem Zimmer, wo sie geistesabwesend aus dem Fenster starrte. »Wach auf, schlafende Schönheit. Ich dachte schon, man hätte dich entführt.«

»Tante Kate, schnell, wer ist der Mann, der da gerade auf dem schwarzen Hengst davonreitet?« Sie zeigte auf den Hof hinaus.

»Ah, kein Wunder, daß du so gedankenverloren bist. Das ist der Gott des Meeres! Alle Frauen sind heiß wie läufige Hündinnen, wenn es um ihn geht.«

Ich würde ihn noch nicht mal anspucken, wenn er vor Verlangen nach mir brennen würde, dachte Sabre, aber sie wußte, daß das nicht die Wahrheit war.

»Komm, meine Liebe, wenn wir heute nachmittag ein Dutzend Kleider fertig kriegen, können wir uns morgen an ihre Juwelen machen. Sie werden dir gefallen, Sabre. Jede Frau würde ihre Seele dafür geben. Warte, bis ich ein paar ihrer Schmuckkästen aufschließe. Gut, daß Anne Leighton dich auf das Fest eingeladen hat. Ich hoffe, du kannst Karten spielen. Sie wird bestimmt eine Partie vorschlagen, um die Männer anzulocken.«

Sabre konnte nicht besonders gut spielen und dachte daran, Matthew zu fragen, ob er es ihr noch beibringen würde. »Ist Lady Leighton denn nicht verheiratet?«

»Natürlich ist sie das, und Mary Barow auch. Ihre Männer kämpfen unter Leicester in Holland. Aber es würde kaum einen Unterschied machen, wenn sie morgen abend hier wären. Sämtliche Ehepaare am Hof haben gelernt, vor möglichen Verhältnissen ihrer Partner die Augen zu verschließen.« Kate sah sie durchdringend an. »Du mußt deinen Verstand benutzen, um zu lernen, die starken Beschützer von den Schwächlingen zu unterscheiden, denn sonst wirst du wie ein Lamm zur Schlachtbank geführt. Mach die Beine erst breit, wenn du ein passendes Opfer gefunden hast, und hab um Himmels willen den Verstand, dich nicht von irgendeinem hübschen Gesicht blenden zu lassen.«

Ehe sie sich zum Schlafen zurückzog, stahl sich Sabre heimlich zu Matt. Sie klopfte an seine Zimmertür und hörte seine liebe, vertraute Stimme bereits, ehe er ihr öffnete. »Komm rein, Süße, du bist zu früh ... oh, Sabre, du bist's.«

»Du mußt mir helfen!«

Er knurrte. »Das sagen alle Frauen zu mir.«

»Oh, Matt!« Sie lachte. »So etwas solltest du nicht zu mir sagen. Das ist nicht anständig.«

Er blinzelte. »Den Unterton solltest du eigentlich gar nicht verstehen. Aber komm rein, bevor dich jemand sieht.« Er hatte sich gerade rasiert und reinigte jetzt sein mit einem Elfenbeingriff verziertes Rasiermesser. Danach schenkte er ihnen beiden ein Glas Wein ein. Sabre setzte sich an einen kleinen Tisch und nippte an dem blutroten Getränk. »Er ist nicht so stark wie der Brandy«, stellte sie fest.

»Nein, aber nicht weniger gefährlich. Bei Brandy erwartet man, daß er einen betrunken macht, aber wenn man die Wirkung des Weines spürt, ist es oft bereits zu spät, und man hat sämtliche Hemmungen über Bord geworfen.«

»Danke für die Warnung. Lady Leighton hat mich morgen abend zu einem Fest eingeladen, also muß ich Karten spielen lernen.«

»Sabre, ich spiele schon mein Leben lang, und trotzdem schlägt mich Hawk neun von zehn Malen. Karten spielen lernt man nicht an einem Abend.«

»Nun, bring mir wenigstens etwas bei ... wie man blufft ... oder wie man falsch spielt!«

Er sah sie mit hochgezogenen Brauen an. »Ist das dein Ernst? Würdest du wirklich falsch spielen?«

»Allerdings.«

»Laß mich nachdenken. Ich könnte dir vielleicht beibringen, wie man *Sant* spielt.« Er gab ihr ein Kartenspiel. »Nimm alle Karten, die tiefer als sieben sind, raus. Wir spielen nur mit zweiunddreißig Karten.« Er lachte, als sie den Stapel fallenließ, aber bald hatte sie ein gewisses Geschick entwickelt und begann, sie so zu mischen, wie sie es bei anderen gesehen hatte. »Es gibt vier Farben, und das As ist die höchste Karte«, erklärte er geduldig. »Und jetzt gib jedem von uns zwölf Karten.«

Sie hörte genau zu.

»Sie spielen immer um etwas, meistens um Geld«, warnte er.

Sie verlor, und er sagte: »Jetzt schuldest du mir ein Goldstück.«

»Oh, Matt, du bist einfach zu hart«, jammerte sie.

Er grinste. »Das sagen –« »– alle Frauen zu dir«, beendete sie seinen Satz und schlug ihm für diese Obszönität auf die Finger. Sie brauchte über eine Stunde, aber dann begann sie zu gewinnen.

»Du bist sehr gut«, gratulierte er ihr.

Sabre sah ihn an und lachte: »Das sagen alle Männer zu mir.«

Er fand, daß sie eine angenehme Gesellschafterin war, und bedauerte, daß er bereits eine andere Frau eingeladen hatte.

»Nun, ich denke, ich gehe besser, ehe deine Besucherin kommt.« Sabre stand seufzend auf.

»Sabre, wenn du bleiben möchtest, kann ich sie sicher abwimmeln«, bot er an.

»Matt, verdirb unsere wunderbare Freundschaft bitte nicht durch solchen Unsinn.« Sie gab ihm einen Kuß auf die Wange und ging.

Verdammt, dachte Matt, *ich habe ihr noch nicht einmal gesagt, daß Hawk hier ist.* Nach kurzem Überlegen kritzelte er eine Nachricht auf einen Zettel, suchte ihr Zimmer und schob das Blatt unter ihrer Tür hindurch.

Sie fand den Zettel erst, als sie ihre Kerzen löschen wollte. *Sabre, ich muß dich warnen. Hawk ist immer noch im Palast. Ich werde versuchen, herauszufinden, wann er abreist. Matt.*

Sie rang nach Luft, als sie die Worte las. Ihr Haß auf diesen Mann war wie ein Fieber. Beim bloßen Gedanken an diesen Feind geriet ihr irisches Blut in Wallung. Sie würde alles über ihn herausfinden, was es zu wissen gab. Sie würde seine Vorlieben und seine Abneigungen erforschen, seine Lieblingsplätze, seine Gewohnheiten, seine Stärken und seine Schwächen. Sie ballte die Fäuste und schwor sich stumm, ihn eines Tages zu zerstören.

7. Kapitel

Sabre wachte in der Erwartung, daß dies vielleicht der Tag war, an dem sie ihm zum ersten Mal begegnen würde, sehr früh auf. Sie wußte nur, daß sie beide im Palast waren, daß er sie vielleicht sehen würde und daß sie deshalb bezaubernd aussehen mußte. Sie nahm ihr cremefarbenes Kleid aus dem Schrank und schnitt einen herzförmigen Ausschnitt hinein. Das Wissen, daß dieses Kleid ihr Hochzeitskleid gewesen war, verstärkte noch ihren Zorn auf den Mann, der den Tag ihrer Eheschließung zu einer Farce gemacht hatte.

Sie ließ das Frühstück aus, um ihr Kleid fertig zu ändern, und machte sich dann auf die Suche nach Kate. Heute wurde sie in das Badezimmer und dann in das Schlafzimmer der Königin geführt.

»Ihre Majestät hat viel Schmuck mitgenommen, und natürlich verwaltet der Lordkanzler die Schlüssel zur Truhe mit dem Geschmeide, das sie bei offiziellen Anlässen trägt, aber ich trage die Last der Verantwortung für die restlichen Sachen.« Kate schloß einen riesigen Schrank auf, in dem sich Dutzende von Schubladen befanden. Jede von ihnen enthielt ein juwelenbesetztes Haarnetz oder eine über und über mit Edelsteinen bestickte Halskrause. Neben Diamanten, Rubinen, Smaragden und Perlen gab es milchige Opale, purpurfarbene Granate, grüne Peridots und unglaubliche blaugrüne ceylonesische Saphire.

In der obersten Schublade lag ein Tablett mit losen Edelsteinen, die von den kostbaren Kleidern und Haarnetzen abgefallen waren, und Kate machte sich daran, die fehlenden Steine wieder in die kniffligen Muster auf dem steifen Stoff einzufügen.

Sabre erhielt Essig, eine winzige Bürste und ein Stückchen Leder und begann, die Haarnetze, Halskrausen und juwelengeschmückten Krägen zu reinigen. Am späten Nachmittag schloß Kate eine große Schatulle auf, in der die mit Halbedelsteinen besetzten Ketten und Broschen aufbewahrt wurden. Ihre Vielfalt und Farbigkeit raubte Sabre den Atem. Sie strich mit dem Finger über Korallen, Jade, Topas, schwarzen Bernstein und Kristall und hätte sie am liebsten alle eingesteckt.

»Reib sie alle nur einmal kurz ab«, wies ihre Tante sie an. »Sie trägt sie sowieso so gut wie nie. Wenn du fertig bist, komme ich zurück und schließe die Schatulle wieder ab. Danach solltest du dich vielleicht ein bißchen ausruhen, damit du das Fest heute abend in vollen Zügen genießen kannst. Meine Füße fühlen sich an wie zwei Batzen Fleisch, an denen die Hunde genagt haben. Ich werde uns etwas zu essen bestellen, statt in den Speisesaal zu gehen.«

Sobald Kate ihr den Rücken zugewandt hatte, nahm Sabre die Ketten aus der Schatulle und hielt sie sich an den Hals. Als sie sich im Spiegel betrachtete, leuchteten ihre Augen ebenso wie die Juwelen, die sie so bewunderte. Wie konnte eine einzelne Frau nur so viel besitzen? Es war einfach ungerecht!

Sie griff nach einer Jadekette, in deren Mitte ein birnenförmiger, taubeneigroßer Türkis baumelte. Ehrfürchtig hielt sie die Kette an ihren Hals und strich begehrlich über den großen Stein. Ihre Gedanken überschlugen sich, während ihr Herz vor Erregung schneller schlug. Die Farben paßten so gut zu ihr, als wären sie extra gemacht worden, um sich von ihren flammenfarbenen Zöpfen abzuheben und die Schattierung ihrer Augen zu vertiefen. Sie würde das Schmuckstück morgen zurückgeben, ehe irgend jemand sein Fehlen überhaupt bemerkte.

Eilig stopfte sie die Kette in ihren Ausschnitt und zappelte ein bißchen hin und her, bis sie sie so wenig wie möglich drückte. Dann machte sie sich eifrig an die Reinigung der anderen Teile.

Kate überflog flüchtig den Inhalt der Schatulle und nickte zufrieden, als sie sah, in welchem Glanz das Geschmeide wieder erstrahlte. Sabre weigerte sich, darüber nachzudenken, wie sie die Kette am nächsten Tag unbemerkt zurücklegen könnte, aber irgendwie würde es ihr sicher gelingen.

An diesem Abend zog sie die Vorhänge zu, ehe sie sich wusch. Sie erschauderte vor Erregung, als sie das wunderbare cremefarbene Kleid aus dem Schrank nahm. Sie freute sich auf ihr erstes Fest im Königspalast. Kate hatte sie vor der Zudringlichkeit der Männer gewarnt, die sie ja bereits gekostet hatte. Gekostet ... das Wort zauberte ihr eine zarte Röte ins Gesicht, die sich noch vertiefte, als sie sah, wie sich ihre runden Brüste aus dem tiefen Ausschnitt schoben. Die Herzform betonte ihre Fülle auf eine eindeutig verwegene Art.

Ihr Herz machte einen Satz, als ihre Finger die Jadekette ertasteten und der schwere Türkis in die Vertiefung zwischen ihren Brüsten sank. Er war wie geschaffen dafür, die Blicke der Männer anzuziehen. Sie griff nach ihrer Bürste und schob ihr Haar nach der neuesten Mode hoch, so daß ihr Hals deutlich zu sehen war und auch die Kette bestens zur Geltung kam.

Dann zählte sie zehn Goldstücke als Einsatz für das Kartenspiel ab und schob sie in den winzigen Beutel, der an ihrem Handgelenk hing. Sie nahm ihren Fächer und eilte in die Musikgalerie in der zweiten Etage hinab. Obwohl es noch früh war, zählte sie bereits fast siebzig Personen. Lady Mary Barow begrüßte sie warm mit einem Kuß und flüsterte: »Auf jede Frau kommen mindestens zwei Männer, wenn das kein Erfolg ist.«

Sabre fühlte sich plötzlich von allen Seiten beobachtet. Die Blicke der Männer schienen auf ihren Brüsten zu ruhen, als warteten sie nur auf den Moment, in dem sie aus dem tiefen Ausschnitt springen würden. Sie blickte verschämt zu Boden, bis sie sich selbst einen Feigling schalt. War die Frauenmode nicht extra dafür geschaffen, die Blicke der Männer auf sich zu ziehen?

Sie setzte sich auf einen niedrigen Hocker in der Nähe einer Gruppe von Damen, die ihre Fähigkeiten mit Lauten, Harfen und Virginalen zum Besten gaben. Sie liebte Musik und lauschte aufmerksam. Anne Vasavour sang ein Liebeslied, und ihre großen, ausdrucksvollen Augen verliehen den Worten eine zusätzliche, subtile Bedeutung. Sabres Wangen begannen zu glühen, und sie hob ihren Fächer vor das Gesicht, um sich ein wenig abzukühlen. Gleichzeitig blickte sie sich verstohlen um. Etliche der Männer sahen sie an, doch sie stellte erleichtert fest, daß es Matthew war, der sich ihr näherte. Sie erhob sich und bot ihm ihre Wange der gängigen Mode gemäß zu einem Kuß.

»Oh, Matt, danke, daß du gekommen bist.«

»Hast du meine Nachricht erhalten?« fragte er.

»Ja. Hast du schon mit ihm gesprochen?«

»Ja. Seine Lordschaft hat mir eine Audienz gewährt, und ich habe den Eindruck erweckt, als hätte ich seine ergebene Gattin auf Blackmoor abgesetzt.«

»Und er hat keinen Verdacht geschöpft?«

»Es käme ihm wohl niemals in den Sinn, daß irgendwer sich seinen Befehlen widersetzen könnte, und schon gar nicht eine Frau.« Er runzelte die Stirn. »Ich fahre morgen früh nach Calais, um dort französische Seide abzuholen. Sabre, versprich mir, daß du während meiner Abwesenheit keine Dummheiten machst.« Er blickte auf ihre Brüste und war so hingerissen, daß er die herrliche Kette gar nicht zu bemerken schien.

»Matt, bist du so lieb und holst mir etwas Wein?«

Als er sie verließ, drängte sich sofort ein halbes Dutzend Bewunderer um ihn und bat darum, dem unbekannten Prachtweib vorgestellt zu werden. Gleichzeitig wandte sich Philadelphia Carey an Sabre. »Willst du diesen Burschen für dich allein, oder wärst du vielleicht so großzügig, ihn mir vorzustellen?«

Als Matt mit dem Wein kam, stellten sich die anderen Männer im Halbkreis um sie auf. »Sabre, ich möchte dich ein paar Leuten vorstellen.« Er nannte die Namen der Männer, ohne Luft zu holen. »Lord Oxford, James Clinton, Sir John Heneage, Anthony Bacon, der französische Botschafter de Villiers und William Herbert, der Sohn des Earl of Pembroke. Gentlemen, ich möchte Ihnen Mistress Sabre Wilde vorstellen, Lady Kate Ashfords Nichte.«

Die Herren gaben ihr jeder einen Handkuß, und Sabre murmelte jedesmal »M'lord«, ohne zu wissen, wer von ihnen welchen Namen trug. Dann versetzte ihr jemand von hinten einen kleinen Stoß. Ach ja. »Matt, ich möchte dir meine Freundin

Philadelphia Carey vorstellen – Philadelphia, dies ist Matthew Hawkhurst«.

Das Mädchen riß bewundernd die Augen auf. »Seid Ihr der Bruder von Lord Devonport?«

»Nein«, stellte Matt trocken fest. »Er ist mein Bruder! Würden die Damen vielleicht gern eine Runde Karten spielen?« fuhr er fort, um sie von den anderen Männern fortzulocken, aber als sie zu den Spieltischen gingen, folgten ihre Bewunderer ihnen, um ihnen zuzusehen. Er setzte sich zwischen die beiden Damen, und James Clinton besetzte eilig den vierten Stuhl. »Wie wäre es mit einer Partie *Sant*? Ich glaube, das ist ein Spiel, das den Damen besonders gut gefällt.«

Sabre runzelte nachdenklich die Stirn. Für vier Spieler reichten die Karten nicht, aber natürlich legte Matt zwei Stapel mit je zweiunddreißig Karten auf den Tisch, und sie seufzte erleichtert auf. Sie verlor jedes Spiel, und bald waren ihre paar Münzen verloren. Schließlich jedoch gewann sie etwas Geld von James Clinton, obleich sie vermutete, daß er mit Absicht verlor. Es war ihr egal, ob sie gewann oder verlor, denn sie genoß die Herausforderung, die witzigen Bemerkungen und schlagfertigen Antworten, das Gelächter und die bewundernden Blicke der Umstehenden.

Der Wein floß in rauhen Mengen; sie war viel zu verwegen, und deshalb verlor sie auch noch ihr restliches Geld. Philadelphia flirtete unverblümt mit Matt und berührte wie zufällig unter dem Tisch seine Hand oder sein Knie, doch plötzlich sah Matt mit besorgter Miene zum anderen Ende des Raums hinüber.

»Was ist los?« fragte Sabre leise.

»Wir haben ein Problem«, sagte Matt. »Da drüben steht –«

Sabre erstarrte. »Ich weiß genau, wer das ist«, sagte sie kühl. »Der von Ihrer Majestät persönlich gekürte Gott des Meeres.«

Hawk nickte unmerklich mit dem Kopf, und Matthew gehorchte dem stummen Befehl, indem er sich umgehend erhob.

Philadelphia, die noch nicht bereit war, sich von ihm zu trennen, stand ebenfalls auf. Als auch James Clinton sich zum Gehen wandte, lachte Hawkhurst spöttisch auf und stellte lüstern fest: »Dann bleibe wohl nur noch ich als Spielgefährte für die Lady.«

Sabre bedachte ihn mit einem eisigen Blick. »Ich fürchte, Ihr irrt Euch; glücklicherweise habe ich bereits mein ganzes Geld verloren«, sagte sie und rückte ihren Stuhl zurück.

Eine starke, braune Hand fiel auf ihre Schulter und drückte sie wieder hinab. »Egal, dann spielen wir eben um diese kleine Neckerei.«

Sie hielt den Atem an, als er ihr die Jadekette mit geschickten Fingern abnahm und auf den Tisch legte. Ihr Mund war wie ausgetrocknet; eilig sah sie sich nach Matthew um, aber der kleine Feigling hatte sie mit dem Gott des Meeres allein gelassen.

Sein Gesicht verriet Stärke, Humor und männliche Arroganz. Er war herrisch, unberechenbar und gefährlich. Die letzten Worte, die sie zu ihm gesagt hatte, hingen drohend zwischen ihnen. *Fahrt zur Hölle!* Am liebsten hätte sie diesen Satz wiederholt, ihn laut herausgeschrien, aber sie mußte sich ganz darauf konzentrieren, den Widerstreit ihrer Gefühle zu kontrollieren, der angesichts seiner körperlichen Nähe in ihr erwachte.

»Um so hohe Einsätze kann ich nicht spielen, Mylord. Ihr nutzt mich aus ... ich bin eine Anfängerin in diesem Spiel.«

Seine Augen waren kalt, sein Mund hart. »Immer, wenn wir uns begegnen, jammert Ihr. Erst nutze ich Eure Unschuld aus und jetzt Euer Unwissen.«

Sie schluckte den Köder, denn bei seinen beleidigenden Worten wallte heißer Zorn in ihr auf.

»Um Gottes willen, es ist doch nur ein Spiel«, schalt er sie, aber sie wußte, daß dieses Spiel tödlich war. Sie wußte, wie es ausgehen würde, und er wußte es auch. Es war, als wüßte er, daß die Kette nicht ihr Eigentum war, und als hätte er es sich zum Ziel gesetzt, ihr das Schmuckstück abzunehmen.

»Und was ist Euer Einsatz, Mylord?«

»Was schlagt Ihr vor?«

Sie sah ihm tief in die Augen und sagte bestimmt: »Ihr habt nichts zu bieten, was ich haben will.«

Das Grinsen des Raubtieres versprach ihr, daß sie in nicht allzu langer Zeit bestimmt etwas von ihm würde haben wollen, und daß sie ihn anbetteln würde, damit er es ihr gäbe.

»Also gut, fünfhundert Kronen; alle Frauen sind verrückt aufs Geld.« Die Summe, die er nannte, war viel zu hoch, und sein Verhalten war überheblich und unverschämt.

Sie verspürte das Verlangen, es ihm gleichzutun, doch sie war derart im Nachteil, daß sie nur noch versuchen konnte, ihre Würde nicht ganz zu verlieren. »Laßt uns einfach um die höchste Karte spielen. Ich weigere mich, hier herumzusitzen und diese Farce weiterzuführen.«

Mit einer schwungvollen Geste hielt er ihr die Karten hin. Sie zog eine Zehn, er einen Buben. »Wie passend«, schnauzte sie, schnappte sich ihren Fächer und warf beinahe ihren Stuhl um, als sie versuchte, ihm zu entfliehen. Ehe sie allerdings außer Reichweite war, packte er sie am Handgelenk und murmelte: »Meine Gemächer liegen im vierten Stock. Wenn Ihr Eure Karten richtig setzt –« er ließ die Kette vor ihren Augen baumeln – »kann ich sehr großzügig sein.«

Zorn und Haß raubten ihr fast die Sprache. Sie bedachte ihn mit einem eisigen, verächtlichen Blick. »Fahrt zur Hölle!« Ihre Beine zitterten, als sie durch den Raum fegte, um einen möglichst großen Abstand zu gewinnen, aber sie wußte, daß sie das Schmuckstück nicht aus den Augen lassen durfte. Sie weigerte sich, über den Alptraum nachzudenken, der sie erwartete, falls sie es nicht zurückbekäme. Ihr blieb also nichts anderes übrig, als ihm nachzugehen. Sie mußte herausfinden, wo seine Gemächer lagen, und vielleicht konnte sie es ihm irgendwie stehlen. Also beobachtete sie ihn aus den Augenwinkeln. Verdammt, früher oder später trat jede der Frauen auf ihn zu und sah ihn verführerisch an. Er zog die Frauen an, als hätte er einen Magneten in seiner Brust, dachte sie voller Wut.

Schließlich gelang es ihm, sich loszureißen und die Galerie zu verlassen. Sie murmelte noch nicht einmal eine Entschuldigung für den armen Galan, der eine halbe Stunde höflicher Konversation an sie verschwendet hatte. In vorsichtigem Abstand folgte sie ihm in den vierten Stock und stellte überrascht fest, wie nah seine Gemächer bei Matthews Zimmer lagen. Sie wartete, bis er gut fünf Minuten drinnen war, und dann schlich sie zu Matts Tür. Doch die war abgeschlossen, und drinnen brannte auch kein Licht. Plötzlich hörte sie, wie eine andere Tür geöffnet wurde, und es gelang ihr gerade noch, um die Ecke zu flüchten und sich an die Wand zu drücken. Als die Schritte in die entgegengesetzte Richtung entschwanden, seufzte sie erleichtert auf. Dann nahm sie all ihren Mut zusammen, spähte um die Ecke und sah eine große Gestalt in einem schwarzen Umhang, die die Treppe hinunterging.

Er hatte also nur die Kette sicher verstaut und war dann wieder gegangen. Und sie durfte jetzt keine Zeit verlieren. Sie mußte sofort handeln, denn eine solche Chance würde sich ihr bestimmt nicht noch einmal bieten. Sie ging eilig den Korridor entlang und glitt lautlos durch die Tür.

Drinnen riß sie die Augen auf. Sie stand in einem geräumigen, geschmackvoll eingerichteten Schlafzimmer, das nicht die geringste Ähnlichkeit mit der winzigen Zelle hatte, in der sie selbst schlief. An das Schlafzimmer schloß sich ein zweiter Raum an, sicher ein Salon, in dem Gäste empfangen wurden.

Der Raum wurde von einem riesigen Bett beherrscht, das hinter roten Samtvorhängen fast verschwand, und der Teppich war so dick, daß sie die Spitzen ihrer Schuhe nicht mehr sah. Es gab einen Kamin mit einem Marmorsims und einen Spiegel, der bis unter die Decke ging. Sie warf einen Blick hinein und steckte eine lose Locke fest. Sie überlegte gerade, wo die Kette wohl sein konnte, als sie plötzlich erstarrte. Im Spiegel entdeckte sie hinter sich seine Gestalt.

Er lehnte lässig in der Tür zum Salon. Sein Wams hatte er abgelegt, und sein weißes Hemd war bis zum Bund seiner schwarzen Hose offen. Sie sahen einander im Spiegel an. Aller Spott war aus seinem Blick verschwunden, der sie jetzt zärtlich zu streicheln schien. »Ich wußte, daß Ihr kommen würdet«, stellte er leise fest.

Sie sah, daß er sich bewegte, konnte sich aber nicht rühren. Als er seine Hände auf ihre Schultern legte, um sie zu sich umzudrehen, erschauderte sie. Er war einfach zu nah, zu groß, zu männlich und verdammt noch einmal überwältigend schön.

»Ich bin gekommen, um die Kette zu suchen«, gab sie ehrlich zu.

»Ach ja?« fragte er und zwang sie, sich einzugestehen, daß nicht nur die Kette sie angelockt hatte. Als sie in sein sonnengebräuntes Gesicht sah, wäre sie ihm am liebsten durch die dunkle, ungezähmte Mähne gefahren. Es war, als gäbe es irgendein geheimnisvolles Band zwischen ihnen, als hätte sie ihn schon ewig gekannt. Er neigte seinen Kopf, und sie wußte, daß er sie küssen würde. Als sein Mund ihre Lippen weich umfing, war alles andere fort – ihr Zorn, ihre Angst und auch ihr Widerstand.

Er zog die Nadeln aus ihrem Haar und vergrub die Finger in dem kupferfarbenen Wasserfall. Dann umfaßte er sanft ihr Gesicht und küßte sie erneut. »Ich bin halbwegs in dich verliebt und weiß noch nicht einmal, wie du heißt.«

»Sabre«, flüsterte sie. »Sabre Wilde.«

Er küßte sie abermals. Sein Kuß war sehnsüchtig und so betörend, daß sie alles vergaß. Ihre Brüste waren an seinen harten, muskulösen Körper gepreßt, und sie schmolz dahin.

Dann flüsterte er: »Ich bin Shane Hawkhurst, Lord Devonport«, und sie dachte, ihr Herz bliebe stehen. Instinktiv fuhren ihre Hände zu seinem Hosenbund und suchten den Griff des Messers, das sie zuvor gesehen hatte. Sie zog es heraus und trat zurück. »Bastard!«

Er warf den Kopf in den Nacken und brach in schallendes Gelächter aus. Wie recht sie doch hatte! »Der Dolch paßt zu dir, kleine Wildkatze. Sieh dir nur den Griff an.«

Sie war verwirrt. Die Tatsache, daß sie sein Messer in den Händen hielt, schien ihn nicht im geringsten zu beunruhigen. Sie warf einen Blick auf den Dolch und sah, daß der Griff die Form einer Wildkatze hatte.

Plötzlich hielt er das Gegenstück der Waffe in der Hand. »Jetzt haben wir beide eine ... sie gehören zusammen ... behalte die deine.«

Als sie ihn ansah, wurde ihr zum ersten Mal wirklich bewußt, daß er ihr Ehemann war. Die Gesetze Englands und auch die Gesetze Gottes gaben ihm Macht über ihr Leben oder ihren Tod. Ihr wurde klar, daß sie das Kleid trug, in dem sie ihn hätte heiraten sollen, und es war um sie geschehen. Tränen der Trauer stiegen ihr in die Augen, doch augenblicklich wurden sie von heißem Zorn verdrängt. Dies also war ihr Feind. Dies war der Mann, den sie genau kennenlernen wollte, den sie zu ihrem Sklaven machen und anschließend zerstören wollte. Aber wie sollte sie anfangen? Instinktiv ging sie wieder in Abwehrstellung und fauchte ihn an. »Ich bin nur wegen der Kette hier. Sie gehört mir!«

Endlich kehrte der alte Spott in seinen Blick zurück. »Sie gehört der Königin.«

»Ha? Wie kommt Ihr nur auf diese lächerliche Idee?«

»Ich habe sie ihr geschenkt. Also müßt Ihr sie unbedingt zurückbekommen und sie wieder in die Schatulle legen, ehe der Diebstahl entdeckt wird.« Es war deutlich, was er als Gegenleistung erwartete.

»Und dafür, daß Ihr mir die Kette zurückgebt, soll ich allen Ernstes Eure Mätresse werden?« fragte sie voller Wut.

»Mätresse? Himmel, was seid Ihr doch für ein arrogantes Weib. Ich hatte eigentlich nur an eine einzige Nacht gedacht.«

Seine Worte trafen sie so sehr, daß sie einen Satz auf ihn zu machte. Er starrte sie grimmig an und brach ihr fast das Handgelenk. Der Dolch fiel auf den Teppich, und er zog sie erneut an seine Brust. »Woher weiß ich denn, daß Ihr überhaupt gut seid?« spottete er. Seine Lippen glitten über ihren verführerischen kleinen Schönheitsfleck, und seine Zunge leckte heiß daran.

»Da ich noch Jungfrau bin ... bin ich nur so gut, wie Ihr mich macht.«

Ihre Worte weckten heißes Verlangen in ihm, und er zog sie eng an sein hartes Glied. Trotzdem zog er spöttisch die Brauen hoch. »Jungfrau? Unberührt? Unbenutzt? Unbefleckt?« Er machte eine kurze Pause. »Wohl kaum!«

Sie antwortete voller Zorn: »Oh, doch! Und noch dazu unwillig! Unnachgiebig!« und mit einem herausfordernden Flüstern: »Ungezähmt.«

Er sah sie an. »Das ganze Leben ist ein Spiel. Und dieses Spiel spielen nur wir beide, Sabre, aber wenn du es spielen willst, dann solltest du auch die Regeln kennen. Bei jedem Spiel gibt es ein Risiko. Bei jedem Spiel gibt es Gewinner und Verlierer.«

»Wenn Ihr glaubt, daß ich dieses Spiel nicht gewinnen werde, dann irrt Ihr Euch. Ich habe beschlossen zu gewinnen!« Ihr Haß auf ihn war abgrundtief. Ihre Brüste hoben und senkten sich erregt, und die rosafarbenen Brustwarzen waren mit jedem Atemzug ein wenig mehr zu sehen.

»Zieh die Kleider aus, und laß mich sehen, was du zu bieten hast«, stichelte er.

Sie löste sich aus seiner Umarmung, wütend genug, um ihn umzubringen, hätte sie ihren Säbel zur Hand gehabt. »Zieht doch Ihr Euch aus, Lord Devonport, und zeigt mir, ob Ihr genug zu bieten habt!«

Langsam zog er sein Hemd aus und drehte sich im Kreis. Seine Brust und sein Rücken waren mit straffen Muskeln übersät, und auf einer seiner unglaublich breiten Schultern war ein Drache tätowiert.

Sein Anblick hatte eine ungeahnte Wirkung auf sie. Heißes Verlangen wallte in ihr auf, und sie spürte das wilde Verlangen, sich in dem riesigen Bett an seinen nackten Körper zu pressen. Es war unglaublich – sie wollte ihn berühren, ihn kosten. Sie wollte den Drachen töten ... oder von ihm getötet werden. Ihre Beine trugen sie nicht mehr, sie glitt auf den Teppich und schluchzte verzweifelt auf.

Statt sie wieder auf die Füße zu ziehen, legte er sich neben sie und nahm sie in die Arme. »Pst, meine Süße, weine nicht. Manchmal gefällt es mir, ein grausamer Bastard zu sein. Vielleicht hast du ja die Wahrheit gesagt. Aber deine Unschuld wird hier am Hof nicht von Dauer sein, meine kleine Wildkatze.«

Er strich ihr über ihr kupferfarbenes Haar und erschauderte. Dann vergrub er sein Gesicht in der Pracht und stöhnte leise auf. »Laß mich dein Beschützer sein, Sabre.«

Eine leichte Eroberung hätte ihn schon bald nicht mehr interessiert, doch das wollte und konnte sie sich nicht erlauben. Sie wußte, daß er sie verführen wollte, daß er sich danach sehnte, ihr Herr und Meister zu sein, und da sie dieses Verlangen in ihm noch steigern wollte, lehnte sie ab. »Ich bin niemandes Mätresse! Nur mein Ehemann wird mir meine Jungfräulichkeit nehmen!« gelobte sie laut.

»Das werden wir ja sehen«, stichelte er, während er sich erhob. »Aber ich warne dich. Ich werde unerbittlich sein in dem Versuch, deine Meinung zu ändern.« Mit einem boshaften Grinsen bot er ihr die Hand. Sie ignorierte das Angebot und stand behende auf, wobei sie allerdings nicht vergaß, ihm einen Blick auf ihre herrlichen Brüste zu gewähren. Wortlos reichte er ihr die Kette und den Dolch, und sie nahm beides an.

Als sie endlich allein in ihrem Zimmer war, ließ sie ihrer Begeisterung freien Lauf! Sie hatte die erste Runde gewonnen, und glücklich lächelnd musterte sie sich selbst im Spiegel. »Bei Gott, fast hätte er mich angebettelt, mit ihm ins Bett zu gehen!«

Am nächsten Morgen erwachte sie mit der freudigen Erwartung, ihn vielleicht wiederzusehen. Es war ein Kinderspiel, die Kette unbemerkt zurückzutun, und sie fühlte sich besser als je zuvor in ihrem Leben.

Als sie erfuhr, daß Hawkhurst aufgebrochen war, um sich der königlichen Reisegesellschaft anzuschließen, war sie so getroffen wie ein kleiner Vogel, der gegen eine Wand geflogen ist. Sie stieß jeden Fluch und jede Verwünschung, die sie je gehört hatte, gegen die Königin aus. Es war einfach lächerlich, auf dieses ältliche Weib eifersüchtig zu sein, und doch war sie es!

Von diesem Tag an verlief der Sommer ereignislos. Sie vertiefte ihre Freundschaften zu einigen der Frauen, verliebte sich in das faszinierende London und hielt die Männer am Hof auf Armeslänge von sich fern.

Als Matt aus Calais zurückkam, durfte sie sich ein Stück teure französische Seide aussuchen und wählte ein mit Silberfäden durchwirktes helles Gelb. Und obgleich es regelrecht verwegen war, allein mit einem Mann essen zu gehen, ließ sie sich von ihm zu Gunters führen, das in jenen Tagen beliebteste Londoner Restaurant. Er erklärte ihr, das er in Kürze seine Mutter in Devon besuchen werde. Sie war seit Sebastians Tod ständig allein, und da Hawk die Verantwortung für ihr Wohlergehen nicht allein tragen konnte, war jetzt die Reihe an ihm.

Im August war die Garderobe der Königin vollständig aufgefrischt, und Kate erklärte, daß sie ohne Sabres Hilfe nicht ein Zehntel dessen geschafft hätte, was sie gemeinsam erreicht hatten.

Sabre hatte einen anstrengenden Tag hinter sich. Kate hatte sie gebeten, sie in die Stadt zu begleiten. Unter dem Schutz eines bewaffneten Wachmannes hatten sie die angeschlagenen Schmuckstücke der Königin zu einem Goldschmied in der Lombard Street und die zerbrochenen Fächer zu einem Fächermacher in Eastcheap gebracht. Elizabeth warf nur sehr selten etwas fort, so daß alles auf einer langen Liste hatte notiert werden müssen, von denen die mit den Reparaturen beauftragten Handwerker je eine Abschrift erhielten.

Anschließend hatte sie Sabbat bewegt, was sie inzwischen regelmäßig tat. Sie genoß die Spazierritte am Fluß und ließ sich auch von Männern begleiten, obwohl sie immer dafür sorgte, daß niemals einer allein mitkam.

In ihrem winzigen Zimmer war es stickig, so daß sie das Fenster einen Spalt öffnete, ehe sie ins Bett kletterte. Morgen würde sie ihr neues Seidenkleid zuschneiden.

Je weiter sich die königliche Reisegesellschaft von London entfernte, um so häufiger kehrte Shane Hawkhurst in Gedanken nach Greenwich zurück. Er verfluchte die Zeit, die er mit sinnlosem Geplänkel und Amüsement vergeudete, während sie durch ganz East Anglia bis hinauf nach Norwich zogen. Bess ließ ihn und Robin Devereux, den jungen Earl of Essex, nicht aus den Augen. Er und Essex waren zwar keine Freunde, aber Feinde waren sie ebenfalls nicht. Sie waren schlichte Rivalen um die Gunst der Königin und kamen im Grunde recht gut miteinander aus, denn für jeden Gefallen, den sie dem einen erwies, bedachte sie auch den anderen mit einer Freundlichkeit. Bess hatte Essex zu ihrem Oberstallmeister gemacht, da sein Stiefvater, ihr geliebter Dudley, der Earl of Leicester, ihre Truppen in Holland befehligte. Um möglichen Eifersüchteleien vorzubeugen, hatte sie Lord Devonport im Gegenzug zu einem ihrer Leibgardisten ernannt.

Hawkhurst hatte die Arme hinter den Kopf gelegt. Sein Körper war im Augenblick gesättigt, aber seinem Geist blieb der Frieden versagt. Seine Gesellschafterin war pikiert, daß er fünf Minuten, nachdem er mit ihr geschlafen hatte, wieder ein Fremder war. Er hatte sich noch nicht einmal die Mühe gemacht, Hemd oder Hose auszuziehen.

»Ihr habt mich noch nie geküßt, Lord Devonport«, flötete die Hofdame der Königin.

Er wandte sich ihr wieder zu und erkannte entsetzt, wie abgenutzt sie war. *Kein Wunder*, dachte er angewidert. *Essex, Southampton und ich reichen unter uns die Hofdamen herum, als teilten wir uns eine Flasche Wein.* Und das nur, um die Langeweile zu bekämpfen, wenn man sich auf den Soireen der Königin die Beine in den Bauch stand, während diese die Gefahren geflissentlich ignorierte, die von allen Seiten drohten. Statt irgendeine außenpolitische Strategie zu verfolgen, war sie so flatterhaft wie ein Blatt im Wind, doch irgendwie überlebte sie nicht nur, sondern hatte mit dieser Taktik auch noch Erfolg. Im Norden wurde sie von den Schotten bedroht, Frankreich würde den Vertrag mit ihr brechen, um einen Separatfrieden mit Spanien zu schließen, dessen König, Philipp, im Augenblick die große unbesiegbare Armada baute. Daß die Iren gerade diesen Zeitpunkt für die Rebellion gegen das englische Joch zu wählen gedachten, war da schon nicht mehr erstaunlich. Und er war hier, vertrödelte die Abende und vertrieb sich die Zeit mit Feuerwerken und Geschlechtsverkehr!

Lady Mary Howard glitt aus dem Bett und kam mit zwei Seidenkordeln zurück. »Würdet Ihr gerne ein Spiel mit mir spielen, Lord Devonport?«

Ihm war klar, daß sie dieses neue Spiel von Essex hatte. Ihre

Augen glitzerten bei dem Gedanken, gefesselt zu sein, damit er sich an ihr gütlich tun konnte. Verdammt, dieses Weib war so wild auf ihn, wo blieb da die Aufregung? Nach den erotischen Praktiken, die er auf seinen Reisen in fernöstliche Länder kennengelernt hatte, war dieses Spielchen wirklich zahm. Er unterdrückte ein Gähnen und machte sich ans Werk. Später sollte sie ihren Vorschlag noch bedauern, denn er rollte sich auf die Seite und schlief ein, ohne sie vorher zu befreien.

Der nächste Tag fing schlecht an. Der Earl of Southampton, der beim Würfeln Unsummen an ihn verloren hatte, äußerte lautstarke Zweifel an Hawks Integrität, was diesen schließlich die Geduld verlieren ließ. Southampton war ein launischer junger Mann, der nett und angenehm war, solange alles gut für ihn lief, doch wenn ihm etwas nicht paßte, wurde er richtiggehend widerlich. Hawkhurst, bei dem im Augenblick leicht die Sicherung durchbrannte, schlug den jungen Burschen kurzerhand zu Boden. Um den Morgen endgültig zu verderben, hatte Bess eine gereizte Bemerkung über die Hengste gemacht, die er und Essex ritten, und Essex hatte gehorsam einen Wallach gewählt, aber er wollte verdammt sein, wenn er dasselbe tat.

Ehe die Sonne im Westen unterging, war er gestiefelt und gespornt, um die hundert Meilen zurückzureiten, die ihn von Greenwich trennten. Sabre Wilde ... der beschwerliche Ritt würde sich gelohnt haben, wenn er zwischen ihren Schenkeln Erleichterung fand. Nachdem er monatelang Bess' Gesellschaft ertragen hatte, brauchte er einen Augenblick der Freiheit, das Gefühl des kraftvollen Hengstes unter sich, den frischen Wind im Haar.

Als er sich auf den Balkon in der dritten Etage schwang, schalt er sich selbst einen Narren. Was, wenn bereits ein anderer ihr Bett wärmte? Er war fast die ganze Nacht hindurch geritten und hatte sich erst im letzten Augenblick überhaupt Gedanken gemacht. Jetzt glitt er lautlos in ihr Zimmer und trat an ihr Bett. Das Mondlicht fiel direkt auf ihren Körper, und er sah, daß sie die Decke abgeworfen hatte und jetzt in jungfräulichen Batist gehüllt vor ihm lag. Bereits ihr Anblick erregte ihn, aber es war ihre Unschuld, die sein Blut vor Leidenschaft in Wallung geraten ließ.

Er durchsuchte den Raum nach Beweisen für einen Liebhaber. Im Schrank hingen nur drei Kleider, und auch zwischen ihren anderen Besitztümern fanden sich weder Geschenke noch Schmuck, nur ein paar Münzen. Er sehnte sich danach, sie zu wecken und ihren überraschten Blick zu sehen. Er sehnte sich danach, sie zu berühren, sie zu kosten, sie mit seiner Hitze anzufüllen, aber er unterdrückte sein rohes Verlangen, um ihren friedlichen Schlummer nicht zu stören.

Statt dessen strich er vorsichtig mit Daumen und Zeigefinger über einen ihrer flammenden Zöpfe und genoß das seidig weiche Gefühl. Was für ein impulsiver Narr er doch gewesen war, hundert Meilen zu reiten, nur um sie zu sehen. Seufzend zog er einen kleinen Gegenstand aus seinem Wams und legte ihn auf ihr Kissen.

Als er ging, zog er zu ihrem Schutz das Fenster zu. Er tröstete sich mit dem Gedanken, daß es noch endlose Nächte geben würde, in denen er zu ihr kommen und sie mit seiner Verwegenheit überraschen würde. Jedesmal, wenn er die Augen schloß, sah er dasselbe Bild. Er sah sie vor sich, wie sie nackt die Vorhänge zuzog, die krausen Locken zwischen ihren Beinen ebenso schimmernd wie die hüftlange, kupferfarbene Pracht auf ihrem Kopf.

Er würde den Rest der Nacht nutzen. Nun, da er, ohne daß irgendwer es wußte, in London war, bot sich ihm die Gelegenheit, ein paar Dinge zu erledigen. Bis zu den abendlichen Festlichkeiten mußte er wieder in Norwich sein, doch als er bei Anbruch der Dämmerung wieder in Richtung Norden ritt, waren sechs irische Gefangene aus dem Devlin Tower geflohen und sicher auf einem der Hawkhurstschen Schiffe versteckt.

Als der Leiter des Turms und später Walsingham die Wachen befragten, gab nur einer zu, überhaupt etwas gesehen zu haben. Nach kurzer Zeit sprach ganz London von nichts anderem mehr als von dem geheimnisvollen »schwarzen Schatten«, den der Wachmann gesehen haben wollte.

Als Sabre die Augen aufschlug, fiel ihr Blick auf das Schmuckstück neben ihr auf dem Kissen. Die diamantene Brosche hatte die Form einer Wildkatze, und als Augen waren zwei große, grüne Smaragde eingesetzt. Es gab für sie nicht den geringsten Zweifel, wer dieses kostbare Geschenk hinterlassen hatte.

Sie erschauderte. Ihr Herzbube war im Schatten der Nacht in ihr Zimmer spaziert und hatte sie schlafen gesehen, aber eigentlich war er hundert Meilen von ihr entfernt, oder nicht?

Dann lächelte sie. Dies war erst das erste einer ganzen Reihe von Schmuckstücken, die sie sammeln wollte. Die Tage am Hof hatten sie bereits gelehrt, daß Reichtum gleichbedeutend war mit Macht. Das Sprichwort von der »goldenen Regel« hatte für sie eine neue Bedeutung erlangt – von den Menschen mit dem Gold wurden die Regeln gemacht.

8. Kapitel

Plötzlich war es September, und die Königin und ihr Hof kehrten nach London zurück, um die Wintersaison mit einer Reihe von Festlichkeiten zu begehen. Ganz London erwachte zu neuem Leben, und die allgemeine Erregung war überall zu spüren. Öffentliche Belustigungen, Maskenbälle, Feste und andere Feierlichkeiten wurden geplant, jedes Theater präsentierte ein neues Stück, und überall wurden Programme verteilt.

Kate gab Sabre eine letzte Unterrichtsstunde in der Hierarchie des Hofes. Die höchstrangigen Damen waren die königlichen Kammerzofen, dann kamen die Privatzofen und schließlich die Audienzzofen, die keine besondere Aufgabe hatten, sondern einfach neben der Königin standen, wenn diese ausländische Botschafter oder Parlamentsdelegationen empfing. Bei offiziellen Anlässen waren darüber hinaus noch sechs unverheiratete junge Hofdamen in ihrem Gefolge.

Von den Zofen wurde erwartet, daß sie Ihre Majestät bei ihren morgendlichen Spaziergängen, bei Kirchenbesuchen, bei Tanzveranstaltungen und bei der Jagd begleiteten, und daß sie niemals die Grenzen des Gehorsams oder der Züchtigkeit überschritten, was sie natürlich dennoch manchmal taten, und wenn es herauskam, wurde erwartet, daß sie demütig vor ihr standen, während sie ihr Gift versprühte.

Kate war eine der Privatzofen der Königin, die immer zur Stelle sein mußten, wenn es um das tägliche Ankleiden der Königin ging, was die wichtigste Zeremonie jedes Vormittages war. Es gab so viele Kleider und so viel Schmuck, der anprobiert und dann wieder verworfen werden mußte, ein Haarnetz, das zu einem bestimmten Kleid passen mußte, einen golddurchwirkten Hut, der zu einem golddurchwirkten Oberteil gehörte. Allein für die Halskrause wurde bis zu einer halben Stunde benötigt; es gab einfach alles, von der einfachen Halbkrause bis zur schulterbreiten, gestärkten Krause, die sich besonders gut zu weiten, gepolsterten Puffärmeln ausnahm.

Es war die ausdrückliche Pflicht der Zofen, Ihre Majestät mit Komplimenten zu überhäufen, und es würde Sabres ausdrückliche Pflicht sein, eine gewisse Ordnung in das Durcheinander zu bringen, indem sie alles wieder forträumte, was Bess verwarf.

Sabre konnte es kaum erwarten, die Königin, von der sie so viele widersprüchliche Dinge gehört hatte, mit eigenen Augen zu sehen und sich eine eigene Meinung zu bilden.

Kate hatte ihr geraten, am Morgen von Elizabeths Rückkehr die Kirche zu besuchen, wo sie sie beobachten konnte, ohne selbst beobachtet zu werden. Also saß Sabre jetzt in der königlichen Kapelle und erlebte eine Überraschung nach der anderen. Elizabeths Einzug in die Kapelle vollzog sich eher lärmend als ruhig, wie es einem heiligen Ort angemessen gewesen wäre. Sie ging so schnell, als würde sie von Geistern gehetzt, und ihre Zofen mußten sich beeilen, um überhaupt Schritt halten zu können. Das schrille Spektakel erinnerte Sabre an ihre eigene Darbietung mit dem roten Kleid. Die Königin trug ein Kleid in leuchtendem Orange, das obendrein über und über mit golddurchwirkten Borten besetzt war. An jedem Finger ihrer außergewöhnlich langen, weißen Hände trug sie zwei oder drei Ringe. Um die Schönheit ihres Geschmeides noch zu betonen, fuchtelte sie beständig mit ihren Händen in der Luft herum. Sie trug eine Perücke in der grellsten Haarfarbe, die Sabre je gesehen hatte. Ihre Augen waren leuchtend schwarz, und ihnen blieb absolut nichts verborgen. Und sie war flachbrüstig wie ein Knabe.

Alles ging glatt, bis der Kaplan zu seiner Predigt ansetzte. Unglücklicherweise sprach er von der Pflicht der Frau, zu heiraten und Erben zu bekommen, so daß die Königin zornig von ihrem Platz aufsprang. »Hören Sie auf! Hören Sie auf!« kreischte sie. »Das Thema ist inzwischen allzu abgedroschen!« Dann spuckte sie auf den Boden.

Sabre war mehr als verblüfft. Wenn sie es nicht mit ihren eigenen Augen gesehen hätte, hätte sie es nicht geglaubt. Elizabeth übte tatsächlich die höchste Macht aus, und sie machte deutlich, daß sie immer das sagte und tat, was ihr gefiel und nicht zuließ, daß ihr irgend jemand dabei in die Quere kam!

Der Palast von Greenwich platzte aus allen Nähten. Die Mahlzeiten waren plötzlich verschwenderische, förmliche Angelegenheiten, und im Speisesaal war es so voll, daß Sabre Glück hatte, wenn sie noch ein Plätzchen auf einer Bank fand, auf das sie sich quetschen konnte. Alle sprachen von dem Maskenball, der anläßlich des Geburtstags der Königin am siebenundzwanzigsten September stattfinden würde. Außerdem kursierte das Gerücht, der Hof werde nach Windsor umziehen, wo mehr Platz war und wo die Königin ihrem Hobby, der Jagd, nachgehen konnte.

Bess hatte eine robuste Natur, und der Tanz, der am zweiten Abend nach ihrer Rückkehr stattfand, würde bestimmt bis Mitternacht gehen. Sabre trug ihr neues silberdurchwirktes, zitronengelbes Seidenkleid. Es hatte einen tiefen V-Ausschnitt, um die Blicke der Männer auf die atemberaubenden Brüste zu lenken, die aus dem Oberteil quollen, und als zusätzlichen Blickfang steckte sie sich die Wildkatze mit den Smaragdaugen direkt unter das Dekolleté. Sie trug eine Halbkrause und ließ ihr Haar in gepflegter Unordnung über Schultern und Rücken fallen. Es war modern, die Haare hochzustecken, und natürlich wollte sie anders sein als die anderen.

Der letzte Schrei allerdings war, wenn eine Frau einen kleinen Dolch bei sich trug. Also hatte sie eine Scheide in die Schärpe ihres Kleides genäht und das Messer hineingesteckt, das Hawkhurst ihr gegeben hatte. Diese Waffe war allerdings mehr als ein bloßes Schmuckstück; sie war eine echte und tödliche Waffe. Trotzdem konnte sie der Versuchung einfach nicht widerstehen, beide Wildkatzen zu tragen, die er ihr geschenkt hatte.

Anne Vasavour flirtete gerade heftig mit Lord Oxford, aber im selben Moment, in dem er Sabre sah, bat er sie um den nächsten Tanz. Auch Anthony Bacon tanzte mit ihr und stellte sie anschließend seinem Bruder Francis vor, von dem es hieß, er sei der brillanteste Mensch am ganzen Hof. Unglücklicherweise stotterte er und unterhielt sich deshalb nur selten mit den Damen, da sie immer versuchten, ihm zu helfen, indem sie ihm Worte in den Mund legten oder seine Sätze für ihn beendeten. Sabre kam es dagegen nicht in den Sinn, etwas Derartiges zu tun, und Francis Bacon fand deshalb sofort Gefallen an ihr.

Essex hatte die Königin eskortiert, und während der ersten Stunde wich er kein einziges Mal von ihrer Seite, aber dann scharten sich der bewundernde Walter Raleigh, der lispelnde Southampton, die kriecherischen Botschafter von Frankreich und Schottland und der schmeichlerische Lord Devonport um sie, so daß er sich erlauben konnte, sich im Saal ein wenig umzusehen. Schließlich entdeckte er die prächtige Novizin am Hof, die gerade mit Lady Leighton sprach. Natürlich hatte er Augen für alle Frauen – und sie für ihn –, aber immer wieder wanderte sein Blick zu dem Mädchen mit dem wunderbaren Kupferhaar zurück.

Als Matthew kam, ging er direkt zu Sabre hinüber. Es machte ihm immer Spaß, sie zu begrüßen, da sie ihn jedesmal mit einem strahlenden Lächeln bedachte, und heute begrüßte sie ihn sogar mit einem Kuß.

»Oh, Matthew, wie soll ich dir je für diesen Stoff danken? Das ist das Hübscheste, was ich je besessen habe!«

Als er die Waffe entdeckte, die sie trug, zog er fragend die Brauen hoch. Er wußte, daß es nur einen Menschen gab, der sie ihr gegeben haben konnte. »Eine ziemlich große Waffe … für eine Frau.«

»Mein Geschlecht sollte dabei keine Rolle spielen. Du hast schließlich selbst einen beachtlichen Dolch.«

Er bedachte sie mit einem spöttischen Grinsen. »Das sagen alle Frauen zu mir.« Sie versetzte ihm einen Klaps mit ihrem Fächer, und sowohl Essex als auch Devonport, die die Szene beobachteten, wußten, daß der junge Mann etwas eindeutig Zweideutiges gesagt haben mußte.

»Matt, sei bitte einen Augenblick ernst, ich möchte, daß du mir einen Gefallen tust.«

Er legte die Hand aufs Herz und versprach feierlich: »Ich würde alles für Euch tun, Teuerste.«

Sie sprach so leise, daß niemand außer Matt sie hören konnte. »Es ist bereits September, und ich bin immer noch so weit mit deinem Bruder wie vor zwei Monaten.«

»Falls du darauf brennst, endlich mit einem Mann zu schlafen, biete ich dir gerne meine Dienste an.«

»Matt, willst du mir nun helfen oder nicht?« Sie sah ihn ungeduldig an.

»Soll ich ihn etwa fesseln und knebeln und ihn dann wie ein Paket vor deinem Bett abliefern?«

Sie wandte sich ab, und er hörte sofort mit den Albereien auf. Dann lachte sie, um zu zeigen, daß sie nicht wirklich böse auf ihn war. »Ehrlich, manche Männer muß man geradezu zwingen, sich um eine Frau zu bemühen. Ich möchte, daß du mit ihm wettest, daß es ihm nicht gelingt, mich zu seiner Mätresse zu machen.«

Er sah sie bewundernd an. »Du kennst dich mit Männern gut aus, was, Sabre?«

»Das muß ich wohl auch, wenn ich mir gerade dieses Exemplar angeln will, oder nicht?«

Die Musik verklang, und Sir John Heneage, der gerade noch Philadelphia Carey geführt hatte, bat Sabre um den nächsten Tanz.

Hawk schlug plötzlich Matthew auf die Schulter. »Und, hast du wenigstens einen netten Gewinn mit der Fahrt nach Calais gemacht?«

Matt nickte und dankte ihm noch einmal für die Fracht.

Hawk schüttelte den Kopf. »Vielleicht brauche ich dich in der nächsten mondlosen Nacht für eine Fahrt über die Irische See.«

Matt wußte um die Gefahren einer solchen Tour, und Hawk wechselte bereits wieder das Thema: »Hattest du Zeit, unsere Mutter zu besuchen?«

»Ja. Ich habe sie letzte Woche mit nach Hawkhurst genommen. Die Abwechslung wird ihr guttun.«

Hawk nickte. »Aber ermutige sie bloß nicht, in unser Londoner Haus zu kommen.«

»Sie würde sich dir nicht aufdrängen. Sie weiß, daß das Haus jetzt dir gehört.«

Hawk sah seinen Bruder an. »Georgiana weiß, daß sie in Thames View jederzeit willkommen ist. Ich möchte nur nicht, daß sie am Hof erscheint; das hier ist einfach zu korrupt.«

Matt hatte Sabre während des ganzen Gesprächs keinen Moment aus den Augen gelassen, und Hawk fragte plötzlich direkt: »Hast du schon mit ihr geschlafen?«

Matthew wurde puterrot, was seinem Bruder verriet, daß er kaum etwas lieber täte. »Nein, ich habe nicht mit ihr geschlafen«, sagte er laut.

Essex, der ihn hörte, mischte sich ein. »Nein? Dann werde ich es noch vor Ende der Woche tun. Jawohl!«

Hawk stand stocksteif da und hätte dem anderen am liebsten die Faust ins Gesicht geschlagen. Sein Wangenmuskel zuckte, als er versuchte, seine zusammengebissenen Zähne auseinander zu bekommen und sich zu zwingen, höchstens beiläufiges Interesse zur Schau zu stellen.

»Ach, hast du Interesse an einer neuen Mätresse?«

»Himmel, Mann, versuchst du, mich in den Tower zu bringen? Sie ist viel zu schön, um Bess' Adleraugen zu entgehen. Sie fällt einfach sofort auf. Ihre Titten allein reichen schon aus, um Bess in Zorn zu versetzen. Ich dachte, eine kurze, heimliche Affäre würde meine Lust ein wenig lindern.« Er zupfte seine Hose im Schritt zurecht. »Sie zu meiner Mätresse zu machen, so etwas würde mir nicht im Traum einfallen.«

»Zum Glück«, sagte Matt, der die Möglichkeit gekommen sah, Hawk wie versprochen eine Wette vorzuschlagen. »Denn die Dame schwört, daß sie sich von keinem Mann zur Mätresse machen läßt.«

Hawk sah ihn mit zusammengekniffenen Augen an. »Das sagen sie alle; das ist im Augenblick modern.«

»Allerdings. Mein Stiefvater Leicester sagt, daß Bess und ihr gesamter Hof von Anfang an züchtig und bescheiden getan haben, um mögliche Skandale von vornherein zu unterbinden.«

Matt ließ sich nicht beirren. »Nein, ich glaube, daß Sabre

Wilde wirklich ein tugendhaftes Wesen ist.« Er wandte sich erneut an Hawk. »Ich wette, daß du es nicht schaffst, sie innerhalb eines Monats zu deiner Mätresse zu machen!«

»Sabre ... ein empörender Name«, stellte Essex nachdenklich fest. »Ich wette, sie ist eine durchaus amüsante Gespielin.« Er wandte sich an Matthew. »Ich wette, daß ich sie innerhalb einer Woche rumkriege.«

Hawk konnte unmöglich zurückstehen: »Und ich innerhalb einer Nacht!« Matt war inzwischen vollkommen vergessen.

Essex sagte: »Ich wette, daß ich sie noch vor dir besitzen werde. Ich setze meinen Araber gegen deinen Neptun. Matt, du bist Zeuge der Wette.«

Er ging in Sabres Richtung davon, und Hawk starrte seinen Bruder aus mörderisch blitzenden Augen an. »Du hast wahrhaftig nicht mal genug Hirn, einer Maus das Wasser zu reichen!«

Matt merkte, daß es ein taktischer Fehler gewesen war, vor Essex den Mund aufzumachen. Die größte Sorge machte ihm aber die Frage, was Sabre sagen würde, wenn sie erst erfuhr, was eben geschehen war. Doch dann versuchte er, die Sache von der guten Seite zu sehen. Am besten verriet er ihr nichts von der Wette, denn Hawk und Essex würden davon wohl kaum etwas verlauten lassen. Er versuchte also besser, diskret zu schweigen.

Essex stellte sich Sabre vor, und sie machte einen tiefen Knicks, doch er zog sie sofort wieder auf die Füße. »Eure Schönheit blendet mich, Mistress Wilde. Obgleich ich mich danach sehne, mit Euch zu tanzen, wage ich es nicht, denn ich muß fürchten, den Zorn der Königin auf Euch heraufzubeschwören. Aber ich würde Euch gern außerhalb des Hofes sehen. Würdet Ihr vielleicht morgen nachmittag mit mir das neue Schauspiel im ›Rose‹ ansehen?«

Sie hatte gehört, daß er ein junger Lüstling war; den Gerüchten nach erwartete sogar eine der königlichen Zofen ein Kind von ihm. Fast hätte sie sein Angebot abgelehnt, aber im selben Augenblick näherte sich Hawkhurst, und daher sagte sie: »Es wird mir ein Vergnügen sein, Lord Essex.«

Sein Blick fiel auf die juwelenbesetzte Wildkatze zwischen

ihren Brüsten. »Wie ich sehe, findet Ihr Gefallen an ungewöhnlichem Schmuck, Mistress Wilde. Also werde ich Euch mit einem derartigen Geschenk erfreuen.«

Sie bedachte Hawkhurst mit einem spöttischen Blick, ehe sie lächelnd antwortete: »Ah, Sir, ich kann unmöglich Schmuck von einem Gentleman annehmen. Diese Brosche stammt von meiner Großmutter.« Und ihre Wimpern senkten sich flatternd auf ihre Wangen, damit Hawkhurst das triumphierende Blitzen in ihren Augen nicht sah.

»Würdet Ihr mir die Ehre des nächsten Tanzes erweisen, Sabre?« fragte Hawk, und seine Stimme war voller Zärtlichkeit, als er ihren Namen aussprach.

»Ihr seid ein kühner Mann, den Zorn der Königin auf Euch zu ziehen«, stellte sie eitel fest.

»Wenn Bess Euch den Kopf abschlagen lassen will, werde ich sie auf Knien anflehen, es nicht zu tun«, spottete er.

Essex sah Hawk und ihr nach und murmelte: »Himmel, irgendwann werde ich vor dir in die Knie gehen, oder besser noch, du wirst vor mir in die Knie gehen, mein schönes Kind.« Die verruchten Bilder, die er sich vorstellte, machten ihn so scharf, daß er beinahe frohgemut zu Bess zurückkehrte. Sie bedachte ihn mit einem koketten Augenaufschlag und tätschelte ihn mit ihrer langen, weißen Hand. Er seufzte und spürte, wie er schlaff und schrumplig wurde.

Es war eine eiserne Regel, daß niemand vor der Königin ging, aber es herrschte ein solches Gedränge, daß es unmöglich war, jeden einzelnen im Auge zu behalten. Hawk tanzte nur bis zur ersten Tür, und dann schob er Sabre durch zwei Torbögen in einen dunklen, abgeschiedenen Ruheraum. Seine Finger strichen über die diamantene Wildkatze. »Deine Großmutter hat einen wirklich teuren Geschmack,« flüsterte er.

»Wie konntet Ihr es wagen, Euch in mein Zimmer zu stehlen, während ich schlief?« fragte sie.

»Ich wage alles«, sagte er und bewies die Richtigkeit dieser Behauptung, indem er mit dem Finger über eine ihrer Brüste glitt. Sabre wußte, daß er sie küssen würde, aber statt sich abzuwenden, blickte sie ihn an. Er vergrub seine Hände in ihrem Haar und bedachte sie mit einem langen, langsamen, sehnsüchtigen, schmelzenden Kuß. Seine Zungenspitze strich verführerisch über ihre Lippen, bis sie schließlich hineindrängte. Sobald sie nachgab, schob er sich in sie hinein. Seine Zunge erforschte ihren Mund, während seine Hände ihren Rücken hinabwanderten. Er hob sie hoch, um sie enger an sich zu ziehen, seine Küsse wurden leidenschaftlicher, begieriger, und sie erschauderte von Kopf bis Fuß. Seine Zunge lockte und schob sich wild in sie hinein, bis das Feuer des Verlangens in ihr aufloderte.

Zitternd schob sie ihm ihre Zunge entgegen, und er zog sie in seinen Mund und streichelte sie. Er weigerte sich, sie loszulassen, ehe er bereit dazu war. Dann tasteten sich seine Lippen über ihre Wange, bis er den winzigen Schönheitsfleck fand. Er betete ihn mit der Zunge an, schob sich ihren Hals hinab und hinterließ eine glühende Spur auf ihrer Haut. Seine Hände umfaßten ihre Brüste, die aus dem tiefen Ausschnitt quollen, und sein Mund suchte die empfindlichen rosafarbenen Knospen, die er zuerst leckte, dann küßte und an denen er schließlich kräftig zu saugen begann.

Wilde Lust wallte in ihr auf, als sein Mund an ihren Brüsten ganz andere Körperstellen zu ungekanntem Leben erweckte, und sie hätte ihre Seele dafür gegeben, ihn nackt unter ihren Händen zu haben, um mit der Zunge über seinen muskulösen Rücken mit dem wilden Drachen zu fahren.

»Kommst du zu mir in mein Haus Thames View?« fragte er.

Sie blickte ihn an. »Ich habe mir geschworen, nicht mit Euch zu tanzen und niemals mit Euch allein zu sein ... und ich habe beides getan«, sagte sie atemlos. »Wenn ich in Erwägung ziehen würde, Euch in Eurem Haus zu besuchen, würdet Ihr mir dann versprechen, daß ich dort sicher bin, daß ich Euch vertrauen kann?«

»Nein, Sabre, sei niemals so töricht, mir zu vertrauen.« Sein Mund preßte sich erneut auf ihre Lippen, und sie spürte die Gewalt seiner Leidenschaft. Seine Stärke erregte sie. Sie kannte ihn als gefährlichen, aber würdigen Gegner, und sie war verwegen genug, das Spiel mitzuspielen, obgleich sie wußte, daß es nicht leicht sein würde, eine solche Stärke, einen solchen Geist und eine solche Schläue zu besiegen. Sie würde List und Tücke sowie die verführerische Kunst des Weiblichen benutzen. Wenn sie verlor, würde sie vollkommen am Boden zerstört sein, aber wenn sie gewann, würde der Siegestaumel höchster Ekstase gleichkommen.

»Ich werde kommen, Mylord«, stellte sie heiser und erschaudernd fest. »Und zwar bald.«

Shane Hawkhurst schalt sich selbst einen Narren. Er brauchte wirklich keine zusätzlichen Komplikationen, denn sein Leben war wahrhaftig schon kompliziert genug. Er seufzte und beschloß, seine Probleme eins nach dem anderen zu lösen, um schließlich eine gewisse Ordnung in das Chaos zu bringen.

In jener Nacht liebte er Lerchengesang mit aller Zärtlichkeit, und dann zog er sie in seinen Arm, um es ihr leichter zu machen, wenn er löste, was sie beide verband. Während der Sommermonate hatte er lange darüber nachgedacht, wie es weitergehen sollte. Sabre Wilde hatte ihn in seinen Bann gezogen, und er wußte, daß sie bald die wichtigste Frau in seinem Leben sein würde. Er wußte, daß sie zu sehr Frau war, um sich mit einer Nebenbuhlerin abzufinden, also mußte er diese Liaison auf ehrenvolle Weise beenden. Lerchengesang war ein Geschenk des Paschas von Algier gewesen, als er die dortigen Märkte für das Hawkhurstsche Schiffahrtsimperium erschlossen hatte, und Shane hatte sie mitgenommen, da er gewußt hatte, daß sie andernfalls im ersten Bordell von Algier, dem Garten der Seligkeit, gelandet wäre. Viele Männer hatten ihm ein Vermögen für sie geboten, und obgleich er selbst früher zahllose Frauen gekauft hatte, hatte er es doch niemals über sich gebracht, eine zu verkaufen. Er hatte mit dem Gedanken gespielt, sie der Königin zu schenken, aber er hatte befürchten müssen, daß sie wie der Zwerg Ihrer Majestät als Ausstellungsstück enden würde, so daß er diesen Gedanken doch wieder verworfen hatte.

»Lerchengesang, sehnst du dich manchmal nach deiner Heimat?« fragte er sanft.

Sie schwieg. Sie wußte bereits länger als er, daß sie eines Tages eine Belastung für ihn sein würde. Sie hatte nur immer gehofft, daß er sie an einen guten Herren weitergeben würde, wenn es soweit war.

»Ich versuche, nicht von dem Unmöglichen zu träumen«, murmelte sie jetzt.

»Wenn du aus China gekommen wärst, würde ich auch sagen, daß es unmöglich ist. Aber du hast mir erzählt, daß deine Mutter von deinem Vater, der Türke ist, aus dem Orient geholt worden ist. Du hast von einer wunderschönen Stadt an einem großen Meer gesprochen.«

Lerchengesang nickte zustimmend. »Byzanz, das Zentrum des Universums, wo sich die Kontinente treffen.«

»Wo Asien und Europa zusammentreffen, liegt die große, prachtvolle Stadt Konstantinopel.«

»Ja, ja!« Sie nickte aufgeregt.

»Lerchengesang, meine Süße, hast du auch den Mut, nach Konstantinopel zu fahren und dein Heim zu suchen?«

Tränen des Glücks rannen über ihre Wangen. Er würde sie nicht entehren, indem er sie an einen anderen weitergab.

»Baron«, rief er laut, schwang seine kräftigen Beine auf den Teppich und zog eilig Hose und Stiefel an. Der Baron kam herein. »Wir müssen Grace O'Malley erreichen. Ich möchte, daß Lerchengesang sicher nach Konstantinopel geleitet wird.«

Lord Essex eskortierte seine beiden Schwestern Dorothy Devereux und Penelope Rich zusammen mit Sabre ins Rose-Theater. Sie wünschte, das Stück würde niemals enden, so sehr genoß sie die Vorstellung. Sie alle hatten sich in Essex House am Strand getroffen, wo Robin Sabre mit seinen Schwestern bekannt gemacht hatte. Sechs verschiedene Weine waren angeboten worden, und Sabre hatte ihren vernünftigerweise immer mit Rosenwasser gemischt. Sie wußte, daß es unvorsichtig wäre, so früh am Nachmittag allzu viel Alkohol zu genießen.

Ehe sie Essex House verlassen hatten, hatten sie alle Masken aufgesetzt, um ihre Identität zu verbergen. Die Masken stellten

Tiere dar und waren mit Fell, Federn und Ziermünzen geschmückt. Dorothy hatte eine Katzenmaske gewählt, während sich Penelope für einen farbenprächtigen Schmetterling entschieden hatte. Robin hatte für sich und Sabre zwei zueinander passende Masken geholt. »Ein Fuchs und seine Füchsin«, hatte er mit blitzenden Augen festgestellt. »Denn schließlich sind wir beide Rotschöpfe.«

Sabre hatte Penelope Rich sofort gemocht. Sie war ein wunderhübsches Mädchen mit goldenem Haar und einer üppigen Figur, aber es waren ihre flinke Zunge und ihr wacher Geist, die Sabre für sie eingenommen hatten. Sie hatte einen reichen Mann geheiratet, aber die Ehe würde niemals glücklich sein, da sie seit Jahren den Freund ihres Bruders, Charles Blount, liebte. Die beiden hatten lange Zeit eine Affäre gehabt, aber im Augenblick befehligte er tausend Reiter in Holland. Sie hatte Essex nach Neuigkeiten von ihm gefragt, aber er hatte kaum etwas erzählen können, was ihr die Angst um den Geliebten hätte nehmen können. Sie wußte, daß die Holländer einen blutigen Krieg gegen die Spanier führten und daß ebenso viele Schlachten verloren wie gewonnen wurden.

Sabre wußte inzwischen auch, daß die Königin Robins Schwestern am Hof nicht duldete.

»Sie haßt nicht uns«, hatte Penelope erklärt, »sondern unsere Mutter Lettice. Sie wird ihr niemals verzeihen, daß sie Leicester geheiratet hat. Weißt du, Mutter und Bess sind Cousinen. Bess bekam den Thron und Lettice die Schönheit und den Mann der Königin. Meiner Meinung nach ist das durchaus gerecht.«

Sie hatte Sabre fröhlich zugezwinkert, und Sabre hatte gewußt, daß sie hier eine Verbündete gegen die Königin hatte und in ihrer Gegenwart frei sprechen konnte. »Vielleicht hat sie genau aus diesem Grund Lord Essex zu ihrem Günstling gemacht. Wenn Lettice ihr den Mann genommen hat, zu dem sie die größte Zuneigung empfand, dann könnte Bess versuchen, Eurer Mutter den Mann zu nehmen, der ihr am allerwichtigsten ist.«

»Das könnte stimmen«, hatte Penelope ihr beigepflichtet, um mit leiser Stimme fortzufahren. »Auch wenn ich beim besten

Willen nicht verstehe, was meine Mutter je für Dudley empfunden haben kann. Er ist einfach ein unersättlicher Lüstling, der jeder Frau am Hof mindestens dreihundert Pfund geboten hat, damit sie mit ihm ins Bett geht. Dabei ist das einzige, was ihn je interessant machte, daß ihn die Königin immer als ihren Privatbesitz ansah. Meine Mutter hat ihn nur geheiratet, um ihr eins auszuwischen.«

In diesem Augenblick hatte sich Essex wieder zu den Damen gesellt. »Sie hat ihn wegen seiner Macht und seinem Reichtum geehelicht. Liebe hatte mit der Entscheidung bestimmt nichts zu tun.«

Sabre und Penelope genossen den gemeinsamen Nachmittag so sehr, daß sie beschlossen, in der nächsten Woche wieder gemeinsam ins Theater zu gehen, und vorher wollten sie noch an einem Abend die Wahrsagerin besuchen.

Penelope hatte ihre eigene luxuriöse Kutsche und bot Dorothy an, sie mitzunehmen. Also war Sabre auf dem Rückweg mit Essex in seiner Kutsche allein. Sie trugen immer noch ihre Masken, was sie recht albern fand, da auf den Türen der Kutsche das Wappen der Familie prangte und der Kutscher und die Pagen unverkennbare Uniformen trugen.

Als Robin den Kutscher anwies, zum Essex House zu fahren, protestierte sie. »Mylord, das ist unmöglich. Ich war fast den ganzen Tag fort. Lady Ashford wird mich brauchen.«

»Aber meine Süße, ich brauche dich ebenfalls.« Er nahm Sabres Hand und legte sie auf sein geschwollenes Glied. Sie war so wütend, daß sie zitterte. Sie setzte die Maske ab und starrte ihn zornig an. »Mylord, wenn Ihr eine Hure braucht, dann empfehle ich Euch, die Kutsche anzuhalten und eine Frau von der Straße mitzunehmen, aber bitte beleidigt mich nicht.«

»Meine Süße, ich beleidige dich wohl kaum, wenn ich dir zeige, wie sehr du mich erregst ... Das ist doch wohl eher ein Kompliment.« Er nahm ebenfalls die Maske ab und setzte sich neben sie. Als er einen Arm um sie legte, bekam sie ein wenig Angst. Er beugte den Kopf, um ihre Lippen zu kosten, und in ihrem Kopf wirbelten tausend Gedanken herum. Warum empfand sie nur nichts für ihn? Sein Kuß ließ sie vollkommen kalt. Warum? Er war der begehrteste Junggeselle von ganz England; die Frauen gerieten allein bei seinem Anblick vollkommen aus dem Häuschen. Er war attraktiv, muskulös und auf jeden Fall erotisch, aber sie empfand nichts als Gleichgültigkeit. Als sie seine Hand unter ihrem Rock spürte, war sie ehrlich schockiert. Sie kniff die Beine zusammen und schlug ihm ins Gesicht. Ihre Augen sprühten grüne Funken. »Haltet sofort die Kutsche an. Ich werde allein nach Greenwich zurückfinden, Sir.«

Widerwillig zog er seine Hand unter ihrem Rock hervor, aber während er es tat, löste er eines ihrer Strumpfbänder. Er lachte. »Das war nur ein Scherz, meine Süße. Ich habe es wegen einer Wette gemacht. Es ist groß in Mode, Damen die Strumpfhalter zu stehlen.«

»Wegen einer Wette? Wegen was für einer Wette?« fragte sie.

Er zuckte hilflos mit den Schultern. »Mit Devonport ... und, verzeihst du mir?« flehte er.

Sie kochte vor Wut. »Männer werden beständig von zwei Dingen getrieben: von der Gier nach Macht und von ihren Lenden!«

Er war noch nicht einmal beleidigt, und sie zwang sich, ruhiger zu werden. Ein Glück, daß er nur ihren Strumpfhalter gestohlen hatte, denn wenn sie nur etwas weniger widerspenstig gewesen wäre, hätte er ihr hier in der Kutsche tatsächlich die Unschuld geraubt.

9. Kapitel

Schließlich wurde Drake und Hawkhurst von Cecil, Lord Burghley, eine Audienz gewährt. Drake hatte bereits mit Walsingham darüber gesprochen, welche Schiffe Philipp von Spanien bauen ließ. Der Bericht stimmte mit den Dingen überein, die Walsingham von seinen Spionen erfahren hatte, und er sagte Drake, daß er sich an die Königin wenden werde. Drake und Hawkhurst wußten beide, daß Elizabeth nur auf Cecil hörte, da er ihr, als sie noch Prinzessin gewesen war, seine Loyalität eindeutig bewiesen hatte. Ihr kränklicher Bruder Edward hatte auf dem Thron gesessen, und der verschlagene Herzog von Northumberland hatte ihr eine Nachricht nach Hatfield House geschickt: *Eure Hoheit müssen sofort kommen, denn der König ist sehr krank*. Der Kurier hatte jedoch auch eine Nachricht von William Cecil dabeigehabt, und Elizabeth würde sie nie in ihrem Leben vergessen: *Der König ist bereits tot. Es ist Northumberlands Wunsch, Jane Grey und seinen Sohn Guildford auf den Thron zu setzen und Euch und Eure Schwester gefangen zu nehmen. Wenn Ihr seinem Ruf folgt, begebt Ihr Euch in seine Hände.*

Elizabeth, die bereits in frühen Jahren die Kunst der Täuschung bis zur Perfektion beherrscht hatte, hatte sich in ihr Bett und in diverse Krankheiten geflüchtet. Und noch heute wußte sie, daß sie sich auch dann noch auf Cecil verlassen konnte, wenn alle anderen sie verließen.

Bei der jetzigen Unterredung ergriff Hawkhurst als erster das Wort. »Ich habe mit eigenen Augen die Schiffe gesehen, Mylord. Sie werden im Hafen von Cádiz gebaut.«

Drake sprang auf. »Ich schlage vor, daß wir mit einer kleinen Flotte lossegeln und die Armada zerstören, bevor sie Cádiz verläßt.«

»Ihre Majestät wird auf Euch hören, Mylord«, drängte Hawk.

Cecil hob lachend die Hände. »Es stimmt, daß die Königin mir vertraut, aber, Gentlemen, Sie irren sich, wenn Sie denken, daß sie auch meinen Rat annimmt. Sie hört mir respektvoll zu, und dann tut sie, was sie will. Wenn ich sie auch nur ansatzweise zu irgendwelchen Schlägen gegen die Spanier bewegen will, muß ich drängen, flehen, schmeicheln, schöntun und überreden, bis ich heiser bin.«

»Aber, Mylord, die Bedrohung für England ist offensichtlich; sie ist wahrhaftig nicht die Ausgeburt einer allzu regen Phantasie.«

Cecil hob erneut die Hände in einer vielsagenden Geste. »Gentlemen, als die Königin den Thron bestieg, waren die Schatztruhen leer. Ihr Vater, Heinrich VIII., hatte den Kirchen durch die Auflösung der englischen Klöster ein Vermögen abgeknöpft, doch gleich darauf gab er alles für Soldaten und Waffen aus, um Frankreich zu erobern. Ihre Majestät hat England und sich durch Frieden reich gemacht, nicht durch Krieg. Sie hat eine Abneigung dagegen, auch nur einen Pfennig für das Militär auszugeben;

Sie brauchen sich doch nur unsere armseligen Versuche, den Holländern zu helfen, anzusehen.«

»Sollen wir etwa ruhig abwarten und zusehen, wie Philipp in die englischen Häfen einläuft und ihr die Krone stiehlt?« fragte Drake.

»Oder sollen wir die Sache in die Hand nehmen und den Feind zerstören, während die Königin so tut, als bekäme sie nichts davon mit?« fragte Hawk.

»Gentlemen, die Zeit ist gekommen, in der England Helden wie Sie beide braucht. Jeder von uns muß versuchen, die Königin zum Handeln zu bringen, ich im Kronrat und Sie auf den Maskenbällen und Festspielen, bis wir sie schließlich soweit haben, etwas zu tun.«

Essex verlor keine Zeit und wedelte Hawkhurst mit Sabres Strumpfband unter der Nase herum. »Du kannst schon mal Abschied nehmen von deinem treuen Pferd; es gehört schon so gut wie mir.«

Shane glaubte nicht eine Sekunde, daß es sich tatsächlich um Sabres Strumpfband handelte, aber als er sie das nächste Mal sah, packte er sie am Handgelenk und zerrte sie in den Garten hinaus.

Der Himmel sah aus wie schwarzer, mit Millionen von Diamanten übersäter Samt, und der silberne Halbmond warf ungewöhnliche Schatten auf die Rasenfläche, die sich bis zur Themse erstreckte. Als sie sich dem Fluß näherten, schreckten sie die Schwäne auf, die majestätisch über das Wasser glitten.

»Wie ist Essex denn an dein Strumpfband gekommen?« fragte er mit seltsam heiserer Stimme.

Zur Hölle mit den Männern! Was mußten sie auch noch mit ihren lächerlichen Eroberungen prahlen? »Ich bin in der Themse geschwommen; er muß es gestohlen haben, als es mit meinen anderen Kleidern am Ufer lag«, improvisierte sie.

Er packte sie unsanft an den Schultern und zwang sie, ihn anzusehen. »Das ist eine verdammte Lüge. Ich wette, du kannst überhaupt nicht schwimmen.«

»Ich versichere Euch, daß ich schwimmen kann, Sir«, stellte sie fest.

Er hob sie hoch und drohte, sie ins Wasser zu werfen. »Beweise es«, knurrte er.

Sie schrie auf, und plötzlich tauchten drei weitere Paare auf, die im Mondschein spazierengehen wollten. Er stellte sie wieder auf den Boden, ohne sie jedoch loszulassen. Dann beugte er sich zu ihr herab. »Wenn ich dir eine Stelle zeige, an der dich niemand sieht, läßt du mich dann zusehen, wie du schwimmst?«

Sie fühlte sich auf einmal sehr verführerisch. »Wenn Ihr versprecht, daß Ihr lediglich zuseht, dann gestatte ich es, aber wenn Ihr versuchen wollt, verruchte Wasserspiele mit mir zu spielen, werde ich Euch ertränken!«

»Ich habe das Gefühl zu ertrinken schon, wenn ich dir nur in die Augen sehe«, flüsterte er, und dann umfing er ihre Lippen mit einem Kuß. Er küßte und streichelte sie, bis sie alles um sich herum vergaß und nichts mehr spürte außer brennender Leidenschaft. Bald würde sie bereit sein, sich nehmen zu lassen, und es bereitete ihm das größte Vergnügen, sie vor Verlangen schwindlig zu machen. Sie war ein widersprüchliches Weib, starrsinnig, hitzköpfig und spitzzüngig, aber zugleich spürte er ihre Unschuld, Unerfahrenheit und Verwundbarkeit. Sie war lockendes Weib und bezauberndes Kind in einer Person.

Hawkhurst stieß einen gellenden Pfiff aus, und ein Fährmann ruderte mit seiner Barkasse an die Stufen heran.

Sie blieb stehen. »Wohin bringt Ihr mich?«

»Du hast versprochen, daß du mich in Thames View besuchen kommst. Wenn du es gesehen hast, möchte ich dich noch etwas fragen.« Er nahm seinen kurzen Umhang ab und legte ihn ihr um die Schultern. Es war eine warme Nacht, aber auf dem Fluß wehte manchmal eine kühle Brise, und Sabre weckte seinen Beschützerinstinkt. Er legte seinen starken Arm um sie und preßte sie an sich, während er Worte der Liebe in ihr herrliches Haar murmelte. Shane spürte wachsende Erregung in sich aufsteigen. Wenn sie heute abend ja sagte, würde sie bis zur Dämmerung sein eigen sein.

Thames View lag in der Nähe der Kew Gardens, so daß die Fahrt nicht lange dauerte. Sie schritten die Stufen hoch und spazierten über den üppigen grünen Rasen, der zum Haus hinaufführte. Sämtliche Bedienstete waren um diese Zeit im Bett. Bis auf einen Mann. »Sabre, meine Süße, dies ist der Baron. An Bord meines Schiffes ist er zugleich Arzt und Priester. Und an Land ist er mir näher als mein eigener Schatten.«

Sie streckte die Hand aus, und der Mann in der mönchsgleichen Kutte hielt sie ehrerbietig fest. »Der Baron spricht nicht«, erklärte Hawk.

Sie lächelte. »Er spricht mit den Augen.«

Dann zeigte Shane ihr das Haus und hoffte, daß sie es ebenso liebte wie er. Die Eingangshalle war hoch, weiträumig und sehr elegant, und direkt dahinter lag der Empfangsraum für Besucher. Sie gingen durch die Küche, tauchten ihre Finger in eine Schüssel mit gestockter Milch und dann zeigte er ihr den eleganten Speisesaal, die Bibliothek und die luxuriösen Ruheräume. Die Farben wirkten im Schein der wenigen Lichter gedämpft, aber sie erkannte guten Geschmack in jedem der Räume.

Oben zeigte er ihr ein Badezimmer, wies mit einer lässigen Handbewegung zum Dienstbotenflügel hinüber und führte sie schließlich in sein Schlafzimmer. Es war eindeutig das Zimmer eines Mannes. Die Wände waren mit dunkelrotem, marokkanischem Leder verkleidet, und auf dem Boden lag ein cremefarbener Perserteppich mit einer eigenartigen Umrandung. Vor dem marmornen Kamin lagen Wildkatzen- und Wolfspelze herum. Eine Seite des Raumes wurde ganz von Fenstern eingenommen, die auf den Fluß hinausgingen, und unter dem Bleiglas führte eine lange, mit Schnitzereien verzierte Sitzbank entlang, auf der sich Felle und Samtkissen türmten. Das massive Bett wurde durch Vorhänge vor Zugluft geschützt.

Er zog sie in die Arme und sah sie an. »Sabre, könntest du hier glücklich sein?«

Ich bin verrückt vor Liebe zu dir, dachte sie voller Leidenschaft.

Er hörte das Rascheln ihrer Unterröcke, atmete den Duft ihres Fleisches ein, und jeder Zentimeter seines Körpers reagierte auf sie. »Sabre, meine Liebe, ich will, daß du hierherkommst, so oft du dich vom Hof fortstehlen kannst.«

»Bittet Ihr mich, Eure Mätresse zu werden?«

Er stöhnte. »Ich will dich nicht entehren. Aber die Umstände verbieten es mir, dir mehr anzubieten.«

»Ihr meint die Königin?« fragte sie.

»Nein, verdammt, ich meine, daß ich verheiratet bin, obgleich das ein Geheimnis ist und bitte auch bleiben muß. Aber es ist eine rein technische Angelegenheit, und sie bedeutet mir nichts«, schwor er.

Seine Worte brachten sie wieder zu sich. Sie wußte besser als jeder andere Mensch, daß ihm diese Ehe nichts bedeutete, aber es aus seinem eigenen Mund zu hören, während er ihr gleichzeitig eine ehebrecherische Liaison vorschlug, kurierte sie sofort von der Liebe, die sie für ihn empfunden zu haben meinte.

»Sabre, mein Liebling, du bekommst eine unbeschränkte Vollmacht von mir. Weiß du, was das heißt?«

»Es heißt, daß ich alles bekomme, was ich will«, erwiderte sie. »Könnte ich auch hundert Kleider haben?«

»Natürlich«, versicherte er ihr.

»Und die Schlüssel zu einem deiner Warenhäuser?«

»Sie werden morgen früh auf deinem Kissen liegen.«

»Und die Besitzurkunde zu diesem schönen Haus oder zu einem gleichwertigen Haus?«

»Ja«, versprach er. »Ich habe zahlreiche Besitzungen; du kannst dir eine aussuchen.«

»Auch in Irland?« bohrte sie.

Zum ersten Mal zögerte er. »Ich habe Land in Irland, aber es ist wild und gottverlassen. Es würde dir nicht gefallen.«

»So, da sind wir also an den Grenzen dessen, was ich bekommen könnte, angelangt.«

»Liebling, ich schwöre dir, daß wir das nicht sind.« Er war hingerissen von ihr. Er war ein Frauenkenner, und er spürte die Spannung ihrer gegenseitigen Anziehungskraft. Verdammt, sie machte ihn so heiß, daß er bereit war, ihr auch seine Seele zu geben. Er schloß sie in seine Arme und beugte den Kopf über den verführerischen, ach so nahen, honigsüßen Mund. Während sie in der Tiefe seines Kusses unterging, fuhren seine Hände unter ihren Rock, um das nackte Fleisch ihrer Schenkel an der intimen Stelle zu liebkosen, an der ihre Seidenstrümpfe endeten.

Daß sie seine Finger so nah vor dem Ziel spürte, versetzte ihr einen Schock. Seine Verwegenheit nahm ihr die Luft. Sabre wußte, wenn sie jetzt ja sagen würde, hatte er sie im nächsten Augenblick in seinem Bett! Sie sah auf seinen Mund, stellte sich vor, wie es wäre, wenn er ihren Körper mit Küssen bedeckte, und wurde allein bei dem Gedanken schwach. Sie wußte, daß er nichts zu schätzen wußte, was nicht hart erarbeitet worden war. Sollte er ruhig noch etwas zappeln! Sie würde es diesem reichen, arroganten Bastard so schwer wie möglich machen!

»Bitte, Liebling«, bettelte er.

Sie stieß mit einem Laut der Empörung seine Hände fort.

Dann warf sie ihr Haar über die Schultern und sagte: »Ihr geht eindeutig zu weit, Mylord. Ich werde über Euer Angebot nachdenken, aber das ist alles, was ich versprechen kann.«

Sie trat einen Schritt zurück, aber die Finger seiner Hand schlossen sich bereits grausam strafend um ihre Schulter. »Sieh dir den blauen Fleck an, wenn du heute abend zu Bett gehst.«

Sie lächelte innerlich. Sie hatte ihn verletzt, sonst hätte er es nicht nötig gehabt, ihr ebenfalls weh zu tun.

Als sie sich das nächste Mal am Hof begegneten, beachteten sie einander kaum. Sie beide wußten, daß ihre Beziehung eines Tages sehr intim werden würde, und es war in ihrem eigenen Interesse, die Liaison vor der Königin zu verbergen. Jedes Mal, wenn sie sich ansahen, brannte eine intensive Frage in seinem Blick, aber sie ignorierte ihn. Sie würde ihm ihre Antwort geben, wenn es ihr gefiel.

Am nächsten Tag wollte sie mit Penelope zur Wahrsagerin gehen. Was sie nicht wußte, war, daß Essex seine Schwester dazu überredet hatte, ihm ein Rendezvous mit der Angebeteten zu ermöglichen. Er hatte es so arrangiert, daß Penelope Sabre in eines seiner eigenen Häuser bringen würde, in dem er sich als fernöstlicher Astrologe verkleiden und ihr eine Affäre mit einem prächtigen, rothaarigen Grafen voraussagen wollte. Das versprach einen großen Spaß, und dann würde er sein Kostüm abwerfen und sie lieben. Essex war äußerst zuversichtlich, daß er die Wette mit Hawkhurst gewinnen würde und ließ keine Gelegenheit aus, ihn deswegen zu hänseln.

Shane suchte Sabre in der Kleiderkammer der Königin auf. Als Kate sah, wen ihre Nichte da betört hatte, zog sie sich diskret ins Nebenzimmer zurück.

Sabre trug das gelbe Kleid mit den Silberbändern. »Du siehst bezaubernd aus«, sagte er, und seine Augen flackerten wie die Flammen zweier Kerzen. »Erinnerst du dich noch daran, daß du mir versprochen hast, daß ich zusehen darf, wie du schwimmst?«

»Ich erinnere mich noch daran, daß ich sagte, Ihr dürftet zusehen, wenn Ihr einen Ort fändet, an dem mich sonst niemand sieht.«

»Ich habe das Römische Bad gemietet. Außer uns wird niemand hereingelassen.«

Er erwartete, daß sie sich weigern würde, und sie wußte, daß er sie dann zwingen würde, ihr Versprechen einzuhalten. »Wie ist es dort? Haben es wirklich die Römer gebaut?« Das Römische Bad interessierte sie wirklich.

Er sah sie lüstern an. »Es ist üppig – eigentlich sogar dekadent. Es ist aus herrlichem weißem und azurblauem Marmor. Das Schwimmbecken ist hundert Meter lang und fast zwei Meter tief. Es heißt, daß ein paar der wagemutigeren Damen dort nackt schwimmen gehen. Über dem Becken gibt es eine Zuschauergalerie, aber die ist heute natürlich geschlossen.«

»Ich komme unter einer Bedingung, Mylord.« Sie lächelte.

»Nenn sie mir«, sagte er in der Erwartung, daß sie versuchen würde, sich durch irgendeinen Trick aus der Affäre zu ziehen.

»Ich werde unter der Bedingung für Euch schwimmen, daß Ihr mich von der Galerie aus beobachtet.«

»Komm runter an den Fluß, sobald Kate dich gehen läßt.«

Sie ließ ihn absichtlich zwei Stunden warten. Während der letzten Stunde war er wütend auf und ab gestapft, und als sie schließlich kam, wußte er nicht, ob er sie schütteln oder küssen sollte. Er blickte in ihre blaßgrünen Augen. »Du treibst einen Mann in den Wahnsinn, kleine Wildkatze.« Und sie schien sich über dieses Geständnis außerordentlich zu freuen.

Während der Fährmann die Barkasse in die Strömung des Flusses lenkte und unter der London Brigde und der Blackfriars Bridge hindurch ruderte, ließ Shane sie kein einziges Mal aus den Augen. Ihr Körper war schlank und wies herrliche Rundungen auf und würde selbst einen Toten zu neuem Leben erwecken, dachte er. Aber was war es, das ihn drängte, sie ganz zu besitzen? Er schüttelte den Kopf, denn er wußte es einfach nicht.

Vor dem prächtigen Somerset House stiegen sie aus und gingen die kurze Strecke bis zum Römischen Bad. Auf den Straßen drängten sich fliegende Händler, Milchmädchen und Rattenfänger, und er kaufte ihr einen Armvoll goldener Rosen. Sie waren voll erblüht und würden bereits morgen verwelkt sein, aber jetzt, auf dem Höhepunkt ihrer Schönheit, verströmten sie einen betörenden Duft. Sabre vergrub ihr Gesicht in den Blüten und atmete tief ein. Erneut flammte brennendes Verlangen in ihm auf, denn alles, was sie tat, machte sie ganz. Er glaubte ihr, wenn sie sagte, daß sie noch nie mit einem Mann geschlafen hatte, aber er konnte sie unmöglich als unschuldig bezeichnen, denn sie beherrschte die Kunst der Verführung, die es seit Eva gab, bis zur Perfektion, und er wußte, wenn er erst ihre Leidenschaft geweckt hatte, würde sie ihn ins Paradies bringen.

Sabre hielt den Atem an, als sie das riesige Marmorbad sah. Das Wasser schimmerte in sanftem Azurblau, einladend, verlockend, verführerisch. Als sie sah, daß Shane die Galerie erklomm, wußte sie genau, was sie tun wollte. Sie benutzte eine der kleinen Umkleidekabinen, um ihre Kleider abzulegen, und statt, wie anfangs beabsichtigt, den kurzen Unterrock anzubehalten, legte sie alles ab. Sie wollte nackt für ihn schwimmen.

Sie schüttelte ihre Haare aus, so daß sie sie bis zu den Hüften einhüllten, drückte die Rosen an die Brust und trat dann an den Rand des Beckens. Dann glitt sie geschmeidig ins Wasser und ließ die goldenen Rosen über die Oberfläche des azurnen Wassers treiben. Langsam und elegant schwamm sie durch das Wasser und zog ihre wunderbaren, kupferfarbenen Haare hinter sich her. Sie schwamm bis ans Ende des Beckens, machte kehrt und kam langsam zurück. Als sie wieder zwischen den Rosen war, drehte sie sich auf den Rücken und blickte hinauf zur Galerie.

Er lehnte auf dem Geländer und sah ihr hingerissen zu. Sie sah aus wie die Meerjungfrau aus einer mystischen Sage, und ihre Schönheit traf ihn mitten ins Herz. Sie schwamm über eine Stunde für ihn, und er hätte ihr ewig zusehen können. Schließlich lächelte sie und warf ihm ein paar Küsse zu. Bei Gott, das war die Antwort. Sie hatte sie ihm auf spektakuläre Weise gegeben. Nur eine Mätresse würde einem Mann ein derart intimes, luxuriöses Schauspiel bieten. Plötzlich wußte er genau, was ihn an ihr so faszinierte. Es war ihr Mut. Sie würde alles wagen. Sie sah, daß er zu ihr herunterkam, und in einer Sekunde war sie aus dem Wasser, um sich anzuziehen. Er war allerdings so schnell, daß sie nur ihr zartes Leibchen anhatte, ehe er vor ihr stand.

Mit einem Freudenschrei zog er sie an seine Brust. »Du schwimmst wie eine Meerjungfrau! Die passende Gefährtin für den Gott des Meeres. Deine Antwort ist ja, nicht wahr, meine Liebste?«

»Hat es da je einen Zweifel gegeben?« spottete sie. »Zieh mich an«, flüsterte sie an seinem Mund.

»Nein! Ich will dich ... hier ... und jetzt!« Seine Hände zeigten ihr, daß er meinte, nun befände sie sich in seinem Besitz.

Sie brach kurzfristig in Panik aus. Hatte sie seine Leidenschaft derart geweckt, daß sie nicht mehr zu kontrollieren war? Sie gab zu, daß sie sich äußerst lasziv verhalten hatte und daß von einem Mann wie Shane Hawkhurst wohl kaum eine andere Reaktion zu erwarten war.

Er hatte ihr bereits das Hemdchen hochgeschoben, und seine Lippen machten verbotene Dinge mit ihr. Entschlossen löste sie sich von ihm und stammelte eine billige Entschuldigung: »Meine Haare sind zu naß ... bitte ... nicht.«

Er öffnete die Knöpfe seines Kragens. »Nimm mein Hemd und trockne sie damit ab«, bot er an.

Plötzlich wurde sie so schwach, daß sie sich an ihn klammern mußte, und ohne zu überlegen, stieß sie hervor, was sie ehrlich empfand: »Oh, bitte, zeig mir nicht den Drachen, sonst ist es um mich geschehen.«

Er streifte ihr das Leibchen über die Schultern, und als ihm ihre Brüste entgegenwogten, war es um seine Beherrschung geschehen. Er warf seinen schwarzen Umhang auf den schönen weißen Marmorboden und kniete sich vor ihr hin. Sein heißer Mund bedeckte ihre Haut mit glühenden Küssen, von ihrem Nabel bis hin zu dem Dreieck kupferfarbener Locken, das der Mittelpunkt all seiner Phantasien gewesen war.

»Shane ... bitte, nicht hier, nicht so ...«

»Doch! Hier ... genau so«, beharrte er.

»Shane, mir ist kalt ... bitte nicht in diesem öffentlichen Gebäude ... Ich will dich in deinem Bett lieben.«

Er stöhnte. »Natürlich willst du das. Es tut mir leid, mein Liebling.«

Während er ihr in ihre Kleider half, stieß er leise Flüche aus. Als sie fertig angezogen war, hüllte er sie in seinen Umhang und hielt sie fest. »Wann wirst du kommen, Sabre? Heute nacht?«

»Nein«, sagte sie sanft.

»Wann dann?« fragte er heiser.

»Ich werde kommen ... wenn ich komme«, antwortete sie ausweichend.

Fast wäre ihm der Kragen geplatzt. Es freute sie, daß er zappelte wie ein Fisch an der Angelschnur.

»Du meinst, wenn du gerade Lust hast?«

Sie setzte ein unwiderstehliches Lächeln auf. »Genau!«

Den Morgen verbrachte sie wie immer damit, daß sie die abgelegten Kleider und Juwelen der Königin nach der wichtigen Ankleidezeremonie wieder einordnete. Ihre eigenen Kleider hatten zwar schöne Farben, aber es fehlte ihnen an Verzierungen, und außerdem waren es so wenige, daß die anderen schon zu reden begannen. *Tja, ab heute ist es mit diesem Elend vorbei*, dachte sie, während sie die prächtigen Gewänder lüftete, ehe sie sie wieder in die Schränke hängte.

Dann machte sie sich auf den Weg zu Penelope Rich, und da sie zu früh in Essex House eintraf, beobachtete sie die Freundin noch bei ihrer eleganten Toilette. Sabres Wangen glühten, und ihre Augen sprühten smaragdgrüne Funken.

»Du siehst aus, als hättest du dich verliebt«, stellte Penelope fest. »Gelten die Sterne in deinen Augen etwa meinem Bruder Robin?«

»Nein«, antwortete Sabre wahrheitsgemäß. »Ich habe Hawkhurst erklärt, daß ich bereit bin, seine Mätresse zu werden. Ich möchte, daß du mich zu deiner Schneiderin bringst, Penelope. Du hast die schönsten Kleider in ganz London, und ich finde, ich sehe aus wie eine Bettlerin. Ich brauche so viele Sachen, daß ich gar nicht weiß, wo ich anfangen soll. Die Saison hat angefangen, und ich habe nicht die Absicht, zweimal in der gleichen Garderobe gesehen zu werden. Ich weiß schon genau, was für ein Kostüm ich auf dem Geburtstags-Maskenball der Königin tragen werde, und außerdem brauche ich Reitkleider. Ach, ich brauche einfach alles mögliche!«

»Wird er die Dinge bezahlen?« fragte Penelope.

Sabre sah sie an und lächelte. »Es gibt vieles, was ich über Lord Devonport noch nicht weiß, aber in einer Sache bin ich mir ganz sicher – er wird bezahlen, bis er schwarz wird!«

»Oh, je«, sagte Penelope, der klar wurde, daß diese Entwicklung die Pläne ihres Bruders bezüglich der Wahrsagerei zunichte machte.

»Was ist los?« fragte Sabre.

»Robin hatte einen Plan ausgetüftelt, wie er dich mir heute nachmittag abnehmen kann. Er wollte sich als Wahrsager ausgeben.«

Sie lachten beide herzhaft über Essex' Notlage. »Laß uns statt dessen zu deiner Schneiderin fahren. Wenn Robin in seine Kristallkugel sieht, errät er es vielleicht«, schlug Sabre immer noch lachend vor.

Sie wußte es nicht, aber Essex war der Tag bereits verdorben. Hawk traf ihn im Hof des Palastes und klärte ihn selbstgefällig über die jüngste Entwicklung auf. »Die Dame gehört mir«, sagte er. »Ich werde morgen deinen Araber von einem Stallburschen holen lassen.«

»Im Leben nicht! Die Lady und ich haben heute nachmittag noch eine Verabredung. Und morgen kriegst du, was von ihr noch übrig ist«, schnauzte er.

Hawk sah ihn aus gefährlich zusammengekniffenen Augen an. »Nehmen Sie das sofort zurück, Mylord, oder seien Sie bereit, sich mit mir zu duellieren«, knurrte er.

»Ich bin jederzeit zu einem Duell bereit«, erwiderte Robin mit kaltem, tödlichem Blick.

»Dann beginnen wir am besten sofort«, schnauzte Hawkhurst, warf den Umhang ab und zog sein schlankes Schwert.

Die stählernen Klingen hieben krachend aufeinander ein, und selbst die Luft schien stillzustehen, bis schließlich ein paar Schaulustige an den Ort des Geschehens kamen. Beide waren hervorragende Schwertkämpfer, und ihr offensiver Stil war beinahe identisch. Hawk machte einen Satz nach vorn und zwang Essex zurückzuweichen, um seiner wirbelnden Klinge zu entgehen. Essex parierte und stieß schnell und doch sicher vor. Ihre Gesichter waren schweißüberströmt, und die Hemden klebten an ihren Rücken. Dann trafen sie einander fast zur gleichen Zeit, und ihre Hemden wiesen auf einmal leuchtend rote Flecken auf.

In diesem Augenblick tauchte Elizabeth auf, die von ihrem morgendlichen Spaziergang zurückkam. »Um Himmels willen, hört sofort auf!« Sie war außer sich vor Zorn. Sie haßte Auseinandersetzungen und hatte Duelle verboten. »Ich habe diesen Unsinn ein für alle Male satt! Devereux, Hawkhurst«, sagte sie, ihnen beiden absichtlich die Titel versagend. »Ich will wissen, was hier los ist. Ich erwarte euch beide in meinem Thronzimmer.«

Die beiden Männer standen stocksteif vor dem Thron, während die Königin sie zappeln ließ. Nach einer halben Stunde sahen sie einander zum ersten Mal an, und Essex, der die Launen der Königin besser kannte als Hawk, stellte fest: »Wir täten gut daran, wenn wir uns eine wasserdichte Geschichte ausdächten.«

»Das heißt?« fragte Hawk.

»Wenn sie annehmen muß, daß es um eine Frau ging, dann Gnade uns Gott. In solchen Fällen ist ihr Zorn grenzenlos.«

»Dann sagen wir, der Streit ging um sie«, beschloß Hawkhurst.

Die Tür ging auf, und die Königin kam hereingefegt. Sie setzte sich auf den Thron, und den beiden Männern blieb nichts anderes übrig, als vor ihr in die Knie zu gehen. Plötzlich klopfte es an der Tür, und eine der Privatzofen kam herein. »Eure Majestät –« Die Königin zog ihren Schuh aus und warf ihn nach der unglücklichen Frau. »Raus!« Das und das wütende Blitzen ihrer Augen ließen keinen Zweifel an ihrer Laune zu. »Männer des Blutes leben nur die Hälfte ihrer Leben!«

»Eure Majestät, ich bitte um Entschuldigung, daß ich mein Schwert in der Nähe Eurer geschätzten Person gezogen habe«, sagte Essex.

»Ich entschuldige mich untertänigst«, murmelte auch Hawk.

»Spart Euch die Entschuldigungen! Ich will wissen, was die Ursache für dieses unverschämte Betragen gewesen ist.«

Der Earl of Essex war äußerst wortgewandt. »Wir haben beide dasselbe Juwel für den Geburtstag Eurer Majestät ausgesucht.«

Sie zog die Brauen hoch, aber ihre böse Miene lichtete sich. Hawkhurst, der verdammt sein wollte, wenn er sich von Essex ausstechen ließ, fügte hinzu: »Eine große schwarze Perle an einer Diamantenkette. Aber ich habe einen Rückzieher gemacht und Mylord den Sieg zugestanden. Er darf Euch mit der Perle beglücken.«

Sie sah die beiden Männer mißtrauisch an und überlegte, ob sie sie vielleicht hinters Licht zu führen versuchten, aber sie wußte, daß es zu ihrem eigenen Vorteil war, wenn sie ihnen verzieh. »Streitet nie wieder in meiner Gegenwart, oder ich verbanne euch vom Hof. Ihr dürft gehen.«

Draußen seufzte Essex auf. »Wo in aller Welt soll ich eine schwarze Perle an einer Diamantenkette herkriegen?«

»Rein zufällig habe ich eine zu verkaufen«, stellte Hawk lachend fest.

»Das hätte ich mir denken sollen, du Hund«, erwiderte Essex, doch dann stimmte er in das Gelächter ein.

Pflichtbewußt besuchte Lord Devonport jeden Abend die Feste in der Musikgalerie. Diese Besuche hinderten ihn jedoch nicht an seinen anderen nächtlichen Aktivitäten, mit denen er immer erst nach Mitternacht begann, wenn die Königin und ihr Hof in ihren Betten lagen. In letzter Zeit hatte er allerdings das Gefühl, als würde er verfolgt. Ob von Freund oder Feind, wußte er nicht, aber er war entschlossen, es herauszufinden. Er konnte keine weiteren Gerüchte über den Schwarzen Schatten gebrauchen.

Am zweiten Abend fand er, daß er Sabre gegenüber geduldig

genug gewesen war. Sie ließ sich von ihm in eine versteckte Nische führen, wo sie ihm all die Küsse gestattete, nach denen er hungerte. Er streichelte sie schamlos, bis sie vor Verlangen schwach wurde und bis seine eigenen Nerven nach Erlösung schrien, aber immer noch wich sie ihm aus. Als er fragte, wann sie nach Thames View käme, gab sie vage und unbestimmte Antworten.

Der dritte Abend war eine Wiederholung des zweiten. Er war wie ein Verhungernder und küßte sie so leidenschaftlich, daß sie ihm schließlich ohnmächtig in die Arme sank.

Am vierten Abend war er am Ende seiner Geduld. Er hatte genug von dem heimlichen Geschäker in irgendwelchen Ecken. Er führte Sabre auf die Tanzfläche und sagte nur ein einziges Wort: »Heute!« Es war keine Frage, es war ein Befehl. Sie warf den Kopf in den Nacken und wandte sich einem anderen Tanzpartner zu. Nach ein paar Tänzen führte er sie erneut aufs Parkett. »Um Mitternacht! Im Hof!«

Sie wußte, daß sie ihm nicht länger ausweichen konnte. Er würde es nicht zulassen, daß sie ihn derart hinhielt. Als der Tanz beendet war, stellte er lüstern fest: »Denk dir ruhig schon mal etwas Einzigartiges aus, was wir nachher im Bett machen können.« Dann ging er an einen der Kartentische und sah sie nicht noch einmal an.

Ein paar Minuten nach Mitternacht ging Sabre durch die warme Septembernacht auf den Hof. Eine dunkle Katze kreuzte ihren Weg, und die warme Luft trug die Geräusche der Schiffe vom Fluß herauf. Plötzlich sah sie ein dunkles Pferd und einen ebenso dunklen Reiter. Sie fuhr ängstlich zusammen, als er direkt auf sie zusteuerte, aber als er neben ihr war und sie mit einem Griff in den Sattel hob, sah sie sein Gesicht. Er hüllte sie in seinen Umhang, und sie spürte sein warmes, nacktes Fleisch. »Ihr tragt ja weder Wams noch Hemd«, keuchte sie.

»Nein. Ich habe gesehen, welche Wirkung meine nackte Brust auf dich hat. Das will ich noch einmal sehen.«

Ihre Arme glitten seinen nackten Oberkörper hinauf und legten sich um seinen Hals. »Ihr seid wahnsinnig«, flüsterte sie.

»Ja, und du bist der Grund dafür.«

Sie konnte ihre Erregung kaum noch unterdrücken. Es war eine besondere Art der Aufregung, sich um diese Stunde noch aus dem Palast zu stehlen, wenn erwartet wurde, daß alle anständigen Menschen in ihren Betten lagen. Das Risiko und die Gefahr ließen ihr Herz schneller schlagen. Wenn die Königin von ihrem Verhalten erfuhr, würde sie bestraft und anschließend vom Hof verbannt werden.

Er preßte sie an sich und bedeckte ihren Mund mit einem wilden, fordernden Kuß. Dann gab er seinem Pferd die Sporen, und sie galoppierten über die mondbeschienene Uferstraße zu seinem eigenen Haus. Dort angekommen, stieg er ab, hob sie aus dem Sattel, trug sie ins Haus und in sein Schlafzimmer hinauf.

Dort warf er seinen Umhang ab und zeigte ihr seine harte, muskulöse Brust. Seine dunkle Mähne fiel wild auf seine Schultern, und seine weißen Zähne schimmerten in seinem sonnengebräunten Gesicht. Seine schwarze Hose lag wie angegossen um seine muskulösen Schenkel. Ihre blaßgrünen Augen spielten verführerisch mit seinem Körper, bis er hart wurde und vor Verlangen anschwoll. Sie trug ihr cremefarbenes Hochzeitskleid mit dem tief ausgeschnittenen Dekolleté. Er strich mit einem Finger über ihre hohe Brust, ehe er den Kopf neigte und jede der reifen Früchte mit einem Kuß versah. Seine Lippen glitten heiß über ihren Hals an ihr Ohr, das er mit der Zungenspitze berührte, ehe er flüsterte: »Hast du dir etwas ausgedacht?«

»Ja ... laßt uns im Bett essen. Ich bin hungrig, Ihr nicht?«

»Und ob, aber ich hungere nicht nach etwas Eßbarem.«

»Bitte?« bat sie mit einem züchtigen Augenaufschlag. »Da ich ziemlich viel Zeit hier verbringen werde, darf ich da den Diener rufen und die Bestellung aufgeben?«

»Um diese Zeit?« fragte er ungläubig.

»Ihr habt gesagt, daß Ihr etwas anderes wollt ... etwas Einzigartiges.«

»Bist du wirklich so unschuldig?« Er schüttelte verwundert den Kopf. »Himmel, bis jetzt nützt du einem Mann nicht sonderlich viel.«

»Wagt es ja nicht, über mich zu lachen.« Sie schob ihre Unterlippe vor, und er bedeckte ihren schmollenden Mund mit einem eiligen Kuß.

Dann machte er eine ausholende Handbewegung. »Du bist hier die Hausherrin. Tu, was du willst.«

Sie zog an der Klingelschnur, und Shane trat hinter sie, um ihr Kleid zu öffnen.

»Was tut Ihr da?« kreischte sie, als er seine Hände auf ihre Brüste schob. »Der Diener wird uns sehen!«

»Nun, er gewöhnt sich am besten gleich daran, meinst du nicht?« Er nahm die Nadeln aus ihrem Haar, und die schwere, seidige Masse ergoß sich über seine Hände und ließ ihn erwartungsvoll erschaudern.

Gleich darauf klopfte es an der Tür, und sie rief: »Herein!«

Ein Mann mittleren Alters öffnete die Tür und fragte mit geübt unbeteiligtem Gesicht: »Ja, Mylord?«

Shanes Augen glitzerten. »Dies ist Mistress Sabre Wilde, Mason. Sie wird ab jetzt viel Zeit hier bei uns verbringen. Ich glaube, sie will an Ihnen die Rolle der Hausherrin üben.«

Noch nicht einmal durch ein Zucken verriet Mason irgendeine Überraschung. Die Grillen seines Herrn überraschten ihn schon lange nicht mehr.

Sabre bedachte Shane mit einem tadelnden Blick, ging hinüber zu Mason, streckte die Hand aus und fragte ihn: »Wie heißen Sie mit Vornamen?«

Jetzt war er überrascht. »Nun, Charlie, Mylady.«

Sie wußte, daß er nur höflich war, aber dies war das erste Mal, daß jemand sie bei ihrem wahren Titel nannte, und insgeheim freute sie sich darüber. »Nun, Charles, ich verzehre mich nach irgend etwas Köstlichem. Was hat der Gott des Meeres zu bieten ... Götterspeise?«

Seine Mundwinkel zuckten. »Nein, Mylady, aber dürfte ich vielleicht Brombeeren und Schlagsahne vorschlagen?«

»Oh, ja, bitte. Zwei Schüsseln voll. Wir werden sie im Bett essen.« Sie zwinkerte ihm zu, und er wußte, daß der junge Hawkhurst es nicht leicht haben würde.

»Bei Gott, du bist ein verwegenes Kätzchen«, spottete Shane, während er ihr das Kleid ganz auszog.

»Vor ein paar Minuten war ich noch das Unschuldslamm.«

»Vielleicht bist du ja beides.« Er löste die Bänder ihrer Unterröcke, und sie trat heraus, nur noch in Hemd, Schlüpfer und Strümpfe gehüllt. »Meine Unterwäsche ist für eine Mätresse wohl zu bieder, Mylord, aber Ihr werdet sicher gerne hören, daß ich bereits Dutzende der skandalösesten Dessous bestellt habe, die man sich nur vorstellen kann. Meine Vorschläge haben sogar die Schneiderin von Penelope Rich schockiert.«

»Deine biedere Unterwäsche ist einfach wunderbar.« Er küßte sie auf die Nase und schenkte ihnen ein Glas trockenen Sherry mit Barbados-Zucker und Gewürzen ein. Es klopfte erneut an der Tür, und sie sah ihn flehend an. Hawk schüttelte den Kopf. »Ah, nein, du gehst schön selber an die Tür und holst deinen Nachtisch ab.«

Sie nahm all ihren Mut zusammen, marschierte zur Tür und nahm Mason das Silbertablett ab. Dann schob sie die Tür mit dem Hintern zu, aber Shane nahm ihr das Tablett in Windeseile ab. »Erst ziehen wir uns aus, dann gehen wir ins Bett, und dann essen wir!« Er hatte das Gefühl, vor Verlangen zu vergehen. »Meine Süße, dein Mund ist zum Küssen da und nicht, um Brombeeren und Sahne zu verschlingen.« Er preßte seine Lippen auf die ihren, und dann glitt er ihren Hals hinab. Seine Finger strichen über den Rand ihres Hemdes, ehe sie in die Vertiefung zwischen ihren Brüsten tauchten. »Dein Körper enthält viel süßere Früchte, die ich nicht nur kosten will«, murmelte er. »Deine Brüste sind wie Melonen, überreif, mit harten, kleinen Früchten auf den Spitzen.« Er öffnete langsam ihr Hemd, und ihre Brüste wogten ihm entgegen, bis er sie streichelnd an seine Lippen hob. »Sabre, du bist schön wie eine Sünde«, wisperte er.

Langsam schob er sie rückwärts auf das Bett, um ihr die Strümpfe auszuziehen. Jeder Zentimeter ihres seidigen Fleisches bekam einen Kuß. Er gab ihr das Gefühl, unendlich schön zu sein – von den Knöcheln bis hinauf zu den Ohrläppchen. Jeder Teil ihres Körpers bekam ein Lob, bis er ihr schließlich auch die

Unterhose auszog und sie mit Worten der Liebe überschüttete. Er war entschlossen, die Stunden der Intimität so anzufüllen, daß sie beide das größtmögliche Vergnügen fänden.

Dann zog er seine Hose aus und baute sich vor ihr auf. Sie begannen sich mit den Augen zu lieben. Während seine Augen sie streichelten und anbeteten, geriet sein Blut in Wallung, und seine Lenden wurden von einem unendlich süßen Schmerz erfaßt.

Ihre Augen beteten ihn mindestens ebenso an. Ihr Blick wanderte an seinem harten Körper hinab, verharrte kurz auf seinem Mund, seinen Schultern, seinen Händen, seinem Bauch, auf der riesigen, sich verjüngenden Lanze, die sich auf seinen Nabel zureckte.

In diesem Moment hielt sie ihn für den prächtigsten Mann, den Gott je geschaffen hatte. Kein Wunder, daß die Königin ihn ihren Gott des Meeres nannte. Sabre konnte ihr unglaubliches Glück kaum fassen, mit diesem schönen Mann tatsächlich verheiratet zu sein. Er war ein Schuft, ein Verführer und ein Frauenheld, aber Himmel und Hölle, er war durch und durch ein Mann! Nie zuvor hatte sie derartige Gefühle gehegt, nie hatte sie auch nur im Traum daran gedacht, daß sie überhaupt so fühlen könnte. Sie konnte es nicht erwarten, daß er böse, verruchte Dinge mit ihr tat, und sie wußte, sobald sie den Drachen sah, würde sie sich auf ihn stürzen und anfangen, ihn mit Bissen und Küssen zu übersäen.

Sie streckte ihre Hände nach dem Tablett aus, und als er es ihr gab, stellte sie es als Barriere gegen die Lust zwischen sich und ihn und setzte sich im Schneidersitz auf das Bett. Ihr kupferfarbenes Haar mischte sich in wildem Durcheinander mit den Locken zwischen ihren Schenkeln. Er fand sie unerträglich schön. Er legte sich auf die Seite, stützte den Kopf auf die Hand und beobachtete sie. Er stöhnte, als ihre rosafarbene Zunge hervorschoß, um die Sahne von den Brombeeren zu lecken. Als sie fertig war, fing sie an, ihn zu füttern, und er saugte jedesmal an ihren Fingern, wenn sie eine Frucht vor seine Lippe hielt.

Dann stellte er das Tablett neben das Bett. »Komm zu mir, Geliebte.« Er kniete über ihr, das Gesicht hart vor Leidenschaft, und streichelte ihre Brüste. Seine Berührung verbrannte sie, ihr Blut wurde zu geschmolzener Lava, ihre Knochen wurden zu Wachs. Während er sein Gesicht in der Vertiefung zwischen ihren Brüsten vergrub, fuhren ihre Hände über seinen kraftvollen Körper, die breiten Schultern und die mächtigen Schenkel. Sie konnte nicht genug von ihm bekommen. Sie spreizte die Finger in den dichten Locken, die die festen Muskeln seiner Brust bedeckten, ihre Fingerspitzen erforschten seine Brustwarzen, und schließlich schlang sie die Arme um seinen Hals.

Er preßte seinen Mund auf ihre Lippen, und sie öffnete sie bereitwillig, wie er es ihr gezeigt hatte, um seine Küsse und seine Zunge zu empfangen. Als er seinen Mund von ihr löste, um sich an ihr hinabzuschieben, protestierte sie. Sie spürte die Kraft seiner Hände, die sie umfaßten, während sein Mund hungrig ihr Fleisch kostete und sein Blick ihre unvergleichliche Schönheit genoß. Seine Lippen schoben sich noch tiefer, bis sie zart an den kupferfarbenen Locken zwischen ihren Beinen zu zupfen begannen. Sie war von ihren eigenen Empfindungen entsetzt, denn sie wollte nicht, daß er mit seiner schamlosen Beschäftigung innehielt.

Seine Hände glitten ihre Schenkel hinauf und zogen sie näher an seinen Mund. Sie spürte das Kreisen seiner Zunge an ihrer geschwollenen Knospe, ehe er die weichen Stellen ihres Inneren eroberte. Seine Finger öffneten sie, und ihre Erregung steigerte sich noch, als er seine Zunge in sie schob und sie gnadenlos plünderte. Sie begann, sich stöhnend hin und her zu wälzen, als Wogen unglaublicher Leidenschaft über ihr zusammenbrachen und sich ihre dunkelsten Phantasien bewahrheiteten. Sie schrie nach mehr und mehr, und er gab ihr alles, um das sie ihn bat. Ihre Finger gruben sich in seine Schultern, wickelten sich um seine dunkle Mähne, preßten ihn an das Zentrum der Leidenschaft, während sie meinte, in geschmolzenem Feuer zu verglühen. Sie spreizte die Beine und zappelte unter seinem erfahrenen Mund, bis seine Hände zu ihren Brüsten glitten und die harten Brustwarzen zusammendrückten. Sie fuhr auf, und aus ihrer Kehle drang ein Schrei, als sie ihren Höhepunkt erreichte und in einer

Million explodierender Sterne verging. Er leckte sie noch ein letztes Mal, ehe er seine Zunge zurückzog, und dann hielt er sie eng an sich gepreßt, bis der letzte Schauder ihrer wunderbaren Reaktion auf ihn verklungen war.

Sie strich mit den Fingern über die Kratzer, die ihre Nägel in seinen gebräunten Schultern hinterlassen hatten. »Meine kleine Wildkatze«, sagte er heiser, während sie seinen Körper zu erforschen begann. Sie sah, daß sein harter Schwanz im Rhythmus seines Herzschlags pochte, und als sie die Finger nach ihm ausstreckte, stellte sie verwundert fest, daß er so hart wie Marmor war. Sie sah ihn an, und zum ersten Mal bemerkte er eine gewisse Unsicherheit. »Ihr seid so groß«, hauchte sie, als ihr klar wurde, daß er sie sehr bald besteigen und in sie eindringen würde.

Er nahm sie erneut in die Arme und versprach: »Wenn es zu sehr weh tut, höre ich auf, mein Liebling. Das erste Mal kann schmerzlich sein, darum habe ich dich zuerst anders geliebt. Aber ich bin sicher, daß du bereit bist für mich. Versuch, dich zu entspannen und mich aufzunehmen. Laß dir Zeit, ich dränge dich nicht.« Er küßte sie, und sie war sicher, allein von seinen Küssen zu vergehen.

Plötzlich klopfte es laut an der Tür. Shane wußte, daß er das drängende Pochen nicht ignorieren konnte. Fluchend glitt er aus dem Bett und öffnete. Der Baron übergab ihm eine Nachricht, die er eilig überflog. Dieses Mal fluchte er noch lauter als das erste Mal. Er raufte sich die dunkle Mähne, nickte dem Baron schweigend zu und schloß die schwere Tür. Dann kam er zum Bett zurück und nahm Sabre in den Arm. »Sabre, meine Liebste, verzeih mir, aber ich muß gehen. Ich würde dich in diesem Augenblick aus keinem Grund verlassen außer diesem einen. Ich weiß, daß ich nicht erwarten kann, daß du mich verstehst; es gibt viele Dinge, die ich dir nicht erzählen kann. Aber das Leben eines Menschen ist in ernster Gefahr.«

»Ist es ein Befehl der Königin?« fragte sie voller Eifersucht.

»Mein Liebling, ich würde unser Bett niemals wegen dieser Hündin verlassen. Versuch zu schlafen.« Er deckte sie zu. »Vielleicht komme ich erst in ein paar Tagen zurück.«

»Ich muß morgen an den Hof zurück, aber ich möchte ein paar meiner Sachen hierher bringen, wenn ich es darf.«

»Sabre, Liebling, dies ist jetzt *unser* Haus. Du kannst tun und lassen, was du willst.« Er küßte sie ein letztes Mal. »Ich bin ein Schwein, dich so zu verlassen, aber ich schwöre, daß ich es wiedergutmachen werde«, sagte er.

Sie beobachtete, wie er sich ganz in schwarze Kleider hüllte, sich mit Schwert, Dolch und Pistolen bewaffnete und alles unter einem langen schwarzen Umhang verbarg. Er dachte schon gar nicht mehr an sie. Er führte ein geheimes Leben, das die meisten seiner Gedanken beschäftigte, und sie wußte instinktiv, daß sie, wenn sie herausfand, was er trieb, eine Waffe haben würde, um ihn endgültig zu zerstören. Die Gefahr, in die er sich begab, beschäftigte sie kaum; eher beneidete sie ihn und den Baron um das Abenteuer, das sie erwartete.

10. Kapitel

Shane Hawkhurst hatte die Nachricht erhalten, daß O'Neill kurz vor seiner Verhaftung stünde und daß er zum Verhör nach Dublin Castle gebracht werden sollte. Sowohl er als auch der Baron kannten die Verhältnisse im Bermingham Tower von Dublin, und sie wußten um die ungenehmigten, gräßlichen Foltermethoden, die in den Kellern zur Anwendung kamen. Walsinghams Folterbänke und Stricke waren völlig unbedeutend im Vergleich zum Spanischen Stuhl, Daumenschrauben und den mit kochendem Öl gefüllten Eisenstiefeln.

Bagenol, der irische Marschall der Königin, war sicherlich durchaus in der Lage, O'Neill zu töten, sobald er ihn hinter Gittern hätte. Schließlich war er der Meinung, man brauche nur sämtlichen irischen Lords die Köpfe abzuschlagen, und schon werde Frieden im Land herrschen.

Shane war der Überzeugung, daß die einzige Chance für seinen Vater darin bestand, nach England zu kommen. Wenn er sich vor der Königin zu den gegen ihn erhobenen Vorwürfen äußern konnte, würde ihm dies die Möglichkeit geben, sich zu entlasten. O'Neill hatte ein solches Charisma und eine solche Überzeugungskraft, daß er selbst die Enten aus dem Wasser zu locken vermochte. Frauen waren in seinen Händen wie Wachs, und die Königin war durch und durch eine Frau.

Nachdem sie sich vergewissert hatten, daß ihnen in dieser Nacht niemand folgte, ritten sie gen Norden nach Liverpool und hielten nur kurz in Birmingham an, um ihre Pferde gegen frische Tiere auszutauschen, die Hawk extra für derartige Notfälle dort untergestellt hatte. Die *Liverpool Lady* trug sie über die Irische See und lief dann das abgeschiedene Carlington Lough in der Nähe von Newry an. Shane wandte sich an den Baron. »Ich möchte, daß Ihr an Bord bleibt. Es ist zu gefährlich für Euch, irischen Boden zu betreten. Der Haftbefehl wegen Mordes ist immer noch in Kraft und wir beide wissen, daß keinem der Clans zu trauen ist. Einige würden Euch aus reinem Vergnügen verraten, die meisten jedoch auf jeden Fall für Geld.«

Die Augen des Barons verrieten seinen Schmerz, aber nach ein paar Minuten nickte er. Er hatte sich gegen das Leid gewappnet, das ihn bei der Rückkehr in das Land erwartete, in dem seine gesamte Familie ermordet worden war. Er war einer der Stammesführer und Rebellen gewesen, und obwohl sie sich den Engländern bedingungslos ergeben hatten, hatten diese jeden Mann, jede Frau und jedes Kind abgeschlachtet und jedes Gebäude und jede Ernte der Dörfer, die unter seiner Leitung standen, dem Erdboden gleichgemacht. Er war der einzige Überlebende gewesen, und man hatte einen Haftbefehl wegen Mordes gegen ihn verhängt, weil er aus Rache einen englischen Offizier erstochen hatte, den Mörder seiner Frau und seiner Kinder.

In Begleitung zweier kräftiger Männer von der *Liverpool Lady* galoppierte Shane auf die Burg von Dungannon zu. Da er sofort gehandelt hatte, war er jetzt in Irland, bevor Bagenol den von der Königin unterschriebenen Haftbefehl in den Händen hielt. Er mußte O'Neill nicht lange überreden, mit nach London zu kommen, denn sein Vater war geradezu versessen darauf, die Privatgemächer der Königin zu stürmen. Aber schließlich gewann Shanes kühlerer Kopf während der Rückreise die Oberhand. Es war wohl vernünftig, daß O'Neill sich versteckt hielte, bis Shane in Erfahrung gebracht hatte, wie es um ihn stand.

Als Sabre in der Dämmerung des nächsten Tages an den Hof zurückkehrte, erklärte ihr Kate, daß sie alle noch vor dem Geburtstag der Königin nach Windsor umziehen würden, weil Ihre Majestät dort auf die Jagd gehen wolle.

Kate seufzte. »Und dann können wir mit der ganzen Arbeit von vorne anfangen.«

»Was glaubst du, wie viele Kleider besitzt die Königin?« fragte Sabre.

»Oh, über tausend. Laß mich überlegen, es muß hier und auf Windsor jeweils um die dreihundert geben. In Whitehall hat sie schätzungsweise zweihundert elegante Staatskostüme, die sie für die Sitzungen des Parlaments und so braucht, und dann hat sie noch über zweihundert Kleider auf Hampton Court.«

Sabre beschloß auf der Stelle, die Zahl der Kleider, die sie bei der Schneiderin in Auftrag gegeben hatte, zu verdoppeln. Sie fuhr nach London und kaufte alles, was sie für ihre Garderobe unentbehrlich hielt, vom Fächer bis hin zu Schuhschnallen, von spitzenbesetzten Halskrausen bis hin zu verdrahteten Reifröcken. Sie deckte sich mit Unmengen von Seifenstücken und Badeölen ein, die nach Mandeln, Klee oder Rosenessenz dufteten, und außerdem mit Kosmetika wie Reispuder, Rouge für die Wangen und Lippenrot.

Sabre, Anne Vasavour, Philadelphia Carey und Essex' beide Schwestern, Dorothy Devereux und Penelope Rich, begannen, sich regelmäßig zu sehen. Sie alle waren lebhafte, liebliche Frauen, deren äußere Verschiedenheit gerade den Reiz des Fünfergespanns ausmachte. Sabre, Anne und Philadelphia stahlen sich immer öfter vom Hof in die Stadt, um sich in Gesellschaft der flotten Essex-Schwestern zu amüsieren.

Sie gingen einkaufen, ließen sich die Zukunft aus Teeblättern und Karten voraussagen, besuchten sämtliche Schauspiele, sahen eine Bärenhatz in der Grube hinter dem Rose-Theater und stimmten schließlich nach langem Kichern, Zögern und Schwanken, Penelopes Vorschlag zu, den Abend in einem Bordell zu verbringen, wo sie ein oder zwei *Liebesakte* beobachten wollten. Penelope war schon einmal mit Essex dort gewesen, und sie versicherte ihnen, daß es eine lustige Erfahrung sei, die sie nicht so schnell vergessen würden. Sabre zögerte nicht lange. Sie war sehr neugierig auf alles, was mit dem Geheimnis Sex zu tun hatte, und wußte, daß sie noch viel zu lernen hatte bezüglich der Dinge, die sich zwischen einem Mann und einer Frau abspielten. Ihre intime Erfahrung mit Shane hatte ihr die Augen geöffnet. Sie hatte die Sehnsüchte ihres Körpers kennengelernt, und er hatte Dinge getan, die sie erregten, die sie wild machten. Aber sie wollte mehr wissen, viel mehr. Wenn sie vorhatte, eine überwältigende Mätresse zu werden, dann müßte sie lernen, was einem Mann gefiel, was ihn erregte, was ihn in den Wahnsinn trieb. Sie wollte sämtliche Tricks kennenlernen, die ihn mit Leib und Seele an sie fesseln konnten.

In letzter Minute machten Philadelphia Carey und Anne Vavasour einen Rückzieher, aber Sabre beschloß, die beiden anderen Frauen zu begleiten, die einen derart schlechten Ruf hatten, daß die Königin sie trotz der beständigen Bitten ihres Günstlings Essex nicht an ihrem Hof duldete.

Am Nachmittag ging Sabre in die Stallungen von Greenwich, gab einem Stalljungen ein paar Pence, damit er ihren geliebten Sabbat sattelte, und ritt nach Thames View. Sie beschloß, daß von nun an Thames View nicht nur ihr, sondern auch Black Sabbaths neues Zuhause zu sein hatte. Es freute sie, daß Mason sagte, am Morgen wären vier große Kisten von der teuersten Londoner Schneiderin für sie abgegeben worden. Die Rechnungen hatte er diskret auf Lord Devonports Schreibtisch gelegt, da er sich denken konnte, daß Sabre mit derartigen Kleinigkeiten nicht belästigt werden wollte.

»Würden Sie bitte sämtliche weiblichen Bediensteten zusammenrufen, Charles – und«, fügte sie flehend hinzu, »würden Sie bitte neben mir stehenbleiben, wenn ich mich ihnen vorstelle?«

Er hüstelte, und in seinen Augen blitzte es unmerklich auf. »Ich habe bereits mit ihnen gesprochen, Mistress Wilde, und ich glaube, Ihr braucht Euch keine Sorgen zu machen.«

»Oh, Sie sind einfach ein Schatz, Charles. Ich kenne mich mit den Gebräuchen der Londoner Gesellschaft nicht allzugut aus – genauso wenig wie mit vielen anderen Dingen. Also bitte zögern Sie nicht, mich zu korrigieren, falls ich einen Fehler mache.«

Mason stellte sie der stattlichen Köchin und der tüchtigen, ernstgesichtigen Haushälterin vor. Drei junge Hausmädchen starrten sie mit offenen Mündern an, und sie wandte sich an das hübscheste von ihnen. »Wie heißt du?«

»Meg, Ma'am.« Das Mädchen machte einen Knicks und errötete.

»Meg, würde es dir gefallen, meine Kammerzofe zu sein?«

»Oh, ja, bitte, Ma'am«, hauchte das Mädchen und knickste erneut.

»Gut, Und jetzt hör auf mit den Kniebeugen. Geh und laß mir ein Bad ein; du findest Seife und alles andere hier in meinen Satteltaschen. Anschließend werden wir ein paar von meinen neuen Kleidern aufhängen, und du kannst mir helfen, mich für den Abend zurechtzumachen.«

Meg warf den beiden anderen Hausmädchen einen Blick zu, der eindeutig besagte, daß sie offensichtlich die Favoritin der neuen Hausherrin war. Dann schnappte sie sich die Satteltaschen und eilte die Treppe hinauf.

Innerhalb weniger Minuten hatte Sabre das Herrenschlafzimmer vollständig mit Beschlag belegt. Überall lag ihre neue Garderobe herum, auf dem Bett, der Fensterbank, auf den Stühlen und sogar auf dem Tisch. Die Kleider waren prachtvolle Gebilde, und mit ihren weiten Ärmeln und Ballonröcken brauchten sie Unmengen von Platz. Sabre konnte sich nicht entscheiden, welches von ihnen ihr am besten gefiel, aber es war ein herrlich dekadentes Gefühl, so viel zu besitzen, daß es egal war, welchem Kleidungsstück man den Vorzug gab.

Fast am liebsten mochte sie ihr neues Reitkleid, wahrscheinlich, weil es so wunderbar unpraktisch war. Es war aus weißem Samt mit schwarzen Borten. Der tiefe V-Ausschnitt des Wamses führte bis zur Taille, und darüber trug sie nur eine winzige schwarze Seidenweste. Der dazu gehörende Hut war ein winziger weißer Samtdreispitz mit einer riesigen schwarzen Straußenfeder, die verwegen wippte. Dann hatte sie noch ein kupferfarbenes Brokatkleid bestellt, das über und über mit Goldfäden bestickt und mit Zobelpelz eingefaßt war. Dieses Stück allein hatte bereits ein Vermögen gekostet. Des weiteren besaß sie nun ein mit geometrischen Mustern versehenes grüngoldenes Kleid. Die Jacke war aus grünem Samt und der tiefe Ausschnitt in Gold gefaßt, aber beim Rock waren die Farben umgekehrt kombiniert. Er bestand aus Goldbrokat mit einer grünen Samtbordüre. Dazu gab es grüne Samtschuhe mit goldenen Rosetten und einen mit grünen Samtbändern durchwirkten Fächer aus Goldfiligran.

Für ihr nächtliches Abenteuer wählte sie eine dunkle Farbe. Schließlich wollte sie sehen, ohne gesehen zu werden, und zugleich weltgewandt genug für die prickelnde Atmosphäre in einem Bordell erscheinen. Also nahm sie ein schwarzes, silberdurchwirktes Spitzenkleid. Sie erschauderte vor Erregung, als sie die schwarzen Seidenstrümpfe an ihren langen, schlanken Beine glattstrich und die raschelnden schwarzen Unterröcke darüberzog. Nie zuvor hatte sie sich so wunderbar verrucht gefühlt. Statt eines Umhangs legte sie eine schwarze Samtjacke an, und eine schwarze, spitzenbesetzte Maske vervollständigte die Garderobe.

Als sie fertig angekleidet war, nahm sie eine Sänfte und ließ sich ins Essex House bringen. Zu Sabres Überraschung hatte Essex beschlossen, sie zu begleiten, aber er hatte Frances Howard im Schlepptau, die berüchtigste Hure am ganzen Hof. Penelope ließ eine unauffällige Kutsche ohne Wappen vorfahren, und Sabre seufzte erleichtert auf. Sie fuhren die Kopfsteinpflasterstraße zum Strand hinab, durch Ludgate Circus und den Hügel hinauf in Richtung Cheapside und Threadneedle Street.

Unter den obszönen Bemerkungen des Earl of Essex, der heute abend besonders witzig gestimmt zu sein schien, stiegen sie dort aus.

»Du bist gut gelaunt, Bruderherz«, stellte Penelope lachend fest. »Weißt du vielleicht, wer heute abend hierher kommt, und hoffst, ihm ein wenig nachzuspionieren?«

»Himmel, das wäre ein Spaß. Was, wenn wir Southampton entdecken würden, wie er einen seiner kleinen Jungen vernascht?«

Die Damen kicherten, obwohl Sabre die Bedeutung dieser Bemerkung nicht verstand. Das große Gebäude wies zahlreiche Ein- und Ausgänge auf, aber Essex führte sie, ohne zu zögern, durch eine Tür in einen vornehmen Empfangsraum. Der Türsteher öffnete ihnen sofort, denn er erkannte den Anführer des kleinen Trupps, obgleich dieser eine Maske trug. Einen Augenblick später wurden sie von einer großen, gutaussehenden Frau mit weiß gepudertem Haar begrüßt, die sie überschwenglich mit einem Akzent begrüßte, der Sabres Meinung nach auf französische Abstammung hinwies. Madame Va Te Faire Foutre, wie sie spaßeshalber genannt wurde, hatte die Situation sofort erfaßt. Essex war in Begleitung von vier Frauen, also war klar, daß sie als Voyeure kamen.

»Wir sind gekommen, um die Show zu sehen«, sagte Penelope und reichte ihr einen kleinen Beutel voller Gold.

»Ah, meine beiden Hauptdarsteller führen heute nacht den Liebestanz vor. Sie werden Euch eine Privatvorstellung im *petit théâtre* geben.«

Sie führte die kleine Gruppe in einen kleinen, abgedunkelten Raum mit bequemen Stühlen, wo ihnen mit Myrrhe gewürzter Wein angeboten wurde. Die Stühle standen vor einer kleinen, erhöhten Bühne, und noch ehe sie die Gläser geleert hatten, öffnete sich der Vorhang, und ein Tänzer und eine Tänzerin kamen durch eine Tür. Sie waren beide sehr schön. Der Mann war groß und muskulös, während das Mädchen klein und wunderbar gerundet war. Auf den ersten Blick wirkten sie vollkommen nackt, aber nachdem sich die Augen der Zuschauer an das grünliche Licht der Bühne gewöhnt hatten, erkannten sie, daß von den Brüsten der Frau zwei Quasten herabbaumelten und eine dritte ihren Venushügel verbarg. Das Geschlecht des Mannes war in eine Scheide gehüllt, die es unnatürlich verlängerte. Beider Körper waren mit einer silbriggrünen Paste eingerieben, die ihnen ein ätherisches, außerirdisches Aussehen verlieh.

Obgleich die Bewegungen des Tanzes elegant und verhalten waren, verrieten sie, daß der Mann die Frau begehrte. Dann begann er sie brutal zu mißhandeln, während sie verzweifelt zu entkommen suchte. Jedesmal, wenn es ihr gelang, sich ihm zu entwinden, fing er sie wieder ein und zerrte sie erneut hinter sich her. Das erste Mal wickelte er ihr Haar um einen seiner starken Arme und zog ihren sich windenden Körper an seine Brust. Das zweite Mal packte er brutal ihre zarten Knöchel und zerrte sie über die Bühne auf seine Schenkel. Als ihre Beine hinter seinem

Nacken verschlungen waren, stand er auf und schwang sie herum, bis sie vollkommen ermattete.

Dann begann er sich ihres Körpers zu bemächtigen. Er streichelte sie von Kopf bis Fuß mit seinem langen Schwanz, und die Frau wurde zunächst unterwürfig, dann erregt und schließlich irre vor Verlangen nach ihm. Sie glitt mit sinnlichen, schlängelnden Bewegungen um seinen Oberkörper herum.

Der Tanz sollte die Zuschauer erregen, und das tat er natürlich auch. Sabre war von der exotischen Aufführung zugleich fasziniert und abgestoßen, aber ihr Körper reagierte darauf, als wäre er kein Teil von ihr. Sie spürte den Stoff ihrer Dessous an ihren Brustwarzen und zwischen ihren Schenkeln. Plötzlich tauchte aus einer Versenkung in der Mitte der Bühne eine kleine Plattform auf. Der Mann legte die Frau darauf, dann fiel er auf sie und durchbohrte sie wieder und wieder mit seinem unnatürlich langen Glied, bis sie schrie und wie tot zusammenbrach. Der Mann zog triumphierend seine Waffe aus ihr heraus und durch irgendeinen Trick zerbarst das Ende in ein Feuerwerk und übergoß den Körper der Frau mit einer Kaskade glühender Funken. Der Vorhang fiel, und alle außer Sabre klatschten begeistert in die Hände. Als sich der Vorhang abermals öffnete, sah sie zu ihrer Erleichterung, daß sich beide Tänzer vor dem Publikum verbeugten. Sie hatte allen Ernstes geglaubt, das Mädchen wäre bei der Mißhandlung gestorben. Sie rang nach Luft und wußte, daß sie es nicht länger ertragen konnte. Es tat ihr leid, gekommen zu sein; sie fühlte sich unendlich schmutzig und angewidert.

Die Hausherrin kam zurück und führte sie lachend eine Treppe hinauf und durch einen schmalen Korridor. In den Wänden bestimmter Schlafzimmer befanden sich tatsächlich Gucklöcher! Die Madame bat sie, leiser zu sein, und sie unterdrückten mit Mühe ihr Kichern, als sie die Liebesakte beobachteten, die dort stattfanden. Sabre war übel, und sie fragte nach dem Badezimmer. Zuerst dachte sie, daß sie sich ernsthaft übergeben müsse, aber als sie endlich allein war, atmete sie tief ein, und ihr Magen beruhigte sich.

Sie schalt sich selbst ein Baby. Männer und Frauen mochten

unanständig sein und es gab sicher immer Orte wie diesen, an denen der Lüsternheit noch Vorschub geleistet wurde, aber irgendwie hatte sie das Gefühl, daß die Männer, die sich an dem von Madame Va Te Faire Foutre feilgebotenen Fleisch gütlich taten, nicht annähernd so verrucht waren wie diejenigen, die dafür bezahlten, daß sie ihnen zusehen konnten.

Während des gesamten Rückwegs zum Essex House sprachen die anderen über nichts anderes als die rüden Vorgänge, die sie in den Schlafzimmern beobachtet hatten.

»Himmel, in der Bibel steht, alle Männer wären gleich, aber ein Besuch in einem Bordell beweist einem eindeutig das Gegenteil«, stellte Penelope lachend fest.

Sabre errötete, aber Frances Howard kicherte und schob sich auf Essex' Knie. Die Kutsche bog in den Hof von Essex House ein, sie stiegen aus und wandten sich zur Tür. Sabre ließ sie gehen. Sie brauchte ein paar Minuten, um sich zu sammeln, und außerdem hatte sie nicht die Absicht, den anderen noch länger Gesellschaft zu leisten. Sie wollte Penelopes Kutscher bitten, ihr eine Sänfte zu rufen. Daher stieg sie aus und überlegte, ob sie die Nacht in Greenwich oder Thames View verbringen sollte. Plötzlich sah sie, daß sich die Tür einer anderen wappenlosen Kutsche öffnete und Hawkhurst auf die Straße trat.

Er hatte O'Neill in das Bordell in der Threadneedle Street gebracht, dessen Besitzerin allerdings keine Französin, sondern eine loyale Irin war. Ihre englische Kundschaft hatte sie außerordentlich reich gemacht, und das oberste Stockwerk ihres Etablissements war für rebellische Iren reserviert, die dort geheime Treffen abhielten oder sich nach der Flucht aus dem Gefängnis versteckten, bis sie das Land sicher verlassen konnten.

Shane hatte aus einem Fenster dieses oberen Stockwerks gesehen, als Sabre angekommen war. Zunächst hatte er gedacht, er hätte sich geirrt – schließlich hatte die Frau mit dem kupferfarbenen Haar eine Maske getragen –, aber als die fröhliche Gesellschaft wieder abfuhr, hatte er Essex erkannt und seinen Kutscher angewiesen, ihn direkt zum Essex House zu fahren.

Sabre rang nach Luft. Hawkhurst war von Kopf bis Fuß in

Schwarz gehüllt. Wie ein Teufel, der direkt aus der Finsternis der Unterwelt kam. Er sah sie böse an. »Steig ein!«

Sie war sich nicht sicher, warum er so wütend war. Hatte er vor Essex House gewartet, um zu sehen, ob sie ein Verhältnis mit Robin hatte? Als sie ihm eine Erklärung geben wollte, packte er ihr Handgelenk, legte die andere Hand um ihre Taille und schob sie in seine Kutsche hinein. Ihre Schulter wurde schmerzhaft in die Samtkissen gedrückt. Dann kam er ihr nach und warf die Tür ins Schloß. Sofort machte die Kutsche einen Satz, und wieder fiel sie in die Kissen zurück.

»Wie könnt Ihr es wagen, so mit mir umzugehen?« schnauzte sie, doch die Worte blieben ihr fast im Hals stecken, als sie sah, wie sich sein Gesicht vor Wut zu einer häßlichen Fratze verzog. Er sprach nicht, sondern wartete, daß er seinen Haß und seinen Zorn unter Kontrolle bekam. Die Stille in der Kutsche wurde geradezu unerträglich und seine Wut war so fürchterlich, daß sie vor Schreck aufschrie.

Die kleine Kutsche hielt ihn gefangen, hielt sie mit ihm gefangen, so daß sie seine Kraft, seine männliche Kühnheit und seine Grausamkeit deutlich spüren konnte. Es war, als wäre sie zusammen mit einem schwarzen Panther eingesperrt. Seine Augen bohrten sich direkt in ihre Seele hinein. Er wußte, daß er sie umbringen würde, wenn er sie in diesem Augenblick berührte. Seine Hände würden sich um ihren schlanken Hals legen, und er würde sie erwürgen. »Du Hure!« knurrte er.

Plötzlich wußte sie, daß er sie in dem Bordell gesehen haben mußte. Er hatte sie verfolgt, und sie fühlte sich, als hätte der schwarze Panther sie geschlagen.

»Laßt mich doch erklären!« weinte sie.

»Schweig!« Seine Stimme war so ruhig und drohend, daß ihr das Blut in den Adern erstarrte. Ihre Angst wurde noch stärker, als sie in sein aristokratisches, arrogant zur Seite geneigtes Gesicht sah, dessen Züge in der Dunkelheit an einen Raubvogel erinnerten. Er lachte verbittert auf. »Hat es dir wenigstens gefallen, mich zum Narren zu halten? Fast hätte ich dir geglaubt, daß du noch eine Jungfrau bist.«

»Ich *bin* Jungfrau!« weinte sie. »Könnt Ihr denn nicht verstehen, daß ich gerade deshalb dorthin gefahren bin? Ich fühlte mich so ahnungslos, ich dachte, ich könnte dort etwas lernen.«

Er packte ihr Kinn. »Schweig, habe ich gesagt!« Er starrte sie so böse an, daß sie verstummte. Dann ließ er von ihr ab und lehnte sich zurück.

Sein Blut kochte vor Zorn; normalerweise ritt er immer aus, wenn er so wütend war. Er brauchte seinen Hengst unter sich. Nun, sie tat es auch; er würde seinen Zorn heute nacht an ihr auslassen. »Du magst eine Hure sein, aber du bist *meine* Hure. Ich habe dich gekauft und dafür bezahlt.«

Die Kutsche kam vor Thames View zum Stehen. Sie waren zu Hause! Sabre biß sich auf die Lippen. Er würde sie mit nach oben nehmen und schlagen – sie spürte die Gewaltbereitschaft in ihm. Verzweifelt schloß sie die Augen. War dies derselbe Mann, der ihr Fleisch noch vor weniger als einer Woche mit seinem Mund angebeten hatte? Ihre Beine waren so schwach, daß sie es nicht bis ins Haus geschafft hätte, hätte er sie nicht hinter sich her gezerrt.

In der Eingangshalle setzte sie die schwarze Maske ab und sah ihn flehend an. Erneut wallte heiße Wut in ihm auf. Diese blaßgrünen Seen der Unschuld, würden ihn sofort wieder in ihren Bann ziehen, wenn er auch nur einen Augenblick nachgab.

»Nach oben!« bellte er.

Meg tauchte hinter dem Gelände auf. Sie war überrascht, daß der Herr zu Hause war und daß er obendrein noch die schwärzeste irische Laune zu haben schien, die sie je an ihm erlebt hatte. »Geh ins Bett«, wies er sie an, und sie flüchtete und war froh, daß er seinen Zorn nicht an ihr ausließ.

Sabre ging zweimal in die Knie, als sie die Wendeltreppe erklomm. Sie hörte sich selbst schluchzen. »Bitte ... Shane ... hör mir zu ... ich schwöre, ich habe nur zugesehen ...«

Ihr Flehen war ihm vollkommen gleichgültig, doch daß er ihre Worte einfach nicht zur Kenntnis nahm, weckte ihren Widerstandsgeist. Sie würde die Sache mit ihm ausfechten. Sie würde nicht zulassen, daß er sie schlug. Sie machte einen Satz, als er die Eichentür hinter sich zuwarf und verriegelte.

Er sah sich in seinem Schlafzimmer um und entdeckte all die teuren Kleider, die sie in herrlicher Unordnung hatte herumliegen lassen. Als er sich ihr näherte, reckte sie trotzig das Kinn und sah ihm geradewegs ins Gesicht. Er schob seine beiden starken braunen Hände in den Ausschnitt ihres Kleides und zerrte es hinab bis an den Saum. »Ich glaube, ich habe diese Hurenkleider gekauft, in denen du herumspazierst.« Wie sie nur noch in ihren gewagten schwarzen Dessous dastand, hätte sie sogar einen Heiligen in Versuchung geführt. Plötzlich ertrug er den Gedanken nicht, daß irgendein brünstiger Kerl mit ein paar Münzen in der Tasche mit ihr geschlafen hatte. Sie war eine verlogene, betrügerische Hündin mit einem üppigen, reifen Körper. Er würde sie vögeln, bis sie daran zugrunde ging!

Gewaltsam zerrte er an ihrem schwarzen Unterrock und ihrem Hemd, bis ihm ihre schweren Brüste entgegensprangen. Ihr kupferfarbenes Haar fiel herab, bis es sich mit den Locken zwischen ihren Schenkeln mischte. Sie stand zitternd vor ihm, mit nichts als den schwarzen Seidenstrümpfen am Leib. Sie sah, wie sich seine Wut mit unkontrollierbarer Lust zu einer tödlichen Kraft vermischte, und plötzlich wußte sie, daß er die schlimmste männliche Strafe über sie verhängen würde. Er würde sie vergewaltigen!

Eilig zog er seinen Umhang aus und legte sämtliche Waffen ab – das Schwert, die Dolche und das gefährliche Messer, das in seinem Stiefel steckte. Dann entledigte er sich seines Wamses, seines Hemdes und seiner Hose. »Schaff dich ins Bett«, knurrte er.

Sie wandte sich zur Flucht, aber er packte sie an ihrem herrlichen Schopf und zerrte sie zurück. Seine Hände waren brutal, und sie spürte, daß sie erneut in Panik ausbrach. Er machte einen Satz und packte sie bei den Knöcheln. Es waren dieselben Bewegungen wie in dem Liebestanz, den sie gesehen hatte. »Shane ... bitte ... nicht!« bettelte sie.

Er tobte vor Zorn. Wie oft hatte er sich danach gesehnt, daß sie ihn so nannte! Wie sehr hatte er es sich gewünscht, seinen Namen von ihren Lippen zu kosten.

Er warf sie auf das Bett und legte sie übers Knie. Dann hob er in unkontrollierbarer Wut die Hand und schlug ihr krachend aufs Hinterteil.

»Du verdammtes Schwein!« brüllte sie.

»Ich werde dir eine Lektion erteilen, die du nie im Leben vergessen wirst ... Ich werde dir zeigen, wer dein Herr und Meister ist«, knurrte er. Er schlug weiter auf ihren prächtigen Hintern ein, aber ihre heftigen Proteste und der Anblick ihres üppigen Körpers, der sich unter ihm wand, steigerte sein Verlangen nach ihr zu einem Mahlstrom der Lust, den zu beherrschen er nicht mehr in der Lage war.

Hastig warf er sie auf den Rücken und drückte sie in die gefederte Matratze. Trotz ihrer Gegenwehr und ihrer empörten Schreie gelang es ihm, sie zu besiegen, und dann schob er sich in ihre jungfräuliche Öffnung hinein, bis sein Dolch fest in der Scheide saß. Als Sabre schrie, spürte er auf einmal die Barriere, spürte, wie sie riß, aber es war zu spät. Er zog sich sofort aus ihr zurück, über alle Maßen von seiner eigenen Schandtat schockiert. Nicht nur, daß er sie entjungfert hatte, er hatte es brutal getan, hatte sie beide beschmutzt, und er verspürte auf einmal heiße Scham. Mit schmerzlicher Zärtlichkeit zog er sie an sich und preßte sie an sein Herz. Mit größter Sanftheit wischte er das Blut von ihren Schenkeln, und sie hörte, wie er murmelte: »Möge Gott mir verzeihen, möge Gott mir verzeihen.«

Es zerriß ihr das Herz, daß es tatsächlich so weit gekommen war. Sie konnte die Tränen nicht zurückhalten, die wie winzige silbrige Bäche des Schmerzes über ihre Wangen rannen. Als sie zu schluchzen begann, wiegte er sie sanft hin und her, bis ihre Tränen schließlich versiegten. Ihr Schmerz traf ihn wie ein Dolchstoß mitten ins Herz.

Dann löste sie sich mit größtmöglicher weiblicher Würde von ihm und sagte leise: »Bitte rührt mich nicht an.«

»Sabre, mein Liebling, ich muß dich berühren ... ich muß es besser machen.«

»Das wird Euch niemals gelingen. Bitte ... bringt mich nach Greenwich zurück.«

»Nein! So kann ich dich nicht gehen lassen. Ich habe dich vergewaltigt«, sagte er voller Schmerz und Verachtung für sich selbst. »Ich will nicht, daß du denkst, daß es immer so ist zwischen Mann und Frau.«

Sie versuchte aufzustehen, aber ihre Bewegungen waren so langsam, als hätte er sie so stark verwundet, daß sie bei der geringsten Berührung zusammenbrechen würde. Da er ihr Leid nicht ertrug, nahm er sie erneut in die Arme, zog sie an sein Herz und murmelte Worte der Liebe in ihr Ohr. Sabre war vollkommen erschöpft von der erlebten Pein und hatte einfach nicht mehr die Kraft, sich gegen seine Stärke zu wehren.

Er legte sie sanft bäuchlings auf das Bett und flüsterte: »Ich werde all den Schmerz fortküssen, mein Liebling.« Sein Mund wanderte ihre Beine hinauf über ihr Hinterteil, bis seine sinnlichen Lippen schließlich ihren Rücken erreichten. Ihr Körper wurde von einer Wärme erfüllt, die die Gewalt und den Schmerz der letzten Stunde verblassen ließ. Er schob ihre seidigen Haare zur Seite und vergrub das Gesicht an ihrem Hals. Als sie vor Verlangen ermattete, drehte er sie sanft um, und sein Mund begann eine langsame, verführerische Reise ihren Leib hinab. Es war unglaublich. Er nahm ihr den Schmerz auf eine Art, die sie selbst im Traum nicht für möglich gehalten hätte. Seine Zunge badete ihre Brüste und ihren Bauch und bahnte sich dann einen Weg in ihr Innerstes.

»Letztes Mal hat es dir gefallen«, murmelte er, als er ihre Beine spreizte und mit der Zunge über das rosafarbene Fleisch glitt, ehe er das empfindsame Juwel ihrer Weiblichkeit liebkoste. Zärtliche Erleichterung wallte in ihm auf, als er hörte, wie sie selig zu stöhnen begann. Die nächsten zwei Stunden verbrachte er damit, ihr das Gefühl zu geben, in Sicherheit geliebt und begehrt zu sein. »Meine liebste Sabre, ich werde dir nie wieder weh tun«, schwor er ihr. »Aber nun, da ich dich zu meiner Frau gemacht habe, werde ich deine Bitte erfüllen und dich nach Greenwich bringen.«

11. Kapitel

Glücklicherweise hatte Sabre keine Zeit mehr, sich über ihren Schmerz Gedanken zu machen oder ihren Haß auf Shane zu vertiefen, denn noch vor Anbruch der Dämmerung betrat Kate Ashford ihr winziges Zimmer und teilte ihr mit, daß noch am selben Tag der Umzug nach Windsor vorgesehen war.

»Die Königin verläßt einfach ihre Gemächer in Greenwich, spaziert in ihre Gemächer in Windsor, und alles liegt dort für sie bereit. Sie hat nicht die leiseste Ahnung, wieviel Arbeit das alles macht. Du mußt sofort deine Sachen packen, und dann mußt du dich um meine Sachen kümmern. Gott sei Dank habe ich ihre gesamten Kleider mit Lavendel und Kampfer gegen Motten und Moder geschützt, aber sie müssen trotzdem gut gelüftet werden, ehe sie ihren kostbaren Körper berühren. Sie hat mir eine zwei Meter lange Liste gegeben, auf der sie Dinge notiert hatte, ohne die sie unmöglich zurechtkommen kann, und ich war die ganze Nacht mit Packen beschäftigt – während du unterwegs warst, um dich zu amüsieren.«

Sabre erbleichte und rang mit den Tränen, doch dann fing sie plötzlich an zu lachen. »Oh, Kate, du hast das Geschick, eine Tragödie in eine Farce zu verwandeln.« Sie sah das mit ihren Kleidern übersäte Schlafzimmer in Thames View vor sich. Sie sah sich selbst, wie sie, nur mit schwarzen Seidenstrümpfen bekleidet, trotzig vor ihrem Ehemann stand, und zum erstenmal wurde ihr klar, daß sich hinter seiner rasenden Wut ein tiefer Schmerz verbarg. Allein der Verdacht, sie könnte mit einem anderen Mann geschlafen haben, hatte ihn fast in den Wahnsinn getrieben. Auf jeden Fall hatte ihr seine Reaktion die Tiefe seiner Gefühle für sie verraten. Es würde einfach sein, ihn dazu zu bringen, sie zu lieben. Und sobald sie das geschafft hatte, würde sie ihn an sich binden, bis er vor Verlangen nach ihr verging. Ihre Mundwinkel verzogen sich zu einem verstohlenen Lächeln, als sie an ihre nächste Begegnung dachte.

Nachdem Shane Sabre noch vor Anbruch der Dämmerung nach Greenwich gebracht hatte, war er alles andere als gut gelaunt. Wegen der eiligen Reise nach Irland hatte er seit Tagen nicht mehr geschlafen. Er hatte die Nase voll von der Welt im allgemeinen, aber ganz besonders von sich selbst. Sein sechster Sinn verriet ihm, daß ihm jemand auf den Fersen war. Zu schade für den armen Kerl, der sich ausgerechnet diese Nacht ausgesucht hatte, in der ihn seine schlechte Laune über alle Maßen gefährlich werden ließ. Die durch jahrelange Übung erworbenen Reflexe funktionierten auch jetzt. Er sprang die Stufen zur Themse hinab und preßte sich an die nassen, tropfenden Steine der Mauer, um auf sein Opfer zu warten. Nach wenigen Sekunden hatte er den Kerl bei der Kehle gepackt und ihm den Daumen gegen den Kehlkopf gedrückt. Dann drehte er ihm den Arm auf den Rücken, so daß sein Verfolger vollkommen bewegungsunfähig war. Shanes Stimme war tödlich leise, als er murmelte: »Allmählich wird es ein bißchen lästig. Ich fürchte, es ist an der Zeit für eine kleine, aber unvergeßliche Lektion. In wessen Auftrag verfolgst du mich?«

Der Mann sagte nichts, aber als Shane ihm seinen Daumen noch etwas weiter gegen die Luftröhre drückte, roch er geradezu seine Angst. »Für wen arbeitest du?« wiederholte er und lockerte den Druck seines Fingers nur so weit, daß der Mann sprechen konnte.

»W-Walsingham«, krächzte er.

Shane bog die Finger des Armes, den er dem Kerl auf den Rücken gedreht hatte, soweit nach hinten, daß sie krachten und der Mann vor Schmerzen schrie, ehe er die Treppe hinauf in die Dunkelheit flüchtete.

So, dachte Shane, sie hatten ihn also im Verdacht. Doch dann verzog sich sein Mund zu einem Grinsen, und seine Zähne blitzten in der Dunkelheit, denn er wußte genau, wenn sie auch nur einen einzigen Beweis gegen ihn hätten, hätte man ihn schon längst in den Tower geschafft.

Sabre wies die beiden Pagen an, Lady Ashfords Gepäck zu verladen, und dann eilte sie in ihr eigenes Zimmer, um ihre eigene Truhe zu packen. Beim Betreten des Raumes fiel ihr Blick sofort auf den wunderbar verzierten Schmuckkasten, der auf ihrem Kissen lag, sowie auf einen Brief, der mit Wachs versiegelt war und das Wappen eines Falken trug. Ihre Augen blitzten zufrieden auf, als sie die Schatulle öffnete und eine mit Türkisen besetzte Jadekette entdeckte, die derjenigen, die sie sich von der Königin geborgt hatte, zum Verwechseln ähnlich sah.

> Meine liebste Sabre, Du bist schöner als jede Königin, und ich möchte Dir die Juwelen geben, die Deiner Schönheit würdig sind.
>
> Shane.

Sie faltete den Brief, der fast einem Verrat gleichkam, zusammen und schob ihn in die Schatulle.

Auf Windsor Castle bekam sie in der Nähe von Lady Ashfords Gemächern ein ähnlich winziges Zimmer wie in Greenwich, und dort fand sie eine weitere Nachricht vor. Sie brach das wächserne Siegel mit dem Daumennagel auf und überflog es eilig, was dort geschrieben stand:

> Meine liebste Sabre, in den Stallungen hält mein Stallbursche Alex ein Geschenk für Dich bereit. Ich möchte nicht, daß die Königin ein schöneres Pferd besitzt als Du, mein Schatz.
>
> Shane.

Sie mußte mehrere Stunden neben Kate in der Garderobe arbeiten, ehe sie Zeit fand, ihr neues Geschenk zu begutachten. Als sie Hawkhursts Stallburschen fand, zeigte er ihr eine kleine, milchweiße Araberstute und einen extra angefertigten silberschwarzen Sattel mit dem passenden Zaumzeug dazu. Sabbat stand sicher in den Ställen von Thames View, und sie hatte ganz vergessen, daß sie für die Jagdveranstaltungen, die die Königin fast täglich auf dem riesigen Gelände von Windsor abhielt, ein Pferd brauchen würde.

Sie streichelte ehrfürchtig die weichen Nüstern des Tieres und dachte, daß ein Araberpferd mehr kostete, als die meisten Menschen jemals besaßen. »Du bist so schön«, summte sie. »Ich werde dich Jasmin nennen.« Es war einfach unglaublich – eines der Reitkleider, die sie sich hatte machen lassen, paßte haargenau zu dem Schwarz und Weiß von Tier und Sattel. Woher hatte er das nur gewußt? Lord Devonport schien mehr über sie zu wissen als sie über ihn. Das mußte sie auf der Stelle ändern. Wohin gingen er und der geheimnisvolle Baron, wenn sie um Mitternacht das Haus verließen? Sie verdächtigte ihn bereits krimineller Machenschaften wie Piraterie und Schmuggel, und wenn sie jetzt darüber nachdachte, war das bestimmt noch nicht alles, was er so trieb. Je eher sie nach Thames View zog, um so schneller würde sie gewiß ein paar Dinge über ihn herausfinden.

Neben ihrer Arbeit für Kate brauchte sie noch Zeit, um ihre Kostüme für den Maskenball zum Geburtstag der Königin zu vervollkommnen. Sie brauchte ein Kostüm für den frühen Abend, wenn man sie noch erkennen konnte, und ein schockierendes Kostüm für später, wenn niemand mehr sah, wer sie war. Am nächsten Morgen tauchte sie früh in der Garderobe auf und stellte fest, daß die Ankleidezeremonie der Königin noch nicht beendet war. Ihre Beine wurden wachsweich, als sie Elizabeths wütende Tiraden vernahm.

Lady Catherine Grey war in Ohnmacht gefallen, nachdem sie fünf verschiedene Kleider hatte hochhalten müssen, zwischen denen Ihre Majestät sich entscheiden wollte. Elizabeth kniff ihre schwarzen Knopfaugen gefährlich zusammen, als ihr Blick auf die junge Zofe fiel.

»Du verschlagene, unverschämte kleine Hure! Wie kannst du es wagen, mit der Frucht deiner Lust im Bauch vor mich zu treten?« brüllte sie.

Lady Blanche Parry, die älteste und loyalste der Hofdamen, versuchte die Königin zu beruhigen. »Allergnädigste Majestät, Ihr wißt, wie leicht solche Dinge passieren.«

»Leicht?« kreischte die Königin und raufte sich die Haare. »Für eine Hure ist es vielleicht leicht! Aber dieses Weibsbild sollte eigentlich eine tugendhafte junge Dame sein!« Elizabeth marschierte zu der unglücklichen Catherine Grey hinüber und begann sie auszuziehen, ohne auf das Schluchzen und Flehen des Mädchens zu achten. »Was hast du schon zu fürchten, wenn du dich tadellos benommen hast?«

Es war nicht zu übersehen, daß das Mädchen hochschwanger war. Catherine Grey sank auf die Knie und flüsterte: »Eure Majestät, ich bin verheiratet.«

»Du Schlampe! Das wagst du mir zu sagen? Verheiratet? Das macht die Sache nur noch schlimmer. Welches Recht hattest du, ohne meine Zustimmung zu heiraten? Das hast du absichtlich gemacht, um mir meinen Geburtstag zu verderben!« Das Gesicht der Königin war rot vor Wut und Eifersucht. »Seinen Namen, Mistress«, befahl die Königin mit einer Stimme, die keine Ausflüchte duldete.

»Lord Hertford«, wisperte Lady Grey so ängstlich wie ein Reh in der Falle, dem sich die Hunde nähern.

Elizabeth starrte sämtliche Anwesenden an. »Ihr habt Euch also verschworen, um mir dieses Geheimnis vorzuenthalten. Wachen! Wachen! Begleitet Lady Catherine Grey in den Tower, und nehmt noch heute Lord Hertford fest!«

Die schluchzende junge Frau mußte hinausgetragen werden, und die Ankleidezeremonie wurde in eisigem Schweigen fortgesetzt. Als Kate und Sabre endlich allein waren, um das Chaos in der Garderobe zu lichten, flüsterte Sabre. »Ist sie verrückt?«

Kate spitzte die Lippen und antwortete kaum hörbar: »Wenn es um das Thema Ehe geht, ja. Ich fürchte, der Tod ihrer Mutter hat eine krankhafte Abneigung gegen die Ehe in ihr geweckt.«

Sabre griff sich an die Kehle. Falls die Königin jemals erfuhr, daß sie mit dem Gott der Meere verheiratet war, was würde dann mit ihr geschehen? Sie schwor sich, hier am Hof unter den Augen der Königin keinen Kontakt zu ihm zu pflegen.

Blanche Parry kam in die Garderobe zurück, um einen pelzbesetzten Umhang zu holen. Sie sah Kate wissend an und sagte: »Du weißt, warum sie so reagiert hat, nicht wahr? Sie wird morgen dreiundfünfzig und weiß, daß sie zu alt ist, um noch ein Kind zu bekommen.«

»Werden die Geburtstagsfeierlichkeiten abgesagt?« fragte Sabre.

»Um Gottes willen, nein, mein Kind. Ihre Launen ändern sich so oft wie der Wind. Ein Kuß von Essex wird sie sofort besänftigen.«

Hawkhurst ging in dieser Nacht doppelt sicher, daß niemand ihm folgte, als er die Threadneedle Street aufsuchte. O'Neill stapfte in seinem Zimmer wie ein gefangener Löwe herum. Shane hatte gewußt, daß es schwer werden würde, ihn im Haus zu halten, wenn die verlockende Stadt London direkt zu seinen Füßen lag. Sein Vater sah ihn mit brennenden Augen an. »Du hast mir garnicht erzählt, daß du jetzt Lord Devonport bist.«

»Wie ich sehe, habt Ihr nicht gerade viel Zeit verstreichen lassen, ehe Ihr die neuesten Nachrichten eingeholt habt«, bemerkte Shane, der sich insgeheim vor der nächsten Frage fürchtete.

»Wie geht es Georgiana?« fragte O'Neill.

»Sie trauert immer noch«, erwiderte Shane und hoffte inständig, daß sein Vater nicht herausfinden würde, daß sie nur vierzig Meilen von ihm entfernt auf Hawkhurst lebte.

Plötzlich wechselte O'Neill das Thema. »Ich werde nicht länger auf das Gespräch mit der Königin warten«, sagte er frei heraus.

Shane, der überrascht war, wie lange sein Vater sich geduldet hatte, nickte. »Das braucht Ihr auch nicht. Morgen abend findet ihrem Geburtstag zu Ehren ein Maskenball statt. Ihr könnt Euch verkleiden und Euch Bess im geeigneten Moment zu erkennen geben. Ich habe das vollste Vertrauen, daß es Euch mit Eurem Charme gelingen wird, die Situation zu meistern. Aber Ihr werdet ein Geschenk für sie brauchen«, dachte Shane laut.

»Ich habe ein Geschenk – ein Geschenk, das keine Frau ablehnen kann«, sagte sein Vater voller Arroganz, und Shane kniff die Augen zusammen, als er daran dachte, daß auch seine eigene Mutter dieses ›Geschenk‹ nicht hatte ablehnen können. Jetzt war er derjenige, der das Thema wechselte. »Wenn der Kronrat sieht, daß Ihr mit der Königin auf vertrautem Fuß steht, wird er sich wahrscheinlich noch nicht einmal die Mühe machen, ihr den Haftbefehl von Bagenol zur Unterschrift vorzulegen.«

»Laß dich morgen abend nicht mit mir sehen«, riet O'Neill, und Shane sah ihn fragend an. Es war untypisch für seinen Vater, sich um seine Sicherheit Gedanken zu machen, also hatte er bestimmt ein anderes Motiv. Dann grinste er. »Keine Angst, ich habe andere Dinge zu tun. Ihr seid also auf Euch allein gestellt, bis Ihr eine sichere Rückkehr nach Irland wünscht.«

Der siebenundzwanzigste September begann mit einer herrlichen Morgendämmerung. Elizabeth betrachtete dies als ihr gottgegebenes Recht, aber trotzdem freute sie sich über das schöne Wetter, das eine anregende Jagd für sie und ihren Hofstaat garantieren würde.

Bei der morgendlichen Ankleidezeremonie sah Sabre voller Überraschung, daß sich die Königin für ein reich verziertes rotes Brokatkleid und für so viele Juwelen entschied, daß selbst ein Elefant unter der Last zusammengebrochen wäre. Als Elizabeth schließlich frühstücken ging, lachte Kate über Sabres Unwissenheit. »Sie geht immer mit sämtlichen Insignien auf die Jagd, als wäre es ein Ball. Sie trägt nie Reitkostüme. Du hast ja sicher bemerkt, daß ich sie zwischen drei verschiedenen roten Kleidern habe wählen lassen. Dieser Wahnsinn hat durchaus Methode ... das Blut vom Schlachten der Tiere spritzt immer wild herum, und auf diese Weise sieht es nicht so aus, als hätte sie selbst sie alle geschlachtet. Außerdem ist es nicht allzu schlimm, wenn wir hinterher nicht alle Blutflecken rauskriegen.«

Sabre erschauderte. »Aber sie tötet die Tiere doch nicht selbst, oder?«

»Ha! Und ob. Sobald das Tier niedergestreckt ist, ist sie mit dem Messer zur Stelle, um ihm die Kehle aufzuschlitzen und ihm die Ohren abzuschneiden, die sie dann ihren Günstlingen schenkt!«

Dann halte ich mich am besten fern von ihr, dachte Sabre, während sie in ihr Zimmer eilte, um das wunderbare, weiße Samtkleid mit der zarten schwarzen Seidenweste anzuziehen, denn niemand durfte am Geburtstag der Königin der Jagd fernbleiben.

Der Hawkhurstsche Stallbursche hatte ihr Pferd schon gesattelt, als sie in den Stall gehetzt kam. Die Hauptgruppe mit Elizabeth und ihren Höflingen war bereits vor einer halben Stunde aufgebrochen, und sie ritten in schnellem Tempo zu den Jagdgründen im Wald. Die cremefarbene Araberstute tänzelte nervös herum, so daß Sabre beruhigend summte und ihr besänftigend über die Flanke strich, ehe sie aufsaß. Das Pferd zitterte unter ihrer Hand, doch dann schien sich das Tier zu beruhigen.

Hawkhurst hatte sie schon überall gesucht. Er war hin und zurück geritten, bis er sie endlich sah. In ihrer weißen Samtkleidung und mit den durch die schwarze Seidenweste betonten festen, vollen Brüsten bot sie auf dem weißen Pferd einen herrlichen Anblick. Auf ihrem kupferfarbenen Haar saß ein kesser kleiner Hut mit einer Straußenfeder, die ihr verwegen über die Wange strich. Könnte er sie doch nur für sich alleine haben und mit ihr über seine eigenen Güter reiten statt inmitten dieses königlichen Mobs!

Er suchte ihren Blick, suchte nach einem Zeichen der Vergebung, aber sie reckte trotzig das Kinn empor und sah ihn höchst ungnädig an.

»Sabre, du raubst mir den Atem«, stellte er fest.

»Wenn Ihr Euch nicht von mir fernhaltet, wird mir das den Atem rauben … und zwar endgültig, da die Königin mich dann in den Tower sperren wird.«

In diesem Augenblick kam Essex, ganz in weißen Satin gekleidet, auf die Lichtung gestürmt, und die Araberstute machte einen erschreckten Satz. Beide Männer saßen sofort ab und packten die Zügel des nervösen, jungen Tieres. Sie verhinderten auf diese Weise, daß Sabre vom Pferd stürzte, aber sie war wütend, daß die Männer sie überhaupt erst gesucht hatten. »Könnt Ihr Euren verdammten Hengst nicht etwas besser zügeln?« fragte sie Essex, und wie immer bekam sie eine anzügliche Antwort von ihm. »Er erkennt eine gute Stute, wenn er sie sieht. Genau wie ich ist er allzeit bereit, dem schönen Geschlecht zu Diensten zu stehen.«

In diesem Augenblick kam ein königlicher Page herangeritten, dessen Pferd vor Anstrengung schwitzte. »Mylord Essex, Mylord Devonport, die Königin will wissen, wo Ihr seid, und befiehlt, daß Ihr beide sofort zu ihr kommt.«

Beide ließen nur ungern das Zaumzeug von Sabres Araberstute los und versuchten, einander zum Nachgeben zu zwingen. Schließlich knurrte Hawkhurst: »Du bist ihr verdammter Oberstallmeister, also geh du!«

»Bitte, geht beide, ich flehe Euch an. Wißt Ihr denn nicht, daß Lord Hertford und Lady Catherine Grey im Tower sitzen, weil sie einander entgegen dem Gesetz fleischlich zugetan waren? Ich bitte Euch, lenkt nicht den Blick der Königin auf mich!«

Essex und Devonport sahen einander an, und dann brachen sie in lautstarkes Gelächter aus. Essex sagte: »Mistress Wilde, Ihr sitzt ganz in weißen Samt gehüllt auf einer weißen Araberstute und wollt uns beschuldigen, die Aufmerksamkeit auf Euch zu lenken?«

Auch Shane bedachte sie mit einem kritischen Blick. »Du kleines Luder, wenn du nicht im Mittelpunkt des allgemeinen Interesses stehen könntest, würdest du gar nicht erst mitspielen! Komm, Robin, laß uns um die Wette reiten.«

Sabres Mund verzog sich zu einem hübschen Lächeln. Wie gut er sie doch kannte! Und heute abend auf dem Maskenball würde sie erst recht die allgemeine Aufmerksamkeit genießen, und der ganze Hof würde von ihr sprechen, wenn sie der Königin die Schau stahl. Sie konnte es kaum erwarten.

Noch nie im Leben hatte sich Sabre so oft umgezogen. Sie vertauschte eilig das weiße Samtkostüm gegen ein blaßblaues Tageskleid und rannte geradezu in die Garderobe der Königin. Sie würden fast zwei Stunden brauchen, um ihr ihre Jagdgarderobe auszuziehen und sie mit einer frischen Perücke, neuem Make-up und dem teuren, mit Juwelen und Halbedelsteinen übersäten Kostüm zu versehen. Es war eine herrliche Kreation, mit schmaler Taille und mit weit schwingenden Röcken, aus edlem Goldstoff gefertigt, und stellte die Sonne dar. Die Ärmel waren geschlitzt und rosettenförmig mit Topasen bestickt.

Die Luft war erfüllt von der Aufregung über den bevorstehenden Ball und hallte wider von den Stimmen der Hofdamen, die Elizabeth mit ehrlichen und geheuchelten Komplimenten geradezu überschütteten. Sabre hielt sich dezent im Hintergrund und rümpfte die Nase ob des Gedränges in dem engen Ankleideraum. Es entsetzte sie, daß die Königin nach der anstrengenden Jagd nicht einmal badete. Als die Comtess von Warwick nach Rosenblüten duftendes Badewasser brachte, wusch sich Bess lediglich das Blut von den Händen, und dann hielt sie die Arme hoch, um sich die Ärmel des goldfarbenen Unterkleides überstreifen zu lassen. Als Kate Sabre das blutbesudelte rote Kleid reichte, zeigte sie verstohlen auf die Flecken, die die Eingeweide des Hirsches auf dem Rock hinterlassen hatten, und Sabre spürte, wie ihr der Haß die Kehle zuzuschnüren begann. Dies also war ihre Rivalin um die Gunst ihres Ehemannes; nun, selbst die Sonne ließ sich in den Schatten stellen!

Der Bankettsaal von Windsor faßte doppelt so viele Menschen wie der Festsaal des Palastes von Greenwich. Unzählige Bedienstete schwankten unter Platten mit ganzen Zicklein, die mit Fleischpastete, Schwänen, Wildbret, Hechten, Kapaunen und wilden Enten gefüllt waren, und zu jedem Fisch oder Geflügel gab es reichhaltige Saucen in Moschus, Safran und Ambra. Das Geburtstagskonfekt war aus Zuckerwatte und Marzipan, und es gab alle in England erhältlichen Weine einschließlich Alicante, Rheinwein, Muskadet und Charneco.

Die Königin trank Bier wie die Männer, aber sie behielt einen klareren Kopf als die meisten ihrer Höflinge. Musik und Tanz gab es in der königlichen Galerie, die sie während der ersten Jahre ihrer Regentschaft extra hatte bauen lassen.

Die meisten Damen und Herren hatten sich die Kostüme und den Schmuck für das Geburtstagsfest einiges kosten lassen. Die Männer waren als Piraten, Flottenadmiräle, Araber, Prinzen, Könige, Minnesänger, Hofnarren, historische Persönlichkeiten oder Wegelagerer verkleidet, und der berüchtigte »Schwarze Schatten« tauchte mindestens dreimal auf. Unter den Damen befanden sich zahlreiche Milchmädchen, Schäferinnen, Engel, Feen und Prinzessinnen, wobei allerdings keine von ihnen so verrückt gewesen war, als Königin zu erscheinen.

Sabres Kostüm stellte den Frühling dar. Es war aus zartem, blaßgrünem Stoff mit veilchenblauen Bordüren. Ihre Brüste waren mit Blumenblüten bedeckt und ihre Maske hatte die Form eines schwalbenschwänzigen, pastellfarbenen Schmetterlings. Ihr Herz klopfte wie wild, als sie sich im Schutz ihrer Maske nach Hawkhurst umsah.

Sie erkannten einander im gleichen Moment. Er hatte es vorgezogen, kein Kostüm zu tragen, aber seine Kleider hatten ein leuchtendes, silberdurchwirktes Mitternachtsblau und wiesen diamantene Knöpfe auf. Er hatte sich dazu herabgelassen, mindestens eine Maske zu tragen, und seine Augen glitzerten durch die schmalen Schlitze hindurch.

Sabre wandte ihm sofort den Rücken zu, und das hatte genau die von ihr gewünschte Wirkung. Seine Hände umfaßten von hinten ihre Schultern, und er drehte sie zu sich um. »Sabre, du bist das Hübscheste, was ich je gesehen habe. Dein Kostüm gefällt mir außerordentlich gut.«

»Ich strebe ständig nach Zurückhaltung, Mylord, und Eure Billigung meines Aufzugs ist von größter Bedeutung für mich«, stellte sie ironisch fest. »Es wäre bedauerlich, falls Ihr mit mir zu tanzen wünscht, denn ich bin bereits vergeben.« Sie machte kehrt und verschwand in der Menge.

Er stand da wie vom Donner gerührt, denn er hatte ein Geschenk dabei, das er extra für sie hatte fertigen lassen. Angesichts der eben erlittenen Abfuhr knirschte er mit den Zähnen und beschloß, sich die Zeit zu vertreiben, indem er sich nach O'Neill umsah.

Um Punkt elf würde die Königin ihren Platz am Kopfende des Tisches auf dem Podium einnehmen, und diejenigen, die sie mit einem besonderen Geschenk zu erfreuen wünschten, würden ihr dieses einzeln überreichen. Bis elf würde Elizabeth keinen einzigen Tanz auslassen, und die jungen Männer drängten sich nach dieser Ehre. Wie gewöhnlich tanzte der Earl of Essex, der passend zu ihrem Kostüm ebenfalls goldene Kleider trug, nicht, aber er ließ sie nicht aus den Augen, und ihre Partner brachten sie nach jeder Gavotte oder jeder Pavane ordnungsgemäß zu ihm zurück. Schließlich brach er seinen eigenen Grundsatz der tänzerischen Enthaltsamkeit und führte die Königin auf das Parkett, um endlich mit ihr über ein Thema zu sprechen, das ihn nicht zur Ruhe kommen ließ.

»Ich habe ein Gerücht vernommen, das ich nicht billigen kann, Königin meines Herzens.«

Sein schmollender Gesichtsausdruck verriet ihr, daß er mit irgend etwas unzufrieden war.

»Diesem Gerücht zufolge wollt Ihr den alten Lord der Admiralität zum Earl of Nottingham machen.«

»Das ist kein Gerücht, sondern eine Tatsache. Er hat mir jahrelang treue Dienste geleistet, seine Gesundheit ist nicht die allerbeste, und ich habe die Absicht, ihm diese Ehre zuteil werden zu lassen, ehe er von uns geht.«

»Madame, ist Euch klar, daß er dann noch vor mir ins Parlament einziehen wird?« fragte er anmaßend.

Sie kniff die Augen zusammen, aber ihre Füße machten keinen falschen Schritt. »Ich möchte, daß Ihr wißt, daß ich, die ich Euch zu dem gemacht habe, was Ihr seid, Euch Eurer bevorzugten Position jederzeit entheben kann.«

Ob dieser Beleidigung blitzten seine Augen wütend auf. »Belohnungen für die anderen, Drohungen für mich«, zischte er.

»Ich will, daß Ihr wißt, daß dieser Hof eine Herrin hat, aber keinen Herrn!« schrie sie, ohne sich darum zu kümmern, daß alle anderen es mitbekamen.

Seine Stimme wurde einschmeichelnd. »Wenn ich der Earl Marshal von England wäre, säße ich als erster im Parlament.«

Sie preßte die Lippen zu einer harten Linie zusammen und sagte: »Ich möchte Euch daran erinnern, daß Eure Königin sich nicht dazu drängen läßt, einem jungen Draufgänger jeden Wunsch zu erfüllen!«

Er machte eine steife Verbeugung und ließ sie mitten auf der Tanzfläche stehen. Plötzlich senkte sich eine tiefe, besänftigende Stimme über sie. »Mädchen, du bist immer noch so hübsch wie früher ... immer noch eine junge Frau.«

Elizabeth drehte sich verblüfft, aber dankbar zu dem Hünen um, der über ihr zu thronen schien. Er setzte die Maske ab und sah ihr tief in die schwarzen Augen.

»Tyrone!« Sie benutzte den Titel, den sie ihm einst verliehen hatte, und fügte dann den Kosenamen hinzu, den sie ihm einst zuteil werden ließ: »Mein Monster aus dem Norden!«

Sie hatte sich immer auf Leicester gestützt, aber da der weit weg war, in Holland, und Essex immer verdrießlicher wurde, brauchte sie unbedingt einen starken Mann, an dessen Schulter sie sich wenigstens vorübergehend lehnen konnte. Wer war da besser als ein älterer Mann, der in ihr immer noch das junge Mädchen sah? »Würdet Ihr gern tanzen?«

»Nein, Mädchen, ich bin ein alter Mann im Vergleich zu dir. Komm, setz dich ein bißchen zu mir.«

»Lügnerischer Ire!« tadelte sie ihn, nahm aber seine Hand und führte ihn zum Podium am Ende des Saals. Dann schickte sie einen Pagen nach Bier und Marzipan. »Was hast du mir anläßlich meines Geburtstags mitgebracht?« fragte sie und klimperte mit den Augendeckeln.

Er beugte sich über sie und flüsterte: »Informationen, Mädchen. Neuigkeiten von deinen Feinden, die wertvoller sind als irgendwelcher Schnickschnack. Aber ich werde bis morgen warten. Ich werde dir diesen Abend nicht verderben, Bessie.« Seine sanfte, irische Stimme lullte sie ein, liebkoste sie, und unter ihren Röcken griff er nach einer ihrer schönen, schlanken Hände.

Shane war zunächst ein wenig verwundert, als er O'Neill so vertraulich neben der Königin sitzen sah, doch dann grinste er.

Wir Iren haben nichts übrig für hohle Schmeicheleien, und doch sind wir Meister darin. O'Neill würde die alte Königin problemlos davon überzeugen, daß sie jung und stark war, und dabei würde er ihre Schwachstellen herausfinden, um sie zu seinem Vorteil zu nutzen.

Die Musiker spielten zu einer Sarabande auf, bei der Männer und Frauen einander in den Armen hielten. Die Königin war vergessen, als er erneut nach Sabre Ausschau hielt.

»Mylord Devonport, ich wage es nicht. Dieser Tanz ist dazu angetan, die Lust zu wecken«, sagte sie mit einem unschuldigen Augenaufschlag.

Er hielt ihren Blick fest. »Sabre, du würdest alles wagen. Du erzählst mir, ich soll zur Hölle fahren, du tanzt der Königin auf der Nase herum, und du würdest sogar dem Teufel sagen, daß er dich mal kreuzweise kann.« Er zog eine Samtschatulle aus seinem Wams und drückte sie ihr in die Hand. Das Kästchen enthielt ein mit Diamanten besetztes Goldarmband. Auf der Innenseite war etwas eingraviert: *Kannst du mir verzeihen?* Sie streifte es auf ihren Arm und entdeckte dann noch den passenden Diamantring dazu. Als sie ihn ins Licht hielt, sah sie auch in ihm eine winzige Gravur: *Kannst du mich lieben?* Sie sah ihn lange an, unsicher, ob sie sein Geschenk annehmen oder zurückweisen sollte, und ihr Herz schlug ihr bis zum Hals.

Zur Hölle mit diesem Kerl, dachte sie, er hat die Fähigkeit, daß eine Frau alle Vorsätze vergaß, nur um ihre Tage und Nächte in seinen starken Armen verbringen zu können!

Seine Fingerspitzen kribbelten vor Verlangen, ihre Brüste und andere intime Stellen ihres Körpers zu berühren, und ehe sie die Chance hatte abzulehnen, zog er sie zu den verführerischen Klängen der Sarabande an seine Brust. Er hielt sie so eng an sich gepreßt, daß sie seine Hitze, seine Kraft und seine kaum verhohlene Gewalt zu spüren bekam. Ihr Blick wanderte unweigerlich zu seinen Lippen, und sie konnte nicht anders – sie dachte daran, wie es war, ihn zu kosten und seinen heißen Mund auf dem ihren zu spüren. Sie schloß die Augen und erschauderte. Der Tanz ließ einfach keinen Abstand zwischen ihren sich verzehrenden Körpern zu. Sie waren beide schwach vor Verlangen, als sich der Rhythmus der Musik auf ihren Pulsschlag übertrug. Plötzlich zog er sie noch fester in den Arm, und sie wußte, daß er sich nicht länger hinhalten ließ. Sein Wangenmuskel zuckte, als er feststellte: »Meine Jagd nach dir ist beendet ... ich werde dir nicht den Saum deiner Kleider küssen und dich nicht mit blumigen Phrasen umwerben ... Ich bin ein ganzer Mann! Ich will dich, Sabre, ich will dich heute nacht! Ja oder nein?«

»Natürlich ja, denn ich will einen ganzen Mann zum Geliebten«, erwiderte sie, und ihre Stimme klang heiser.

Er nahm seine Hände von ihrem verführerischen Leib, denn sie hatten bis Mitternacht noch eine Stunde zu überstehen. »Triff mich im oberen Trakt beim Normannischen Tor. Dort gibt es so viele Bäume, daß uns bestimmt niemand sieht.«

Lord Hatton kam, um sie zu einem versprochenen Tanz zu führen, aber sie mußte ihn enttäuschen, denn es war Zeit für sie, in ihr winziges Zimmer zu gehen und sich umzuziehen!

12. Kapitel

Sabres Blut kochte vor Erregung, als sie das züchtige, grüne Frühlingskleid ablegte und den Hauch von Stoff aus dem Kleiderschrank zog, der sie zu einer Gestalt aus der griechischen Mythologie werden ließ. Die weiße Seidentoga reichte ihr nur bis an die Hüften, so daß ihre langen, schlanken Beine völlig unbedeckt waren. Außerdem ließ die Toga nicht nur eine Schulter frei, sondern sie zeigte auch eine ihrer prachtvollen Brüste mit der aufgeworfenen, vergoldeten Brustwarze.

Sie glitt in die winzigen Sandalen und band die goldenen Riemen um ihre nackten Beine. Dann schob sie sorgfältig ihre kupferfarbenen Zöpfe hoch und setzte eine blonde Perücke auf, die dem Profil einer griechischen Göttin nachempfunden war und deren goldene Locken weich über ihre Schultern fielen. Auf einmal war sie die Jägerin Diana mit einem echten Bogen und einem Köcher voller Pfeile, und als sie schließlich die Flügelmaske über ihre Augen schob, lächelte sie. Sie freute sich schon jetzt auf die Wirkung, die sie halb nackt auf die versammelten Gäste haben würde. Sie warf den Kopf in den Nacken, ihre Augen blitzten auf, und sie ging festen Schrittes die Treppe hinab. Sie wußte sehr wohl, daß sie bei sämtlichen folgenden Gesprächen über den Geburtstag der Königin Thema Nummer eins sein würde.

Sie hatte genau den richtigen Zeitpunkt gewählt, denn sie mußte nur noch kurz warten, bis die Königin die letzten Geschenke erhalten hatte. Dann nahm sie ihren langen Umhang ab, verbarg ihn in einer Ecke und ging zur Tür der Galerie. Fast hätte sie der Mut verlassen, aber dann atmete sie tief ein, befeuchtete sich ein letztes Mal die Lippen und betrat mit dem Selbstbewußtsein einer echten Göttin den Saal.

Sämtliche Gespräche verstummten, und dann teilte sich die

Menge, um sie vorbeizulassen. Sie hörte, daß die Umstehenden nach Luft rangen, als sie ihre nackten Beine und ihren blanken Busen mit der vergoldeten Brustwarze bestaunten.

Die Mitglieder des Hofstaats starrten ihr mit offenen Mündern nach, während sie entschlossen den Raum durchquerte. Dann wurde das Tuscheln lauter und lauter, bis sich sämtliche Anwesenden in wilden Spekulationen ergingen. Einige waren sogar der Meinung, daß es sich um einen geplanten Auftritt zum krönenden Abschluß der Festlichkeit handelte. Und alle wollten wissen, wer wohl die geheimnisvolle Göttin war, die da vor sie trat und dabei nur in ein winziges Stück weiße Seide gehüllt war, das ihre göttlichen Rundungen hervorragend zur Geltung brachte.

Sie kniete vor dem Podium nieder und legte ihr Geschenk zu Füßen der Königin ab – einen goldenen Pfeil, der Hawkhurst ein Vermögen kosten würde. Elizabeth starrte sie verwundert an, doch dann gewann sie schnell ihre Haltung wieder. Die Eifersucht sollte sie erst Tage danach quälen, als ihr klar wurde, welche Aufmerksamkeit der geheimnisvollen Schönheit zuteil geworden war.

Sabre spürte den brennenden Blick des arroganten Rotschopfs, der neben der Königin saß. Sie hatte ihn nie zuvor gesehen und wußte nicht, wer er war, aber seine bösen Augen erschreckten sie. Dieser kurze Augenblick reichte ihr, zu erkennen, daß er alle Frauen haßte und sich erhaben fühlte über jeden Menschen in diesem Saal. Sie zwang sich, ihn nicht länger anzusehen und verbeugte sich tief vor der Königin. Dann eilte sie mit einer Geschmeidigkeit zurück, die einer echten Diana, Göttin der Jagd, durchaus würdig gewesen wäre. Eilig zog sie ihren Umhang aus der Ecke, hüllte sich darin ein und setzte Maske und Perücke ab. Innerhalb von Minuten hatte sie sicher ihr Zimmer erreicht und schloß den Bogen und den Köcher ein. Sie kühlte ihre glühenden Wangen mit Rosenwasser und bürstete dann ihre Haare aus, bis sie sich wie eine kupferfarbene Wolke bauschten. Sie würde zu Shane gehen, ohne sich umzuziehen! Ihr Herz raste bei dem Gedanken an seine Reaktion. Würde er sie umbringen wollen, weil sie sich anderen Männern gezeigt hatte, oder würde das Bedürfnis, sie zu besitzen, stärker sein als sein Zorn? Sie erschauderte in Erwartung seiner Wut und seiner Lust.

Shane Hawkhurst zog die Diamantknöpfe von seinem Wams und schob sie in die Tasche, ehe er begann, die dicken Steinmauern der nördlichen Terrasse hinaufzuklettern. Die Gemächer Ihrer Majestät lagen im oberen Teil der Burg. Er kannte sich in ihrem Schlafzimmer und den Vorzimmern, durch deren eleganten Bogenfenster man einen herrlichen Ausblick auf die Gärten unterhalb der Terrasse genoß, gut aus, und obgleich hinter den meisten Fenstern die Vorhänge zugezogen waren, sah er immer noch genug. Er wartete geduldig, bis ihre Zofen sie aus ihrem goldenen Kleid geschält hatten und sie ein Negligé gewählt hatte, das mehr enthüllte als verbarg. Ein wissendes Lächeln umspielte seinen Mund. Bess liebte es, ihren Körper zur Schau zu stellen. Wenn Leicester am Hof weilte, reichte er ihr allmorgendlich ihr Unterhemd im Bett, und wenn sie einem ihrer Favoriten unten im Garten zuwinken wollte, trat sie zu diesem Zweck oft splitternackt ans Fenster.

Seine Gedanken eilten voraus zu den Stunden, die er mit Sabre im Bett verbringen würde, und als er daran dachte, daß sie ihn am Normannischen Tor erwartete, hätte er fast kehrt gemacht; aber dann zwang er sich, geduldig zu sein, und schließlich wurde er dafür belohnt. Als Bess' Zofen endlich gingen, trat sie in ihrem Zimmer an eine Zwischentür. Sie öffnete sie, und es war unverkennbar die Gestalt seines Vaters, der da eintrat, um die kleine Frau zu beherrschen, die ihre Königinnenwürde draußen gelassen hatte, um während der Nacht nur Frau zu sein.

Der Earl of Tyrone war in Sicherheit, nachdem ihm Elizabeth derartige Intimitäten gewährte, und beruhigt kletterte Shane die Steinmauer wieder hinab. Dadurch, daß er seinen Vater unverzüglich aus Irland herausgeholt hatte, hatte er ihm wahrscheinlich das Leben gerettet.

Reglos stand er im Schatten einer Buche und fürchtete schon, Sabre hätte nicht auf ihn gewartet. Dann sah er eine Bewegung auf dem Weg, und sein Herz pochte wild.

»Liebling«, flüsterte er und zog sie an seine Brust. Er hatte es eilig, sie nach Hause zu bringen, daher wandte er sich sofort zum Gehen. »Komm, wir nehmen ein Boot.«

Sie lächtelte. Er war zu ungeduldig, um hier im Labyrinth des Gartens noch Zeit mit Küssen zu vergeuden, denn Windsor war wesentlich weiter als Greenwich von Thames View entfernt. Sein Pfiff hallte laut durch die Nacht und rief den Fährmann herbei, der seine Barkasse an die Stufen ruderte. »Kew«, sagte er knapp, warf dem Mann eine kleine Goldmünze zu und zog Sabre in die Kissen auf der Rückbank des Boots, wo er sie in seine starken Arme nahm. Sein Mund fand ihre Lippen, und er flüsterte: »Morgen werde ich dir eine eigene Barkasse bestellen. Dann haben wir endlich unsere Ruhe vor fremden Blicken. Außerdem will ich, daß du zu mir kommst, so oft du kannst, meine Liebe.«

Während er sie sanft küßte, schob er die Hände unter ihren Umhang und traf dort auf – nackte Haut!

»Himmel, du bist ja fast nackt«, flüsterte er heiser, als seine Hände über ihre seidigen Schenkel strichen. Er brachte sie nicht mit der Frau in der kurzen Seidentoga in Verbindung, die den gesamten Hof in Aufruhr versetzt hatte, sondern dachte, sie trüge, um ihn zu verführen, nur ihre Dessous. »Ah, meine geliebte Sabre, du bist einfach unvergleichlich; einzigartig.« Er drückte sie in die Kissen und schob sich über sie. »Du hast mich ganz schön zappeln lassen; denk nur an all die Zeit, die wir dadurch verloren haben«, murmelte er an ihrem Hals.

»Es ist doch nur ein Spiel, M'lord. Das habt Ihr selbst gesagt, Ihr habt die Jagd genossen und ich Eure Schmeichelei. Ich glaube, in dieser Beziehung sind wir quitt.«

»Oh, nein, es ist kein Spiel, es ist mir sehr ernst, mein Schatz.« Er stöhnte. »Ich habe dich von dem Augenblick an begehrt, in dem ich dich zum ersten Mal gesehen habe.«

»Als ich mich verlaufen hatte und Ihr mich schamlos ausgenutzt habt!« warf sie ihm vor.

»Oh, nein, meine schöne Sabre, ich hatte mein Herz schon lange vorher an dich verloren.«

Obgleich sie vor Neugierde fast platzte, tat sie gleichgültig.

Spätestens im Bett würde er ihr erzählen, wo er sie das erste Mal gesehen hatte, das schwor sie sich. Im Bett würde er ihr alles erzählen, was sie wissen wollte.

Er streichelte sie schamlos, bis ihr vor Verlangen heiß wurde. Dann schob er das winzige Seidenunterhemd beiseite und strich mit seinen langen, harten Fingern gnadenlos über ihre Haut, ohne seinen Mund auch nur ein einziges Mal von ihren Lippen zu lösen. Er wollte sie zu einem kleinen Höhepunkt bringen, also plünderte er ihren Mund mit seiner Zunge, bis sie sich ihm entgegenschob.

Der Fährmann, der wußte, daß das Paar im Schatten mit Liebesspielen beschäftigt war, rief mit lauter Stimme »Kew«, und Sabre spürte, daß Shanes Spannung und Erregung sich noch steigerten. »Ich kann dich einfach nicht loslassen“, murmelte er. Als die Barkasse zum Stehen kam, hüllte er sie in seinen Umhang und trug sie die Stufen hinauf, über den Rasen und ins Haus hinein. Ohne eine Pause zu machen, eilte er die Treppe hoch und stellte sie sanft auf die Beine, um die Tür seines Schlafzimmers zu schließen und die Kerzen anzuzünden.

Sie stand reglos neben dem massiven Bett, bis er sich ihr wieder zuwandte. Dann öffnete sie ihren Umhang und ließ ihn auf den Teppich gleiten, so daß sie plötzlich als Göttin Diana vor ihm stand.

Shane riß überrascht die Augen auf. »Das warst du!« Sie sah, daß seine dunkelblauen Augen vor Zorn blitzten, als er eilig auf sie zu trat, sie bei den Schultern packte und zu schütteln begann. »Warum? Warum mußtest du unbedingt die Zügellose spielen?«

Sie warf den Kopf in den Nacken und sah ihm ins Gesicht. »Weil ich eifersüchtig auf die Königin bin und weil ich die Absicht habe, dich ihr ganz zu entreißen.«

»Kleine Hexe! Ich bin derjenige, der vor Eifersucht bald vergeht, und das weißt du ganz genau!«

Sie legte ihre Hände auf die seinen, um das Band zu lösen, mit dem die Toga über ihrer Brust gehalten wurde. Als der Stoff über ihren Arm auf den Boden glitt, fiel sein Blick auf ihre vergoldeten, unverschämt aufgeworfenen Brustwarzen, und er war verloren. Seine geballte Leidenschaft brach über sie herein, und sie schrie auf, als er sie brutal streichelte, aber ihr Schrei wurde von seinen Lippen gedämpft. Er zwang ihren Kopf zurück und zog sie an sich, bis ihre Brust seinen harten, muskulösen Körper berührte. Er küßte ihre Augenlider und ihre Ohren und murmelte unverständliche Worte der Leidenschaft. Er leckte den kleinen Schönheitsfleck auf ihrem Wangenknochen, während er sie noch enger an sich zog, bis jeder Zentimeter ihres Leibs an seinem Körper lag.

Sie kannte ihn als leidenschaftlichen Mann, aber die Heftigkeit der Glut, die sie in ihm entfacht hatte, überwältigte und erschreckte sie. Dennoch schlang sie die Arme um seinen Hals, und er hob sie begierig an sein Herz. Auch der letzte Rest ihres Widerstandes schmolz dahin, während sie sich hungrig an ihn klammerte und ihn aufforderte, mit der Erforschung ihres Mundes fortzufahren. Seine Hände streichelten ihre nackten Glieder, während er die Bänder ihrer Sandalen löste und ihr die Seidenunterwäsche stahl.

Die Matratze des Bettes sank nieder, als er sich über sie kniete und seine muskulösen Arme langsam um sie schlang. Sie kannte seine Stärke, aber trotzdem riß sie erstaunt die Augen auf, als er sie mit Leichtigkeit hochhob, umdrehte und auf sich zog. Seine Härte bohrte sich wie ein heißes, glühendes Brandmal in ihre Haut. Er erforschte die Geheimnisse ihres Körpers mit der Sicherheit eines erfahrenen Liebhabers. Er bewegte seine Finger und seinen Mund mit herrlicher Langsamkeit, kostete, was er fand, bis sie unter der kleinsten Berührung erschauderte. Sie rang nach Luft, wollte mehr, und er gab es ihr. Dabei vergrub er sein Gesicht an ihrem Hals und murmelte: »Darauf habe ich eine Ewigkeit gewartet.«

Dann begann sein Mund, ihre Brüste zu liebkosen, bis ihre Brustwarzen pochten und sie sich ihm vor Verlangen entgegenschob. Sie stöhnte vor Vergnügen und Frustration und bohrte ihre Nägel tief in seine Schulter, wo der Drache tobte. Er keuchte und schob sich tief in sie hinein. Sein Schwanz war lang und dick, und sie verspürte einen kurzen, schmerzhaften Stich, der aber sofort von einer heißen, brennenden, pochenden Vollheit ersetzt wurde, die tiefer und tiefer ging, bis sie dachte, sie stürbe daran. Sie schlang ihre Beine um seinen Leib und ergab sich seinem flammenden Kuß.

Sie hörte verschwommen seinen Jubelschrei, als er sie in Besitz nahm, und lag wie gefesselt unter ihm; endlich war sie sein, vollkommen sein! Er bewegte sich rhythmisch in den Tiefen ihrer seidigen Enge, und paßte den Schlag seiner Zunge diesem Rhythmus an. Er raubte ihr die Sinne. Sie spürte, wie er in ihrem weichen Körper pulsierte und zitterte, wie er größer und größer wurde vor Verlangen nach ihr. Instinktiv wußte sie, daß ein derartiges Erlebnis nicht allen Liebenden vergönnt sein konnte. Gefühle und Empfindungen tief in ihren Seelen verbanden sie für alle Zeit. Es ließ sich nicht leugnen, sie hatte ihn in ihrem Blut, und sie würde nicht ruhen, solange er nicht Tag und Nacht an nichts anderes dachte als an sie, solange er nicht derart von ihr besessen war, daß er ohne sie verwelken würde wie eine Blume im Herbst. Es war ihr egal, was sie tun mußte, um ihn zu ihrem Sklaven zu machen. Sie wollte Hexe und Engel sein; sie wollte ihm alles sein, Sklavin, Konkubine, Mätresse und Hure. Seine Ehefrau und seine Feindin zugleich!

Aber dann konnte sie nicht länger darüber nachdenken. Es gab nichts mehr außer dem Gefühl und dem Geschmack dieses Mannes, der ihr Herz rasen ließ, schneller und schneller, bis sie die herrliche Lust einfach nicht länger ertrug. Aber er schob sich immer tiefer und schneller in sie hinein, bis jeder Nerv in ihrem Inneren unter der Gewalt dieses Angriffs zu erbeben begann. Er war wild und fordernd, und die Kraft seines Körpers forderte eine Erwiderung seiner Leidenschaft.

Seine Liebe hatte die Gewalt eines Vulkans. Sie selbst stand in hellen Flammen, und dann spürte sie eine andere Feuersbrunst, die sich kraftvoll in ihrem Inneren ausbreitete. Sie schrie, und er schluchzte erschaudernd auf.

Ineinander verschlungen lagen sie reglos da, und sie fragte sich, ob sie je wieder würde atmen können. Nach langer, langer Zeit regte sie sich, aber seine Arme hielten sie fest, eines seiner

Beine drückte sie auf das Bett, und sie spürte, daß er immer noch in ihr war, nicht willens, sich von ihr zu lösen, nun, da sie endlich sein Eigentum war.

Schließlich schliefen sie liebestrunken ein. Sie hielten sich auch im Schlaf umklammert, als wären ihre Körper und ihre Seelen die einer einzigen Person. Als Sabre erwachte, spürte sie seinen warmen Körper dicht an ihrem Leib. Er küßte ihre geschlossenen Lider, und sie ergab sich seinen tastenden Fingern, die ihre Nerven erbeben ließen.

»Rohling«, murmelte sie. »Ich kann mich überhaupt nicht mehr bewegen.«

Er lachte leise auf. »Euer Drachen, M'lady, braucht Euch abermals.« Seine Lippen strichen über ihren Hals, und als seine Hand besitzergreifend über ihren Bauch fuhr, wußte sie, daß sie seiner meisterhaften Liebe verfallen war. Als er sie verließ, schrie sie protestierend auf.

Mit panthergleicher Geschmeidigkeit stieg er aus dem Bett, um die Kerzen neu zu entzünden, und dann zog er ihr die Decke weg und breitete ihr Haar wie flüssiges Kupfer auf den Kissen aus. Sie hatte das Gesicht und den Körper einer schönen Verführerin, und einen Augenblick lang wurde er von seiner irischen Phantasie überwältigt und fragte sich, ob sie eine gewöhnliche Sterbliche war oder eine magische Fee aus einer anderen Welt.

Ihre blaßgrünen Augen ließen ihn schmelzen und gleichzeitig weckten sie aufs Neue seine Lust. Er erschauderte, denn abermals hungerte er danach, ihren weichen, seidigen Körper unter sich zu spüren und den Mund zu kosten, nach dessen Süßen er inzwischen süchtig war. Seine Augen wanderten ihren Körper hinab, und ihr war, als wolle er sie verschlingen. Ein Verlangen, das er seit Wochen unterdrückt hatte, brach sich endgültig Bahn. Er sehnte sich danach, daß sie ihn liebte. Er strich mit einem Finger über die geschwollene Rundung ihrer Brust, bis er die goldene Kuppe ertastete, und sah, daß ihre Augen vor Begehren dunkel wurden und sich ihr Mund zu einem sehnsüchtigen Lächeln verzog. Er beugte sich über ihre wartenden Lippen und flüsterte: »Liebe mich, Sabre, liebe mich.«

Sie hatte keinen eigenen Willen mehr. War es möglich, Haß und Liebe zugleich zu empfinden? Oh, sie würde niemals zugeben, daß sie Liebe für diesen Mann empfand, aber sie war ehrlich genug, sich einzugestehen, daß sein Körper sie verzauberte. Das Gefühl, der Geruch und der Geschmack seiner Haut erregten sie derart, daß sie sich auf die Lippen beißen mußte, um nicht laut aufzuschreien. Die Entdeckung der sinnlichen Geheimnisse zwischen Mann und Frau weckte ihre Sinne und veränderten sie. Nichts war mehr, wie es gewesen war. Sie hatte sich nicht nur körperlich, sondern auch geistig und gefühlsmäßig verändert. Ihre Verwandlung kam fast einer spirituellen Erweckung gleich.

Dieses Mal liebte er sie langsam und vorsichtig, bis es für beide eine herrliche Folter wurde. Er huldigte jedem Zentimeter ihres Körpers, zart und ehrerbietig, als wäre sie aus dem feinsten Porzellan gemacht. Er nahm sie sanft und zog die Stunde der Liebe in die Länge, bis sie weich und warm erschauderte, ganz anders als beim ersten Mal. Es war, als liebten sie sich zum ersten und zum letzten Mal.

Als sie abermals erwachten, wurde es am Horizont bereits hell. Sie lag dicht an ihn geschmiegt, und sein langsamer, starker Herzschlag hüllte sie in tiefe Sicherheit. Doch dann seufzte sie traurig auf. »Die Dämmerung kommt einfach viel zu schnell.« Sie versuchte, aufzustehen, aber seine Arme hielten sie fest wie zwei Bänder aus Stahl.

»Nein, meine Liebe, heute wirst du mich nicht verlassen.«

»Aber ... die Königin«, protestierte sie.

Er schüttelte den Kopf. »Sie hat heute genug zu tun, das versichere ich dir. Kate wird ohne dich auskommen, aber ich nicht. Ich habe einfach zu lange gebraucht, um dich einzufangen, als daß ich dich so schnell gehen ließe.« Vorsichtig, als hätte er Angst, sie könnte fliehen, ließ er sie los, aber sie setzte sich auf und lächelte ihn an. Seine Hände hoben die seidigen Haare von ihren Brüsten, so daß er sie unbehindert betrachten konnte. »Himmel, du bist entweder ein Engel oder eine Hexe. Auf jeden Fall bin ich ganz in deinem Bann.« Er zog sie auf seine harten Schenkel, und sie ritt vergnügt darauf herum.

»Ah, jetzt fällt es mir wieder ein«, sagte er, als er die Kratzer auf seinem Rücken spürte. »Du liebst wie eine Wildkatze, wenn es dir Vergnügen macht.«

Plötzlich neigte sie den Kopf und stieß mit der Zunge in seinen Nabel hinein. Er stöhnte auf, als sich die Erregung wie ein Lauffeuer in seinem Körper auszubreiten begann.

»Du bist ein verwegenes Weib, Sabre Wilde. Aber bist du auch verwegen genug, um den Drachen zu zähmen?«

»Ich werde den Drachen nicht zähmen, sondern töten«, flüsterte sie verrucht.

Er hob sie auf seinen Schwanz, wo sie den Ritt beendete. Sie warf ihre Hüften nach vorn und den Kopf in den Nacken, so daß ihre Haare über seine Schenkel fielen, während er im selben Rhythmus nach oben stieß. Er ließ sie nicht eher gehen, als bis seine Männlichkeit zweimal mit ihrem Liebessaft gesalbt worden war.

Dann setzte sie sich zwischen seine Beine, den Rücken an seine breite Brust gelehnt und seine Knie an sich gezogen, um die Arme darauf zu legen. Dies sollte ihre Lieblingsstellung werden, wann immer sie sich im Bett miteinander unterhalten wollten. Sie aßen gemeinsam von dem für zwei Personen gedeckten Frühstückstablett, das Mason hereingebracht hatte. Ihre lauten, stürmischen Liebesspiele hatten dem gesamten Haushalt von Thames View verraten, daß sie ebenfalls anwesend war.

»Shane, wer war der Mann, der gestern abend neben der Königin gesessen hat?« fragte sie.

Sie merkte, daß er erstarrte, und fürchtete, daß er ihr nicht traute. Aber einen Teil der Wahrheit verriet er ihr. »Eigentlich hat die Königin ihn vom Hof verbannt. Sein Name ist O'Neill, in England besser bekannt als der Earl of Tyrone.«

Sara sah ihn verwundert an. »Der ungekrönte König von Irland?« Sie erschauderte und murmelte: »Ein schlechter Mensch.«

Er hob ihr Haar und küßte sie auf den Hals. »Ein Wolf unter Wölfen. Das war es, was ich meinte, als ich sagte, Bess hätte im Augenblick genug zu tun.«

»Er ist genauso arrogant wie du ... außer ... außer, daß er obendrein noch kalt, erbarmungslos und voll des Hasses ist.« Sie zögerte. »Halt dich von ihm fern.«

Shane lachte verbittert auf. Genau das hatte er jahrelang erfolglos versucht. Es gab ein unsichtbares Band zwischen ihnen beiden, und sein Vater brauchte nur daran zu ziehen, damit er sprang.

Er zog Sabre so fest an sich, als wäre sie seine Rettung. »Wenn er und die Königin ihr kleines Spiel von Beherrschung und Unterwerfung gespielt haben, wird er triumphierend nach Irland zurückkehren.«

Sie räkelte sich und sah ihn böse an. »Mir tut alles weh. Ich brauche ein heißes Bad, und dann reite ich ein wenig auf Sabbat aus.«

»Ich weiß, was du brauchst«, stellte er lächelnd fest.

»Oh, nein, das weißt du nicht. Hawkhurst, du bist einfach unersättlich!«

Er grinste. »Nein, wirklich, ich werde dich nur massieren.« Er lockerte seine Finger und sah sie schelmisch an. »Das ist eines der Geheimnisse, die ich im Fernen Osten kennengelernt habe«, sagte er, als er eine Flasche mit parfümiertem Öl aus dem Schrank nahm und sie auf den Bauch drehte. *Also stimmen die Gerüchte,* dachte sie voller Eifersucht. *Meine Vorgängerin kam aus dem Orient.*

Er setzte sich auf ihre Hüften, hielt sie mit seinen Schenkeln gefangen, goß ein wenig der duftenden Flüssigkeit in seine Hand und rieb ihr Schultern und Rücken mit langen, festen, sinnlichen Bewegungen ein.

»Erzähl mir von den Geheimnissen, die du im Fernen Osten erfahren hast«, bat sie und streckte sich genüßlich aus.

»Ich habe nur Spaß gemacht«, sagte er, während seine Hände unter ihren Bauch glitten und ihre weichen, runden Brüste liebkosten.

»Shane, erzähl mir davon, es interessiert mich wirklich.«

»Dein Interesse in allen Ehren, meine kleine Wildkatze, aber weißt du, die Kultur im Orient ist immer nur auf das Vergnügen des Mannes ausgerichtet. Eine orientalische Frau hat beim Sex eine vollkommen passive Rolle; es geht nur darum, dem Mann zu Diensten zu sein. Sie ist unterwürfig, was du, Gott sei Dank, bestimmt nicht bist«, sagte er und bedeckte ihre samtweiche Haut mit zarten Küssen. Dann schob er sich tiefer, setzte sich auf ihre Beine und massierte ihr herrliches Hinterteil.

»Erzähl mir mehr«, bettelte sie, während sie sich unter ihm wand.

»Im Orient gibt es nichts Verführerisches als das Verbotene. Sie tun zahllose Dinge, von denen man im Westen noch nicht einmal etwas ahnt.« Er zögerte, doch dann entschloß er sich, ihr eine Praxis zu beschreiben, die sie sicher schockieren würde. »Soll ich dir vielleicht von den Sieben Himmlischen Knoten erzählen?«

Sie kicherte. »Ja.«

»Die Frau macht sieben Knoten in ein Seidenband und schiebt sie sanft in ihren Partner hinein ... Hier.« Er legte seinen Finger auf den intimen Fleck zwischen ihren Pobacken, und sie war sprachlos.

»Dann, wenn der Mann seinen Höhepunkt hat, zieht sie das Seidenband langsam heraus, und mit jedem Knoten hat er einen weiteren Orgasmus ... sieben an der Zahl!«

Sie rang ungläubig nach Luft, und er lachte. »Deine Unschuld ist mir eine wahre Freude.«

Obgleich sie abermals erregt waren, ließ sie nicht zu, daß er sie noch einmal liebte, und schloß sich eilig im Badezimmer ein. Diese Dinge würde sie sich für ein anderes Mal aufheben, sonst hatte er bestimmt bald genug von ihr.

Sie verbrachten den ganzen Tag miteinander, ohne eine Menschenseele zu sehen. Sie beide wußten, daß sie sich bestenfalls hin und wieder sehen würden, so daß sie den Tag nutzten, so gut es ging. Sie ritten gemeinsam aus, aßen, sprachen, lachten, träumten, und die ganze Zeit hielten sie Händchen wie ein junges Paar. Shane sah sie an, als wäre sie die erste Frau, die er zu sehen bekam, und benahm sich, als hätte er eben erst seine Männlichkeit entdeckt.

Nach dem Abendessen brachte der Baron eine Nachricht, und Sabre sah Shane ängstlich an.

»Es ist nichts, Liebling. Ich muß kurz fort, aber ich verspreche dir, daß ich rechtzeitig zurück sein werde, um dich ins Bett zu bringen.«

»Und wenn ich dich frage, wohin du gehst, findest du mich mit einer Lüge ab. Genau wie du mir keine Antwort gegeben hast, als ich dich gefragt habe, was du letzte Woche in dem Bordell getrieben hast. Aber merk dir meine Worte, Shane Hawkhurst, eines Tages wirst du mir die Antwort sagen.«

»O nein, da kannst du schmeicheln, soviel zu willst«, erwiderte er ungerührt.

»Ha! Das werden wir ja sehen«, stellte sie lachend fest, während sie mit den Augen über seine Lenden strich, bis sie sah, daß er hart wurde.

»Was für eine Farbe soll deine Barkasse haben, Süße?«

Aha, dachte sie, so war es also, er bildete sich ein, er könnte sie statt mit Antworten mit einem teuren Geschenk abspeisen.

»Laß mich überlegen ... weiß und purpurrot ... das Purpurrot einer Königin.«

13. Kapitel

Auf Befehl von O'Neill ging Shane allein in die Stadt. Er schritt die Treppe zum obersten Stockwerk des Bordells in der Threadneedle Street hinauf, zog seinen schwarzen Umhang aus und schüttelte die Regentropfen ab.

O'Neills Augen, jene dunklen Gletscher, die alles sahen und nichts verrieten, suchten den Blick seines Sohnes. Dann schlugen sich die beiden Männer krachend auf die Schultern. Ein solcher Hieb hätte ein Pferd umgeworfen, aber keiner der beiden zuckte auch nur. Schließlich brach O'Neill die Stille. »Ich habe auf ihr gespielt wie auf einer irischen Harfe. Als sie schwach wurde, habe ich sie mit meiner goldenen Zunge verführt. Ich habe ihr erklärt, daß es falsch ist, in Irland große Ländereien anzusiedeln, daß ihre Männer in Dublin aber einfach blind sind und die Eigenschaften des Landes nicht sehen. Ich sagte ihr, daß die Bestechlichkeit der Regierung in Dublin überhand nimmt. Die englischen Lords sind geradezu versessen auf irische Besitzungen. Sie brauchen nur ein paar Münzen in die richtige Hand zu legen, und schon bekommen sie mindestens fünftausend Ar. Aber sie alle bleiben in England und setzen irgendwelche Aufseher ein, die die Iren wie Sklaven behandeln! Ich habe ihr erklärt, daß die Engländer in Dublin ihre Regierung in England genauso skrupellos schröpfen wie Irland selbst. Ich habe einen ehrlichen Gouverneur verlangt und ihr als Gegenleistung angeboten, sämtliche Clans in Schach zu halten.«

Shane nickte und wartete auf den Rest. O'Neills Hals war gerettet, aber wen hatte er verraten, um seine Position zu festigen?

»Ich habe ihr erklärt, daß es eine katholische Untergrundbewegung gibt, die täglich Direktiven aus Frankreich und Spanien erhält. Ich habe ihr geradeheraus gesagt, daß ihre englischen, katholischen Lords die Absicht haben, in England wieder den Katholizismus einzuführen und Mary von Schottland auf den Thron zu setzen. Sie wollte Namen hören, und ich habe sie ihr gegeben – Henry Garnet, Robert Southwell, Throckmorton von Mile End und Babington. Ich habe ihr die Schiffstaverne von Lincoln's Inn Fields in Holborn als katholische Versammlungsstätte genannt.«

Shane würde die irischen Katholiken warnen müssen, die sich dort immer trafen, denn er wußte, daß O'Neill sie alle opfern würde.

»Sie hat mich gebeten, heute abend Walsingham zu informieren. Falls du also vorher noch irgendwelche Dinge zu erledigen hast, tust du es besser sofort.«

Shane dachte, daß O'Neill eine geradezu unverschämte Dreistigkeit besaß, zu Walsingham zu gehen, obwohl der eine Akte über ihn haben mußte. O'Neill nahm seinen Umhang, schob ein Messer in seinen Stiefel und drückte die Kerzen mit bloßen Fingern aus. Um nicht miteinander gesehen zu werden, wandte sich O'Neill in Richtung Cheapside, um von dort aus zu Walsinghams Haus am Strand zu gehen, während Shane durch die Gracechurch Street zum Fluß hinunterging. Nach einer Weile jedoch machte er kehrt, um seinem Vater unauffällig zu folgen, und plötzlich erstarrte er.

Aus der Dunkelheit stahl sich eine dunkle, bedrohliche Gestalt, die eindeutig O'Neill auf den Fersen war. Das war gewiß kein Räuber oder Taschendieb; es war der Spion, den Shane, ohne es zu wollen, auf die Fährte des Alten gebracht hatte. Jetzt würden sie beide miteinander in Verbindung gebracht werden, und das Bordell würde als Schlupfloch für Iren verloren sein. Shane fluchte; es blieb ihm nichts anderes übrig, als den Mann zu eliminieren.

Die Verfolgung des Spions wurde von zwei Huren unterbrochen, die aus einem Torbogen geglitten kamen: »Un', wie isses, haste Lust, dir deinen Türknauf polieren zu lassen, Süßer?« Ein Blick aus seinen tödlich kalten Augen genügte, und sie zogen sich eilig zurück.

Als O'Neill den Kirchhof von St. Paul's umrundete, beschleunigte sein Verfolger seinen Schritt, und Shane sah zu seinem Entsetzen, daß in der Hand des Mannes ein Messer aufblitzte. »Tyrone!«

O'Neill wirbelte herum, glitt auf einem regennassen Pflasterstein aus, und sein riesiger Körper ging zu Boden. Shane hatte Angst, daß sein Verfolger ihn einfach niederstechen und flüchten würde, weil er ja nun wußte, daß er es mit zwei Männern zu tun hatte, aber statt dessen drehte sich die dunkle Gestalt blitzschnell zu ihm um. Shane hob seinen Arm, um ihn niederzustechen, und zu seiner übergroßen Überraschung spürte er, daß das Messer des Angreifers bis zum Griff in seine Armbeuge stieß. Trotzdem führte er seinen eigenen Angriff noch aus und traf den Kerl mitten ins Herz. Der Schrei des Mannes brach gleich darauf abrupt ab.

Plötzlich hörten sie die eiligen Schritte der Wachen, und sie wurden sich bewußt, daß man sie wegen Mordes verhaften würde. Ein halbes Dutzend uniformierter Männer mit Laternen und Musketen näherten sich ihnen im Namen der Königin. Im Bruchteil einer Sekunde war O'Neill auf den Beinen. Er hob den toten Mann vom Boden auf und stellte ihn aufrecht hin. Shane stand schwankend neben ihm, den schwarzen Umhang fest um sich gezogen, um die blutende Wunde zu verbergen. O'Neill richtete sich zu seiner ganzen Größe auf und erhob sich drohend über die Wachmänner. »Wir kommen von einem späten Treffen mit dem Lordkanzler. Ich fürchte, mein Freund hier hat etwas zu viel getrunken.« Dann sprach er in Gälisch mit einem der Wachmänner, einem stämmigen, dunkelhaarigen Kerl, und Shane merkte zu seiner Erleichterung, daß der Mann ihn verstand. Die Wachen senkten ihre Laternen und ließen die drei weiterziehen. Halb trugen, halb zerrten sie den toten Mann hinter sich her zum Mermaid Inn, wo sie ihn in die Themse warfen. Erst dann sank Shane gegen die Mauer des Inns, denn der Blutverlust raubte ihm alle Kraft.

O'Neill legte einen Arm um ihn und half ihm die Treppe unter der Blackfriars Bridge hinab.

»Geht weiter«, stöhnte Shane. »Ich werde nach Hause gehen.«

O'Neill überlegte, doch dann knurrte er: »Ich bringe dich zum Baron.«

Shane lachte laut, als er Widerwillen aus der Stimme seines Vaters heraushörte, doch dann sank er ihm ohnmächtig in den Arm.

Sabre amüsierte sich, indem sie ihre gesamte neue Garderobe anprobierte und sich eingehend in dem ovalen Drehspiegel betrachtete. Die hübschen Kleider stimmten sie fröhlich, und sie summte vergnügt vor sich hin, während sie die neue, teure Ausstattung bewunderte. Seit langer Zeit war sie nicht mehr so glücklich gewesen. Sie überlegte kurz, was Shane wohl so lange trieb, und dann beschloß sie, seine beiden Wolfshunde spazierenzuführen, um die Umgebung von Thames View ein bißchen besser kennenzulernen.

Die Hunde schossen davon, und einen entsetzlichen Augenblick lang fürchtete sie, sie würden fortlaufen, aber dann stellte sie erleichtert fest, daß sie ganz in ihrer Nähe eine Spur verfolgten. Gott sei Dank hatte er sie gut erzogen. Eigentlich hatte sie erwartet, ihn den Fluß heraufkommen zu sehen, aber nachdem sie sich eine halbe Stunde lang am Ufer herumgetrieben hatte, kehrte sie mit leicht gerunzelter Stirn zum Haus zurück.

Sie ging in die Bibliothek und sah sich die Bücher an. Schließlich entschied sie sich für eines der Werke und nahm es mit ins Schlafzimmer hinauf. Die Zeit verging wie im Schneckentempo, und nicht einmal das Lesen half. Sie stand auf und ging ans Fenster, aber es war bereits so dunkel, daß sie nicht viel sah. Unruhig marschierte sie auf und ab.

Sabre war nicht die einzige auf Thames View, die sich Sorgen zu machen begann. Der Baron machte sich Vorwürfe, daß er Shane nicht begleitet hatte. Er wußte, daß Hawkhurst in jeder Situation allein zurechtkam, aber bei allem, was mit O'Neill zusammenhing, hatte der Baron ein ungutes Gefühl. Es war nicht nur ein Segen, sondern auch ein Fluch, irisches Blut in den Adern zu haben, dachte er. Manchmal erlebte ein irischer Geist die ihm eigene Hölle einer dunklen Morbidität. Er versuchte, seine Ängste abzuschütteln, aber sein sechster Sinn behielt die Oberhand.

Langsam wurde Sabre böse auf ihren neuen Liebhaber, der sie so schamlos vernachlässigte, aber zugleich mußte sie sich eingestehen, daß sie mit ihrem Zorn nur ihre Furcht zu überdecken suchte. Schließlich wich sie einer realistischen Erkenntnis nicht länger aus. Wovor fürchtete sie sich? Davor, daß ihm etwas passiert sein könnte. Warum sollte ihr das überhaupt etwas ausmachen? Hatte sie es nicht sowieso auf Rache abgesehen? Wollte sie ihn nicht sowieso vernichten? Ja, sie wollte ihn vernichten, aber aus unerklärlichen Gründen wollte sie nicht, daß das ein anderer tat!

Sie beschloß, den Baron zu suchen. Wenn Shane auf einem seiner geheimen Ausflüge war, blieb er vielleicht tagelang verschwunden, und sie mußte noch am selben Abend nach Windsor zurück, egal, wie spät es war. Aus dem Ostflügel des Hauses hörte sie laute Stimmen, daher eilte sie den Korridor hinab.

»Wunden in der Armbeuge sind tödlich, Mann, das wißt Ihr ganz genau!« schrie der rothaarige Riese, von dem Shane gesagt hatte, daß er der Earl of Tyrone sei.

»Ich gehe ... ich habe hier bereits genug Zeit vergeudet.«

Der Baron bedachte ihn mit einem finsteren Blick. »Vergeudet? Er ist Euer Sohn!«

Sabre stand wie angenagelt in der Tür zum Zimmer des Barons. Er konnte sprechen, und was er sagte, war ungeheuerlich, aber es waren die Worte des anderen, bei denen ihr das Blut in den Adern gefror. Sie starrte auf die reglose Gestalt, die auf einem Tisch zwischen den beiden Männern lag. »Er ist tot!« schrie sie voller Schmerz und eilte zu Shane hinüber. Dann wandte sie sich voller Haß an O'Neill. »Und das ist Eure Schuld – ob Ihr es selbst getan habt oder nicht, auf jeden Fall ist es Eure Schuld!«

Der Blick, mit dem er sie maß, war tödlich kalt, aber sie wich nicht vor ihm zurück.

»Die Königin scheint den Engländerinnen ein schlechtes Vorbild zu sein. Wenn man Euch wie eine anständige Irin hin und wieder verprügeln und regelmäßig vögeln würde, wärt Ihr sicher weniger widerspenstig.«

Der Baron ignorierte das Wortgefecht und zog Shane eilig die Kleider aus. Der Bewußtlose stöhnte plötzlich auf, und Sabre schrie: »Er lebt! Laßt mich Euch helfen.«

O'Neill schnappte sich seinen Umhang und stellte boshaft fest: »Da nun ja seine Hure anwesend ist, braucht Ihr meine Hilfe wohl nicht mehr.«

Sie beobachtete, wie der Baron Messer, Schere und eigenartige chirurgische Instrumente auf den Nachttisch legte. Er hatte einen ganzen Schrank voller Bandagen und seltsame Flaschen und Dosen voller Tinkturen und Salben. Sie sah, wie er Kristalle in eine Silberschale mit heißem Wasser warf, das daraufhin purpurfarben aufleuchtete. Damit betupfte er die klaffende Wunde, aus der sich immer noch Blut auf den Tisch ergoß.

»Wird er durchkommen?« flüsterte sie, doch der Baron antwortete nicht. »Verdammt, sprecht mit mir. Er hat mich angelogen – er hat gesagt, Ihr könntet nicht sprechen, aber ich habe Euch gehört.«

Die Stimme des Barons war warm und angenehm. Gedämpft, kultiviert und sanft, doch zugleich stark und beruhigend. »Er hat nicht gelogen. Er hat gesagt: ›Der Baron *spricht* nicht.‹ und nicht, ›Der Baron *kann* nicht sprechen‹.« Er machte eine Pause. »O'Neill hat recht. Tiefe Wunden in der Armbeuge sind fast immer tödlich, aber Hawkhurst ist der stärkste Mann, den ich je gesehen habe.«

»Dann meint Ihr also, daß er eine Chance hat?«

»Es liegt an Euch und an mir, dafür zu sorgen, daß er diese Chance bekommt«, sagte er mit ruhiger Überzeugung. Er drückte die Wunde zusammen und verband sie so fest, daß der Druck Shane die Lunge zusammenzupressen schien.

»So kann er nicht mehr atmen«, protestierte sie, und geduldig erklärte der Baron es ihr: »Das ist nur, solange ich ihn die Treppe hinauftrage – andernfalls würde ihm auch noch das letzte Blut aus den Adern fließen.« Als Shane schließlich in seinem Bett lag, löste der Baron mit sicheren, sanften Händen den Verband und befestigte ihn etwas loser, so daß der Bewußtlose flach atmen konnte.

»Was kann ich tun?« fragte sie.

»Sorgt dafür, daß er im Bett bleibt«, befahl der Baron. »Ich werde in die Küche gehen und ihm einen Kräutertee kochen, der ihm neue Kräfte verleiht. Ruft mich, wenn er wieder zu Bewußtsein kommt.«

Sabre blickte auf den Mann im Bett. Er lag so bleich und reglos da, als hätte er bereits eine Totenmaske auf dem Gesicht. Jetzt wußte sie, warum er Shane hieß. Er war Ire. Er war ein irischer Prinz. Es wirkte alles so unvermeidbar, als hätte sie es schon immer gewußt ... ihrer beider Schicksal war seit Beginn der Welt im Guten wie im Bösen zusammengefügt.

Plötzlich warf er die Decke ab und wälzte sich unruhig hin und her. Da er die Augen geschlossen hielt, wußte sie nicht, ob er wieder bei Bewußtsein war. Sie deckte ihn wieder zu und versuchte, ihn still zu halten, aber sie war nicht stark genug. Sie setzte zu einem leisen, liebevollen Summen an und hoffte, daß er diesem sanften Befehl Folge leisten würde, und tatsächlich – seine Unruhe legte sich. Die Blässe wich aus seinem Gesicht, aber die darauffolgende Röte war ebenso unnatürlich, und als sie ihm die Hand auf die Stirn legte, spürte sie, daß er geradezu in Flammen stand.

Der Baron kam mit einem großen Kelch, den er Sabre übergab. Dann hob er Shanes Kopf sanft aus den Kissen, und sie hielt dem Kranken das Gefäß an den Mund. Geduldig warteten sie, bis ihm die Hälfte des Inhalts durch die Kehle geronnen war. Anschließend holte Sabre einen Krug gekühlten Rosenwassers aus dem Bad und betupfte ihm Gesicht, Hals und Brust. Erneut hob der Baron Shanes Kopf, und sie flößten ihm den Rest des Elixiers ein. Der Baron blieb zwei Stunden und hielt seinen Freund gemeinsam mit Sabre fest, bis das Gebräu seine Wirkung tat und das Fieber zu sinken begann. Als das trockene Fieber brach, schwitzte Shane so stark, daß die Laken innerhalb kürzester Zeit gewechselt werden mußten. Sabre holte frische Tücher und bezog mit Hilfe des Barons das Bett neu.

Shane öffnete kurz die Augen, seufzte ihren Namen und klappte die Lider wieder zu. »Er braucht Ruhe, und er braucht Euch. Ich schlage vor, daß Ihr Euch zu ihm legt. Ich werde jede Stunde kommen und nach ihm sehen«, versprach der Baron.

Sabre zog sich schweigend aus, legte einen samtenen Morgenmantel bereit, falls sie aufstehen und sich um Shane kümmern mußte, glitt nackt in das große Bett und schlang die Arme um ihn. Stumm, aber inständig flehte sie ihn an zu überleben. Sie wußte nicht, ob es möglich war, die eigene Stärke auf seinen Körper zu übertragen, aber sie versuchte es. Sie machte sich ernste Sorgen, denn sein ehemals ruhiger, starker Herzschlag war jetzt unregelmäßig und schwach. Außerdem stieg ihr immer noch der metallische Geruch von Blut in die Nase, was ihre dunkle Angst noch steigerte. Sie hatte das Gefühl, als müsse sie mit ihm in diesen langen, dunklen Nachtstunden den Tod teilen, und fürchtete, daß der Finstere Herr des Totenreichs kommen und ihn ihr fortnehmen könnte, falls sie auch nur für eine Sekunde die Augen schloß.

Einmal schreckte sie schreiend auf und warf die Arme schützend über ihn, aber es war nur der Baron in der Mönchskutte, der sich über den Kranken beugte, um zu sehen, ob er noch atmete.

Während die Stunden vergingen, überprüfte sie ihre Gefühle für den Mann, der im Guten wie im Bösen ihr Ehemann war. Ihr Herz und ihr Verstand fanden keine Übereinstimmung. Ihre Gedanken und Gefühle waren hoffnungslos verwirrt und ein ebensolches Geheimnis für sie war der Mensch, der da an ihrer Seite lag. Sie wußte nur, daß sie unwiderruflich und zutiefst mit ihm verbunden war und daß es kein Zurück für sie gab. Am Ende des Wegs wartete ihr Schicksal auf sie ... gut oder schlecht ... gewonnen oder verloren ... Leben oder Tod!

Shane öffnete den Mund. Als er zu sprechen begann, machte ihr Herz vor Freude einen Satz, doch dann verspürte sie erneut Beklommenheit. Er sprach, als wäre er an Bord eines Schiffes auf dem Meer. »Keine Angst, meine Liebe, das Schiff ist aus solider englischer Eiche gemacht. Es reitet hoch auf den Wellen, und ich habe die Toppsegel gestrichen, um das Schlingern zu verringern. Obwohl wir mit dem Wind segeln, werden wir unsere Takelage nicht verlieren.« Sein gesunder Arm legte sich um ihre Schulter, und seine Lippen strichen über ihre Schläfen. »Hier unten sind wir gemütlich im Trockenen, solange der Sturm tost. Hab keine Angst, meine Liebste.«

»Ich habe keine Angst, solange du bei mir bist. Bleib hier bei mir in Sicherheit«, flehte sie.

»Ich verspreche dir, daß ich dich niemals verlassen werde, Macushla. Ich muß O'Neill die Waffen und die Munition bringen ... du mußt mir schwören, daß du es niemandem verrätst.« Er nahm sie fester in den Arm und drohte aufzustehen, also beruhigte sie ihn, indem sie weiterlog.

»Ich schwöre es, mein Liebster, du kannst mir vertrauen ... Ich werde deine Geheimnisse ewig bewahren.«

»Es ist so gut, jemanden zu haben, mit dem ich meine Gedanken teilen kann ... jemanden, dem ich vertrauen kann ... ich hatte noch nie einen Menschen. Ich lege mein Leben in deine Hände ... Aber du mußt auch schwören, daß du die anderen nicht verrätst ... O'Neill ... Fitzgerald ...«

Das würde sie nicht schwören, dazu haßte sie O'Neill viel zu sehr. »Wer ist Fitzgerald?«

Seine Stimme senkte sich zu einem heiseren Flüstern. »Der Baron. Er ist Sohn des großen Earl of Desmond ... Ich bin ein Bastard, aber er ist der rechtmäßige Sohn eines Earls. Niemand weiß, daß er noch lebt ... niemand darf es je erfahren ... Er wurde zum Tode verurteilt ... ich habe es selbst gelesen: *Du sollst auf einem Karren durch die offenen Straßen bis zum Platz der Hinrichtung gezogen werden. Dort wird man dich bei lebendigem Leib aufschlitzen, dir dein Herz und deine Eingeweide herausreißen und den Schwanz abschneiden, damit alles vor deinen Augen im Feuer verbrennt, ehe man dir den Kopf vom Körper reißt, der gevierteilt und der Königin zu Gefallen den Hunden zum Fraß vorgeworfen wird!*«

»Pst, Mylord, ich flehe Euch an.« Sie war ein schlechter Mensch, daß sie ihm in seinem Delirium eine solche Frage gestellt hatte. Auf diese Weise erfuhr sie von dem Grauen, das ihn erwartete, wenn er als Verräter enttarnt werden würde, ebenso wie vielleicht sie selbst als seine Ehefrau. Ihrer beider Leben würde der Königin zum Gefallen geopfert werden, dachte sie entsetzt. »Pst, pst, Mylord«, beruhigte sie ihn.

»Ich muß sprechen, mein Liebling.«

»Dann sprecht von schöneren Dingen. Erzählt mir von Eurer Kindheit.«

Er lachte humorlos auf. »In dem Sommer, als ich zehn Jahre alt wurde, schickte mich meine Mutter zu O'Neill. Er nahm mich mit auf Streifzüge ... denn er fand, ich würde nicht eher ein Mann sein, ehe ich nicht mein Schwert in das Blut eines Engländers getaucht hätte, den es zuvor zu töten galt. Die Abscheulichkeiten, die ich damals gesehen habe, sehe ich immer noch. Die Engländer haben die halbe Bevölkerung von Munster niedergemetzelt ... Säuglinge, Kinder ... Frauen. Als ich vierzehn war, kamen wir durch drei Dörfer, in denen jedes Lebewesen abgeschlachtet und alles verbrannt worden war. In jener Nacht überfielen wir aus Rache die Dubliner Garnison und töteten alle Offiziere.«

»Shane, hör auf!« befahl sie so gebieterisch wie möglich und vernahm erleichtert, daß er abermals von seinem Segelschiff zu sprechen begann.

»Ich liebe das Meer ... so rein ... es war meine Rettung.«

»Deine Rettung vor O'Neill? Warum hilfst du ihm dann immer noch? Auf diese Weise wirst du nie von ihm frei sein!«

»Ich liebe und ich hasse ihn. Kannst du das verstehen?« murmelte er.

Sie verstand ihn nur zu gut. Das genau waren ihre Gefühle für Shane Hawkhurst O'Neill. Sie liebte und sie haßte ihn.

Sie war dankbar, daß der Baron bald darauf mit einem weiteren vollen Kelch hereinkam. Sie glitt in ihren Morgenmantel und zündete neue Kerzen an. »Er hat phantasiert, und seht, die Verbände sind vollkommen durchnäßt. Ich befürchte das Schlimmste!«

»Nein«, sagte er ruhig. »Das Gift muß raus. Dann wird er heilen.« Sabre wußte, daß er nicht nur die Wunde meinte. Wie oft sie seine Wunden neu verbanden, die Bettlaken wechselten und ihm die Medizin reichten, wußte er nicht, aber bei Anbruch des dritten Tages fiel er endlich in einen tiefen, traumlosen Schlaf, aus dem er erst nach vierzehn Stunden wieder erwachen sollte.

Der Baron beruhigte sie. »Er wird überleben, keine Frage. Es wurden keine lebenswichtigen Organe getroffen, die Wunde muß nur verheilen. Glücklicherweise hat er eine so breite Brust. Bei einem schmächtigeren Mann hätte der Stoß das Herz oder die Lunge durchbohrt.«

Sabre badete und zog sich um, und Mason brachte ihr ein herrliches Mahl auf einem Tablett herein. Sie dachte flüchtig an Kate Ashford und den Hof, doch dann zuckte sie mit den Schultern. Ihr würde schon eine plausible Entschuldigung einfallen, wenn sie zurückkehrte, aber im Augenblick hatte sie wichtigere Dinge zu bedenken. Irgendwie mußte es ihr gelingen, ihn noch mindestens eine Woche im Bett zu halten.

Am vierten Tag öffnete er die Augen und lächelte seine beiden Retter an. Er war schwach wie ein Kätzchen, und während der ersten beiden Stunden war er ihnen vollkommen hilflos ausgeliefert. Er mußte klare Brühe und gekochte Eier hinunterwürgen, aber als ihm ein Glas mit Wasser verdünnten Weins an die Lippen gehalten wurde, warf er rebellisch die Bettdecke zurück. »Himmel, verschwindet, ich kann alleine essen!«

»Oh, nein. Du wirst im Bett bleiben, und wenn ich dich dort anbinden muß!« schwor sie ihm. »Der Baron und ich haben wie zwei Galeerensklaven geschuftet. Du wirst jetzt nicht wieder die Wunde aufreißen, nur weil du männliche Tapferkeit zur Schau stellen mußt!«

»Die einzige Möglichkeit, mich hier im Bett zu halten, ist, daß du mich mit deinem warmen Leib unter die Decke drückst.«

»Stellt nur keine übertriebenen Forderungen, Mylord, im Augenblick könnte ich Euch mit einer Hand niederstrecken.«

Er setzte ein lüsternes Grinsen auf. »Und ich könnte dich mit einem Finger flachlegen.«

Sie errötete. »Es besteht keine Notwendigkeit, obszön zu werden. Glaub mir, das einzig Wichtige ist, daß du wieder auf die Beine kommst.«

Er sah sie entschuldigend an und bat: »Komm und leg dich zu mir, meine Liebste.«

Sie gab nach, und sie fühlte sich so erleichtert, daß es ihm besserging, daß sie an seinen festen, heißen Leib, der ihr soviel Sicherheit bot, geschmiegt einschlummerte, während er sie aus halb geschlossenen, schläfrigen Augen zufrieden musterte.

Am nächsten Morgen wurde eine prächtige Barkasse gebracht. Sabre sah das wunderbare Gefährt aus einem Fenster des oberen Stockwerks von Thames View und konnte dem Drang nicht widerstehen, zum Fluß zu laufen, um es sich aus der Nähe anzusehen. Es war keine besonders große Barkasse, aber sie sah einfach herrlich aus, hatte Messinggeländer und Lampen aus demselben Material, ein blank poliertes Eichendeck und einen Drachenkopf am Bug. Sie war in Gold und Weiß gehalten, und der purpurfarbene Baldachin und die schweren, ebenfalls purpurnen Vorhänge schützten vor fremden Blicken und vor jedem Regenguß. Für die Bequemlichkeit sorgten unzählige Kissen, die mit zwei ineinander verschlungenen *S* – für Shane und Sabre – gekennzeichnet waren.

Als sie die Treppe hinaufeilte, um sich bei ihm zu bedanken, wandelte sich ihre Freude in gerechten Zorn.

»Shane, geh sofort wieder ins Bett, du bist noch nicht kräftig genug –«

Doch Shane fiel ihr ins Wort. »Diese Behauptung soll mich doch sicher nur dazu verführen, das Gegenteil unter Beweis zu stellen.«

»Der Baron hat gesagt –«

Wieder unterbrach er sie. »Der Baron spricht nicht.« Sein Blick warnte sie, ihm ja nicht zu widersprechen, doch als er sah, daß ihre Entschlossenheit, ihn im Bett zu halten, ins Wanken geriet, redete er sanft auf sie ein. »Sabre, mein Liebling, wir haben bereits Oktober. Jeden Augenblick kann der Nordwestwind vom Atlantik über uns hereinbrechen, und dann ist die Schönheit des Herbstes wieder einmal für ein ganzes Jahr dahin. Aber heute scheint die Sonne noch einmal wunderbar warm, und das sollten wir nutzen. Riech doch nur! Die Brise vom Fluß schickt den Duft der letzten Rosen zum Haus herauf. Morgen haben wir vielleicht eisigen Nebel oder strömenden Regen. Also laß uns den Augenblick genießen und auf dem Fluß spazierenfahren.«

Auf sein Drängen hin trug sie nur ein leichtes Batisthemd, und er zog lediglich ein kragenloses Hemd über seine Bandagen. Sie hatten reichlich zu essen und zu trinken eingepackt, lagen im Sonnenschein und teilten reife Birnen und einen Kelch würzigen Apfelweins. Sie sah zu, wie er mit dem Griff seines Dolches Walnüsse knackte, sammelte die Schalen ein und setzte sie, kleinen Booten gleich, auf dem sich kräuselnden Wasser aus.

Shane klärte sie über die Geschichte des Flusses auf. Als sie an den Palast von Richmond kamen, sagte er: »Er beherbergt eine der bestsortierten Bibliotheken des gesamten Königreichs. Unter den zahllosen Büchern und Manuskripten gibt es eine ganze Reihe verbotener Werke, aber ich habe sie alle gelesen.«

»Warum verboten?« fragte sie verwirrt.

»Es sind Werke über Schwarze Magie, die der Großvater der Königin gesammelt hat. Eines Tages werde ich sie dir zeigen ... die Geheimgänge, die es in Richmond gibt, werden dir gefallen.«

Sie segelten an Hampton Court vorbei, und er zeigte ihr die Hahnenkampf-, Turnier- und Tennisplätze sowie die Bowlingbahnen. »Es gibt eine ganze Reihe von Irrgärten und Schlängelwegen ... ein wahrer Traumgarten für heimliche Liebespaare.« Er versuchte, sie in die Arme zu nehmen, aber sie zögerte wegen der beiden livrierten Ruderer an Bord. Da lachte er und gab sich für den Augenblick damit zufrieden, sie neben sich zu sehen. Sie lagen Hand in Hand in den Kissen und glitten an den Dörfern Walton, Chertsey und Staines vorbei. Dann wies er mit einem seiner langen, braunen Finger auf die Insel Runnymede. »Dort hat König John die Chronik Englands für immer verändert.«

Sie setzte sich auf, als sie sich Windsor Castle näherten, das auf einem Kalksteinhügel stand. »Du bist wirklich verwegen, so nah am Hof vorbeizufahren. Was, wenn man uns sieht?« Sie sah ängstlich zur großen, offenen Galerie hinauf.

Er legte seinen Mund an ihr Ohr. »Wenn du dich neben mich legst, können wir die Vorhänge zuziehen und niemand wird uns sehen.« Seine Hände begannen, ihre seidige Haut unter dem Hemd zu suchen, und sie war dankbar für die Vorhänge. Ihr Zögern und ihre Schüchternheit steigerten seine Leidenschaft noch. »Du verzauberst mich, Sabre Wilde.« Er streichelte ihren Leib, küßte ihre Brüste und lockte sie, bis sie es kaum noch ertrug. Sie wußte, wohin seine Zärtlichkeit führen würde, doch seine noch nicht verheilte Wunde machte ihr angst. »Nein, nein, das darfst du nicht!«

Seine Zähne blitzten auf. »Wenn du einem Mann den Wein verbietest, bekommt er plötzlich einen unstillbaren Durst.«

Die Barkasse fuhr langsam an den Fachwerkhäusern und Farmen der Hügel von Chiltern vorbei bis nach Wallingford.

Währenddessen zog er ihr das zarte Hemd über den Kopf. »Ich will dich ganz sehen, von Kopf bis Fuß. Deine Haut hat die Farbe frischer Sahne«, murmelte er. »Deine irische Schönheit ist etwas ganz Besonderes. Du hast etwas Wildes, Hexenhaftes an dir.« Seine Lippen glitten von ihrem Hals hinab über ihren Bauch. »Deine grünen Augen sprühen Höllenfunken, als wolltest du dich nur um des Vergnügens willen von mir in einem Federbett oder hinter einer Hecke vögeln lassen!« Sein Mund fand die Rosenknospe im Zentrum ihrer Weiblichkeit. »So herrlich, so aufregend, so weiblich.«

Sie stöhnte vor Verlangen auf. »Deine Wunde … du darfst dich nicht überanstrengen.«

Er starrte sie lüstern an. »Nein … also sei so nett und hilf mir, mich auszuziehen.« Sie gehorchte, und unverzüglich rollte er sich auf ihren Leib. Sein Gewicht drückte herrlich auf ihre Brüste, und er schob sich mit aller Kraft in sie hinein. Dann lag er vollkommen reglos da und füllte sie aus. Sie spürte das Trommelns seines Blutes, das Pochen seines Schwanzes, und er spürte, wie sie innerlich erschauderte. Seine Zunge plünderte die süße Tiefe ihres Mundes, bis sie in glückseligem Schwindel unter ihm lag. Schließlich wurde ihr Verlangen so stark, daß sie laut seinen Namen hervorstieß.

Er rollte sich auf den Rücken, bis sie auf ihm lag, dann löste er sich von ihrem Mund und flehte sie heiser an: »Liebe mich, Sabre.«

Plötzlich küßte sie ihn und benutzte ihre Schenkel und ihre Finger und erregte sie beide derart, daß sie das Gefühl hatte, nie genug von ihm zu bekommen und sich um ihn herum zusammenzog, als wolle sie ihn nie mehr gehen lassen. Sie beide versuchten, das, was unweigerlich geschehen mußte, in die Länge zu ziehen, aber in diesen langen Minuten erbebte ihr Körper für den Mann, den sie gefunden hatte, um sich von ihm verführen, lieben und anfüllen zu lassen.

Sie starben oder schliefen, sie wußte nicht was, und dann zog er die Vorhänge auf, und sie kehrten in die Welt zurück. Er führte sie an die Reling des Bootes. »Ich möchte, daß du siehst, wo sich Isis und Thame vereinigen. Du bist Isis, und ich bin Thame, und gemeinsam sind wir so unbesiegbar wie die Themse unter uns.«

Glückselig lehnte sie sich an seine starke, breite Brust. Sie war von der Liebe vollkommen geschafft, aber er, der noch vor wenigen Tagen dem Tod so nahe gewesen war, wirkte kraftvoll wie nie zuvor.

14. Kapitel

Mitten in der Nacht wurde sie wach, weil er nicht mehr neben ihr lag. Er lehnte am Fenster und starrte in die Finsternis hinaus.

»Geht es dir nicht gut?« fragte sie besorgt.

»Doch, aber ich mache mir Sorgen.« Er kam ans Bett und setzte sich. »Sabre, als ich krank war, habe ich da irgend etwas gesagt?«

Sie überlegte lange, was sie sagen sollte, doch dann sah sie ihn ehrlich an. »Du hast mir alles erzählt.«

Er erbleichte. »Alles?«

Sie nickte langsam. »Zwei Väter ... zwei Länder ... zwei Bindungen. Dein Freund Fitz-« Er legte ihr die Finger auf die Lippen, um sie zum Schweigen zu bringen, und dann strich er ihr sanft über den Hals. »Wenn ich meinem Verstand gehorchen würde, müßte ich dich jetzt umbringen«, krächzte er.

Sie sah ihn unerschrocken an.

»Aber ich werde meinem Herzen folgen und dich lieben.« Er umfaßte zärtlich ihr Gesicht. »Ich frage mich, Sabre, ob du mich verraten wirst.« Es war keine direkte Frage, aber trotzdem antwortete sie ihm direkt, obgleich sie selbst nicht wußte, ob sie die Wahrheit sprach oder log. »Jede Form der Rache, die ich jemals für etwas üben werde, was du mir tatsächlich oder meinem Empfinden nach angetan hast, wird persönlich sein. Ich werde dich niemals der Krone oder der Königin verraten, da mir deren Rache niemals Befriedigung verschaffen könnte. Die einzige Rache, die du zu fürchten hast, ist meine eigene«, warnte sie ihn.

Er küßte den kleinen schwarzen Schönheitsfleck auf ihrem Wangenknochen, und seine Gedanken kreisten nur noch um sie.

»Dir gehört mein Herz. Glücklicherweise stehe ich wenigstens nicht zwischen zwei Frauen.«

»Ach nein, Shane Hawkhurst O'Neill?« beschwerte sie sich. »Und was ist mit deiner Frau?«

»Sie bedeutet mir nichts«, sagte er. Und als er ihr seine Liebe schwor und seine Frau dabei verriet, wurde sie so wütend auf ihn, daß sie auf ihn einzudreschen begann. Und das alles, weil sie auf sich selbst eifersüchtig war!

Als die Dämmerung hereinbrach, hingen sie aneinander wie zwei Ertrinkende. Er hatte das tiefe Bedürfnis, sie erneut zu beherrschen, und sie hatte das tiefe Bedürfnis, die Einsamkeit in ihrem Inneren zu füllen, die der Streit bei ihr hinterlassen hatte. Ihre Körper verschmolzen miteinander, als versuchten sie, all die Tage und Nächte wettzumachen, die sie ohne einander hatten leben müssen. Sie liebten sich immer und immer wieder.

Er schlief so fest, daß er noch nicht einmal merkte, daß sie sich erhob. Sie legte ihren Morgenmantel an und ging, um das für lange Zeit letzte gemeinsame Frühstück zu holen. Sie wußte, daß sie an den Hof zurückkehren mußte, nun, da es ihm wieder besser ging. Die Königin und ihr Gefolge würden bald nach Whitehall umziehen, wo Elizabeth alljährlich das Parlament und die glitzernde, von zahllosen Festen erhellte Wintersaison eröffnete.

Als sie von Mason das Tablett entgegennahm, fuhr draußen eine Kutsche vor. Mason ging in die Eingangshalle, und Sabre sah ihm nach. Wer kam nur um eine solch frühe Zeit?

Eine elegant gekleidete Frau betrat selbstbewußt das Haus. »Mason, wie geht es Ihnen? Rufen Sie doch bitte ein paar Bedienstete. Ich fürchte, ich habe wie immer unverschämt viel Gepäck dabei.« Überrascht zog sie plötzlich eine ihrer schönen Brauen hoch, als sie Sabre sah. Doch dann lächelte sie. »Meine Liebe, du mußt Shanes junge Ehefrau sein. Warte ... ah, ja, Sara, nicht wahr? Er ist immer so geheimnisvoll, daß ich leider sonst nichts über dich weiß.« Sie musterte die junge Frau mit einem Blick, und weder die zerzausten Haare noch die spärliche Bekleidung störten sie. »Matthew hat mir bereits erzählt, was für ein Prachtmädchen du bist. Ich muß sagen, du bist eine bezaubernde Lady Devonport«, stellte sie großmütig fest. »Ich bin Georgiana, Shanes Mutter.«

Sabre stammelte. »Nein, nein, ich bin nicht – das heißt, ich bin, aber – ich bin nicht – oh, verdammt!«

»Ich weiß, wie du dich fühlst ... da taucht plötzlich deine alte Schwiegermutter auf und verdirbt dir die ersten Wochen mit deinem Ehemann! Wenn ich gewußt hätte, daß er dich mit nach Thames View gebracht hat, wäre ich auf Hawkhurst geblieben, aber ich kann dich beruhigen, *chérie,* ich will nur einen Tag in London einkaufen, und dann reise ich sofort wieder ab.«

Sabre saß in der Klemme. Ihre Schwiegermutter verströmte eine solche Wärme und einen solchen Charme, daß sie es einfach nicht über sich brachte, in den Augen dieser Frau als Hure dazustehen. »Georgiana«, sagte sie. »Ich möchte Euch ein Geheimnis mitteilen. Bitte frühstückt doch mit mir, und hört Euch meine Beichte an.«

Georgiana reichte Mason ihre Handschuhe und ihren Hut und folgte Sabre in einen gemütlichen kleinen Raum, in dessen Kamin ein Feuerchen die Kühle des Oktobermorgens vertrieb. Georgiana nahm sich eine riesige Scheibe Schinken mit Wacholderbeeren, während Sabre mit ihrer Erzählung begann. »Euer Sohn hat mich geheiratet, weil mir ein Fleckchen Land in Irland gehört. Er hat sich noch nicht einmal die Mühe gemacht, zur Hochzeit zu erscheinen. Er hat einfach Matthew nach Cheltenham geschickt, damit der mich als sein Stellvertreter ehelicht.«

Georgianas Gesicht verriet Betroffenheit.

»Er befahl mir, nach Blackmoor zu reisen, und zog dann, ohne auch nur ein einziges Mal an mich zu denken, mit der Königin während des Sommers über das Land.«

»Mit dieser Männer verschlingenden alten Vettel!« rief Georgiana aus.

Sabre lachte. »Ich sehe, wir haben eine gemeinsame Feindin.«

»Er hat dich einfach schändlich behandelt!« stellte Georgiana voller Empörung fest.

»Oh, ich gebe zu, daß ich außer mir war, aber ich nehme gerade süße Rache an ihm. Ich kam zu meiner Tante, Lady Kate Ashford, an den Hof, um Shanes Mätresse zu werden. Er hat keine Ahnung, daß er mit mir verheiratet ist.«

»Oh, das ist wie ein Stück von Will Shakespeare! Wie gewagt von dir, Sara, einen gefährlichen Mann wie Shane derart hinters Licht zu führen.«

»Bitte, nennt mich nicht Sara. Hier nennen mich alle Sabre Wilde. Ihr und Matthew seid die einzigen Menschen, die die Wahrheit kennen.«

»Natürlich, du bist eine Irin. Wir Iren wagen einfach alles! Du erinnerst mich sehr an mich selbst, meine Liebe. Oh, das ist ein böser Streich, den du ihm da spielst, aber er hat es wirklich verdient. Ich werde dir bestimmt nicht den Spaß verderben. Du wirst es ihm selbst sagen, wenn der rechte Zeitpunkt gekommen ist.«

»Sabre«, drang eine tiefe Stimme von draußen herein. »Was zum Teufel sollen all diese Kleider hier? Wann hast du überhaupt Zeit gefunden, einkaufen zu gehen? Ich habe dich schließlich fünf Tage lang neben mir im Bett gehabt.« Shanes große Gestalt tauchte im Türrahmen auf, und seine Mutter errötete. »Georgiana, du wirkst sehr erholt«, stellte er gelassen fest.

»Shane, mein Lieber, ich hatte gewiß nicht die Absicht zu stören.«

»Du störst nicht.« Er legte einen Arm um Sabre und sah lächelnd auf sie herab. »Meine Liebe, ich weiß, daß es dir schwerfallen wird, zu glauben, daß eine so elegante Dame einen so verkommenen Taugenichts auf die Welt gebracht haben soll, aber dies ist allen Ernstes meine Mutter Georgiana.« Seine dunkelblauen Augen suchten den Blick seiner Frau Mama. »Und dies ist Sabre Wilde, die Herrin von Thames View.«

Sabre errötete und löste sich von ihm. »Ich muß mich anziehen«, murmelte sie und floh aus dem Raum.

Allein mit seiner Mutter sagte Shane: »Ich weiß, daß es ungehörig ist, Mutter und Mätresse unter einem Dach zu haben, aber ich entschuldige mich nicht dafür, Georgiana.«

»Gütiger Himmel, Shane, ich hoffe doch, daß ich nicht so linkisch wirke, auf einmal schockiert zu sein.« Sie lachte ihn an. »Ich freue mich über deinen erlesenen Geschmack.«

Wieder oben sagte er: »Tut mir leid, meine Süße« und runzelte die Stirn. »Um Gottes willen, sag ihr bloß nicht, daß ich verwundet war. Er fluchte, und Sabre sah, daß er ehrlich in Sorge war.

»Ich kehre noch heute an den Hof zurück, du kannst also aufhören, so unzufrieden auszusehen.«

»Himmel, Sabre, ich hoffe, du hältst mich nicht für einen solchen Heuchler. Ich will nur nicht, daß O'Neill auf Georgiana trifft.«

»Er wird wohl kaum hier auftauchen«, beruhigte sie ihn.

»Und ob er kommen wird«, stellte er grimmig fest. »Denn heute nacht bringe ich ihn nach Irland zurück.«

»Zur Hölle mit dir. Ich weiß nie, wann du mal wieder das Land verläßt. Es kommt dir nie in den Sinn, mir von deinen Plänen zu erzählen. Wann werden wir uns wiedersehen?« fragte sie.

»Ich bin es nicht gewohnt, eine Frau in meine Pläne einzubeziehen. Bilde dir nur nicht ein, daß ich deine Erlaubnis brauche, wann ich kommen und gehen kann. Du bist schließlich nichts weiter als meine Mätresse«, stellte er mit tödlich leiser Stimme fest.

»Fahr zur Hölle ... und nimm den verdammten O'Neill gleich mit!« schnauzte sie.

Insgeheim jedoch hatte sie Angst, denn sie wußte, daß O'Neill für Shane den Tod bedeuten konnte.

Er trat drohend auf sie zu, aber statt sie zu packen, zog er sie stöhnend an seine Brust. »O'Neill ist Gift für Georgiana. Ich muß ihn noch heute nacht loswerden.«

Sie wollte laut protestieren, aber sie wußte, daß sie es ihm nicht verbieten konnte. Also trat sie einen Schritt zurück und sagte: »Warum bekämpfst du das Feuer nicht mit einem Gegenfeuer? Wenn du nicht willst, daß sie ihm in die Arme fällt, such ihr doch einen anderen Mann.«

»Wen?« fragte er. »Wer in Gottes Namen kommt gegen den tödlichen Charme dieses Iren an?« Fluchend trat er einen Hocker quer durch den Raum. »Ein anderer Ire«, schlug sie leise vor. »Es gibt einen unter diesem Dach, der zweimal mehr Mann ist als O'Neill, der dreimal so charmant ist und obendrein ein wahrer Freund.«

Er starrte sie ungläubig an. »Der Baron?«

Sabre nickte. »Kleide ihn ordentlich ein, und lade ihn zum Essen ein; zu einem intimen Essen nur für uns vier.«

»Das würde er niemals tun«, sagte Shane.

»Er würde alles für dich tun. Frag ihn nur.«

Der Speisesaal von Thames View erstrahlte im Licht der hundert Kerzen auf dem riesigen Kronleuchter. Auf dem gestärkten weißen Leinentuch des für vier Personen gedeckten Tisches glitzerten schweres Silber und venezianisches Kristall. In der Mitte stand eine Vase mit spätblühenden weißen Rosen, und die beiden elegant gekleideten Herren rückten die hohen Stühle für die Damen zurecht.

»Es ist wirklich eine Überraschung, dich wieder in England zu sehen, Fitz. Ich dachte, du wärst für immer in Frankreich«, improvisierte Shane.

»Ich freue mich, endlich einmal einen Freund von Shane kennenzulernen. Er ist ein solcher Geheimniskrämer, daß ich nie etwas von ihm weiß«, stellte Georgiana lächelnd fest. Sie konnte die Bewunderung nicht verbergen, die sie für den Mann neben sich empfand. Seine Kleider und sein Benehmen waren perfekt, seine herrlich kultivierte Stimme klang angenehm im Ohr, aber vor allem war er herzlich und ein so netter Gesellschafter, daß sie das Gefühl hatte, bereits seit Jahren mit ihm bekannt zu sein. »Sie haben doch sicher einen Nachnamen, Sir. Ich kann Sie wohl kaum Fitz nennen«, wagte sie sich vor.

»Fitzclare«, log Shane, doch der Baron lächelte Georgiana freundlich an. »Bitte nennen Sie mich Fitz. Es gefällt mir, den Namen aus Ihrem Mund zu hören.«

Sie senkte den Blick, doch dann sah sie ihn wieder an. »Fitzclare ist ein irischer Name, Sir, aber ich höre bei Ihnen keinen irischen Dialekt.«

»Fitz wurde in Europa erzogen. Er ist in seiner Jugend viel herumgereist ... Paris, Brüssel, Venedig«, sagte Shane, und dieses Mal log er nicht. Der Earl of Desmond hatte seinen Sohn nach Europa geschickt, vielleicht weil er Angst hatte, daß er so werden könnte wie Irlands dickschädeliges, wildes Bauernvolk.

Sabre saß nachdenklich an ihrem Platz und versuchte, den vollkommen verwandelten Baron nicht allzu offensichtlich anzustarren. Ohne seine Kapuze sah man sein attraktives, silbergraues Haar, und seine Augen waren zwar dunkel, aber auch in ihnen blitzte es manchmal silbern auf. Seine Mönchskutte hatte einen harten, wohlgeformten Körper kaschiert, und Sabre konnte sich vorstellen, was für Muskeln er besaß. Sie errötete bei dem Gedanken, und Shane, der sie beobachtete, zog amüsiert die Brauen hoch. Gott der Allmächtige, dachte er, wie sehr sie seiner Mutter ähnelte. Sie sahen unterschiedlich aus, aber im Geist waren sie verwandt. Ihre Augen blitzten herausfordernd, sobald sie einen Mann begegneten, und welcher normal sterbliche Mann sollte da widerstehen? Er mußte sehr vorsichtig sein, damit sie nicht allzuviel Macht über ihn gewann.

Der Baron unterhielt Georgiana mit Geschichten von seinen Reisen über den Kontinent. Er war amüsant und sprach mit Leichtigkeit über Mode, Essen, Sitten und Gebräuche, Politik oder die Besegelung der sieben Meere, und sie fühlte sich unweigerlich angezogen von diesem herzlichen Mann, der ihr seine ungeteilte Aufmerksamkeit zuteil werden ließ. Etwas Schmeichelhafteres hatte noch kein Gentleman für sie getan.

Als Shane sah, daß die beiden vollkommen voneinander in Anspruch genommen waren, wandte er sich Sabre zu. Sie nahmen Abschied voneinander, und beide sorgten sie sich um die Sicherheit des anderen. Ihr Schweigen verriet ihm, daß sie böse war, weil er ging. Sie hatte eine Barriere zwischen ihnen beiden errichtet, die er durch liebevolle Worte zu durchbrechen suchte. »Die Barkasse wartet, um dich heute abend nach Windsor zurückzubringen«, sagte er und nahm ihre Hand. »Sei vorsichtig, mein Liebling, und vergiß nicht, falls du jemals Hilfe brauchst und mich nicht erreichen kannst, stehen immer Männer von mir in den Stallungen bereit.«

Sie zog ihre Hand zurück und sagte: »Ich kann allein auf mich aufpassen. Da ich nie weiß, wo du gerade bist, bleibt mir wohl kaum eine andere Wahl. Ich glaube, ich gehe nach oben, ehe dieser Widerling kommt. Ich will ihn nicht sehen.«

»Hat er dich beleidigt, mein Schatz?«

»Er hat gesagt, daß die Königin uns Engländerinnen ein schlechtes Vorbild ist und daß man sich in Irland die Frauen gefügig macht, indem man sie schlägt und regelmäßig vögelt.« Ihre Augen blitzten wütend auf. »Tja, habe ich gesagt, ich versichere Euch, daß ich regelmäßig gevögelt werde und daß Shane mir seine großartige Waffe leiht, sooft ich sie will!«

»Verlogene Irin!« flüsterte Shane und küßte ihre Hand.

Ihre Finger wurden starr und kalt, und sie zog ihre Hand abermals zurück.

Als sie sich erhob, standen die anderen ebenfalls auf. Georgiana wandte sich über ihre Schulter an Fitz: »Ich habe beschlossen, den Winter über auf Hawkhurst zu bleiben. Bis dort sind es nur vierzig Meilen ... Ich würde Ihre Gesellschaft sehr zu schätzen wissen, falls Sie sich auf dem Land nicht zu Tode langweilen.«

»In Ihrer Gesellschaft würde ich mich niemals langweilen, Mylady«, erwiderte er galant. »Aber seien Sie nicht allzu überrascht, falls ich Ihr Angebot annehme und tatsächlich hereingeschneit komme.« Der Blick, den sie ihm schenkte, nahm ihm die Luft. »Bitte«, murmelte sie.

Der Baron tat, als müsse er gehen, aber in Wirklichkeit zog er sich nur um, um mit Shane nach Irland zu fahren. Wenn er in jener Nacht, als Shane sich mit O'Neill getroffen hatte, hinter ihm gewesen wäre, hätte er den beinahe tödlichen Hieb nie abbekommen.

Als Sabre die schweren Schritte im Hof vernahm, ging sie hinauf und ließ Vater, Mutter und Sohn allein.

»Huch!« Georgiana rang nach Luft, als sie die harten, schroffen Züge O'Neills erkannte.

Er sah mißbilligend auf das tief ausgeschnittene, elegante Kleid, die Diamantkette an ihrem Hals und den spitzenbesetzten Fächer, mit dem sie kunstvoll wedelte, aber die vollblütige Frau unter all dem Plunder gefiel ihm immer noch.

Irgendwie hatte Shane jetzt keine Angst mehr vor der Begegnung der beiden. Es war ihr Leben, und sie mußten wählen. »Ich ziehe mich nur um. In einer halben Stunde können wir los«, sagte er, um ihnen noch etwas Zeit zu lassen.

Sabre drehte sich überrascht zu ihm um, als er ins Schlafzimmer trat. Daß er ihr gefolgt war, freute sie. Also hatte sie wenigstens begrenzte Macht über ihn. Trotzdem zog sie eine Braue hoch und sagte kühl: »Ich dachte, wir hätten uns bereits voneinander verabschiedet.«

»Himmel, du machst einen Mann wirklich wahnsinnig. Errichtest du diese Barriere zwischen uns nur, um zu sehen, wie ich sie niederreiße?« fragte er.

»Du bist derjenige, der die Barrieren errichtet. Ich weiß nie, wann du plötzlich beschließt, zu gehen. Und wenn du zurückkommst und mich brauchst, um dein Bett zu wärmen, schnippst du einmal mit dem Finger und erwartest, daß ich angerannt komme!«

»Du klingst wie eine nörgelnde Ehefrau. Und das ist das letzte, was ich brauchen kann. Falls du dich daran erinnerst, habe ich bereits eine Ehefrau«, fauchte er.

»Daran solltest *du* dich lieber mal erinnern. Dir wäre es ja sogar egal, wenn sie tot wäre!«

Er warf verzweifelt die Hände in die Luft. »Na wunderbar! Meine Mätresse übernimmt die Rolle meiner Frau. Aber ich kann doch unmöglich zu meiner Frau gehen, denn dann würde ich dich verlieren, Sabre.«

Sie hielt sich die Hand vor den Mund, um nicht damit herauszuplatzen, daß sie selbst diese Ehefrau war. Bei allem, was ihr heilig war, würde sie dieses As im Ärmel behalten, bis sie es zu ihrem größten Vorteil ziehen konnte.

Shane trat rasch auf sie zu. Sie hatte ihn an seine Grenzen gebracht. Er packte sie brutal und gab ihr einen wilden Kuß, der keinen Zweifel daran aufkommen ließ, wer von ihnen der Meister war. Als ihr Widerstand zu schmelzen begann, knurrte er: »Wenn ich zurück bin, schicke ich einen meiner Bediensteten, der dich hierher bestellt.«

Sabre starrte ihm entgeistert nach und dachte bei sich: Fahr zur Hölle, Hawkhurst.

Oben auf der Treppe traf Shane den Baron. Sie konnten die Unterhaltung unten bestens verstehen und lauschten vollkommen ungeniert.

»Du bist mehr Engländerin als Irin, Weib! Wie deine Königin verbringst du viel zu viel Zeit damit, auf die Jagd zu gehen, Karten zu spielen, mit Freundinnen zu tratschen und Geld für unnützen Firlefanz auszugeben.« Er packte sie roh bei den Schultern. »Aber ich begehre dich immer noch, Mädchen. Komm mit mir nach Irland zurück!«

Georgiana verglich unweigerlich diesen Grobian mit jenem Mann, der heute abend ihr Gesellschafter gewesen war. Oh, die wilde, animalische Ausstrahlung des O'Neill füllte immer noch den Raum, aber seine arrogante, bösartige Gier nach Macht wog diesen Vorzug mehr als auf. Der Drang nach Macht war wie ein Wahn. Er war der Überzeugung, daß er der König der Iren sein müßte, und mit etwas Geringerem als dem irischen Thron würde er sich nicht zufriedengeben, egal, welche Opfer ihm dieses Streben abforderte. Auf einmal erkannte sie, daß auch sie andere Menschen geopfert hatte. Sie hatte ihm Shane gegeben, weil sie dachte, daß ein Sohn ihm etwas bedeuten könnte, aber so war es nicht. Er nutzte ihn schamlos aus und würde es immer weiter tun. Erst der Tod würde ihn aufhalten, aber sie hoffte inständig, daß es so weit niemals kam.

»Nein, Hugh«, sagte sie ruhig. »Ich mag meinen unnützen Firlefanz. Ich bin zu alt, um alle Bequemlichkeit über Bord zu werfen und auf diesem öden Steinhaufen zu leben, den du Dungannon nennst. Du kannst einer Frau keine Liebe geben. Du mußt deine Clans einigen – deine Maguires, O'Haras, O'Donells, O'Sullivans und O'Rourkes.«

Mit abgrundtiefem Haß starrte er auf ihren tiefen Ausschnitt und das Diamantcollier und zischte: »Hure von Babylon.«

In diesem Augenblick rief eine tiefe Stimme vom Eingang her: »Wir sind soweit.« Und Georgiana sah ihren Sohn dankbar an, der neben dem in die Mönchskutte gehüllten Baron zur heimlichen Abreise drängte.

15. Kapitel

Sabre war angenehm überrascht, daß Kate Ashford sie wegen ihrer Abwesenheit nicht übermäßig schalt. Obgleich Kate keine Ahnung hatte, wo Sabre sich herumgetrieben hatte, konnte sie sich verdammt gut vorstellen, in wessen Gesellschaft sie gewesen war. Im Grunde war sie nur erleichtert, daß ihre Nichte rechtzeitig vor dem Umzug nach Whitehall zurückgekommen war. Der ganze Hof war in heller Aufregung wegen der jüngsten Auseinandersetzungen zwischen Essex und Elizabeth. Kate erzählte Sabre, daß bezüglich des Ausgangs inzwischen sogar Wetten abgeschlossen wurde. Die meisten Herren hatten ihr Geld auf die Königin gesetzt, aber die scharfsinnigeren Damen machten ihre Einsätze auf den Namen von Essex, denn am Ende gab Bess seinen Wünschen immer nach.

Die Königin hatte Kate Ashford angewiesen, zehn neue Kleider mitzunehmen, die extra für die Wintersaison angefertigt worden waren, und nun kniete Sabre in der zugigen Windsorschen Kleiderkammer und stopfte die Ärmel der Kleider mit Seidenpapier aus. Die Ärmel waren geschlitzt und mit zahllosen Juwelen besetzt, so daß sie leicht knitterten, aber Sabre hatte einen Weg entdeckt, die Kleider so einzupacken, daß sie später fast unzerdrückt und faltenfrei wieder herausgenommen werden konnten.

Als hinter ihr eine Stimme ertönte, fuhr sie unversehens zusammen. »Ihr also seid Mistress Wilde. Ihr habt Euch verdächtig gemacht, weil Ihr seit der großen Jagd anläßlich meines Geburtstags verschwunden wart.«

Sabre blieb vor Überraschung der Mund offenstehen, daß die Königin gerade sie ansprach, was nicht unbedingt eine besondere Ehre war. »Eure Majestät.« Sie erhob sich von den Knien und nickte ehrerbietig mit dem Kopf. »Ich – ich war leidend, Eure Majestät«, stotterte sie.

»Doch nicht das Fieber?« fragte die Königin höchst alarmiert.

»Ah, nein, Eure Majestät. Ich bin bei der Jagd von meinem Pferd gefallen und konnte eine Woche lang nicht laufen«, log sie, ohne rot zu werden.

»Mir ist aufgefallen, daß Ihr eine Araberstute reitet«, stellte Elisabeth ungläubig und zugleich mißbilligend fest. Wenn die Königin eine Feststellung traf, zwang sie ihr Gegenüber immer zu einer Stellungnahme.

»Ah, ja, Eure Majestät. Ich habe sie beim Kartenspiel gewonnen und war ein derart edles Tier nicht gewohnt.«

»Bitte sagt mir doch, welcher Gentleman so verwegen ist, etwas so Teures wie ein Araberpferd zu setzen?« bat die Königin, und ein weiteres Mal hielt Sabre mit der Wahrheit hinter dem Berg. »Matthew Hawkhurst, Eure Majestät.«

Die Königin wechselte die Themen mit Lichtgeschwindigkeit. Mit zusammengekniffenen Augen fragte sie: »Eure Haarfarbe ... ist die echt?«

Sabre fuhr sich besorgt durch die kupferfarbene Pracht. »Nun, ja, Eure Majestät.«

»Ich werde Euch ein Geheimnis verraten«, sagte Elizabeth in vertraulichem Ton. »Ich trage eine Perücke!«

Da das völlig offensichtlich war und da Sabre bereits Stunden damit verbracht hatte, die riesige Perückensammlung zu reinigen, fiel es ihr schwer, Überraschung zu heucheln.

»Genau der Kupferton, der mir gefällt. Mein königlicher Perückenmacher, Master Hooker, sucht genau solches Haar, wie Ihr es habt«, stellte die Königin fest.

Sabre schluckte schwer. Sie wußte ohne jeden Zweifel, was die Königin von ihr erbat, nein, erwartete. Widerwillen und Zorn wallten in ihr auf. Es war bereits erniedrigend genug, hier auf den Knien herumzurutschen und die Kleider dieser Frau in Seidenpapier einzuwickeln, damit sie später darin herumstolzieren konnte. Und jetzt wollte die alte Hexe allen Ernstes ihr Haar, um junge Männer wie Essex und Devonport zu beeindrucken. Sabre versuchte, das, was unvermeidbar schien, abzuwenden. »Eure Majestät, die Perücken, die Ihr tragt, könnten schöner nicht sein. Ich glaube nicht, daß meine grelle Farbe Euch schmeicheln würde.«

»Das sehe ich anders, Mistress Wilde, und außerdem bin ich es nicht gewohnt, daß man mir widerspricht. Kate Ashford erzählte mir, was für ein großzügiges Mädchen Ihr seid. Ich hoffe doch, daß sie mich nicht belogen hat.«

Sabre blieb nichts anderes übrig, als sich zu fügen. Sie bemühte sich, das Opfer mit Gelassenheit zu bringen, aber innerlich kochte sie vor Wut gegen diese alternde, übermächtige Kreatur.

»Eure Majestät, es wird mir eine Ehre sein, Master Hooker meine Haare zu geben, damit er Euch eine neue Perücke kreieren kann.«

Nun, da sie hatte, was sie begehrte, kehrte die Königin wieder zu ihrem ersten Thema zurück. »Ich warne Euch, Mistress Wilde, setzt Euch nur nicht mit dem älteren Hawkhurst, Lord Devonport, an einen Kartentisch, es sei denn, Ihr wolltet Eure wohlverdiente Strafe haben!«

Die Warnung war so eindeutig, daß sie fürchtete, die Königin könnte die Gerüchte über sie und Shane gehört haben. Sabre sah rot. Am liebsten hätte sie vor der Königin ausgespuckt, um ihre Verachtung zu zeigen. Eifersucht machte sich in ihrem Herzen und ihren Gedanken breit. Bessie Tudor sprach von dem Mann, mit dem Sabre nicht nur ein Verhältnis hatte, sondern mit dem sie obendrein noch verheiratet war, und sie tat es mit einem derart selbstverständlichen Besitzerstolz, daß Sabre ihr fast an die Gurgel gesprungen wäre. Einen furchtbaren Augenblick lang hatte sie gedacht, Elizabeth könnte herausgefunden haben, daß sie die Göttin Diana gewesen war, aber die Wirklichkeit war um vieles entsetzlicher! Die Königin würde ihr wunderschönes Haar bekommen und hatte sie davor gewarnt, dem Gott des Meeres zu nahe zu kommen.

Als sie ging, setzte Sabre ihr heimliches, furchtbares Lächeln auf. Shane gehörte ihr, ihr allein. Er war ihr Privateigentum, bis sie bereit war, ihn zu verstoßen. Dann und erst dann würde Bessie Tudor ihn bekommen! In Gedanken plante sie bereits das verführerische Kostüm für ihre nächste Eskapade, eine, bei der der Spott gegen die Königin gerichtet war.

Hawkhurst und der Baron sagten sich, daß man Irland am schnellsten von Bristol aus erreichen konnte. Es war der London am nächsten gelegene Hafen der Westküste, und bis dahin waren es nur hundert Meilen. Ein möglicher Angriff gegen den Earl of Tyrone würde an Land erfolgen, ehe er England verließ. An Bord von Hawkhursts Schiff würde er in Sicherheit sein.

Shane hatte die Absicht gehabt, O'Neill bis nach Irland zu begleiten, aber in Bristol erwartete ihn der Kapitän mit furchtbaren Nachrichten, so daß er sofort zur Königin zurückkehren mußte. Sir Philip Sidney war bei der Schlacht von Zutphen in Holland verwundet worden, und es schien, als würde er sich nicht mehr erholen. Sir Philip war Leicesters Neffe und einer von Elizabeths Günstlingen. Er war mit Frances, der Tochter von Sekretär Walsingham, verheiratet, die wegen ihrer dunklen Schönheit am Hof nicht gern gesehen war.

Nachdem er O'Neill auf dem Schiff untergebracht und den Baron angewiesen hatte, eines der kleineren, schnelleren Schiffe für die Abfahrt nach Holland zu rüsten, ritt Hawkhurst schnellstmöglich nach London zurück.

Während der Audienz bei Bess konnte er sich nur mühsam beherrschen. Daß sie in Holland gegen die Spanier Niederlage um Niederlage erlitten, war allein ihre Schuld. Die Königin war zu geizig; sie schickte nur ein paar tausend Mann und rüstete sie so erbärmlich aus, daß die Offiziere sich verschulden mußten, damit die Versorgung nicht gänzlich zusammenbrach. Als Shane ihr erklärte, daß Sir Philip in Zutphen verwundet worden war, zeigte sie allerdings ehrliche Erschütterung.

»Sie sollen alle nach Hause kommen! Warum sollen wir die Schlachten der Holländer schlagen?« tobte sie.

Er maß sie mit einem kühlen Blick. »Eure Majestät, es sind Englands Schlachten! Es wäre unehrenhaft, die Spanier gewähren zu lassen!«

Ein Kurier kam mit einer Nachricht von Robert Dudley, Earl of Leicester, und sie rief ihn herein, solange Hawkhurst anwesend war. Er sollte ihr seine Stärke leihen – denn sie fürchtete das Schlimmste. Mit trockenen Augen las sie die Nachricht von Philip Sidneys Tod. All ihre Gefühle waren für ihren geliebten Lord Robert reserviert, und da sie wußte, daß der Verlust seines Lieblingsneffen ihn sicher schwer traf, haderte sie nun mit dem Schicksal, das sie hier in England hielt, so daß es ihr noch nicht einmal vergönnt war, ihn tröstend in den Arm zu nehmen. Sie ballte frustriert die Fäuste und schrie: »Zur Hölle mit dem jungen Narren, daß er sich hat töten lassen ... Das war sehr rücksichtichslos von ihm. Mylord Devonport, holt seinen Leichnam für die Beerdigung nach England zurück. Ich werde ein paar Anweisungen für Leicester abfassen, wenn Ihr solange warten wollt.«

»Bess, ich versichere Dir mein Beileid wegen des Verlustes. Ich habe ein Schiff, das mich noch heute nach Holland bringt.«

Der ganze Hof versank in dunkle Trauer, und farbenfrohe Kleider waren strengstens untersagt. Shane suchte Kate Ashford auf und erklärte, daß er Sabre für ein paar Tage entführen werde. Da ihre Nichte bereits fast all ihre Arbeit erledigt hatte, protestierte die Tante nicht, sondern führte ihn ans Ufer der Themse, wo Sabre das Verladen der Kisten und Truhen für die kurze Fahrt den Fluß hinab beaufsichtigte. Als keiner der Bediensteten sie hören konnte, flüsterte Shane: »Ich fahre nach Holland, und ich nehme dich mit, mein Schatz. Pack warme Kleider ein, und komm mit deiner Barkasse nach Thames View. Wir treffen uns dort um zwei.«

»Ah, Lord Devonport, wenn ich nicht irre«, sagte Sabre, als kenne sie ihn kaum, und warf ihr prächtiges Kupferhaar über die Schultern zurück.

Seine Augen blitzten sie warnend an, aber sie ignorierte den drohenden Blick.

»Mein lieber Lord, Ihr irrt Euch, wenn Ihr annehmt, daß ich Euch jederzeit zur Verfügung stehen kann.«

»Es war Erpressung! Sabre, das kommt nicht in Frage. Ich

werde das Haar für ihre verdammte Perücke besorgen. Es gibt genug Frauen, die bereit sind, ihre Haare oder einen anderen Teil ihres Körpers zu verkaufen. Überlaß die Sache nur mir.«

Der Gedanke, daß die Königin mit den Haaren einer Prostituierten herumspazieren würde, war durchaus amüsant. Doch dann dachte Sabre trübselig darüber nach, wie viele Bordelle Shane würde aufsuchen müssen, bis er genau die richtige Farbe fand!

Hawkhurst fuhr in den von den Engländern gehaltenen Hafen von Flushing ein. Sir Philip Sidney war der Gouverneur dieser Stadt gewesen, die als Basis aller englischen Truppen in Holland fungierte. Er ließ Sabre an Bord, suchte Frances auf und erklärte ihr, daß er gekommen sei, um sie nach Hause zu holen. Die Beileidsbesuche von Philips Offizierskollegen hatten sie erschöpft, und sie sehnte sich nach England zurück. Hawkhursts Stärke war genau das, was sie brauchte. Er übernahm sofort das Kommando und wies die Bediensteten an, alles für die Abreise vorzubereiten. Der Sarg sollte im Frachtraum transportiert werden, ihre kleine Tochter und die Kinderfrau bekamen eine Kabine, und Frances erhielt eine andere für sich allein. Philips Pferde und Hunde wurden sicher untergebracht, und dann begab sich Hawkhurst zu Leicester, um ihm die Nachricht der Königin zu überbringen.

Kurz bevor sie durch die Mündung der breiten Westerschelde in die Nordsee auslaufen wollten, kam Frances in ihrer Witwentracht an Bord. Als Sabre die schmale, schwarz gekleidete Frau und das süße kleine Mädchen erblickte, wurde sie von Mitgefühl gepackt. Shane nickte ihr zu, mit ihnen unter Deck zu kommen, und als sie in der kleinen Kabine standen, stellte er sie der Tochter des verhaßten und gefürchteten Walsingham vor.

Als Frances ihren schwarzen Schleier anhob, traute Sabre ihren Augen nicht. Das hübsche, kleine Mädchen war höchstens achtzehn Jahre alt und sah noch wesentlich jünger aus. Als das Kind und die Kinderfrau in ihrer eigenen Kabine untergebracht waren, wurde Shane an Deck gebraucht, damit die Anker gelichtet werden konnten, und das Schiff die Segel für die Heimreise nach England setzte und aus dem Hafen auslief.

Sabre, die noch bei Frances in ihrer Kabine blieb, verspürte große Zuneigung zu der jungen Frau. Trotzdem fragte sie rücksichtsvoll: »Wären Sie vielleicht lieber allein, Lady Sidney?«

»Nein, bitte verlassen Sie micht nicht, Sabre, und bitte, nennen Sie mich Frances. Ich bin nicht besonders seetauglich, und ich habe in den letzten Tagen nicht allzu viel gegessen«, sagte sie erschöpft.

Sabre schenkte Wein in einen Kelch und mischte ihn mit Zuckerwasser. »Das wird Ihren Magen beruhigen. Warum gehen Sie nichts ins Bett? Ich leiste Ihnen gerne noch ein bißchen Gesellschaft, und wir können uns unterhalten.«

Frances sah sie dankbar an und nippte vorsichtig an dem Wein. Er löste ihr die Zunge, und sie begann, sich Sabre anzuvertrauen. »Bei Gott, ich weiß einfach nicht, was ich tun soll. Philip ist – war – bis über beide Ohren verschuldet, und alles, was er besaß, ist in irgendeiner Form verpfändet.«

Sabre war entsetzt, die Sidneys waren eine der angesehensten Familien Englands.

»Er – wir – haben Schulden in Höhe von achttausend Pfund, und ich habe noch nicht einmal die Mittel, um ihn beerdigen zu lassen.«

Sabre zog sich einen Stuhl neben das Bett. »Ihr Vater wird Ihnen doch sicher helfen.«

Frances lachte verbittert auf. »Mein Vater hat selbst Geldsorgen genug. Er ist ebenfalls seit Jahren verschuldet. Er bezahlt seine Spione aus der eigenen Tasche ... die Königin zahlt ihm lediglich ein mageres Gehalt. Walsingham House ist bis unter die Dachsparren mit Hypotheken belastet, während die Königin von goldenen Tellern speist und jeden Tag andere Juwelen trägt.«

Sabre sah sie nachdenklich an. »Eines habe ich gelernt. Ich nenne es die Goldene Regel. Sie besagt, daß immer diejenigen die Macht haben, die das Gold besitzen.«

»Wie wahr. Bei Gott, das habe ich inzwischen auch gelernt.

Das nächste Mal werde ich des Geldes wegen heiraten«, schwor Frances, und Sabre hakte vorsichtig nach.

»Haben Sie Ihren Ehemann geliebt, Frances?«

Die dunkelhaarige, junge Frau zögerte, doch dann gab sie zu: »Nein, es war keine Liebesheirat. Sie wurde von unseren Eltern arrangiert, und ich glaube, die Königin hatte ebenfalls die Hand im Spiel. Philip war ein Dichter, ein Träumer, völlig ungeeignet für den Krieg.«

»Vielleicht bezahlt ja die Königin die Beerdigung. Er wird doch sicher in St. Paul's begraben werden, oder nicht?

»Die Königin!« spottete Frances, leerte ihren Kelch und hielt ihn Sabre hin. »Philip ist für sie gestorben, aber sie ist die undankbarste Kreatur der Welt. Wußten Sie, daß sie, als sie jünger war, mit Pocken darniederlag und daß Philips Mutter, Lady Mary Sidney, als einzige ihrer Zofen selbstlos bei ihr blieb und sie Tag und Nacht pflegte, bis es ihr wieder besser ging? Die Königin hatte großes Glück, die einzigen Narben, die sie zurückbehalten hat, sitzen unter ihrer Halskrause. Meine arme, liebe Schwiegermutter allerdings hatte kein derartiges Glück. Sie hat sich bei Elizabeth angesteckt und ist seither so vernarbt, daß sie immer einen Schleier trägt und sich niemals in der Öffentlichkeit sehen läßt. Sie bekam in Hampton Court einen winzigen Raum unter dem Dach zugeteilt und darf sich seitdem der Königin nicht mehr nähern, weil Bess Häßlichkeit oder Krankheiten oder Narben, die von einer Krankheit herrühren, nicht erträgt. Glauben Sie mir, Sabre, die Königin gibt niemals, sie nimmt immer nur!«

Sabre senkte ihre Stimme auf ein vertrauliches Flüstern herab. »Ich habe ihr eines ihrer wertvollsten Besitztümer genommen.« Sie machte eine Kopfbewegung Richtung Deck, wo der Gott des Meeres stand. »Warum tun Sie nicht einfach dasselbe?«

»Ich bin in Trauer, und außerdem werde ich auf den Bauernhof meines Vaters im tiefsten Surrey ziehen. Er ist der einzige, der meine Tochter und mich aufnehmen wird.« Plötzlich allerdings sah sie Sabre an. »Wer ist die beste Partie in ganz England?«

Sabre dachte kurz nach, und dann lachte sie. »Wahrscheinlich Essex.«

»Verzeihen Sie mir, Sabre. Das liegt bestimmt am Wein. Es ist nicht recht von mir, so zu sprechen, während mein armer Mann noch nicht einmal unter der Erde liegt, aber es wäre so schön, keine finanziellen Probleme mehr zu haben«, seufzte sie.

Aufgrund der Informationen, die er von O'Neill und anderen hatte, hatte Walsingham Mary, Königin der Schotten, im Netz der Babington-Verschwörung gefangen und sie sicher hinter Schloß und Riegel gebracht. Er hatte Tag und Nacht gearbeitet, um genügend Beweise gegen sie zu sammeln, doch die Königin war außer sich gewesen vor Empörung, und sein Triumph hatte sich in eine Niederlage verwandelt. Der Tod seines Schwiegersohnes, dessen Schulden er erbte, reichte, um seine Gesundheit vollkommen zu ruinieren.

Er konnte also seine Tochter nicht in Harwich abholen, wo Hawkhurst vor Anker ging, so daß Sabre sie in ihrer Barkasse nach Surrey bringen mußte. Frances war wieder zu Hause, aber statt daß sie eine starke Familie vorgefunden hätte, die ihr Trost zu spenden vermochte, mußte sie angesichts der Krankheit ihres Vaters und des täglich anwachsenden Schuldenbergs Stärke zeigen.

16. Kapitel

Sabre erfuhr, daß der Hof bereits nach Whitehall umgezogen war, um dort wie geplant die glitzernde Wintersaison zu eröffnen, die sich allerdings rasch in einen Alptraum verwandelte. Über allem hing wie eine düstere Wolke der königliche Zorn. Die Menschen liefen mit langen Gesichtern herum, trugen dunkle Kleider und unterhielten sich nur noch im Flüsterton, um Elizabeth ja nicht zu reizen.

Sie hatte Leicester und ihre anderen hochrangigen Günstlinge Fulke-Greville und Blount zurück nach Hause beordert und ihnen befohlen, die Armeen in Holland weiter zu reduzieren. Leicester hatte sich geradeheraus geweigert zurückzukehren und erklärt, für einen Rückzug brauche er mindestens sechs Monate. Außer dieser Nachricht hatte Hawkhurst nur noch die Bitte der Holländer um mehr Unterstützung mitgebracht.

Außerdem war die Königin von England wütend auf Walsingham, weil er Mary, Königin der Schotten in einer öffentlichen Gerichtsverhandlung hatte zum Tode verurteilen lassen. Sie würde unter dem Fallbeil enden. Elizabeth jedoch hatte Mary unauffällig beseitigen wollen und nicht durch eine öffentliche Hinrichtung! Nun würde ihr Sohn James der neue König von Schottland werden, und Walsingham hatte ihr geraten, ihn großzügig zu bestechen, weil ansonsten ein Angriff vom Norden her zu befürchten sei.

All diese Neuigkeiten waren schlecht. König Philipp von Spanien würde seine Unbesiegbare Armada noch in diesem Winter fertigstellen, und im Frühjahr würde die größte Flotte gen England segeln, die je zusammengestellt worden war.

In dem Versuch, den alten Pomp bei der traditionellen Parlamentseröffnung wiederaufleben zu lassen, machte Elizabeth Sir Christopher Hatton zu ihrem neuen Lordkanzler, und außerdem zauberte sie das vertraute süße Lächeln auf Essex' Lippen, indem sie ihn zum Earl Marshal von England ernannte, so daß er den zum Earl of Nottingham ernannten ehemaligen Lord der Admiralität überflügelte.

Die Eröffnung des Parlaments vollzog sich in der gewohnten Pracht. Zuerst kamen die Barone, Earls und Ritter des Hosenbandordens, dann der alternde Cecil gefolgt von seinem Sohn Robert. Es folgte der neue Lordkanzler mit den Siegeln Englands, flankiert von zwei Landjunkern, von denen einer das königliche Zepter und der andere das offizielle Schwert in einer roten, mit goldenen Lilien verzierten Scheide trug. Dann verkündeten die Trompeter die Ankunft der Königin. Sie war umgeben von einer Aura höchster Macht, und alle Anwesenden gingen ehrfürchtig in die Knie.

Da es am Hof langweilig geworden war, amüsierten sich Sabre und die anderen Damen andernorts. Auf Whitehall waren sie wenigstens mitten in London, so daß sie ins Theater, an die Börse und auf den Markt in der Candlewick Street gehen, die Goldschmiede in der Lombard Street besuchen oder die Pferdeauktionen auf dem Smithfield Square verfolgen konnten.

Sabre hatte beschlossen, nach Thames View zu reiten, um dort die Nacht zu verbringen. Es hatte angefangen zu schneien, und als sie aus dem Fenster des Herrenschlafzimmers sah, begann sie zu befürchten, daß er vielleicht gar nicht kommen würde.

Es machte sie wütend, daß sie niemals genau wußte, wann sie zusammen sein konnten, da sie sich immer heimlich von ihren anderen Verpflichtungen fortschleichen mußten. Es war ein ständiger Streitpunkt zwischen ihnen, daß er in einem Moment hier war und im nächsten schon wieder fort, so daß sie wertvolle Zeit mit Zank und Hader vergeudeten.

Manchmal schlief sie allein in Thames View, und an anderen Tagen kam er mitten in der Nacht, schwer bewaffnet und in einen schwarzen Umhang gehüllt, und sah aus wie ein Dieb. Dann stahl er sich heimlich neben sie ins Bett, schlang die Arme um sie, und sie liebten sich, als wäre es das letzte Mal.

Sabre seufzte und wollte sich gerade vom Fenster abwenden, als sie den Reiter sah. Sie rannte die Treppe hinunter, nur um überrascht festzustellen, daß es Matthew war. Ihre Schönheit nahm ihm den Atem, und er hätte alles dafür gegeben, wenn sie in dieser kalten Winternacht auf ihn gewartet hätte und nicht auf Lord Devonport.

»Sabre, Himmel, es ist schön, dich zu sehen«, sagte er und nahm sie lachend in den Arm. »Hast du ihm inzwischen gebeichtet, daß du Lady Devonport bist?«

»Nein, und genau deshalb trägt er mich immer noch ins Bett und behandelt mich wie eine Königin. Aber ich habe es deiner Mutter erzählt.«

»Georgiana war hier?« fragte er überrascht.

»Ja. Sie ist geradezu mit mir zusammengestoßen, als ich höchst spärlich bekleidet in der Eingangshalle stand, und natürlich nahm sie an, daß ich Shanes Ehefrau sei. Ich habe ihr die Wahrheit gesagt, und sie hat mir versprochen, daß sie Shane nichts verraten wird.«

»Mochtet ihr euch?« fragte Matthew geradeheraus.

»Ja, zum Glück. Kannst du dir vorstellen, wie es sein muß, die Schwiegermutter zur Feindin zu haben?«

Sie setzten sich vor das flackernde Kaminfeuer, und Sabre schenkte ihnen warmen, gewürzten Apfelwein ein. »Das wird dich an dein Zuhause erinnern. Und, was hast du in letzter Zeit so getrieben?«

»Es ist wirklich seltsam. Ich habe zwei Schiffsladungen Marmor von der Insel Purbeck mitgebracht. Es muß für irgendein elegantes Gebäude sein, aber Hawk sagte, ich dürfte von der Fracht nichts verraten. Ich will nur wissen, wo und wann ich das Schiff entladen soll. Es gibt bei dieser Kälte wirklich angenehmere Dinge, als kalte, rosafarbene Marmorplatten zu jonglieren.«

In diesem Augenblick wurde die Haustür aufgestoßen, und Shane schob eine kleine, dunkle, schneebedeckte Gestalt in den Raum.

»Frances!« rief Sabre aus. »Kommen Sie doch ans Feuer, und tauen Sie erstmal auf.«

»Hallo, Sabre. Ich fürchte, Lord Devonport hat mich schon wieder retten müssen.«

Matthew sprang höflich auf. »Lady Sidney, erlauben Sie mir, Ihnen mein Beileid auszusprechen.« Und Shane erklärte: »Wie deutlich zu sehen ist, ist dies mein Bruder Matthew.«

»Was ist los, Frances?« fragte Sabre, der die traurig herabhängenden Schultern der jungen Frau nicht verborgen geblieben waren.

»Ich dachte, ich hätte einen Weg gefunden, um unsere finanziellen Schwierigkeiten zu überwinden. Ich habe Philips Anwälte aufgesucht, um einen Teil der Sidneyschen Ländereien zu verkaufen, aber das Testament war fehlerhaft, und nun fordert Philips Bruder Robert alles für sich.«

»Ich habe meinen Anwalt, Jacob Goldman, angewiesen, sich in Frances' Namen an Robert Sidney zu wenden«, sagte Shane.

»Ich habe sämtliche Hochzeitsgeschenke und mein gesamtes Silber verkauft, aber insgesamt habe ich dafür nur tausend Pfund bekommen«, stellte Frances deprimiert fest. »Mein Vater hat die Königin gebeten, Philips Schulden zu begleichen, aber sie hat sich geweigert. Sie ist wütend, weil er Mary von Schottland öffentlich vor Gericht gestellt hat, und auf diese Weise will sie ihn bestrafen.«

»Sie müssen völlig erledigt sein. Sie können unmöglich heute abend noch nach Surrey zurück. Ich werde Ihnen das herrliche rosafarbene Schlafzimmer geben.« Sabre sah Shane flehend an. »Liebling, bitte sag doch der Köchin, daß sie etwas zu essen machen soll. Ich führe Frances schon mal rauf.«

»Los, Matt, gehen wir in die Küche. Ich habe selbst einen Bärenhunger.« Als die beiden Männer allein in der Küche waren, bat Shane Matthew, den Marmor auf eines von seinen Schiffen umzuladen.

»Wäre es nicht einfacher, wenn ich das Zeug direkt beim Kunden abliefere?« fragte Matt, aber Shane, der Matthew nicht in seine dunklen Geschäfte hineinziehen wollte, winkte ab. »Wenn du es unbedingt wissen mußt – die Lieferung ist für eine Dame bestimmt, und ich möchte, daß sie mir zu Dankbarkeit verpflichtet ist.«

Matthew sah seinen Bruder zornig an. Wie konnte Shane es nur wagen, immer noch das Leben eines verdammten Schürzenjägers zu führen, während ihm die wunderbarste Frau von ganz London ihre Gunst zuteil werden ließ? »Ich muß gehen. Wo liegen deine Schiffe?«

Shane sah ihn nachdenklich an, doch dann sagte er ruhig: »Die *Defiant* und die *Gloriana* liegen in Southend. Die Kapitäne haben Anweisung, den Marmor an Bord zu nehmen, wann es dir paßt.«

Nachdem sein Bruder das Haus verlassen hatte, ging Shane mit einem Tablett voller Köstlichkeiten zu Frances hinauf. Er lächelte sie warm an und sagte: »Ich habe zweitausend Pfund für Sie, Frances. Ich möchte Ihnen helfen, und soweit ich sehe, ist ein bißchen Gold das beste Mittel dazu.«

Frances rang die Hände. »Oh, Mylord, das kann ich unmöglich annehmen!« Sie dachte kurz nach, und dann sah sie ihn zögernd an. »Ich – ich habe meinem Vater geholfen, als er krank war, und ich habe zufällig gesehen, daß er eine Akte über Euch hat, Lord Devonport.«

»Ich weiß«, sagte Shane. »Und ich hoffe, daß Sie den Mut finden werden, mich zu warnen, wenn der Zeitpunkt gekommen ist, daß Ihr Vater die Akte weiterreicht. Aber, Frances, das ist keine Bedingung dafür, daß ich Ihnen helfe. Ich bestehe darauf, daß Sie das Gold nehmen.«

Sabre sah, daß Frances seufzte und sich sichtlich entspannte. »Essen Sie, Frances, es duftet einfach herrlich. Ich hole Ihnen ein warmes Nachthemd, und dann sollten Sie Ihre Probleme für kurze Zeit vergessen und sich ausruhen.«

Frances sah ihre beiden Gastgeber dankbar an, ehe diese sich lautlos zurückzogen.

Vor der Tür sagte Sabre: »Ich sage am besten gleich einem der Mädchen Bescheid, daß es noch ein Zimmer für Matthew richten soll.«

»Das ist nicht nötig«, erklärte Shane, während er sie in die Arme nahm und ins Schlafzimmer trug. »Er ist fort.«

»Fort?« rief Sabre überrascht. »Aber warum?«

»Ich habe eine völlig unschuldige Bemerkung gemacht, und er ist in die Luft gegangen wie ein Pulverfaß.« Er stellte sie ab, um die Tür zu schließen. »Ich glaube, er bildet sich ein, in dich verliebt zu sein.«

Sabre errötete. Sie wußte, daß es stimmte, aber schließlich hatte Matthew sogar neben ihr gestanden und sie an seines Bruders Statt geheiratet. Sie verstand sehr gut, weshalb Matthew meinte, er hätte einen gewissen Anspruch auf sie. Am liebsten hätte sie Shane angeschrien: »Das ist alles deine Schuld!«, aber sie biß sich auf die Zunge, wandte sich von ihm ab und blickte in den schneebedeckten Garten hinaus.

Er schlang von hinten die Arme um sie und küßte sie sanft auf den Kopf. »Liebling, ich möchte nicht, daß es dir jemals so geht wie Frances. Ich habe bei Herriot's, dem Goldschmied, zehntausend Pfund für dich hinterlegt.« Sie erstarrte. Die Höhe des Betrages überraschte sie. »Um Himmels willen, Männer sind ihren Mätressen gegenüber wirklich großzügig.«

Er drehte sie zu sich um. »Sabre, ich sehe dich nicht als meine Mätresse!« Sie erkannte den Schmerz in seinem Blick. »Du bist meine Geliebte. Was uns miteinander verbindet, ist etwas ganz Besonderes. Ich habe dir deine Jungfräulichkeit geraubt, und ich möchte nicht, daß du jemals mit einem anderen Mann schläfst.« Er schüttelte sie. »Fühlst du dich etwa nicht an mich gebunden?« fragte er.

»Doch«, weinte sie. »Aber ich will deine Frau sein!«

»Oh, mein Liebling«, sagte er, hob sie hoch und trug sie hinüber zum Bett. »Ich will auch, daß du meine Frau bist, aber das geht nicht.« Er zog sie sanft aus und murmelte: »Meine kleine Geliebte, ich werde dafür sorgen, daß alles gut wird.« Er küßte ihre Augenlider und strich sanft über die kleinen Locken an ihren Schläfen. »Eine Ehe ist nicht alles, meine Süße. Sieh dir nur die arme Frances an.«

Sie vergrub die Finger in dem dichten, schwarzen Haar auf seiner Brust. »Du willst, daß sie dir einen Gefallen schuldig ist, nicht wahr?«

»Natürlich«, gab er zu, biß ihr ins Ohr und spielte mit seinen Lippen an ihrem Hals. Sie schlang die Arme um seinen Nacken, und all ihre Gedanken lösten sich auf. Seine Finger verzauberten sie, und fast hätte sie die Frage vergessen, die sie den ganzen Abend schon beschäftigte. »Was ist so Besonderes an dem rosafarbenen Marmor?«

Er stöhnte. »Der Marmor ist für Bess, die Comtesse von Hardwick. Sie leidet unter dem geradezu zwanghaften Bedürfnis, ihre Burgen ständig umzubauen. Sie besitzt Blei- und Zinnminen, und wir tauschen heimlich Marmor gegen Blei.«

»Für O'Neill?«

Er seufzte. »Willst du reden oder spielen?«

Sie preßte die Beine zusammen und unterband sein Bemühen, seinen Finger in sie hineinzuschieben. »Du willst immer nur spielen. Du willst nie mit mir reden.«

Er stöhnte. »Worüber sollen wir denn reden?«

»Können wir uns nie mal ernsthaft unterhalten? Ich habe mindestens hundert Fragen, auf die ich gerne eine Antwort hätte.«

Er zog sie an seine harte Männlichkeit und flüsterte: »Soll ich dir zum Beispiel sagen, wie oft wir es in einer Nacht tun können?«

»Shane, hör auf ... sei endlich einmal ernst!«

»Tut mir leid«, spottete er. »Du meinst also, du willst mehr über mich wissen.«

»Ja ... ich will alles wissen.«

Mit gespieltem Ernst gestand er ihr: »Mein Schwanz wird fünfundzwanzig Zentimeter lang, wenn ich erregt bin.«

Sie trommelte ihm mit geballten Fäusten auf der Brust herum. »Du bist unmöglich ... ich hasse dich!«

Er grinste. »Wenn ich dich vögele, liebst du mich.«

Langsam, aber sicher gelang es ihm, ihre Fragen zu verdrängen und sie in liebende Stimmung zu versetzen, bis er sie mit seiner animalischen Anziehungskraft schier überwältigte. Er wollte in ihr versinken, wollte, daß sie ihn anflehte, ihr noch näher zu kommen, daß sie ein Dutzend Mal vor Leidenschaft zu schluchzen begann. Er wußte, daß er in der Lage war, sie all ihre Fragen in der Glückseligkeit der Vereinigung vergessen zu machen.

In der Prozession anläßlich Sir Philips Beerdigung schritten siebenhundert Trauergäste mit, und Frances mußte sogar die Kutsche und die Pferde der Familie verkaufen, um die Kosten wenigstens teilweise tragen zu können. Königin Elizabeth trauerte stärker als alle anderen um den schönen Jüngling, den ihr der Tod in der Blüte seiner Jugend entrissen hatte. Ihr prächtiges, schwarzes Seidenbrokatkleid war über und über mit schwarzen Perlen verziert und mit ebenholzfarbenem Pelz besetzt. Einzig die hübsche Krause an ihrem Hals war weiß.

Sabre besuchte das Begräbnis zusammen mit Kate Ashford und ihrem Onkel, Lord Ashford, der aus Holland zurückgekommen war. Sie ertrug es nicht, sich der gängigen Mode zu fügen und auszusehen wie alle anderen, also hatte sie jungfräuliches Weiß mit einem tiefen, viereckigen Dekolleté gewählt und dazu eine Halskrause in ungewöhnlichem Schwarz. Die Wirkung war einfach überwältigend, vor allem mit ihrem roten Haar, das sie hochgesteckt hatte, so daß die Länge nicht zu erkennen war.

Natürlich weckte ihre Kleiderwahl die Aufmerksamkeit der Königin, die sie in der Garderobe in Anwesenheit aller anderen Zofen zu sich rief.

»Mistress Wilde, Ihr habt ein Gespür für auffällige Kleider. Vielleicht darf ich mich ja erdreisten, Euch zu fragen, wo Ihr diese hübsche, kleine Halskrause erstanden habt?«

Sabre machte einen tiefen Knicks. »Ich habe einfach eine meiner weißen Halskrausen gefärbt, Eure Majestät.«

»Sehr nett. Aber es würde mir noch wesentlich besser gefallen, wenn Ihr ein paar *meiner* Halskrausen färben würdet!« Als Sabre den Kopf hob, sah sie, daß die Königin ihre kupferfarbenen Locken mit zusammengekniffenen Augen musterte. »Euer letztes Geschenk hat mir recht gut gefallen, aber vergeßt auch weiterhin Eure Königin nicht, wenn Ihr eine neue Mode kreiert, Mistress.«

Am nächsten Tag trugen sämtliche Damen am Hof Halskrausen in Schwarz. Alle außer Sabre. Sie hatte eine malvenfarbene Rüsche gewählt, eine durchaus akzeptable Farbe für die Trauerzeit.

Die Ballsaison begann jedes Jahr in der Nacht vom einunddreißigsten Oktober zu Allerheiligen, wenn die Königin einen Tumultmeister ernannte, der für Spiel und Spaß, für Pfänder und Strafen verantwortlich war. Von Allerheiligen ging es über St. Martin's Day, St. Catherine, St. Nicholas, St. Lucy und St. Thomas auf Weihnachten zu, gefolgt von St. Stephen's, dem Fest der Heiligen Unschuldigen, Neujahr und der Zwölften Nacht. Die Saison endete am zweiten Februar mit Lichtmeß.

Dieses Jahr jedoch fanden am Hof keine Festlichkeiten statt, keine Maskenbälle und kein Mummenschanz, wo Küsse und Gekitzele zu geflüsterten Verabredungen oder offenkundigen Zügellosigkeiten animierten. Wegen der offiziellen Trauer am Hof wurde die Königin in Privathäusern unterhalten, und jeder Gastgeber mit ein wenig Ehrgeiz drängte ihr seine Einladungen geradezu auf. Überall wurden großzügig Bestechungsgelder verteilt, und die Zofen überreichten der Königin zahllose Schreiben und Petitionen, denen meistens kostspielige Geschenke beigegeben waren. Die Königin las diese Briefe, verzog das Gesicht, sagte: »Puh!«, nahm die teuren Geschenke an und lehnte eine Einladung rundweg ab. Essex' beiden Schwestern, Dorothy Devereux und Penelope Rich versuchten immer wieder, die Königin mit teurem Schmuck zu bestechen, und einmal ließ Elizabeth sich gar dazu herab, eine Einladung zu einem ihrer Bälle anzunehmen, um dann natürlich nicht zu erscheinen.

»Höllenkatze! Du bist diejenige, die einem Irrtum unterliegt. Laß mich dich daran erinnern, welche Aufgaben eine Mätresse hat ... eine davon ist die, mir jederzeit zur Verfügung zu stehen.«

Sie stürzte sich auf ihn, um ihn in den Fluß zu stoßen, aber er packte sie und lachte vor Freude darüber, welche Schönheit sie ausstrahlte, wenn sie wütend war. Er biß ihr ins Ohrläppchen und flüsterte: »Ich liebe dich, Sabre … kommst du mit?«

Sie gab nach. Wenigstens hatte er es dieses Mal für nötig befunden, sie zu bitten.

Seite an Seite waren sie nach Harwich geritten, wo der Baron das Schiff für die Abfahrt vorbereitet hatte. Der Wind trug ihre Worte fort, so daß sie wenig Gelegenheit zu einer Unterhaltung hatten, aber er war sich ihrer Gegenwart jeden Augenblick bewußt. Eines der Seiten ihres Wesens, die er an ihr so aufregend fand, war, daß sie offenbar jederzeit für ein Abenteuer zu haben war.

Sie stand an Deck und beobachtete voller Bewunderung, mit welcher Leichtigkeit er das Kommando übernahm. Jetzt verstand sie, warum sich seine Stimme tief und befehlend, ja manchmal sogar heiser anhörte. Das lag an der lebenslangen Gewohnheit, laut und deutlich Befehle zu erteilen und sich über tosende Wellen, flatternde Segel, heulenden Wind und ächzendes Holz hinweg Gehör zu verschaffen. Einen entsetzlichen Augenblick lang fürchtete sie, bereits im Hafen seekrank zu werden, doch als sie die Seeluft, das Pech und den Teer einatmete, beruhigte sich ihr Magen wieder und sie lachte fröhlich auf. In ihren blaßgrauen, fuchsschwanzgesäumten Umhang gehüllt beobachtete sie, wie er seine Männer einwies, damit sie die Segel setzten.

Sie liefen aus dem Hafen aus, und die Segel blähten sich wie die Bäuche schwangerer Frauen. Als sie sich umsah, rechnete sie sich aus, daß über ihr mindestens dreihundert Leinen und Taue hingen, die alle einen eigenen Namen, einen eigenen Platz und eigene Knoten hatten. Shane verließ seinen Kommandoposten, um mit anzufassen, und sie erschauderte, als sie daran dachte, welche Schmerzen seine frische Wunde ihm sicher bereitete. Dann dachte sie daran, wie sich seine starken, schwieligen Hände auf ihrem Leib anfühlten, und erschauderte ein zweites Mal. Schließlich trat er neben sie, legte ihr schützend den Arm um die Schulter und grinste zu ihr herab.

»Wie kannst du nur all die verschiedenen Taue auseinanderhalten?« fragte sie.

»Nun, das habe ich mehr oder weniger unfreiwillig gelernt«, gab er lachend zu. »Während meiner ersten Schiffsreise, als ich noch ein kleiner Junge war, hat der Bootsmann sie mir mit einem verknoteten Seil auf dem blanken Arsch beigebracht!« Er zog sie an sich. »Komm mit runter, damit ich dir meine Kabine zeigen kann.

Sobald sie in der engen Kabine standen, zog er sie an seine Brust und gab ihr einen innigen Kuß. »Bei Gott, was habe ich dich vermißt«, sagte er und sah sie bewundernd an. »Danke, daß du gekommen bist, meine Liebste. Es ist keine glückliche Reise. Sir Philip Sidney ist einer Verwundung erlegen, die er bei der Schlacht von Zutphen erlitten hat. Ich fahre nach Holland, damit seine Witwe Frances ihn zu Hause begraben kann.«

Sie legte ihm sanft die Hand auf den Arm. »War Sir Philip ein Freund von dir?«

Er nickte. »O'Neill hat lange Jahre im Haus der Sidneys gelebt, ehe er nach Irland zurückkehrte. Philip hat unsere Beziehung niemals hinterfragt. Seine Witwe Frances hat ein kleines Kind. Darum habe ich dich gebeten, mich zu begleiten. Frances braucht in ihrer Trauer bestimmt die sanfte Gesellschaft einer Frau.«

Sabre setzte ihre Kapuze ab. »Ist sie auch eine deiner Eroberungen?« fragte sie voller Eifersucht.

»Nein, aber auf jeden Fall ist sie hübsch genug, um die Königin eifersüchtig zu machen. Frances Walsingham ist die Tochter des Sekretärs der Königin. Du weißt genug über meine Geschäfte, um zu wissen, daß er mein Feind und eine ständige Bedrohung ist. Wenn ich Frances irgendwie helfen kann, dann wird das zu meinem Vorteil sein. Wenn wir ihr in der Zeit der Not helfen und Trost spenden, dann erweist sie mir eines Tages vielleicht auch einen wichtigen Dienst.« Er streichelte Sabres Wange. »Wenn ich dich allein in der Kajüte lasse, hast du doch keine Angst, oder?«

»Weder vor Männern noch vor wilden Tieren«, brüstete sie

sich, und er sah sie lüstern an. »Das werden wir ja sehen, wenn ich wiederkomme, kleine Wildkatze.«

Er war ungefähr eine Stunde fort, was Sabre, die zum ersten Mal die heimtückische Nordsee überquerte, wie eine Ewigkeit erschien. Sie hatte ihre warmen Kleider ausgepackt und die behaglich eingerichtete Kabine gründlich untersucht. Sie war mit warmem Sandelholz ausgekleidet, und es gab einen Tisch und Drehstühle. Die Koje war fest in der Wand verankert und gerade breit genug für zwei Menschen, die sehr vertraut miteinander waren. Ein dicker, türkischer Teppich mit roten und blauen Mustern und an den Wänden befestigte Messinglaternen verstärkten die Gemütlichkeit noch. Die Schubladen des Schreibtischs waren mit Karten und Instrumenten gefüllt, und in einer Ecke stand ein großer, eiserner Safe. In einer Zedernholztruhe befanden sich dicke, warme Decken und Fellbezüge, und in einem Sandelholzschrank hingen trockene Kleider für den Kapitän.

Als Shane in die Kabine kam, war er bis auf die Haut durchnäßt. Es war seine Gewohnheit, sich auf der Stelle umzuziehen, ohne dabei die gesamte Kabine unter Wasser zu setzen. Sabre sah zu, wie er seinen Körper mit einem Handtuch abrieb, und konnte der Versuchung einfach nicht widerstehen, ihm mit einem zweiten Handtuch über den breiten Rücken zu fahren. Anfangs war er eiskalt, aber das eifrige Reiben wärmte ihn erstaunlich schnell. Er versuchte, sie in die Arme zu nehmen, aber sie trat einen Schritt zurück.

»Laß mich erst die Wunde sehen«, bat sie sanft.

Er hob gehorsam den Arm, hörte, daß sie nach Luft rang, und ließ ihn wieder sinken.

»Laß mich doch sehen«, bat sie abermals.

»Nein, sie ist zu häßlich für eine empfindsame junge Frau. Sie wird dich abstoßen.«

»Dein Körper ist mir immer eine Freude«, sagte sie und fuhr mit zarten Fingern über sein Schlüsselbein, den hervortretenden Muskel und das Schulterblatt, auf dem sich der tobende Drachen befand. Bei ihrer Berührung erschauderte er vor Verlangen, sie endlich auf die Koje zu ziehen. Sie hob seinen Arm, und dieses Mal entzog er ihn ihr nicht. Die Narbe war leuchtend rot und faltig. »Sie wird nie mehr weggehen. Wir hätten sie nähen sollen«, stellte sie traurig fest.

Er schüttelte den Kopf. »Der Baron ist ein guter Arzt. Er hat sie offen gelassen, damit das ganze Gift abfließen konnte.« Schockiert und dann begeistert registrierte er, daß sie ihren Mund auf die Narbe legte und sie sanft zu küssen begann.

»Du tust die wildesten Dinge«, stöhnte er, als eine Woge der Leidenschaft über ihm zusammenbrach.

Sie lächelte. »Nun, Mylord, Ihr wart derjenige, der mich gelehrt hat, auch mit der Zunge zu lieben.«

»Bei Gott, das will ich doch hoffen!« sagte er mit vor Verlangen heiserer Stimme, während seine Finger ihr Kleid öffneten. Als sie nackt vor ihm stand, hob er sie hoch und ließ sie sanft an sich hinabgleiten, bis sein gereckter Schwanz in ihre schmale, heiße Mitte stieß. Seine Hände fuhren unter ihren Hintern, um sie zu halten, und dann ging er mit ihr zu seinem Bett. Sie hatte die Arme liebevoll um seinen Hals geschlungen und spürte, wie er sich mit jedem Schritt tiefer und tiefer in ihr Innerstes schob. Er legte sich nicht hin, sondern setzte sich auf den Rand der Koje.

»Schling deine Beine um mich, mein Schatz«, drängte er, und sie stöhnte leidenschaftlich auf, als er seinen langen, dicken Dolch ganz in die Scheide schob, sie noch dichter an sich zog und sie mit seinen starken braunen Händen wie in einem Schraubstock hielt.

Während ihre Münder miteinander verschmolzen, zog er den großen, pochenden Kopf seines Gliedes abwechselnd zusammen und entspannte ihn, und sie spürte, wie ihr eigener Körper den verlockenden, pochenden, sinnlichen Rhythmus übernahm, der nicht zu enden schien und der immer neue Wogen der Lust über ihr zusammenbrechen ließ, bis sie vor Verlangen zu schluchzen begann. Ihre Körper waren so aufeinander eingestimmt, daß er seinen Samen genau zu dem Zeitpunkt vergoß, als sie in den Tiefen ihrer Lust versank. Sie gingen gemeinsam unter, während der Name des jeweils anderen über ihre Lippen perlte. Miteinander verschlungen sanken sie auf das Bett, und unter dem Rollen und Schlingern des Schiffs verfielen sie in einen erschöpften, doch seligen Schlaf. Nach zwei Stunden wurde er wieder wach.

»Wohin gehst du?« murmelte sie.

»Ich wollte dich nicht wecken, mein Schatz. Aber wie du vielleicht noch weißt, bin ich der Kapitän dieses Schiffes. Ich verlasse das Deck nie länger als drei Stunden.«

»Aber in meinem Fall machst du eine Ausnahme«, sagte sie und streckte die Arme nach ihm aus.

»Fünf Minuten«, gab er nach und zog sie hoch, so daß sie mit dem Rücken an seine Brust gelehnt zwischen seinen Beinen saß. »Ah, Sabre, du weckst all meine Sinne«, sagte er und atmete den Duft ihrer Haare und ihres schlafwarmen Körpers ein. »All meine Gedanken gehören dir.« Er machte eine Pause, doch dann gab er mit fast lautloser Stimme zu. »Und auch mein Herz.« Er hob ihre Haare hoch und küßte sie auf den Hals. »Ich liebe dein Haar«, hauchte er.

»Dann genieß es besser noch. Die Königin will, daß ich es abschneiden lasse, damit sie sich eine Perücke machen lassen kann.«

Er stieß sie von sich und sprang zornig auf. »Das verbiete ich!«

»Shane, ich habe keine Wahl – es war ein Befehl.«

Sabre war froh, daß am Hof Ruhe herrschte und daß Shane mit seinen Intrigen weniger beschäftigt war, so daß sie viele Tage und Nächte gemeinsam auf Thames View verbringen konnten. Er selbst war im siebten Himmel, als sie sogar allein und ungestört Weihnachten feierten. Der Baron hatte sich in die eleganten Kleider Fitzclares geworfen und Georgiana besucht, und die meisten Bediensteten verbrachten die Feiertage bei ihren Familien.

Shane holte Pferd und Schlitten, hüllte Sabre in eine Felldecke ein, und auf ging es aufs Land nach Kent. Er zeigte ihr Hever, wo Anne Boleyn gelebt hatte, eine hübsche, kleine, mit einem

Graben umgebene Burg, die Sabre regelrecht verzauberte. Als Shane sah, wie ihr Gesicht vor Kälte zu glühen begann, hielt er vor einer Taverne, wo sie in einem privaten Eßraum ihr Weihnachtsessen zu sich nahmen. Nach dem Essen setzte er sich vor den Kamin und zog sie auf seinen Schoß. Seine Hand strich sanft über ihren Bauch. »Dein Bauch ist voller Wein und Plumpudding. Ich glaube, du bist ein wenig betrunken, mein Schatz.«

»Ich bin liebestrunken«, sagte sie und lächelte.

Er küßte ihren Hals. »Verlogenes kleines Weibsstück, wenn das wahr wäre, wäre ich der glücklichste Mann auf der Welt.«

»Nach der Kälte draußen macht mich das Feuer müde«, sagte sie und lehnte ihren Kopf an seine breite, Bequemlichkeit spendende Schulter.

Er küßte ihr Ohr. »Laß uns nach Hause fahren«, flüsterte er. »Dann bringe ich dich ins Bett.«

Die frische kalte Luft belebte sie rasch, und als sie Thames View erreichten, versteckte sie sich hinter den hohen Hecken, bis er das Pferd versorgt hatte. Dann bewarf sie ihn mit Schneebällen und kreischte laut auf, als er sie zu Boden warf und ihr Gesicht mit Schnee abrieb.

Erst im Schlafzimmer tauschten sie ihre Geschenke aus. Sabre überreichte ihm ein schmales Schwert in einer ziselierten Goldscheide und einen dazu passenden gefährlichen Dolch. Die Griffe der beiden Waffen waren mit goldenen, rubinäugigen Drachen verziert, und Shane freute sich darüber, daß sie sich die Zeit und Mühe gemacht hatte, ihm ein derart persönliches Geschenk zu suchen. Außerdem freute er sich über ihre unübersehbare Begeisterung, als er sie in das Geschenk hüllte, das er extra für sie hatte anfertigen lassen. Es war ein Wendeumhang mit Pelzen aus Moskau. Eine Seite war aus reichem schwarzem Zobel, der in einem unvergleichbaren Schimmer glänzte, und die andere Seite war aus weißem Hermelin. Beide Sorten Fell fühlten sich auf ihrer nackten Haut sehr angenehm an. Sie strich liebevoll über den Pelz und blies vorsichtig hinein, um zu sehen, wie herrlich dicht der Zobel war.

Es war offensichtlich, daß sein Geschenk ihr gefiel. Ihre Augen versprühten grüne Funken, als sie ihn ansah und bat: »Liebe mich darauf.« Sie warf den Pelz auf den Teppich vor dem Kamin, streifte ihr seidenes Nachthemd ab, sank auf den Zobel und sah ihn einladend an. Wie hätte ein Mann der Verlockung ihrer Sirene, dem Werben dieser Nymphe widerstehen sollen? Sie fühlten sich beide herrlich verrucht, als sie sich auf dem schwarzen, russischen Pelz vergnügten, eingehüllt in die Pracht von dichtem Fell und nacktem Fleisch.

Als sie die kleine Zobeltätowierung auf seiner linken Brust entdeckte, sah sie ihn begeistert an. »Was für ein Zufall – ich lasse mir nächste Woche auch eine Tätowierung machen«, stichelte sie. »Erst wollte ich eine Miniaturversion deines Drachens auf mein Schulterblatt machen lassen, aber das würde man bei einem tief ausgeschnittenen Kleid sofort sehen. Also habe ich beschlossen, mir eine Tätowierung auf die Pobacke machen zu lassen, die niemand sieht außer dir.«

»Sabre, bitte, das ist doch wohl nicht dein Ernst.«

Sie lachte und küßte ihn. »Willst du es mir etwa verbieten?«

Er erwiderte ihren Kuß mit einer Leidenschaft, die ihr zeigte, wer der Herr und Meister war, und flüsterte rauh: »Oh, nein. Ich weiß doch, daß mir dann das nächste Mal, wenn ich dir die Unterhose ausziehe, ein Drachen oder eine Wildkatze ins Gesicht starren würde!«

»Vielleicht sollte ich lieber einen Satz als ein Bild nehmen«, fuhr sie ungerührt fort.

Er stöhnte. »Was für einen Satz hast du denn im Sinn, meine kleine Hexe?«

Sie zögerte kurz, doch dann sah sie ihn an. *»Mätresse des Schwarzen Schattens.«*

Er erstarrte und löste sich von ihr. Eine tödliche Stille senkte sich über sie, doch schließlich fragte er knapp: »Woher weißt du das?«

»Ich wußte es nicht. Ich habe es nur geraten, aber jetzt weiß ich es.«

Er sprang auf und baute sich drohend vor ihr auf. »Du wirst

mir auf der Stelle erzählen, woher du es weißt!« Es war ihm todernst, und sie sah, daß er sich kaum noch beherrschen konnte. Halb verängstigt fuhr sie zurück, doch dann sagte sie: »Du hast so viele Geheimnisse, daß ich unweigerlich einigen von ihnen auf die Spur kommen muß.«

»Hast du mir nachspionieren lassen ... wer weiß außer dir Bescheid?«

Sie lachte ihm direkt ins Gesicht. »Niemand. Nur ich. Hast du etwa Angst vor mir?« stichelte sie. »Hat der mächtige Gott des Meeres, der berüchtigte Schwarze Schatten etwa Angst vor einer Frau?«

Sein harter Körper warf sie auf den Pelz zurück, und er drang mit einer Wildheit in sie ein, als wolle er sie mit seiner Waffe durchbohren und für immer zum Schweigen bringen. Sie erkannte die Herausforderung und stellte sich ihr. Sie würde nicht zulassen, daß er sie zu einem Höhepunkt brachte; sie wollte dafür sorgen, daß er vor ihr kam. Sie zog sich eng zusammen, und er verdoppelte die Kraft seines Schubs. Es war, als wäre ihr Leib für ihn gemacht. Sie empfing Woge um Woge sinnlichen Vergnügens, das sie leise stöhnen und schreien ließ. Sie versuchte nicht, die Schreie zu unterdrücken, da sie wußte, daß ihre Schreie sein Verlangen noch steigerten, bis sie ihm schließlich die Erfüllung brächten. Dreimal hätte er fast die Beherrschung verloren, als sie erotische Worte flüsterte und sich noch enger um ihn schloß, um ihm seinen Liebessaft zu entziehen. Seine Zähne schlossen sich um ihre Zunge, bis sie sie ein wenig zurückzog, und dann nahm seine drängende Zunge ihren Mund wie sein Schwanz ihren Unterleib nahm. Noch nie in seinem Leben hatte er ein derartiges Verlangen verspürt. Es überwältigte ihn, bis er zu keuchen begann und sich hart und rhythmisch in sie schob. Sie warf den Kopf auf dem weichen Zobel hin und her, aber der Boden unter ihnen war ein so hartes Bett, daß er tiefer in sie zu dringen vermochte als je zuvor. Er streichelte sie mit seinen Händen, während er ihren weichen Mund zerdrückte, aber sie hieß den sinnlichen Schmerz willkommen und erreichte Gipfel der Lust, von denen sie bisher nicht gewußt hatte. Sie reckte sich ihm entgegen und schrie: »Shane, Shane«, während seine brutalen Stöße sie an den Rand der Ekstase brachten, aber die unvermeidbare Unterwerfung unter seinen harten Körper zwang sie zurück, bis sowohl vor ihrem geistigen Auge als auch in ihrem Leib eine Explosion ausbrach, die sie erschaudern, schreien und schließlich ohnmächtig werden ließ. Er belebte sie, indem er Hunderte von Küssen auf ihre Lippen und ihre Lider niederregnen ließ. Dann rollte er sie von dem Zobelumhang, drehte ihn um und sah ihr ins Gesicht. »Und jetzt nehme ich dich auf dem weißen Hermelin.«

17. KAPITEL

Walsingham arbeitete fieberhaft an einem Pakt mit Frankreich und einem Bündnis mit Schottlands neuem König, um an diesen beiden Fronten für England den Frieden zu sichern, denn er wußte, daß der Krieg mit Spanien unvermeidbar war. Und dieser Krieg stand unmittelbar davor. Schließlich überzeugte er die Königin davon, daß die Unbesiegbare Armada Philipps von Spanien zum Angriff auf England bereit war. Elizabeth befahl dann auch endlich die Verstärkung sämtlicher Küstenfestungen und die Bereitstellung der gesamten Seestreitkräfte, doch als Lord Howard of Effingham, ihr Oberbefehlshaber der Marine, mehr Schiffe und mehr Material erbat, weigerte sie sich, Geld für Proviant oder die Bezahlung der Seeleute zur Verfügung zu stellen.

Spanien besaß jetzt die besten Schiffe der Welt, die beste Munition und die beste Ausrüstung. Die Namen dieser prächtigen Gefährte waren in aller Munde. Es gab die *Andalucian,* die *Biscayan,* die *San Felipe* und die *San Juan*.

Essex, Drake und Devonport drängten die Königin täglich zu einer Kriegserklärung, und Shane und Sabre konnten kaum noch Zeit miteinander verbringen. Er brachte weiterhin Lieferungen aus Marokko und Algerien nach London, schmuggelte Waffen nach Irland und schmiedete gemeinsam mit Drake heimliche Pläne, gen Spanien zu fahren. Sie hingegen wurde wie die anderen Hofdamen von der Königin mit Beschlag belegt, denn seit Leicester und die anderen Edelleute aus Holland zurück waren, jagte eine gesellschaftliche Veranstaltung die andere, als wolle man am Hof ein letztes Mal ordentlich über die Stränge schlagen, ehe der Krieg ausbrach.

Den Anstoß dazu gab die Rückkehr von Elizabeths Erzrivalin Lettice. Leicesters Frau hatte in Holland so etwas wie einen eigenen königlichen Hof um sich geschart, und selbst hier in London frohlockte sie ganz ungeniert über ihre Position. Die Offenheit, mit der sie ihre Macht zur Schau stellte, forderte die Königin heraus. Lettice reiste immer im großen Stil mit einer ganzen Horde von Vorreitern und Bediensteten. Als Lady Chandos ein Essen mit anschließender Unterhaltung für die Königin plante, machte diese im letzten Augenblick einen Rückzieher, weil auch Lettice kommen würde. Die allmorgendliche Ankleidezeremonie war jetzt immer eine wahre Tortur, da die Königin ihre Meinung mindestens ein Dutzend Mal änderte und sich täglich mehrmals umzog, jedes Mal in einem noch opulenteren Stil.

Nun, da sein Stiefvater Leicester und seine Mutter Lettice am Hof weilten, verdoppelte Essex seine Bemühungen, seine Schwestern Dorothy Devereux und Penelope Rich ebenfalls dort einzuführen. Die Königin lauschte seinen inständigen Bitten jedesmal mit holdem Lächeln, nahm die kostpieligen Geschenke der beiden Frauen an und sagte hinter ihrem Rücken: »Puh! Die Mutter ist eine unverschämte Schlampe, und die Töchter sind noch schlimmer als sie. Niemals werde ich zulassen, daß sie ihre hübschen Füße auch nur auf den Hof von Whitehall setzen.«

Mit Leicester war auch Charles Blount aus Holland zurückgekommen, und Penelope stürzte sich umgehend wieder in ihre Affäre, die bereits seit acht Jahren andauerte. Es wäre alles viel einfacher für sie gewesen, wenn sie am Hof zugelassen worden wäre, doch da dies unmöglich war, lud Sabre sie und ihn nach Thames View ein, und auch Essex öffnete seinem Freund Blount und seiner Schwester Penelope die Tür von Essex House.

Schließlich erhielten Drake und Devonport nach zahllosen geheimen Besprechungen mit Ihrer Majestät zögernd die Erlaubnis, mit dreißig Schiffen nach Spanien zu segeln, um dort zu versuchen, die Sammlung der spanischen Flotte zu verhindern. Nach vielen Diskussionen mit hochgestellten Persönlichkeiten wurde beschlossen, daß der Vizeadmiral der Marine, William

Borough, Drake und Devonport auf der *Golden Lion* begleiten sollte.

Drake und Devonport hatten allerdings ihre eigenen Vorstellungen von erfolgreichen, geheimen Angriffen. Sie waren beide die geborenen Führer, die Zwänge der Regierung und der Marine waren ihnen fremd, und sie kamen überein, daß sie, wenn es an der Zeit wäre, alles Erforderliche tun würden, um die Sache zu erledigen, egal, was die anderen von ihnen forderten!

Sabre war bei Herriot's, dem Goldschmied, und hob eine beachtliche Summe von ihrem dortigen Konto ab. Sie hatte beschlossen, die beiden Nebenräume des Herrenschlafzimmers auf Thames View zu ihrem privaten Wohn- und Ankleidezimmer umzugestalten. Ihre Kleider quollen aus den Schränken hervor, und es war offensichtlich, daß sie mehr Platz benötigte. Natürlich hätte sie die Rechnungen an Lord Devonport schicken lassen können, aber irgendwie gefiel es ihr, die verschiedenen Händler selbst zu bezahlen.

In einem der Geschäfte öffnete sich plötzlich die Tür des Büros, und überrascht sah sie Walsinghams Tochter heraustreten. »Frances! Wie schön, Sie zu sehen. Aber ich nehme an, Sie sind hier, um Ihren Schmuck zu verkaufen«, fügte sie traurig hinzu.

»Oh, Sabre, mein Schmuck ist schon lange fort«, gab Frances freimütig zu. »Ich bin hier, um den letzten Schmuck meiner Mutter zu verkaufen.«

Sabre war außer sich. Sie schob Frances in das Büro zurück und forderte die Herausgabe des Schmucks. »Ich werde ihr das Doppelte von dem bezahlen, was Sie ihr gegeben haben.« Der Goldschmied kam ihrem Wunsch umgehend nach. Schließlich war sie die Mätresse des wohlhabenden Gottes des Meeres, eines Günstlings der Königin, und ihr Wunsch war ihm Befehl. Es war bereits später Nachmittag, und Sabre bestand darauf, daß sie nach Thames View fuhren, um dort eine warme Mahlzeit einzunehmen, da sie Frances nicht mit an den Hof nehmen konnte.

Während des Essens fragte Sabre Frances ganz ungeniert, wie

es ihr gehe, und die junge Frau blickte betrübt auf die Tintenflecke an ihren Fingern. »Ich arbeite inzwischen ganztags als Sekretärin meines Vaters. Er ist so krank, daß er niemanden in seiner Nähe erträgt. Ich habe seine Bücher durchgesehen und festgestellt, daß die Königin uns tausend Pfund schuldig ist. Ich habe ihr und Lord Burghley einen Brief geschrieben, aber bisher habe ich leider nichts von den beiden gehört.«

Sie seufzte abgrundtief, und Sabre versuchte, sie zu trösten. »Da England am Rande eines Krieges steht und sich im Augenblick alles darum dreht, die spanische Armada abzuwehren, haben die Briefe vielleicht einfach keine Beachtung gefunden.«

»Die Königin hat einen neuen Sekretär ernannt, einen Mr. William Davison, aber mein Vater hat sich geweigert, dem Mann irgendwelche Akten oder Dokumente zu übergeben. Er sagt, daß Davison an diese Dinge nicht kommt, bevor er nicht tot ist.«

»Steht es denn so schlimm um ihn?« fragte Sabre sanft.

Frances nickte traurig. »Er hat mir das Versprechen abgenommen, ihn im privaten Kreis beerdigen zu lassen. Er will keine öffentliche Zeremonie wie bei Philips Begräbnis, aber manchmal fürchte ich, daß er eine so bescheidene Bestattung wünscht, weil sie billiger ist.«

»Aber er hat doch Anspruch darauf, in St. Paul's beerdigt zu werden, nicht wahr?« fragte Sabre.

Frances nickte erneut. »Aber, oh, Sabre, ich habe solche Angst, daß seine Gläubiger seinen Leichnam fordern werden. Das ist heutzutage gängige Praxis, aber die Schande würde ich einfach nicht ertragen.«

»Genug von diesem finsteren Gerede über den Tod!« beschloß Sabre. »Ich werde Sie heute abend ins Theater ausführen. Im ›Rose‹ wird ein neues Stück aufgeführt, von dem allerorts gesprochen wird. Es ist eine Liebesgeschichte.«

»Sabre, ich kann nicht ins Theater gehen. Ich bin in Trauer«, stellte Frances bedauernd fest.

»Unsinn, natürlich können Sie. Sie werden die Trauerkleider ablegen, eins meiner Kleider anziehen und natürlich eine Maske aufsetzen. So wird Sie niemand erkennen. Sie brauchen einfach ein bißchen Abwechslung, Frances. Ich bestehe darauf!«

Frances wählte ein pfauenblaues Kleid, das so eng geschnitten war, daß ihre herrlich schmale Taille hervorragend zur Geltung kam. Die dazu passende Maske war mit Pfauenfedern besetzt, deren türkisfarbene, purpurne und schwarze Kreise verführerisch schimmerten. Sabre trug ein pfirsichfarbenes Kleid mit geschlitzten, lohfarbenen Ärmeln und einer herrlichen Elfenbeinkamee zwischen ihren Brüsten. Ihre Maske war in Elfenbein und Gold gehalten.

Während der Vorstellung saßen sie völlig hingerissen auf ihren Plätzen und lauschten jedem Wort, das die unglückseligen Liebenden äußerten. Sie waren so gebannt von dem, was auf der Bühne geschah, daß sie nicht merkten, daß Essex sie seit über einer Stunde beobachtete. Als der letzte Vorhang vor der tragischen Heldin fiel, weinten sie beide vor Rührung, so daß Sabre erschreckt zusammenfuhr, als sie eine bekannte Stimme vernahm.

»Und, würdet Ihr auch aus Liebe sterben, meine schöne Sabre?«

»Ich hoffe doch, daß ich dazu zu vernünftig bin, Mylord.«

»Nun, wollt Ihr mir nicht Eure entzückende Begleiterin vorstellen?«

Frances rang nach Luft, und Sabre entgegnete mit entschiedener Stimme: »Das ist leider unmöglich, Mylord. Es ist erforderlich, ihre Identität geheim zu halten.«

»Zweifellos, damit ihr Mann nichts von ihrem nächtlichen Ausflug in die Stadt erfährt«, spottete er.

»Mylord, ich bin Witwe«, stellte Frances empört fest.

»Das ist doch sicher ein Scherz, meine Süße, denn Ihr seid kaum mehr als ein Kind.«

»Es ist wahr«, sagte Sabre, »und da sie noch in Trauer ist, gäbe es sicher einen Skandal, Robin, wenn ich Euch Ihre Identität verraten würde.«

Er war hingerissen. Und zugleich war er am Boden zerstört. Er mußte unbedingt wissen, wer sie war. Trotzdem machte er eine förmliche Verbeugung und ließ sie ohne ein weiteres Wort ziehen.

»Glücklicherweise hat er nicht herausgefunden, wer ich bin«, sagte Frances mit vor Erleichterung zitternder Stimme.

»Es wäre nicht schlecht, Essex zum Freund zu haben. Er ist wahrscheinlich der einzige Mann auf der Welt, der die Königin dazu bewegen könnte, Ihnen Ihr Geld zu geben.«

Frances schüttelte bedauernd den Kopf. »Das würde mein Vater niemals zulassen.«

Innerhalb eines Monats starb Sir Francis Walsingham. Sein Leichnam wurde mitten in der Nacht auf Sabres Barkasse nach London gebracht. Die Steine im Boden der St. Paul's Cathedral wurden geöffnet, und er wurde neben seinem Schwiegersohn, Sir Philip Sidney, zur Ruhe gesetzt. Frances brachte Sabre aus lauter Dankbarkeit für diesen Freundschaftsdienst sämtliche Akten, die es über Lord Devonport gab, und als Gegenleistung für die großzügige Geste gab ihr Sabre fünftausend Pfund, damit sie die Hypothek auf Walsingham House bezahlen, damit das Haus wieder öffnen und in London leben konnte.

Mit Frances' Zustimmung wandte sich Sabre an Essex, als sie ihm das nächste Mal am Hof begegnete. Sie erklärte ihm, daß ihre geheimnisvolle Freundin ihm ihre Identität verraten wolle, wenn er irgendwann in nächster Zeit nach Thames View zum Essen käme.

Die beiden jungen Frauen gaben sich die größte Mühe und wählten für Frances ein Kleid, das an subtiler Weiblichkeit kaum zu überbieten war. Sie hatten die Köpfe zusammengesteckt und waren zum Schluß gekommen, daß sie seinem Drängen erst nachgeben dürfe, wenn er ihr die Ehe anbot. Sobald die Falle aufgestellt war, zog sich Sabre diskret zurück.

»Mylord, Ihr seid der einzige, der mir helfen kann. Die Königin schuldet uns tausend Pfund für die Dienste, die ihr mein Vater erwiesen hat, aber ich habe keinen Einfluß auf sie. Würdet Ihr Euch vielleicht für mich verwenden, Mylord?« bat Frances.

»Frances, meine Süße, Ihr bittet mich da um etwas, was ich

unmöglich tun kann. Bess würde vor Eifersucht vergehen, wenn ich für eine so junge und schöne Frau wie Euch das Wort ergreifen würde.«

Frances Lippen zitterten, und ihre Lider flatterten auf ihren Wangen, ehe sie sich abwandte.

»Geld ist kein Problem, meine Süße, ich habe genug davon.« Er begehrte sie, aber er konnte sich nur auf eine geheime Affäre einlassen. Allerdings war sie kein einfaches Zimmermädchen, das in einer dunklen Flurecke für ihn die Röcke heben würde. Sie war die junge Witwe des ehrenwerten Sir Philip Sidney, was sein Verlangen nach ihr nur noch steigerte.

Sobald er von Walsinghams Tod erfuhr, kam Shane aus Plymouth zurück, wo sie die Schiffe für die Abfahrt nach Spanien rüsteten. Er war die ganze Nacht hindurch nach Surrey geritten, nur um festzustellen, daß Frances in London war. Also ritt er weiter nach Thames View, um ein Bad zu nehmen, sich umzuziehen und das Pferd zu wechseln, aber als er Sabre in seinem Bett vorfand, war es um ihn geschehen.

»Mein Drachen der Nacht«, murmelte sie schlaftrunken, als er sie in die Arme nahm und an seinen harten Körper zog. Sie war in Thames View geblieben, weil sie gewußt hatte, daß er, sobald er von Walsinghams Tod erfuhr, in aller Eile losreiten würde, um an die verräterischen Akten zu kommen.

»Ist Frances hier?« fragte er.

»Bist du ihretwegen gekommen?« spottete sie.

»Sabre, du weißt, wie wichtig diese Sache für mich ist«, sagte er und packte sie hart bei den Schultern.

»Natürlich weiß ich das«, sagte sie sanft. »Darum habe ich Frances auch fünftausend Pfund gegeben, damit sie die Hypothek von Walsingham House abbezahlen kann.«

»Hat sie dir die Akten gegeben?« fragte er angespannt.

»Ja, ohne zu zögern.« Sie glitt aus dem Bett, zündete die Sandelholzkerzen an, und der exotische Duft erfüllte den Raum. Dann setzte sie sich im Schneidersitz vor ihn, so daß ihre langen, kupferfarbenen Haare über ihren nackten Körper fielen und sich mit den Locken zwischen ihren Schenkeln mischten. Seine Pupillen weiteten sich angesichts des betörenden Anblicks, der sich ihm bot, und sie stellte zufrieden fest, daß auch der Rest seines Körpers der Verlockung erlag.

Es fiel ihm schwer, sich zu konzentrieren. »Ich hoffe, die Akten sind in Sicherheit.«

»Ich habe sie sofort verbrannt, als ich sie bekam«, log sie, ohne rot zu werden.

»Verdammt!« fluchte er, doch seine Stimme verriet Erleichterung. »Hast du sie gelesen?« Er mußte unbedingt wissen, was darin gestanden hatte.

»Nein«, log sie und beugte sich vor, bis er ihrer verführerischen, unwiderstehlichen Anziehungskraft erlag.

»Wann fährst du nach Spanien?« fragte sie zwischen zwei Küssen.

»Du weißt, daß ich dir das nicht sagen kann.« Doch die Intensität seiner Zärtlichkeit verriet ihr, daß er sich, sobald er sie verließ, direkt auf die gefährliche Mission begeben würde, die er und Drake geplant hatten. Er konnte nicht genug von ihr bekommen und liebte sie, als wäre dies ihr letztes Zusammensein. Als die Dämmerung den Himmel rosa färbte, und sie immer noch nicht geschlafen hatten, sagte er: »Falls mir irgend etwas passiert, geh zu Jacob Goldman. Ich habe in meinem Testament gut für dich gesorgt.«

»Und was ist mit deiner Frau?«

Er zögerte, da er wußte, daß dieses Thema immer zu Streit zwischen ihnen führte. Er preßte die Lippen zusammen. »Auch für sie ist gesorgt, Sabre. Das ist schließlich meine Pflicht.«

Seltsamerweise trösteten sie diese Worte. Sie zog seine dunkle Mähne an sich, bis sein Kopf auf ihrer Brust lag; dann schliefen sie ein.

Als Sabre erwachte, war sie allein. Die blasse Frühlingssonne stand hoch am Himmel, und sie wußte, daß er bereits auf halbem Weg nach Plymouth war. Sie zog die Knie an und umschlang sie mit den Armen. Oh, wie sehr sie sich danach sehnte, dieses Abenteuer gemeinsam mit ihm zu bestehen! Obwohl sie kein

Mann sein wollte, beneidete sie die Männer um ihre Freiheit und Stärke, darum, daß sie über die Weltmeere segeln und Kriege führen konnten und reich und berühmt in die Heimat zurückkamen.

Sie stellte sich vor, wie es sein könnte, nach Plymouth zu eilen, um ihm zum Abschied zuzuwinken, ihn zu küssen, ihm eine gute Reise und viel Glück zu wünschen. Sie lächelte. Was hielt sie zurück? Warum schmuggelte sie sich nicht einfach an Bord der *Defiant* und fuhr mit ihm nach Spanien? Sie runzelte die Stirn. Wie wütend würde er werden, wenn er sie an Bord seines Schiffes fand! Im besten Fall würde sie wohl mit einer Tracht Prügel davonkommen. Sie seufzte und schob mit der Decke auch ihre Phantasien fort. Nun, da Pfingsten vorüber war, waren am Hof alle mit Vorbereitungen für den Rückzug nach Greenwich beschäftigt, so daß es nicht weiter auffallen würde, wenn sie erst in ein paar Tagen zu Kate Ashford in die königliche Kleiderkammer zurückkehrte. Sie hatte Frances versprochen, in Walsingham House mit ihr zu essen, aber natürlich würde sie nur eine Art Anstandsdame sein, da Essex eingeladen war.

Als sie aus der Badewanne stieg, hörte sie Matthew eilig die Treppe heraufrennen. »Hawk, wo zum Teufel steckst du? Hast du eigentlich nichts anderes zu tun, als Tag und Nacht mit dieser Frau zu schlafen?«

Sabre hüllte sich in ein großes Handtuch und trat aus dem Badezimmer. Sie wußte nicht, ob sie wegen Matthews Bemerkung amüsiert oder beleidigt sein sollte. Als er sie fast unbekleidet vor sich sah, pfiff er anerkennend durch die Zähne, doch dann drängte er: »Wo ist er? Ich hab eine Nachricht der Königin für ihn.«

»Er ist fort, Matthew. Zurück nach Plymouth.«

»Großer Gott, nein«, stöhnte Matthew. »Dafür wird sie mich köpfen lassen. Ich habe ihr mein Wort gegeben, daß er auf Thames View ist und daß ich ihm ihre Nachricht überbringen werde.«

Sabre sah ihn nachdenklich an. »Dann müssen wir ihm wohl nachfahren.«

»Was soll das heißen: wir?«

»Oh, Matthew, bitte, du willst mir doch wohl nicht die Gelegenheit nehmen, mich von ihm zu verabschieden, ehe er nach Spanien aufbricht. Himmel, Matthew, wenn ihm etwas passiert, werde ich ihn vielleicht nie wiedersehen!«

Eine Träne rann über ihre Wange, und er sah sie gequält an. »Bitte, weine nicht, meine Süße. Ich bringe dich zu ihm, wenn es dir so viel bedeutet.«

»Ich ziehe mich nur schnell an. Dann können wir los.«

»Zieh dir besser Reitkleider an, und pack ein paar warme Sachen ein. Die *Devon Rose* liegt in Dover. Ich komme gerade von einer Fahrt nach Calais zurück.«

Als sie ihn unten traf, trug sie Stiefel und hatte einen schweren Reitumhang über dem Arm. »Zeig mir die Nachricht. Was steht darin?«

»Sie ist geheim und versiegelt, Sabre, aber Bess sagte, es sei unerläßlich, daß er sie sofort bekommt. Auch an Drake und Vizeadmiral Borough sind geheime Befehle unterwegs.«

Sabre schob den Daumennagel unter das Wachssiegel und öffnete es.

»Großer Gott, Sabre, du kannst unmöglich das Siegel der Königin brechen«, protestierte er.

»Warum nicht? Schließlich bin ich seine Frau«, beruhigte sie ihn.

»Darum geht es nicht. Das sind geheime Kriegsbefehle!«

»Gott der Allmächtige«, rief sie aus. »Das wird ihm aber gar nicht gefallen. Bess hat ihm die Erlaubnis, in See zu stechen, entzogen. Sie verbietet ihm, einen spanischen Hafen anzusteuern, weil das als Kriegshandlung gelten würde.«

»Nun, jetzt haben wir wenigstens einen guten Grund, ihm nachzufahren. Die Befehle, die sie an Drake und Borough geschickt hat, sind wahrscheinlich identisch.«

Sie rannte zu Shanes Schreibtisch und versiegelte den Umschlag mit geschmolzenem Wachs. »Nimm meine Satteltaschen, Matthew. Wir müssen uns beeilen. Wir müssen unbedingt vor den anderen Kurieren in Plymouth sein.«

Die *Devon Rose* segelte an sämtlichen Häfen vorbei, die sie passiert hatten, als Sabre nach London gekommen war, aber dieses Mal galt es, keine Zeit zu verlieren, als sie Hastings, Eastbourne und die Isle of Wight passierten. Am St. Alban's Head bogen sie von der Küstenlinie ab in den Kanal, um die südliche Spitze von Devon, Bolt Head, zu umrunden, bis der Hafen von Plymouth direkt vor ihnen lag.

Dicht gedrängt lagen dort bereits über dreißig Schiffe vor Anker. Drakes Flaggschiff, die *Elizabeth Bonaventure,* war fünfhundert Tonnen schwer und über und über mit Kanonen bestückt, genau wie die *Golden Lion* des Vizeadmirals und Devonports *Defiant.* Außerdem gab es mindestens zehn Kriegsschiffe, jedes über zweihundert Tonnen schwer, und ein Dutzend Fregatten und Pinassen mit einem Gewicht von hundert Tonnen, alle ausgerüstet mit Messingkanonen, die den Tod auf die Decks der gegnerischen Schiffe regnen lassen würden.

Matthew meinte, daß er Shanes Aufmerksamkeit am besten auf sich zöge, wenn er der *Defiant* ein Signal gäbe. Die Nachrichten, die zwischen der *Devon Rose* und der *Defiant* ausgetauscht wurden, waren allerdings so nebulös, daß Shane die Geduld verlor und herübergerudert kam, um mit seinem Bruder persönlich zu sprechen. Er nahm an, daß Matthew ihn überreden wollte, ihn mit nach Cádiz zu nehmen, was er unter keinen Umständen erlauben würde. Nicht nur, daß er die *Devon Rose* nicht gefährden wollte, er machte sich auch keine Illusion, daß die Mission vielleicht ungefährlich sein könnte. Es könnten viele Leben verloren werden, und er würde dafür sorgen, daß Matthew Hawkhurst bestimmt keines dieser Opfer war.

Als er die Kapitänskajüte betrat und Sabre neben Matthew stehen sah, lief sein Gesicht vor Zorn puterrot an. Er wandte sich an seinen Bruder und brüllte ihn an: »Schaff sie auf der Stelle zurück nach London!«

»Shane«, sagte sie und hielt ihm den verschlossenen Umschlag hin. »Wir überbringen dir eine Nachricht der Königin!«

Er schnappte sich den Umschlag und riß ihn auf, ohne daß

sich sein Zorn auch nur für eine Sekunde gelegt hätte. Er las die Nachricht gleich zweimal, so unfaßbar war die Dummheit des Befehls. Ein obszöner Fluch drang über seine Lippen, und seine Faust krachte auf den Tisch. »Warum in aller Welt hast du mir diese Nachricht überhaupt überbracht?« fragte er Matthew, doch Sabre mischte sich eilig ein. »Weil sie Drake und Borough dieselben Nachrichten geschickt hat. Die Kuriere sind wahrscheinlich per Pferd unterwegs, und ich wollte, daß du die Nachricht als erster erhältst.«

Etwas von seinem Zorn legte sich, als ihm klar wurde, was sie ihm vorschlagen wollte. Er grinste, als sie fortfuhr: »Matthew wird ihr erzählen, daß wir zu spät gekommen sind; daß du bereits losgesegelt warst.«

Er zog sie an das rauhe Lederwams, das er trug, ohne auf die Waffen zu achten, die in seinem Gürtel steckten. Dann drehte er sie um und versetzte ihr einen kräftigen Klaps auf den Po. »Und jetzt fahrt zurück nach Hause, Mätresse. Auf der Stelle!«

An Matthew gewandt sagte er: »Drake wird keine Probleme machen. Er wird sich durch nichts auf der Welt davon abhalten lassen, nach Cádiz zu segeln, aber der Vizeadmiral und all die anderen Offiziere der Marine werden den Befehl aufs Wort befolgen. Also werde ich dafür sorgen, daß sie ihn gar nicht erst erhalten!« So schnell, wie er gekommen war, war er auch wieder fort.

Matthew sah Sabre bewundernd an. »Er wußte, daß du den Befehl gelesen hattest.«

»Ja, und er war verdammt dankbar dafür, daß ich so schnell gehandelt habe.«

»All diese Tränen, damit ich dich mitnehme, weil du ihn vielleicht nie wieder sehen würdest, waren also falsch. Du wußtest, daß er den Befehl mißachten würde, nicht wahr?«

Sie stellte sich auf Zehenspitzen, küßte ihn und stellte nüchtern fest: »Natürlich. Aber jetzt laß uns an Deck gehen und sehen, was passiert.«

Innerhalb einer Stunde holten die *Elizabeth Bonaventure* und die *Defiant* die Anker ein und segelten majestätisch aus dem Hafen in den Nordatlantik hinaus. Ein Dutzend kleinerer Schiffe folgte ihnen, und nach längerem Zögern hatte der Vizeadmiral an Bord der *Golden Lion* keine andere Wahl, als den Kapitänen der Marine zu befehlen, ebenfalls gen Spanien zu ziehen.

Matthew und Sabre standen über zwei Stunden an der Reling, bis im Hafen kein Leben mehr war. Sie sahen einander etwas verloren an. Es war ein Gefühl der Leere, zurückgelassen worden zu sein. Als er das verräterische Blitzen in ihren Augen sah, hielt er den Atem an, doch schließlich nickte er ergeben. »Warum auch nicht?«

Sie führten einen regelrechten Freudentanz auf, fielen einander in die Arme und lachten, als wären sie vollkommen übergeschnappt.

18. Kapitel

Matthew hatte keine Zeit, um sich über die möglichen Konsequenzen seines Handelns Gedanken zu machen, als er Befehl erteilte, die Anker zu lichten und der Flotte auf dem Weg über den Atlantik zu folgen. Als sich sein Gewissen schließlich regte, schob er jeden Zweifel entschieden beiseite. Er hatte es satt, daß sein Bruder immer die Verantwortung für alles übernahm, und er war böse auf Hawk, weil der ihn noch nicht einmal um Hilfe gebeten hatte bei diesem großen Abenteuer. Eine solche Gelegenheit bot sich nur einmal im Leben, und vielleicht erwies er sich ja als so nützlich, daß Hawk ihm am Ende sogar dankbar war.

Die Hauptflotte der dreißig Schiffe war auf die lange Reise vorbereitet und gut versorgt. Anders die *Devon Rose*, die sich spontan auf den Weg gemacht hatte. Matthew mußte an der Küste Frankreichs in Brest vor Anker gehen, um frisches Wasser und Lebensmittel an Bord zu nehmen. Seine Hoffnungen auf ein romantisches Zwischenspiel wurden jedoch fast sofort zunichte gemacht, denn von dem Augenblick an, in dem das Schiff in den Golf von Biskaya einfuhr, litt Sabre unter Seekrankheit. Während der gesamten fünf Tage, die die Überfahrt dauerte, übergab sie sich pausenlos, bis sie schließlich genug hatte und ihn bat umzukehren.

Er lachte, erklärte, sie wäre lediglich seekrank und ihr Magen würde sich beruhigen, sobald sie Spanien sähen. Ihr Unwohlsein legte sich tatsächlich ein wenig, aber obwohl sie nur ein Unterhemd trug, war die drückende Hitze in der engen Kabine einfach unerträglich, und sie kauerte elend auf ihrer Koje. Sie hatte nur warme Woll- und Samtkleider mitgenommen, da sie nicht vorgehabt hatte, nach Spanien zu reisen.

Als sie Lissabon erreichten, hielt sie es nicht länger aus und verlangte von Matthew, daß er den Hafen anlief, damit sie ein paar kühle Baumwollkleider und schützende Sonnenhüte kaufen könne. Auf diese Weise wäre es ihr wenigstens vergönnt, an Deck zu gehen und sich die milde Brise um die Nase wehen zu lassen.

Als Matthew in den Golf von Cádiz einfuhr, ging er vorsichtshalber zunächst in Faro vor Anker, das noch zu Portugal gehörte. Sie sahen die Unbesiegbare Spanische Flotte nicht, aber das Dröhnen der Kanonen würde von ihrem Liegeplatz deutlich zu hören sein, und er wartete angespannt auf dieses Signal, um sich in den Kampf zu stürzen.

Die englische Flotte stand vor dem Hafen von Cádiz. Drake und Devonport wußten, daß ihre einzige Hoffnung darin bestand, einen Überraschungsangriff zu starten. Drake hatte eine leichtere, schnellere Pinasse in seiner Flotte, und er und Devonport beschlossen, sie zu benutzen, um den Hafen auszuspionieren.

Was sie dort entdeckten, verwunderte sie. Mehr als dreißig Galeonen und Handelsschiffe lagen fast unbewacht am Kai. Nur ein paar verschlafene Seeleute lungerten vereinzelt in der Nachmittagshitze herum. Die beiden Engländer überlegten fieberhaft, ob in Spanien vielleicht irgendein Feiertag war, denn es war offensichtlich, daß der Hafen von Cádiz vollkommen unbewacht war.

Hunderte von Holzfässern mit Reifen, die die Fugen gegen Nässe und Ungeziefer schützen sollten, waren auf dem Kai gestapelt, um mit Wasser, Mehl, Pökelfleisch, Zucker, Gewürzen, Fisch, Zwiebäcken und Trockenobst gefüllt an Bord der Schiffe genommen zu werden. Es schien, als wäre ein Großteil der Waffen und Munition bereits verladen, und immer noch schleppten ein paar Menschen derartige Fracht an Bord der *Argosy*. Die kleine, flaggenlose Pinasse wurde von keinem Hafenkontrolleur angehalten, und Drake gab das Signal, zur *Elizabeth Bonaventure* zurückzukehren.

»Selbst wenn Vizeadmiral Borough sich zurückhält, sollte es uns beiden gelingen, Cádiz einzunehmen«, sagte er, und Hawk stimmte ihm zu.

»Wir müssen nur heute zuschlagen, solange sie wie lahme Enten dasitzen.«

»Ich bin bereit, die Verantwortung für den Angriff auf mich zu nehmen, denn er ist in Englands Interesse«, sagte Drake. »Du hast doch bestimmt auch gehört, wie dieser Idiot Borough gestern vorgeschlagen hat, wir sollten dem Gouverneur von Cádiz eine Nachricht übermitteln, daß wir verhandlungsbereit sind?«

Devonport grinste. »Du hast also die Absicht, ohne vorherige Konsultation des Vizeadmirals loszuschlagen?«

»Allerdings«, bestätigte Drake.

»Ich bin dabei, Francis. Sie haben die Wahl. Entweder folgen sie uns, oder sie machen kehrt und segeln, so schnell es geht, davon.«

»Ich nehme die *Elizabeth Bonaventure* und du bleibst mir mit der *Defiant* dicht auf den Fersen. Wir greifen uns ein Schiff heraus, zerstören es und sehen, was dann passiert.«

»Am besten nehmen wir die *Argosy* unter Beschuß. Sie ist über und über mit Waffen und Schießpulver beladen.«

»Einverstanden«, sagte Drake.

»Matthew, wir sitzen jetzt seit drei Tagen untätig hier in der Sonne herum! Wir sehen nichts, wir hören nichts, wir riechen noch nicht mal was außer stinkendem Fisch.« Sabre rümpfte die Nase und wedelte sich mit einem Strohfächer frische Luft ins Gesicht. »Vielleicht sind sie alle gefangengenommen worden«, sagte sie, denn ihre Phantasie ging wieder einmal mit ihr durch.

»Ohne daß auch nur ein einziger Schuß abgegeben worden wäre?« schalt er sie.

»Woher sollen wir das wissen? Schließlich hören wir rein gar nichts von hier aus«, entgegnete sie. »Laß uns näher heranfahren!«

Er hatte gerade selbst beschlossen, gen Cádiz zu segeln, doch diese offene Herausforderung durch eine Frau war zuviel. »Du hast keine Ahnung, was ein Seegefecht ist, Sabre. Die Explosion der Kanonen kann deine Ohren zum Platzen bringen. Schiffskanonen können mit rotglühenden Eisenkugeln, mit Nägeln und mit rasiermesserscharfen Eisengeschossen bestückt sein. Jeden

Augenblick können die Holzplanken des Decks unter deinen Füßen weggeschossen werden. Es ist, als prassle tödlicher Regen auf dein Haupt. Und dein Schicksal ist noch schrecklicher, wenn dein Schiff vom Feind geentert wird. Ein glatter Schnitt mit einem Schwert ist das Beste, auf was du hoffen darfst. Andere Foltermethoden sind nicht ganz so schön!«

»Du versuchst nur, mir Angst zu machen!« schrie Sabre, deren Herz bei dem Gedanken an die gräßlichen Bilder wild zu hämmern begann. »Aber mach dir um mich keine Sorgen, denn wenn ich noch länger hier bleibe, sterbe ich aus Langeweile, und dann kannst du mich an die Fische verfüttern.«

Er wandte sich von ihr ab, um einen Befehl zu brüllen, und dann sagte er über die Schulter: »Am besten gehst du unter Deck.«

Sie knirschte mit den Zähnen und entgegnete: »Oh, nein! Gib mir ein Fernrohr, damit ich nichts verpasse.«

Vizeadmiral Borough war außer sich, als er sah, daß die *Elizabeth Bonaventure* die Flagge hißte und an ihm vorbei in den Hafen von Cádiz einfuhr. Seine verzweifelten Signale wurden auch von der *Defiant* ignoriert, die dicht hinter der *Bonaventure* ebenfalls an ihm vorbeisegelte. Ungläubig sah er, daß auch die *Golden Hint*, ein Schiff der englischen Flotte, nicht länger wartete.

Drake und Hawkhurst brachten ihre Schiffe hafenseits der *Argosy* in Position, und als sie mit gehißten englischen Flaggen in den Hafen einbrachen, kam Leben in die Menschen an Land. Unter den spanischen Seeleuten, die merkwürdigerweise auf keinen Angriff vorbereitet waren, brach Panik aus.

Hawkhurst stemmte sich mit seinen langen Beinen gegen das Schlingern seines Schiffs. Sein Oberkörper war nackt, und er hatte einen Arm über den Kopf gereckt, was hieß, daß seine Männer ihre Posten einnehmen sollten. Dann fiel sein Arm herab, und plötzlich explodierten die Steuerbord-Kanonen auf beiden Decks der *Defiant* mit ohrenbetäubendem Lärm. Das Schiff machte einen heftigen Satz zurück, und die Mannschaft zog die Bronzekanonen eilig zurück, um sie neu zu laden. Die

Luft war mit schwarzem Rauch und dem Gestank von Schießpulver erfüllt. Die gut ausgebildeten Männer räumten die Läufe frei, schoben die Pulverpatronen an ihre Plätze, stießen Eisenkugeln in die Öffnungen und hatten so innerhalb einer Minute die Kanonen geladen und scharf gemacht. Dann wandten sie ihre schwitzenden, rußverschmierten Gesichter Hawkhurst zu und brüllten: »Alles bereit!« Sie warteten, daß sein Arm ein zweites Mal das Signal zum Schießen gab.

Kanonenfeuer erfüllte die Luft, ob von Drakes Schiff oder vom Feind, wußte Hawkhurst nicht, aber plötzlich zerriß die unverkennbare Explosion zerberstender Pulverfässer ihm fast das Trommelfell, und die Takelage und die Masten der *Argosy* wurden in tausend Stücke zerfetzt. Das Schiff kenterte, und die See strömte in die offenen Kanonenmündungen. Der Großteil der Besatzung war unter dem Enterschutz-Netz gefangen, das über die Decks gespannt war. Die Schreie der Ertrinkenden waren auf jedem Schiff im Hafen von Cádiz und selbst am Ufer zu hören.

Die *Argosy* sank in weniger als zwei Minuten. Und dann passierte etwas höchst Überraschendes. Als Vizeadmiral Borough und seine Flotte zögernd in den Hafen einfuhren, konnten sie beobachten, daß sich die Spanier ergaben. Nur ein einziges Schiff war versenkt worden, und sie gaben sich hoffnungslos geschlagen!

In diesem Augenblick fing die Arbeit erst richtig an. Sämtliche englischen Schiffe zogen sich plötzlich zusammen, die Streitigkeiten waren für den Augenblick beigelegt. Der wahre Anführer der Expedition hatte sein Gesicht gezeigt, und Drake und seine Männer folgten ihm. Sie ließen die spanischen Seeleute unbeschadet von Bord gehen, und dann luden sie systematisch die Fracht der spanischen Schiffe auf die englischen Galeonen um.

Überrascht sah Hawk Matthew das Deck der *Defiant* betreten. Als er brüllte: »Was, zum Teufel, machst du hier?«, grinste sein jüngerer Bruder nur. »Also gut – wir nehmen den spanischen Schiffen ihre Ladung ab. Schnapp dir alles, was nicht festgenagelt ist – Waffen, Lebensmittel, Kleider, Sättel, Zaumzeug, Zelte, Wein. Der Trick besteht darin, so schnell wie möglich von hier zu verschwinden, ehe die Spanier aus Sevilla Verstärkung bekommen.«

Als alle englischen Schiffe beladen waren, verließen sie den Hafen von Cádiz und machten sich auf den Weg zurück ins englische Königreich. Drake und Hawkhurst zündeten noch die leergeräumten Galeonen an und ließen sie auf dem Wasser treiben. Insgesamt hatten sie dreiunddreißig spanische Schiffe zerstört.

Sabre stand an der Reling der *Devon Rose* und starrte wie gebannt auf die brennenden spanischen Galeonen, die den sich verdunkelnden Himmel in Flammen zu setzen schienen. Das Entsetzen, daß sie beim Anblick der sinkenden *Argosy* gepackt hatte, würde sie niemals vergessen, aber die anderen Dinge, die sie an diesem Tag gesehen hatte, hielten sie für Stunden an der Reling fest. Ihr Gesicht war schwarz vom Rauch der Kanonenkugeln, und die Tränen, die sie vergossen hatte, hatten schmierige Spuren in dem Ruß hinterlassen. Sie konnte kaum noch stehen, und schließlich wandte sie sich ab, um unter Deck zu gehen. Hawk entdeckte sie, als sie sich von der Reling fortbewegte, und obgleich die *Defiant* gut zweihundert Meter von der *Devon Rose* entfernt segelte, erkannte er sie. Mit grimmigem Gesicht ließ er ein kleines Boot zu Wasser und ruderte persönlich zu Matthews Schiff hinüber. Wie ein Racheengel kam er rußverschmiert und schweißüberströmt an Bord. Als er wortlos zu seinem Bruder ging und ihn mit einem einzigen Schlag zu Boden streckte, hielten dessen Männer den Atem an. Obgleich sie ihrem Kapitän die Treue hielten und jeden anderen Mann auf der Stelle ermordet hätten, der ihm zu nahe getreten wäre, hielten sie sich zurück. Dies war eine Sache, die nur die beiden Hawkhursts betraf.

Ohne sich weiter um seinen Bruder zu kümmern, marschierte Hawk zur Kapitänskajüte hinab und öffnete krachend die Tür. Sabre hatte sich gerade das Gesicht gewaschen und beugte sich, nur mit weißen Pantalons und einem winzigen weißen Baumwollhemd bekleidet, über die Waschschüssel. Seine Miene verriet ungezügelte Wut, und sie wurde auf einmal von Angst gepackt. Ohne ein Wort zu sagen, packte er sie, warf sie sich über die Schulter, als wäre sie ein nasser Sack, und marschierte mit ihr zurück an Deck. Sie trommelte mit ihren Fäusten auf ihn ein und trat wild um sich, aber vollkommen ungerührt ging er zur Reling und stieß sie gnadenlos in das kleine Ruderboot.

In diesem Augenblick hatte sie eine solche Angst vor ihm, daß sie es nicht einmal wagte, etwas zu sagen. Shane Hawkhurst O'Neill hatte die Maske des zivilisierten Gentleman abgelegt, und zum Vorschein kam der brutale Mann. Er gebärdete sich wie ein wildes Tier, als er zurückruderte. Das kleine Boot krachte schließlich gegen den Rumpf der *Defiant,* so daß sie, die Beine in die Luft gereckt, nach hinten fiel. Erneut warf er sie einfach über seine Schulter und begann, die Strickleiter hinaufzuklettern. Plötzlich streckten grinsende, grölende Matrosen die Hände nach ihr aus und zerrten sie an Bord, wo sie sie auf das Deck fallen ließen. Angesichts der rauhen Behandlung und ihrer spärlichen, von Shanes Körper rußgeschwärzten Kleidung wäre Sabre vor Scham fast im Boden versunken. Ein Blick des Kapitäns genügte jedoch, um das übermütige Gelächter der Seeleute verstummen zu lassen, und wieder warf er sie über die Schulter, so brutal, daß sie kaum noch Luft bekam. Er öffnete seine Kabinentür und warf sie auf die Koje. Dann wühlte er in einer Eichentruhe herum und zog eine kleine, schwere Peitsche hervor. Ohne sie auch nur eine Sekunde aus den Augen zu lassen, klatschte er ein paarmal mit der Waffe auf seine Handfläche.

»Das würdest du nicht wagen«, flüsterte sie erschreckt.

»Und ob ich es wage! Du bist die eigensinnigste Frau, der ich je begegnet bin. Du hast jede negative irische Charaktereigenschaft, die man sich nur denken kann!«

»Und du nicht?« fragte sie.

Er starrte sie ungläubig an. »Obwohl ich dich wieder und wieder gewarnt habe, wagst du es tatsächlich immer noch, dich mir zu widersetzen. Du forderst mich ja geradezu heraus, dir endlich eine Lektion zu erteilen – du scheinst es darauf abgesehen zu haben, auf die schmerzliche Art zu lernen, was Gehorsam ist, und ich finde, es ist an der Zeit, daß du endlich Gehorsam lernst.«

»Du bist ein brutaler, tyrannischer Schuft ... wag es ja nicht, mir mit dieser Peitsche zu drohen«, schnauzte sie.

»Bete lieber, daß ich dir weiterhin damit drohe, denn wenn ich damit aufhöre, werde ich sie benutzen!«

Sie kniff die Augen zusammen wie eine Katze. »Ich schwöre dir, wenn du dieses Teil benutzt, Shane Hawkhurst O'Neill, dann werde ich mich furchtbar an dir rächen ... eines Tages werde ich diejenige sein, die die Peitsche in den Händen hält!«

Er holte aus und streifte das Tischchen neben der Koje. Die Peitsche knallte krachend auf das Holz, und die Spitze traf ihren nackten Schenkel. Außer sich vor Zorn schnappte er die Peitsche und warf sie angewidert fort. Ehe er vollkommen die Beherrschung verlor, verließ er die Kajüte und schloß die Tür hinter sich ab. Sabre war so verängstigt und gedemütigt, daß sie in Tränen ausbrach. Sie zog die Knie bis ans Kinn und wiegte sich schluchzend hin und her. Es war einfach alles zuviel für sie gewesen, und sie brauchte die Erleichterung, die ihr das Weinen verschaffte. Schließlich verfiel sie, ohne sich auch nur zu waschen, in den tiefen Schlaf der Erschöpfung.

Früh am nächsten Morgen wachte sie auf und brauchte einen Augenblick, bis sie wußte, wo sie war. Als sie sich daran erinnerte, wie schändlich Shane sie behandelt hatte, zog sich ihr Herz furchtsam zusammen. Er war so wütend gewesen wie nie zuvor und war es bestimmt immer noch. Er konnte auch jeden Augenblick kommen, und wenn er kam, würde er sie sicherlich bestrafen. Wahrscheinlich würde er sie verprügeln. Vielleicht würde er ihr sogar erklären, daß es aus war zwischen ihnen und daß sie ihre Sachen packen sollte, sobald sie wieder in Thames View waren. Sie fühlte sich vollkommen elend. Niemand hatte ihr auch nur Frühstück gebracht oder sich erkundigt, ob sie irgend etwas brauchte.

Sie öffnete die beiden Bullaugen in der Kabine und atmete tief ein. Die Luft, die vom Meer hereindrang, war nicht im mindesten kühl oder erfrischend, und sie dachte daran, daß sie bald wieder den Golf von Biskaya durchfahren würden, was unweigerlich mit erneuter Seekrankheit verbunden war. Sie tat sich so leid, daß ihr abermals die Tränen über die Wangen kullerten.

Es dauerte einige Zeit, bis sie vor den Spiegel trat, aber dann war sie von ihrem eigenen Anblick so schockiert, daß sie plötzlich in hektische Betriebsamkeit ausbrach. Sie zog die rußverschmierte weiße Hose und das Hemd aus und wusch sich von Kopf bis Fuß. Dann suchte sie in Shanes Schrank nach ein paar Kleidern, die sie sich ausleihen konnte. Das einzig Kühle, was ihren Körper zumindest teilweise bedecken würde, waren seine Hemden. Sie wählte ein rüschenverziertes weißes Batisthemd und rollte die Ärmel bis zu den Ellbogen auf. Dann sah sie seine Schubladen durch, bis sie Kamm und Bürste fand, und machte sich daran, ihre verknoteten kupferfarbenen Locken zu entwirren.

Als bis zum Mittag immer noch niemand in der Kajüte aufgetaucht war, begann ihre Furcht sich zu legen, und nach weiteren zwei Stunden war sie zunächst verärgert und dann richtiggehend erbost. Es war wirklich empörend, daß man sie derart ignorierte. Ein böser Streit, in dem sie seinen Hieben und er den Gegenständen ausweichen müßte, die sie nach ihm werfen würde, wäre ihr auf jeden Fall lieber gewesen als die stundenlange Einsamkeit. Sie wußte, daß Kapitän und Mannschaft den großartigen Sieg über die spanische Flotte feierten, aber irgend jemand an Bord hatte doch sicher einen Augenblick Zeit für sie.

Es war bereits später Nachmittag, als endlich ein junger Kabinensteward mit einem kühlen Limonensaft für sie durch die Tür der Kajüte trat. »Danke«, sagte sie mit schüchternem Augenaufschlag. »Hat der Kapitän die Absicht, mich bis zu unserer Ankunft in England hier unten einzusperren?«

Der Junge wurde vor Verlegenheit puterrot. »Er ist wirklich wütend, Ma'am. Ich an Ihrer Stelle wäre froh, wenn er mir nicht allzu nahe käme! Der Baron hat mich mit dem Getränk zu Ihnen geschickt, und er hat dem Koch befohlen, Euch etwas zu essen und ein bißchen Wein auf ein Tablett zu stellen.« Der Junge salutierte und wollte gerade wieder gehen, als Sabre ihn am Arm festhielt. »Warte!« rief sie, außer sich, weil Shane offenbar nicht beabsichtigte, herunterzukommen. Wenn sie sich diese schändliche Behandlung einfach gefallen ließe, wäre sie nicht Lady Devonport! Sie schnappte sich ihre weiße Hose und drückte sie dem verblüfften Jungen in die Hand. »Hier! Zieh diese Hose am Flaggenmast hoch. Vielleicht hat er die Spanier besiegt, mich aber nicht! Wenn du nicht den Mut dazu hast, dann bitte den Baron, es für mich zu tun.«

Der Junge grinste. »Ich werde es tun, wenn niemand hinsieht«, versprach er ihr.

Hawk überlegte, was seine Männer derart zu amüsieren schien. Sie versuchten verzweifelt, ihr Grinsen zu verbergen, aber sobald einer von ihnen in seine Richtung blickte, war seine Fassung dahin. Schließlich bemerkte er, daß einer von ihnen verstohlen nach oben zeigte und daß ein paar andere stillvergnügt in die angegebene Richtung sahen. Sein Blick wanderte die Takelage hinauf, und er traute seinen Augen nicht, als er merkte, was da auf halbmast flatterte. Der Fetzen sah verdächtig nach Sabres rußverschmierter Unterhose aus, die ihn offen zu einem Duell herauszufordern schien.

Eine Minute lang starrte er ungläubig auf die unkonventionelle Flagge, doch dann verzog er ebenfalls den Mund zu einem breiten Grinsen, und schließlich hallte sein dröhnendes Gelächter über das gesamte Schiff. Sobald er sich wieder unter Kontrolle hatte, rannte er zu seiner Kajüte hinab und stürmte ohne jede Vorwarnung durch die Tür. Sie hatte seine schweren Schritte jedoch bereits gehört und stand, die Hände in die Hüften gestemmt, bereit.

Er sah sie an und fragte steif: »Bedeutet die weiße Flagge, daß Ihr Euch ergeben wollt, Madame?«

»Ergeben?« schnauzte sie außer sich vor Zorn. »Niemals! Euer Schiff heißt *Defiant,* Widerstand ... also habt Ihr es gewiß nach mir benannt, Sir!« Sie setzte sich auf den Kapitänssessel, hob ein nacktes Bein und legte es herausfordernd über die Lehne. Unter dem feinen Batisthemd trug sie nichts und jedesmal, wenn sie mit dem Bein schlenkerte, erhaschte er einen Blick auf die drahtigen kupferfarbenen Locken, die er seit ihrer ersten Begegnung so ungemein verführerisch fand.

Er lachte vergnügt auf. »Sabre Wilde, du hast wahrhaftig den Teufel im Leib!« Mit einem Schritt war er bei ihr, doch sie hielt ihn mit einer gebieterisch erhobenen Hand und mit grün blitzenden Augen zurück.

»Bildet Euch ja nicht ein, daß Ihr mich so leicht besiegen könnt wie die Schiffe im Hafen von Cádiz, Sir. Bildet Euch ja nicht ein, daß Ihr mich wie einen Getreidesack über die Schulter werfen, mich ignorieren und fast verhungern lassen könnt, um anschließend vergnügt hereinspaziert zu kommen und Euch mit mir zu vergnügen!«

Er wußte, daß er sie mit Gewalt hätte nehmen können, aber sie hatte etwas Besseres verdient. Er würde sich subtilerer Methoden bedienen, was den Lohn noch süßer werden ließ. Aller Spott war aus seinem Blick verschwunden, als er sich förmlich vor ihr verbeugte. »Sabre, würdest du mir die Ehre erweisen, mit mir zu speisen? Ich habe die Absicht, unseren Sieg zu feiern, und das würde ich gern in deiner Gesellschaft tun.«

Ebenso förmlich nickte sie, ehe sie erwiderte: »Mit Vergnügen, Lord Devonport. Ich wünschte nur, ich hätte etwas zum Anziehen hier.«

Er ging zu einer Truhe in der Ecke der Kabine und und hob den Deckel an. »Hier drin ist genug. Tut mir leid, daß ich kein Kleid für dich habe, Sabre.« Er nahm frische Garderobe für sich selbst aus dem Schrank und wandte sich zum Gehen. »Das Essen gibt es um sechs.«

Auf dem Boden der Truhe entdeckte sie die herrlichsten, zartesten Stoffe in so vielen Schattierungen, daß sie hin und her gerissen war. Schließlich entschied sie sich für einen fast durchsichtigen Stoff, der mit türkisfarbenen Seidenbändern verziert und mit Goldfäden durchwirkt war, die ein Streifenmuster schufen. Sie schnitt ein ungefähr quadratmetergroßes Stück heraus, wickelte es um ihren Körper und band es über einer Schulter fest. Von rechts betrachtet war sie vollkommen bedeckt, von links jedoch war das Kleid von der Schulter bis zum Knöchel offen, so daß ihre Nacktheit deutlich zu erkennen war.

Es klopfte an der Tür, und der Baron trat ein, um schweigend den Tisch zu decken. Er breitete eine weiße Damastdecke aus, legte Servietten, italienische Silbergabeln und passende Messer auf. Die Teller waren aus schwerem Gold, mit einer Drachengravur in der Mitte, und die Wein- und Wasserkelche waren aus venezianischem Kristall und wiesen gold- und jadeverzierte Stiele auf. Der Baron erwies ihr jederzeit den gehörigen Respekt, aber heute abend verriet sein Blick eine ganz besondere Ehrfurcht, und sie überlegte, ob Georgiana ihm vielleicht erzählt hatte, daß sie Lady Devonport war. Sie hatte allerdings keine Zeit, die Wahrheit zu ergründen, denn um Punkt sechs trat Shane vor die Tür. Er klopfte höflich an und wartete, bis sie ihn aufforderte, einzutreten. Er trug tropisches, cremefarbenes Leinen, was die dunkle Mahagonibräune seiner Haut hervorragend zur Geltung brachte. Er nahm ihre Hand, zog sie an seine Lippen und musterte sie mit flackernden blauen Augen, die an züngelnde Flammen erinnerten. Als sich sein Mund zu einem beifälligen Lächeln verzog, blitzten seine schneeweißen Zähne auf.

Sabres Herz machte beim Anblick des schönen Mannes, der da vor ihr stand, einen Satz. Seine Löwenmähne fiel lose über seine Schultern, so daß die von der Sonne goldrot gebleichten Spitzen deutlich zu sehen waren. Seine Männlichkeit überwältigte sie, und ihre Knie wurden einen Augenblick lang butterweich.

Der Baron kam mit einer dampfenden, zugedeckten Schüssel und mit einer großen, mit teilweise unbekannten Früchten gefüllten Schale zurück. Als er den Raum verließ und sie alleine waren, zog Shane den Stuhl für sie zurück und murmelte: »Du bist die wunderbarste Frau, die mir je die Ehre hat zuteil werden lassen, mit mir an einem Tisch zu sitzen.« Sabre nahm formvollendet Platz und zupfte ihr Kleid zurecht, um ihre Nacktheit zu verhüllen, statt sie schamlos zur Schau zu stellen. »Das Essen riecht einfach köstlich, obwohl ich nicht weiß, was es ist«, stellte sie genießerisch fest.

»Für das heutige Abendessen müssen wir den Spaniern danken.« Er hob den schweren Silberdeckel von der Terrine. »Paella, eine berühmte spanische Spezialität. Sie wird mit Huhn und Garnelen gemacht und mit Knoblauch und spanischem Safran gewürzt. Das Ganze wird auf einem Reisbett und Paprikaschoten serviert.« Er schenkte einen blassen Chablis in die Kelche und legte ihr etwas aus einer zweiten, kleinen Schüssel auf den Teller.

»Was ist das?« fragte sie neugierig.

»Artischocken mit reifen Oliven. Du brichst ein Blatt ab und tauchst es in die geschmolzene Butter, so«, wies er sie an und lächelte, als sie begeistert das neue Gericht kostete. »Ein erlesener Geschmack, wie fast alle ausländischen Gerichte. Ich finde, daß die Engländer über Unbekanntes allzu schnell die Nase rümpfen. Ich bin jedenfalls der Meinung, daß in der Vielfalt die Würze des Lebens liegt.«

»Ach ja, Mylord?« forderte sie ihn mit blitzenden Augen heraus, da sie sich fragte, ob diese Bemerkung einen doppelten Sinn haben könnte.

»Wie auch immer, es gibt Dinge, die man nie wieder vergißt, wenn man sie erst einmal gekostet hat«, fügte er mit vor Verlangen rauher Stimme hinzu.

Errötend wandte sie den Blick von ihm ab. »Was für Früchte sind das?« fragte sie atemlos, um die Leidenschaft zu bremsen, die in seinen Augen loderte.

Shane seufzte. »Nun, ich glaube, daß du Orangen und Zitronen kennst. Die grünen Früchte sind Limonen, und das andere sind Trauben und Melonen. Das Braune sind Datteln, und das hier sind Feigen, köstlich, aber voller Samenkörner.«

Sie legte einen zarten Finger auf die harte Schale einer seltsamen roten Frucht und sah ihn fragend an.

»Granatäpfel, ein altes Fruchtbarkeitssymbol. Aufmerksam wie immer hat der Baron die Granatäpfel auf ein Palmblatt gelegt, was ein altes Phallussymbol ist. Granatäpfel sind das Symbol des Weiblichen, und die Palme ist das Symbol des Männlichen.«

Ihre Mundwinkel verzogen sich zu einem wissenden Grinsen. »Es war klar, daß ich danach fragen würde, nicht wahr?«

»Sabre, ich möchte dich lieben.«

Sie sahen einander an, und in diesem Augenblick wußte sie, daß sie ihr Ziel erreicht hatte. Sie hatte ihn so stark an sich gebunden, daß er ohne sie am Rande des Wahnsinns stand. Er wollte sie, brauchte sie und konnte ohne sie nicht mehr leben. Sie würde alles tun können, und er würde sie immer noch lieben. Er war ein Mann von außergewöhnlicher Stärke, und sie war seine einzige Schwäche. Sie hatte ihn zu ihrem Sklaven gemacht.

Sie stand auf und trug den zarten Kelch vor sich her. Es war selbstverständlicher Teil ihres Stelldicheins, daß er sich nicht einfach auf sie stürzen, sondern ihre Erlaubnis abwarten würde. Sie nippte an ihrem Wein und quälte ihn mit der Langsamkeit jeder Bewegung. Schließlich, als er meinte, es nicht länger zu ertragen, löste sie den Knoten über ihrer Schulter, ließ den Stoff von ihrem Körper gleiten, tauchte einen Finger in den Chablis und befeuchtete sich die Brustwarzen.

Mit einem triumphierenden Knurren ergriff er sie und kostete ihre beiden leuchtenden Knospen. Seine starken Hände hielten sie hoch an seine Brust, und dann ließ er ihren nackten Leib langsam an sich hinuntergleiten. Der cremefarbene Leinenstoff rieb sich rauh an ihrer satinweichen Haut, und sie stöhnte begehrlich auf, als sich ihre Schenkel, ihr Bauch und ihre Brüste an seiner Härte stießen. Er küßte ihre Mundwinkel, ihre Augenlider, ihre Nasenspitze und schließlich den verführerischen kleinen Schönheitsfleck. Ihr Kopf fiel sinnlich zurück, als ihr Körper erschauderte und seine Lippen ihren Hals kosteten.

Ihr duftiges Haar betörte seine Sinne und ließ sein Herz schneller schlagen. Ihre Finger strichen begierig über seinen dicken Schwanz, und dann legte sie sich besitzergreifend darum herum, so daß er vor Verlangen zu zittern begann.

Sie schrie leise auf. »Bitte, Shane!«

»Bitte was, Sabre?«

»Bitte«, wiederholte sie.

»Sag es mir, Liebling ... sprich es aus.«

»Ich will dich jetzt ... wenn du mich nicht nimmst, sterbe ich«, schluchzte sie.

Er füllte sie ganz aus, und seine eigene Erregung wurde von den wilden, kreisenden Bewegungen noch gesteigert, mit denen sie ihn tiefer und tiefer in ihren Körper zog. Sie biß in seine Schulter, wo der Drache sein Feuer spie, und kostete den herrlichen Salzgeschmack seines gebräunten Fleischs.

Er nahm sie mit aller Macht, schob sein großes Glied ganz in sie hinein, zog es ganz heraus und schob sich abermals in sie hinein. Sie vergrub ihre Nägel in seiner Haut, bis er blutete, und dann leckte und saugte sie die winzigen, halbmondförmigen Wunden aus. Er war so ausgehungert, daß er fürchtete, sie in Stücke zu reißen, aber sie zog ihn immer tiefer in sich hinein und hielt ihn dort gefangen, während ihr Innerstes pulsierte und pochte, bis ihrer beider Lustschreie oben an Deck zu hören waren.

Sie liebten sich auf alle Arten, wie ein Mann und eine Frau sich paaren können. Er nahm sie an der Wand, auf einem niedrigen Tisch, auf dem Boden und dann auf der Koje, wo er sie zwischen seinen Beinen gefangenhielt, bis sie vollkommen erschöpft von all der Lust in tiefen Schlaf versank. Sie wachte auch nicht auf, als er sie verließ, um wieder an Deck zu gehen und dort nach dem Rechten zu sehen.

Als er drei Stunden später zurückkam, waren sie immer noch sprachlos und überwältigt von der großen Leidenschaft, die sie miteinander teilten, und durchlebten die Situation noch einmal im Geist. Er strich vorsichtig über ihre Wange, bis sie aus dem Liebestrance erwachte, sich an ihn lehnte und erklärte:

»Zur Feier unserer Liebe möchte ich einen Maskenball auf Thames View geben. Er soll größer und schöner werden als alle Feste, die die Königin jemals veranstaltet hat.«

Er küßte sie auf den Kopf. »Wir könnten im Tower landen für das, was wir getan haben. Erst haben wir ihren Befehl ignoriert, die Mission abzublasen, und dann hat Drake auch noch losgeschlagen, ohne den Vizeadmiral zu konsultieren. Ich habe ihn die ganze Zeit unterstützt und werde die Konsequenzen meines Handelns tragen müssen. Daß du keinem Irrtum unterliegst – die Marine wird einen förmlichen Protest einreichen und Drake und mich unter Anklage stellen.«

»Puh!« imitierte Sabre die Königin. »Du wirst Bessie Tudor bestimmt dazu kriegen, sich auf deine Seite zu stellen, denn du bist ein wesentlich charmanterer und hübscherer Kerl als der fette alte Borough.«

»Arme Bess«, lamentierte er. »Sie verliert alle ihre Günstlinge. Ich liebe dich, und Essex hat sein Herz an Frances verloren.«

»Ganz zu schweigen von seinem Vermögen«, fügte sie kichernd hinzu.

Er schwieg einen Moment. »Glaubst du nicht, daß Frances ihn liebt?«

»Mmmm ... sagen wir, sie liebt ihn mit dem Kopf, aber ich glaube nicht, daß ihr Herz besonders viel damit zu tun hat. Aber sie werden auf unseren Maskenball kommen, und dann kannst du selbst sehen. Außerdem werde ich deinen Freund Charles Blount und Penelope einladen ...«

»Vielleicht erzählst du mir ja als nächstes, daß Penelope Charles auch nicht liebt ...« stichelte er.

»Oh, doch, das tut sie ganz bestimmt. Sie macht sich ja regelrecht lächerlich aus lauter Liebe zu ihm. Ich glaube, sie wird tatsächlich ihren Ehemann und ihre Kinder verlassen, um mit ihm zusammenzuziehen.«

Am liebsten hätte er sie gefragt, ob sie ihn liebte, aber da er die Antwort fürchtete, küßte er sie erneut auf den Kopf und stellte zärtlich fest: »Ich liebe dich, Sabre.«

Sie drehte sich zu ihm um und erwiderte: »Ich weiß, daß du das tust.«

Seine Liebe zur ihr wurde während der nächsten Tage, als sie den berüchtigten Golf von Biskaya durchquerten, wieder und wieder auf die Probe gestellt.

Sabre hob jämmerlich den Kopf von seinem Arm und stöhnte elend auf.

»Was ist los, meine Liebe?« fragte er besorgt.

»Oh, mir ist so schlecht«, flüsterte sie.

Sofort war er auf den Beinen und nahm sie in den Arm. »Woran liegt es? Vielleicht an dem, was wir gestern gegessen haben?«

Bei dem Wort Essen steigerte sich ihre Übelkeit noch. »Uuh, ich bin seekrank«, jammerte sie.

»Hast du das schon mal erlebt?« fragte er.

Sie nickte stumm, denn es war ihr peinlich, sich vor ihm übergeben zu müssen. »Bitte laß mich allein«, bat sie ihn.

»Bestimmt nicht. Meinst du etwa, Seekrankheit wäre ein Problem für mich?« schalt er sie, während er die beschmutzten Laken aus der Koje riß und sie frisch bezog. Dann wusch er sie sanft ab, gab ihr eines seiner Hemden und trug sie in das saubere Bett zurück. Er brachte ihr verdünnten Wein und ein paar Zwiebäcke und drängte sie, etwas zu sich zu nehmen.

Ein Schluck und ein Bissen genügten, um sie erneut zum Würgen zu bringen, und geduldig fing er mit der Arbeit von vorne an. Er tat alles in seiner Macht Stehende, um ihr Leid ein wenig zu lindern. Er fand ein duftendes Eau de Cologne, mit dem er ihr die Stirn betupfte und von dem er ein paar Tropfen auf die Kissen gab. Er massierte ihren harten Bauch und hielt sie in starken, sanften Armen, wenn sie sich abermals übergab. Er pflegte sie, als wenn sie ein Baby wäre, fütterte sie, wusch sie, zog sie um, hielt ihre Hand und summte leise vor sich hin, bis sie schlief.

Als sie protestierte, erwiderte er ruhig: »Hast du mich etwa nicht gepflegt, als ich verwundet war?« Das Kommando über das Schiff mußte der Baron übernommen haben, denn soweit sie wußte, verließ er ihre Kabine in den drei Tagen nicht ein einziges Mal. Am vierten Tag, als es ihr ein wenig besser ging, obgleich sie immer noch blaß und zittrig war, trug er sie an Deck, wo sie etwas frische Luft bekam, und während sie dort oben saß, ließ er die gesamte Kabine reinigen, um den Geruch des Erbrochenen auszumerzen. Seine unendliche Freundlichkeit hatte eine eigenartige Wirkung auf sie. Sie begann darüber zu grübeln, daß es ihr lieber wäre, nicht länger seine Mätresse, sondern seine Ehefrau zu sein.

Voller Erleichterung erblickte sie die englische Küste, und endlich gelang es ihr, die seltsame Stimmung abzuschütteln, die sie befallen hatte. Er gefiel ihr besonders in der Rolle des Sünders als in der Rolle des Heiligen, denn wie, bitte, konnte eine Rache aussehen, die man an einem Heiligen nahm?

19. Kapitel

Die Königin und ganz England bejubelten den Sieg der englischen Flotte in Cádiz. Dies war eine Zeit für Helden, eine Zeit, in der die Königin und ihr Rat Stärke zeigen mußten gegen die Feinde, die überall lauerten.

Elizabeth war viel zu clever, um die glückliche Wende nicht zu nutzen, und sie vergaß einfach, daß sie den Männern verboten hatte, die Spanier anzugreifen. Die empörten Rufe von Vizeadmiral Borough und der Marine brachte sie schnell und wirkungsvoll zum Schweigen, indem sie England die Helden gab, nach denen es sich gesehnt hatte und die es nun allerorts zu feiern galt.

Die Geschichte vom Überfall auf den Hafen von Cádiz, der Übernahme von Ladung von siebenunddreißig Schiffen und der Verbrennung der spanischen Schiffe wurde erzählt, wieder erzählt und immer weiter ausgeschmückt. England hatte Philipp von Spaniens Bart angesengt, und die Menschen freuten sich darüber. Insgeheim war auch Elizabeth sehr froh darüber, daß ihre Untertanen verwegen in die spanischen Gewässer vorgedrungen waren und sie erobert hatten, und nun brauchte sie diese Freude nicht mehr für sich zu behalten.

Wahre Menschenmassen drängten sich in den Häfen, um Englands berühmteste Schiffe zu sehen, die *Merchant Royal,* die *Rainbow* und die *Elizabeth Bonaventure,* aber die Schiffe, denen die größte Aufmerksamkeit zuteil wurde und die auch in den Geschichtsbüchern genannt werden würden, waren die Privatschiffe wie Drakes *Golden Hind* und Devonports *Defiant.*

Dieser Frühling wurde zum hektischsten, protzigsten Abschnitt von Elizabeths Regentschaft. Maskenbälle, Mummenschanz, Theateraufführungen, Spiele, Belustigungen, Bälle und

Bankette füllten die Tage und Nächte der Höflinge, und der Hof war *der* Ort, an dem es sich aufzuhalten galt. Die Königin bat Devonport, sich ständig an ihrer Seite zu halten, und wie immer waren ihre Wünsche Gesetz. Das Leben am Hof wurde zu einem einzigen langen Festzug, in dem jeder kostümiert war und in dem die Kostüme täglich ausgefallener wurden. Vermögen wurden für Kleider und Juwelen ausgegeben sowie für Belustigungen, bei denen es die jeweils vorherige zu überbieten galt.

Am Tag nach ihrer Rückkehr an den Hof besuchte Sabre Walsingham House. Sie war noch ganz erfüllt von dem großartigen Abenteuer, das sie bestanden hatte, und brannte darauf, es Frances zu erzählen, aber ihre Freundin schien in Gedanken ganz woanders zu weilen und hatte ihrerseits Neuigkeiten zu berichten. »Frances, Sie haben nicht ein Wort meiner Erzählung mitbekommen! Irgend etwas ist vorgefallen, als ich fort war – erzählen Sie.«

»Oh, Sabre, es ist so vieles passiert, aber Sie müssen mir versprechen, daß Sie meine Geheimnisse niemandem verraten«, sagte Frances sehr ernst.

»Ich verspreche es! Und jetzt erzählen Sie!« drängte Sabre.

»Die Königin war zum Abendessen in Essex House eingeladen, und Robin bekam endlich das Versprechen, daß er ihr bei dieser Gelegenheit Penelope vorstellen dürfe. Ich half ihr, die herrlichste Kette für die Königin auszusuchen, doch spät in der Nacht kam Robin hereingestürmt, wütender als ich je einen Menschen gesehen habe! Die Königin hatte abermals einen Rückzieher gemacht und Penelope befohlen, sich auf ihr Zimmer zurückzuziehen. Sie und Essex hatten einen furchtbaren Streit, bei dem er sie fast geschlagen hätte. Er schwor, daß er sich an ihr rächen werde. Sabre, er wollte ihr unbedingt wehtun ... also hat er mich noch in derselben Nacht geheiratet.«

»Sie sind jetzt also die Comtesse von Essex?« rief Sabre erfreut.

»Pst, Sabre, das ist ein Geheimnis«, warnte Frances sie.

»Oh, das sind die wunderbarsten Neuigkeiten, die ich je gehört habe! Was für eine süße Rache an der alten Hexe! Ich würde ein Vermögen dafür geben, ihr Gesicht zu sehen, wenn sie es schließlich erfährt!« rief Sabre und lachte zufrieden auf.

»Maria und Josef, sagen Sie nicht so etwas«, bat Frances ehrlich besorgt.

»Warum sind Sie denn so besorgt, Frances? Ihr Geheimnis ist sicher, und falls es jemand herausfinden sollte, würde er es gewiß nicht wagen, der Königin davon zu berichten.«

Frances zögerte. »Ich glaube ... ich bin schwanger.«

»Oh, Himmel, sind Sie sicher?« fragte Sabre.

»Oh, ich habe gezählt und gezählt, bis ich ganz schwindlig war. Ich weiß, daß ich eine Periode verpaßt habe ... und es gibt auch noch andere Anzeichen. Vergessen Sie nicht, daß ich bereits ein Kind habe, also kenne ich mich damit aus.«

»Was für Anzeichen?« fragte Sabre.

»Meine Brüste schmerzen und – ich renne alle fünf Minuten auf die Toilette.«

Sabre war verblüfft, denn genau dieselben Symptome waren ihr in letzter Zeit bei sich selbst aufgefallen.

»Und natürlich«, fügte Frances hinzu, »habe ich mich regelmäßig übergeben.«

»Übergeben?« rief Sabre, inzwischen ernsthaft besorgt.

»Ja, warum?« fragte Frances atemlos.

»Oh, Ihre Übelkeit erinnert mich an meine Seekrankheit.«

»Es heißt immer, Schwangeren würde meistens morgens schlecht, aber das ist völliger Unsinn. Wenn eine Frau schwanger ist, übergibt sie sich zu allen möglichen Tageszeiten.«

»Ach ja?« fragte Sabre und bat Frances, ihr die Anzeichen noch einmal in aller Genauigkeit zu schildern.

Als sie nach Greenwich zurückkam, versuchte sie verzweifelt, die Tage seit ihrer letzten Periode zu zählen, aber das genaue Datum fiel ihr beim besten Willen nicht mehr ein. Auf jeden Fall schien es lange her zu sein, nun, da sie darüber nachdachte. Sie schob den Gedanken beiseite, doch gleichzeitig strich sie nachdenklich über ihre Brust, die sich ungewöhnlich zart anzufühlen schien. Ihre Phantasie ging mal wieder mit ihr durch, schalt sie sich, aber die Idee hatte sich in ihrem Kopf festgesetzt.

Die Königin bestellte sich ein neues Kleid für eine besondere Belustigung, eine wahrhaft majestätische Kreation in geschlitztem, purpurnem Samt, unter dem mit Kristallen und Perlen besetzte amethystfarbene Seide zu sehen war. Als Sabre bei der letzten Anprobe zusah, wußte sie, daß sie das Kleid für den Maskenball auf Thames View nachmachen lassen würde. Niemand hatte es je gewagt, das Kleid einer Königin, vor allem dieser Königin, zu imitieren, aber je länger Sabre darüber nachdachte, um so begeisterter war sie von dieser einzigartigen Idee. Sie wußte, daß die Königin Amethyst- und Perlenschmuck im Übermaß und darüber hinaus eine kleine mit purpurnem Samt eingefaßte Krone voller Diamanten, Perlen und Amethyste in verschiedenen Schattierungen besaß, die sie zweifellos zu dem Kleid tragen würde. Also ließ sie alles kopieren, bis hin zu den lilafarbenen Satinschuhen und dem ebenfalls lilafarbenen Fächer.

Anfangs besprach sie die Einzelheiten des Balles noch mit Shane, aber da er bereit war, ihr jeden Wunsch in bezug auf das Fest zu erfüllen, traf sie schließlich die Entscheidungen, ohne ihn zu konsultieren.

Sie beschloß, das Fest am selben Tag wie die Belustigung, die die Königin besuchen wollte, stattfinden zu lassen, da sie wußte, daß alle interessanten Leute zu ihr kommen und sich nur die Langweiler für das andere Fest entscheiden würden. Einladungen ergingen an Essex und Frances, Anthony und Francis Bacon, die beiden Sekretäre von Essex, Penelope Rich und Charles Blount, Dorothy Devereux und den Mann, mit dem sie gerade durchgebrannt war, Thomas Perrot. Sabre lud sogar Essex' Mutter Lettice ein, obgleich Leicester nicht auf ihrer Gästeliste stand. Außerdem wurden die Comtesse von Hardwick, Lady Leighton, Katherine und Philadelphia Carey, Bess Throckmorton und ihr Liebhaber Sir Walter Raleigh sowie zahlreiche unverheiratete Freunde von Shane wie Lord Mountjoy, Fulke-Greville und der Bankier Sir Thomas Gresham geladen, der gerade die Königliche Börse hatte errichten lassen und von dem es hieß, er sei der reichste Mann von ganz London.

Sämtliche Ehrenjungfern der Königin waren geladen. Für sie

galt die Einschränkung, daß sie natürlich entschuldigt wären, falls sie im letzten Augenblick gezwungen wären, die Königin zu Theobalds zu begleiten. Theobalds war ein prächtiges dreistöckiges Haus mit vier Ecktürmen und vier Innenhöfen. Die Eingangshalle wurde von einem Brunnen geschmückt, aus dem Rot- oder Weißwein bis unter die Decke sprudelte, und außerdem gab es zahlreiche eigenartige Räumlichkeiten. Ein Zimmer war angefüllt mit Uhren, die alle im selben Augenblick zu schlagen begannen; in einem anderen waren Wände und Decken so bemalt, daß sie wie der Himmel aussahen, mit Wolken, Planeten und Sternen, die die Tierkreiszeichen repräsentierten. An der Decke war ein Uhrwerk installiert, das für Sonnenuntergang, Mondaufgang und für das Blinken der Sterne verantwortlich war. Außerdem gab es eine verglaste Galerie mit Porträts sämtlicher christlicher Herrscher, mit den passenden Kostümen und mit Abbildungen wichtiger Schlüsselszenen der Geschichte. Gräßlicher Nachteil bei Theobalds waren die engen Quartiere, in denen die Höflinge und Damen zu dritt oder viert in einem Bett schlafen sollten – bei strenger Geschlechtertrennung. Ein weiterer Nachteil war die Entfernung. Auf dem Fluß kam man nur bis nach Whitehall; dann mußte man den Strand und die Drury Lane hinauf bis nach Holborn, durch die Kingsgate Street, und dann erst erreichte man die Straße, die inzwischen Theobalds Street hieß. Im Vergleich dazu war es angenehm einfach, die kurze Entfernung von Greenwich nach Thames View zu segeln.

Sabre hatte keine Mühe und Kosten gespart, was das Essen, den Wein und zusätzliche Bedienstete betraf. Sie ließ sich sogar von einem der Hawkhurstschen Schiffe früh blühende Blumen aus Frankreich bringen. Die Fresien, Iris und Levkojen erfüllten das ganze Haus mit ihrem Duft.

Sie verbrachte zwei Tage mit ihrer Frisur. Sie rollte ihre Haare zu winzigen Locken auf, die denen auf einer der königlichen Perücken ähnelten, und als sie am Tag des Maskenballs in Elizabeths Ankleideraum ging, trug sie eine zarte Spitzenhaube, um ihren gequälten Schopf zu verbergen. Sie half Kate Ashford, die neue Garderobe der Königin zurechtzulegen – die sie vor der

Abfahrt anziehen würde –, und nachdem sie sich bis zum Abend von ihrer Tante verabschiedet hatte, verließ sie mit einem boshaften Blitzen in den Augen den Hof.

Sabre hatte Shane gebeten, als Gott des Meeres aufzutreten, so daß er einfach eines seiner eleganten Hofkostüme wählte und gerade die passenden Ringe heraussuchte, als Sabre aus ihrem Ankleideraum herüberkam.

Als er sie sah, blieb ihm vor Verblüffung der Mund offenstehen. »Großer Gott, ich dachte, es wäre die Königin«, rief er aus. »Liebling, hältst du es für vernünftig, sie auf diese Art zu verspotten?«

»Vernünftig? Wann habe ich je etwas Vernünftiges getan?« fragte sie lachend. Seine Reaktion freute sie. »Wenn ich meine Maske aufsetze, sehe ich ganz genau so aus wie sie«, sagte sie, stellte sich auf Zehenspitzen und gab ihm einen Kuß.

»Und was ist damit?« fragte er und umfaßte lüstern ihre wunderschöne Brust.

»Da kann ich leider nichts machen. Schließlich bin ich eine Frau und kein kleiner Junge.«

»Sieh bloß zu, daß du die Perücke und die Krone morgen früh genug zurückbringt, ehe sie sie vermißt«, warnte er.

»Ihr solltet wissen, Sir, daß dies meine eigenen Haare sind. Ich habe sie stundenlang gequält, bis sie so furchtbar aussahen, und die Krone gehört ebenfalls mir – ein männlicher Bewunderer hat sie bezahlt.«

Er stöhnte laut auf über ihre Extravaganz, aber dann beugte er sich vor und hauchte einen zarten Kuß auf ihr prachtvoll geschwungenes Dekolleté. Sie gab ihm einen Klaps mit dem Fächer und sagte mit Elizabeths Stimme: »Laßt ab! Laßt ab! Besudelt nicht die edle Person der Königin. *Merde!* Die Musiker hätten schon vor Stunden hier sein sollen. Shane, du glaubst doch nicht, daß Mason das Feuerwerk verdirbt, oder?« fragte sie besorgt in ihrer eigenen Stimme.

»Hör auf, dir Sorgen zu machen. Ein Fest soll ein Vergnügen sein und keine Strafe«, spottete er. »Außerdem ist dieser Ball besser geplant als der Überfall auf Cádiz.«

»Puh!« sagte sie und verließ eilig den Raum. Nachdem sie gegangen war, schüttelte er den Kopf. Sie war das verwegenste Weib der Welt, und er würde sie nicht gegen alles Gold der Christenheit tauschen.

Jeder Gast, der kam, machte eine eilige Verbeugung oder einen tiefen Knicks vor ihr, bis sie zur Überraschung und Erleichterung der Anwesenden die Maske absetzte und gemeinsam mit ihnen in fröhliches Gelächter ausbrach. Sie hielt sich kerzengerade, sprach, ging und dachte wie die Königin und war bald der uneingeschränkte Mittelpunkt der gesamten Feierlichkeit. Als einer der Herren flüsterte, sie hätte nie besser ausgesehen, imitierte sie die Königin: »Ihr erzählt mehr Lügen, als die Grabschrift des Papstes beinhaltet.«

Als Essex, die wunderbare Frances am Arm, Sabre die Hand küßte, wedelte sie ihm mit ihren Ringen unter der Nase herum. »Sehen Sie, ich habe Spiegel auf meinen Ringen wie Bess. Das hilft mir bestimmt, wenn wir nachher Karten spielen.« Er wußte, was sie meinte, denn die Königin hatte ihm mit ihren verdamten Spiegelringen beim Kartenspiel bereits Tausende von Pfund abgeluchst.

Kate Ashford kullerten die Lachtränen über die Wangen, als sie die Einzelheiten von Sabres Kostüm bewunderte. »Aber morgen werden unsere Kleider nicht mehr gleich aussehen«, stellte Sabre boshaft fest. »Denn ihre werden voller Schweißflecken sein.«

Devonport beobachtete Sabre voller Nachsicht, als die Männer mit ihr um die Wette flirteten. Jeder von ihnen war ganz versessen darauf, mit »Ihrer Majestät« zu schäkern und sich Freiheiten herauszunehmen, die sie sonst nur Essex, Leicester und Devonport gestattete. Ein schwarzbärtiger Spanier stellte sich als Matthew heraus. Von Shane hielt er sich fern, aber an Sabres Arm verbrachte er ungewöhnlich viel Zeit.

Elizabeth hatte ihre Höflinge für Theobalds ausgesucht – Leicester und Drake, Anne Cecil und ihren Ehemann Lord Oxford, Sir Christopher Hatton, ihren Lordkanzler. Da Lord Norris sie auf Rycote unterhalten hatte und Lord Montagu auf Cowdray, waren sie ebenfalls geladen, was Bess als ausreichende Gegeneinladung empfand. Des weiteren erwartete sie die Herzogin von Suffolk, die Comtesse von Warwick, Lady Hastings, Lady Hatton und Lady Chandos. Als Ehrenjungfern nahm sie Elizabeth Southwell und Mary Howard mit, was dieser ganz und gar nicht gefiel.

Die Barkasse der Königin war gerade erst mit neuen Baldachinen versehen worden und wies einen frischen Anstrich in den Tudor-Farben auf, und ihre Pagen und Mädchen hielten die purpurne Schleppe ihres neuen Kleides, als sie vorsichtig an Bord kletterte. Sie grüßte ihren alten Barkassenführer George, der bereits lange Jahre als Oberrudermeister der königlichen Boote tätig war und die Themse besser kannte als jeder andere. Alles ging glatt, bis sie plötzlich aufgehalten wurden und fast anhalten mußten. Im Handumdrehen war Elizabeth auf den Beinen. Dort vor ihr lag eine herrliche scharlachrot und gold gestrichene Barkasse und versperrte ihr den Weg. Sie erkannte sie umgehend als das Gefährt ihrer Erzrivalin Lettice. An George gewandt, brüllte sie: »Befehlt ihnen im Namen der Königin, den Weg freizumachen! Das ist eine verdammte Unverschämtheit«, tobte sie, wütend, weil Lettice Barkasse mit den scharlachrot livrierten Ruderern ein solches Prachtstück war.

Der anderen Barkasse blieb nichts anderes übrig, als der Königin die Vorfahrt zu lassen, aber auch als sie vorbeisegelten, legte sich Elizabeths schlechte Laune nicht. »Ich dachte, die Baldachine wären neu, George.«

»Ja, Eure Majestät, brandneu ... vom besten Baldachinmacher in ganz London.«

»Und welche Farbe haben sie Eurer Meinung nach, George?« fragte sie.

»Nun, Eure eigenen Farben der Tudors, Eure Majestät ... Weiß und Tudorgrün.«

»Tudorgrün? Das ist ja wohl kaum Tudorgrün. Eher Kuhfladengrün. Ja, bei Gott, Kuhfladengrün!«

»Robert«, sagte sie und unterbrach damit Leicesters Unterhaltung mit Hatton, ohne dieses Benehmen in irgendeiner Weise als unhöflich zu empfinden. »Morgen will ich neue Baldachine für die Barkasse haben. Ich bin die Königin von England, und ich bin nicht bereit, unter einem kuhfladengrünen Baldachin zu segeln. Sorg dafür!«

Auf dem Fluß herrschte reger Betrieb, und jedes Mal, wenn sie eine private Barkasse sah, verglich sie sie tobend mit ihrem eigenen Gefährt. Als Mary Howard ihr einen Becher gewürztes Bier gegen die Kälte brachte, riß sie ihn ihr erbost aus der Hand, willens, auch daran etwas auszusetzen. »Anscheinend ist heute abend alle Welt auf dem Fluß unterwegs. Was glaubt Ihr, wo sie alle hinfahren?« Ihre Zofen schwiegen und zitterten innerlich, daß sie etwas von dem Maskenball auf Thames View erfahren könnte. Plötzlich fiel der Blick der Königin auf eine kleine, luxuriöse Barkasse, cremefarben und mit königlichem Purpurrot, die unterhalb der Kew Gardens festgemacht war. »Himmel! Da ist schon wieder so ein Gefährt, das diese Badewanne problemlos in den Schatten stellt!« Sie ging zu den Ruderern. »George, wem gehört diese Barkasse?« fragte sie.

Er grinste. »Der Mätresse des Gottes des Meeres, Eure Majestät.«

Sie erstarrte. Hatte sie richtig gehört? Sie kniff die Lippen zu einer dünnen Linie zusammen. Sie hatte das Gerede und die versteckten Anspielungen satt, die ihre Günstlinge betrafen. Sie würde selbst herausfinden, ob dieses Gerücht der Wahrheit entsprach. »George, wenden Sie die Barkasse. Wir werden kurz in Thames View anhalten.«

Je näher sie Thames View kamen, um so dichter wurde der Verkehr. Die Gärten waren voll lärmender Menschen, und vom Herrenhaus drang laute Musik zum Fluß herab. Die kleinen goldenen Trompeten um die Hälse baumelnd, kletterten vier Pagen aus der königlichen Barkasse und eilten die Stufen hinauf, als Elizabeths herrische Stimme ihnen Einhalt gebot. »Haltet ein! Hört auf! Ich will nicht, daß die Trompeten meine Ankunft signalisieren. Es heißt, ich sei äußerst raffiniert, also werden wir einen Überraschungsangriff starten, genau wie in Cádiz!«

Wie der Blitz war sie aus der Barkasse und die grasüberwachsene Böschung hinauf. Ihre Kammerzofe eilte ihr widerwillig nach, da sie wußte, daß es gleich zum großen Knall kommen würde. Robert Dudley, der inzwischen recht behäbig war, versuchte gar nicht erst, ihr nachzulaufen, aber Sir Christopher Hatton erstürmte kühn die kleine Anhöhe. Die Königin fegte an ihren Untertanen vorbei, die sofort auf die Knie sanken, schob die Bediensteten von Thames View beiseite und stolzierte in den glitzernden Ballsaal hinein. Ihre schwarzen Adleraugen sahen sich suchend um, bis sie ihr Ziel erreicht hatten. Einen Augenblick dachte sie, ihr Herz bliebe stehen. Mitten im Raum stand ihre Doppelgängerin. Eine sehr schöne Doppelgängerin. Es war diese unverschämte Wilde! Ihre Blicke trafen sich, und instinktiv wußte sie, daß dies die Mätresse ihres Gottes des Meeres war. Peinliches Schweigen senkte sich über den Raum, und Shane Hawkhurst trat schützend neben seine Frau. Die schwarzen Augen der Königin funkelten vor Wut, als sie mit dem Zeigefinger auf ihre Imitatorin wies. »Mistress Wilde, Ihr seid nichts weiter als eine billige, kleine Schlampe. Ihr seid von meinem Hof verbannt!« Sie traute ihrer Stimme nicht, also machte sie auf dem Absatz kehrt und stapfte die Stufen zum Fluß hinunter. Ihren Augen war nichts verborgen geblieben. Sie hatte jeden gesehen, der sich in diesem Ballsaal befand.

Hawkhurst rannte ihr eilig nach. Er schob Hatton beiseite und sagte: »Bess, das Mädchen hat doch nichts Schlimmes getan.«

Sie musterte ihn mit einem eiskalten Blick. »Ihr werdet mich von nun an mit dem Titel anreden, der mir gebührt. Die kleine Hure macht sich lustig über mich!«

»Sie ist keine Hure!« verteidigte er Sabre voller Leidenschaft.

»Wollt Ihr etwa leugnen, daß Sie das Bett mit Euch teilt?« fragte sie.

»Das geht Euch überhaupt nichts an«, brüllte er.

»Schweigt!« wies sie ihn an. »Ihr, Sir, werdet morgen früh am Hof erscheinen.«

Die Königin kehrte geradewegs nach Greenwich zurück; Theobalds war vergessen. Sie schloß sich in ihrem Schlafzimmer ein, stapfte zornig auf und ab und weidete sich an Rachegedanken.

Die meisten weiblichen Gäste auf Thames View waren außer sich. Sie wußten, daß die Adleraugen der Königin sie hier im feindlichen Lager gesehen hatten und daß man ihrem Zorn einfach nicht entging.

Sabre tobte, weil sie vor über hundert Gästen derart gedemütigt worden war. Sie war außer sich vor Wut und hätte am liebsten alles kurz und klein geschlagen. Als sie sich in ihr Schlafzimmer zurückzog, verließen auch die Gäste das Haus. Essex und Frances waren bereits untergetaucht, als die königliche Barkasse in Sicht gekommen war.

Als Shane zurückkam, waren nur noch die Bediensteten und die Musiker da. Er ging zögernd die Treppe hinauf, da er nicht wußte, was ihn oben erwartete. Sabre mußte ihrem Zorn Luft machen, und natürlich war er der einzige, der für diesen Zweck zur Verfügung stand.

Als er das Schlafzimmer betrat, traf ihn ein Schuh, den sie mit aller Kraft durch den Raum geschleudert hatte. »Wie kann sie es wagen, mich in meinem eigenen Haus derart zu beleidigen?« fragte sie.

»Sabre, du wußtest, daß du mit dem Feuer spielst, als du dieses Kostüm bestellt hast.«

»Aha! Du hast dich also mit ihr gegen mich verbündet, du verdammter Schuft!« brüllte sie.

»Ich habe dich bis aufs Messer verteidigt, Sabre. Du weißt genau, daß sie wütend auf mich ist und daß ich derjenige sein werde, der für deine Eskapaden bezahlt«, entgegnete er.

»Mein Ruf ist ruiniert! Sie hat mich vor allen Leuten eine Schlampe genannt und mich vom Hof verbannt!« Sie riß sich das verhaßte purpurfarbene Samtkleid vom Leib und trampelte zornig darauf herum. »Das ist alles deine Schuld, du verdammter Draufgänger. Du hast mich zu deiner Mätresse gemacht!« Sie warf sich bäuchlings auf das Bett und brach in jämmerliches Schluchzen aus.

Ihr Elend rührte ihn so, daß er sich auf die Bettkante setzte und ihr tröstend die Hand hielt. »Meine Süße, weine nicht ... ich ertrage es nicht, wenn du weinst.«

Sie zog sich von ihm zurück, immer noch außer sich vor Wut. »Nun, Sir, das war's. Ich werde nicht länger Eure Mätresse sein. Ich werde eine ehrenwerte Ehefrau sein oder gar nichts!«

»Sabre, du weißt, daß ich dich liebe«, versuchte er sie zu besänftigen.

»Daß du mich liebst, daß du mich liebst?« Sie rang nach Luft. »Du liebst mich als deine Mätresse, aber ich bin für dich nicht gut genug, um deine Ehefrau zu sein!«

»Sabre, du weißt, daß ich verheiratet bin«, sagte er geduldig.

»Dann lös die Ehe auf!« weinte sie.

»Du meinst, ich soll mich scheiden lassen?« fragte er leise.

»Natürlich meine ich das. Glaubst du etwa, ich würde dir vorschlagen, sie zu ermorden, du widerlicher Schuft? Seit König Heinrich sich hat scheiden lassen, ist eine Scheidung nichts Besonders mehr. Sir Edward Coke, der Anwalt der Krone, ist doch ein Freund von dir, nicht wahr?«

Er sah sie überrascht an. Offensichtlich hatte sie über die Sache schon eingehend nachgedacht, und er fragte sich, warum ihm dieser Gedanke eigentlich noch nie gekommen war. Er könnte sich von Sara Bishop scheiden lassen und Sabre heiraten! Erneut brach sie in Tränen aus. »Liebling«, sagte er und zog sie an seine Brust. »Wenn es möglich ist, werde ich mich scheiden lassen – das verspreche ich, meine Liebe.«

Sein Wams war vollkommen durchnäßt, als sie sich bei ihm ausweinte. Doch dann gewann abermals ihr Zorn die Oberhand. »Stell dir nur vor! Sie hat mich tatsächlich eine Schlampe genannt! Die verdammte ›jungfräuliche‹ Königin! Sie vergißt, daß ich diejenige bin, die die Flecken aus ihren Kleidern wäscht. Oft genug sind *Samenflecken* dabei!« Sie sah ihn finster an, als ihr ein neuer Gedanke kam. »Hast du auch schon mit ihr geschlafen?«

Er wußte, daß sie ihm ein derartiges Geständnis niemals verzeihen würde. »Sabre, ich war dir niemals untreu; ich habe noch nicht einmal mit meiner Frau geschlafen.«

»Das beweist nur, was für ein verdammter Draufgänger du bist! Du hast diese Frau schändlich behandelt und verdienst, teuer dafür zu bezahlen.«

»Aber gleichzeitig verlangst du, daß ich mich von ihr scheiden lasse, um dich zu heiraten.«

Sie erstarrte. »Ich erwarte gar nichts von Euch, Mylord. Matthew würde mich auf der Stelle heiraten.«

»Matthew bildet sich immer ein, meine Mätressen zu lieben.«

Sie rang nach Luft. Es war wie ein Schlag ins Gesicht für sie, mit den Frauen in einen Topf geworfen zu werden, die er vor ihr gehabt hatte. Sobald die Worte heraus waren, hätte er sich auch am liebsten auf die Zunge gebissen. »Liebling, mein Schatz, so habe ich es nicht gemeint. Natürlich werden wir heiraten. Ich werde die Verträge gleich aufsetzen lassen. Ich werde nach Blackmoor fahren und alles regeln – sobald sich die verdammte Königin abgeregt hat.«

»Rühr mich nicht an ... wag es ja nicht, mich anzufassen! Ich hoffe, sie wirft dich in den Tower!«

Mit grimmiger Miene stapfte er aus dem Raum. »In diesem Irrenhaus bleibe ich keine Minute mehr!« fluchte er. Er ging in den Stall und sattelte Neptun. Er brauchte frischen Wind um die Nase und kühle Meeresluft in den Lungen und war ernsthaft versucht, einfach Segel zu setzen und davonzufahren. Er verspürte das Bedürfnis, etwas Verwegenes zu tun, als würde ihn das Risiko all den Schlamassel vergessen machen, den diese Frau ihm eingebrockt hatte. Geistesabwesend fuhr er sich durch die Haare und fühlte die Bänder der schwarzen Maske, die immer noch an seinem Hals baumelte. Er blickte an sich herab und erinnerte sich daran, daß die Kleidung, die er für den Maskenball gewählt hatte, ganz schwarz war. Sofort wußte er, wohin er sich wenden und was er tun würde.

Fulke-Greville hatte ein irisches Fischerboot von der schottischen Küste aufgebracht, wo es Waffen und Schießpulver an Bord genommen hatte. Der Kapitän und die Mannschaft saßen jetzt im Gefängnis Fleet. Auf dem Fest hatte er mit Fulke über die Bezahlung ihrer Strafe sprechen wollen, um ihre Freilassung zu erreichen, aber jetzt kam er zu dem Schluß, daß heimliches Handeln weitaus besser war. Der Schwarze Schatten würde noch heute nacht die Iren befreien und sie nach Hause bringen.

Er lenkte den schwarzen Hengst auf die Stadt zu und ritt durch die fast menschenleeren Straßen in Richtung Strand. Er stellte Neptun in den Stall von Walsingham House, um ihn, falls erforderlich, später wieder abzuholen, und dann machte er sich zu Fuß auf den kurzen Weg am Königlichen Gerichtshof vorbei zum Gefängnis Fleet. Es war ein schmutziges, furchterregendes Gebäude, ein Hochsicherheitsgefängnis, und so sah es auch aus. Die Londoner Gefängnisse wurden mit Schmiergeldern und Korruption geführt. Ein Dieb oder eine Prostituierte konnte sich auf diese Weise relativ sichere Nächte in den ungezieferverseuchten Wänden erkaufen.

Anfangs hatte Hawkhurst, der sich mit einem der in der Unterwelt bekannten Signale Eintritt verschaffte, keine Schwierigkeiten. Der Wächter, der ihn einließ, hielt ihn für einen Wegelagerer, der bereit war, für ein sicheres Versteck gut zu bezahlen, und er fand, daß das Geld in seinen Taschen besser aufgehoben war als in denen des Richters, vor den er im Fall seiner Verhaftung gebracht würde.

Der Gestank in Fleet nahm Hawkhurst fast den Atem. Die Wände waren naß, und das einzige Licht kam von ein paar primitiven Lampen, in denen beißender Tiertalg verbrannt wurde. Er klimperte mit zwei Münzen in seiner Tasche, um die Aufmerksamkeit des Wächters auf sich zu lenken, und bereits im ersten dämmrigen Gang hatte er den Arm um den Hals des Mannes gelegt und ihm einen harten Gegenstand unter das Knie gerammt.

»Ich habe festgestellt«, flüsterte Hawkhurst, »daß eine der besten Stellen für eine Waffe das Knie ist. Wenn ich den Abzug betätige, geht der Schuß durch den gesamten Oberschenkelknochen, und wenn mir der Kerl dann immer noch Schwierigkeiten macht, kommt das andere Knie dran.«

Er spürte, daß der Mann mühsam schluckte, und lächelte. Sein wildes Gebaren würde dazu führen, daß der Wachmann ihm jeden Wunsch erfüllte. »Bring mich zu den irischen Gefangenen, die letzte Woche gekommen sind.« Ohne jeden Protest führte der Wächter ihn an den gewünschten Ort. Im Handumdrehen hatte Shane die Schlüssel und öffnete die Zelle, in der die Männer saßen. Alles wäre gelaufen wie geschmiert, wenn sie nicht Iren gewesen wären, bei denen nichts ohne Lärm und Getöse ging.

Als der erste Mann aus der Zelle trat, musterte er den Gefängniswärter von Kopf bis Fuß und spuckte verächtlich vor ihm aus: »Du Riesenstück Scheiße … ich hoffe, Gott sogt dafür, daß du bei lebendigem Leibe verfaulst!«

Der Ire hinter ihm konnte gar nicht schnell genug herauskommen, um ebenfalls loszuschreien: »Himmel, Sean McGuire, halt dein verdammtes Maul, und beweg deinen Arsch.«

»Leck mich doch«, kam die kämpferische Erwiderung.

»Himmel, wenn wir nich' zusehen, daß wir hier rauskommen, wird uns noch irgendwer erwischen«, schrie der dritte Mann.

Der letzte, der aus der Zelle kam, war ein kleiner, drahtiger Kerl mit einem durch und durch verschlagenen Blick. Als er an dem Wächter vorbeiging, trat er ihm blitzschnell zwischen die Beine, und der darauffolgende Schmerzensschrei alarmierte die anderen Wachen, die sofort angestürmt kamen.

Hawkhurst richtete seine Waffe auf den kleinen Mann und befahl ihm, sich zu beeilen. Der drahtige Winzling spuckte vor ihm aus und fluchte: »Möge Gott die Hand verdorren lassen, die eine Pistole in meine Richtung hält.«

Hawkhurst hätte ihm am liebsten den Griff der Waffe auf den Schädel geschlagen, aber er begnügte sich mit einem derben Schlag ins Kreuz, so daß der andere seinen Landsleuten nachstolperte. Dann versetzte er dem Wärter einen Hieb gegen die Schläfe und legte den ohnmächtigen Mann auf dem schmierigen Boden ab. Als der letzte der Iren durch die schwere Tür des Gefängnisses lief, spürte er, daß er von zwei Wachmännern an den Schultern gepackt wurde, von denen einer begeistert ausrief: »Wir ham den verdammten Schwarzen Schatten erwischt!«

20. Kapitel

Sabre klatschte sich Wasser in ihr verquollenes Gesicht und überlegte, was sie tun sollte. Sie wußte, daß sie London am besten verließ, für den Fall, daß es der Königin einfallen sollte, sie noch härter zu bestrafen.

Der einzige Ort, an dem sie Zuflucht finden würde, war Blackmoor. Sofort begann sie zu packen. Das erste, was sie in ihre Truhe warf, waren die belastenden Akten von Walsingham. Bald würde sie an Shane Hawkhurst O'Neill ihre Rache nehmen können. Wenn er in Blackmoor ankam, um seiner Frau die Scheidungsurkunde zu überreichen, würde er feststellen müssen, daß er mit seiner Mätresse verheiratet war, und die Ironie dieser Situation würde ihn sicher umbringen. Und ihre Rache wäre vollkommen, weil sie auf der Scheidung zu bestehen gedachte. Für den Fall, daß er sich weigerte, hätte sie mit den Akten die Mittel in der Hand, seine Zustimmung zu erzwingen.

Doch bei all ihren herrlichen Rachegedanken verstummte doch nie die leise Stimme in ihrem Kopf. Was, wenn sie schwanger war? Wäre unter diesen Umständen die Erzwingung einer Scheidung nicht der Gipfel der Idiotie? Die Antwort war ein entschiedenes Nein. Sie wollte nicht, daß er sie wegen eines Kindes heiratete. Sie wollte nur dann seine Frau sein, wenn er sie von ganzem Herzen begehrte. Alles oder nichts! Er mußte sie wirklich umwerben. Er mußte ihr einen richtigen Antrag machen und sie in der Kirche heiraten, den Treueschwur vor Gott geloben.

Sie zog ein blaßblaues, samtenes Reisekleid mit einem warmen, gefütterten Oberteil an und steckte ihr Haar unter ein juwelenbesetztes Netz. Außerdem wählte sie pelzgefütterte Lederstiefel und nahm ihren Zobelumhang aus dem Schrank. Als sie ein leises Klopfen hörte, wirbelte sie, eine kristallene Parfümflasche in der Hand, herum. »Ich warne dich, Hawkhurst, halt dich ja von mir fern!« rief sie ärgerlich.

Matthew öffnete vorsichtig die Tür und streckte den Kopf herein. »Wirf ja nicht mit dem Flakon nach mir, meine Süße, denn ich bin der falsche Hawkhurst.«

»Oh, Matthew, ich dachte, du hättest das sinkende Schiff bereits zusammen mit den anderen Ratten verlassen.«

»Ich dachte, daß du mich vielleicht brauchst«, sagte er und musterte die gepackten Truhen. »Wo willst du hin?«

»Nach Blackmoor.«

»Das ist einfach lächerlich. Du kannst unmöglich ganz allein über zweihundert Meilen reisen. Geh zu Mutter nach Hawkhurst – das ist nur vierzig Meilen von hier, aber weit genug entfernt, daß dich der Zorn der Königin nicht erreichen kann.«

»Ich flüchte nicht vor der Königin, sondern vor deinem Bruder. Es ist alles vorbei, Matthew, er hat mir die Scheidung versprochen.«

Einen Augenblick lang war Matthew ehrlich erfreut. »Dann weiß er also, daß du seine Frau bist?«

»Nein, aber das wird er erfahren, wenn er mit der Scheidungsurkunde zu Sara Bishop nach Blackmoor kommt.«

»Sabre, du irrst dich, falls du glaubst, daß er sich von dir scheiden lassen wird, wenn er erfährt, daß ihr beide rechtmäßig verheiratet seid.«

»Ich glaube nicht, daß ich mich irre, Matthew, denn ich habe durchaus die Mittel, ihn zu einer Scheidung zu zwingen.«

Er runzelte die Stirn. »Er wird wie ein verdammter Hund reagieren, dem man den Knochen wegnehmen will – er wird dich niemals gehen lassen!«

Sie warf trotzig den Kopf zurück. »Ich habe Walsinghams geheime Akten über ihn.«

Er starrte sie verwundert an. »Walsingham hat geheime Akten über Hawk? Warum?«

Sie bedachte ihn mit einem eigenartigen Blick. »Das weißt du nicht?«

Er schüttelte ehrlich verwirrt den Kopf. »Du meinst, er wird der Piraterie verdächtigt? Aber das hat die Königin die ganze Zeit gewußt. Sie hat immer nur so getan, als wäre sie ahnungslos.«

Sabre merkte, daß sie besser nichts gesagt hätte. Sie wandte den Blick ab und wechselte eilig das Thema. »Ich nehme die Kutsche, und außerdem lasse ich mich von einem Dienstmädchen und von Mr. Mason begleiten. Wie steht's mit dir, Matt, kommst du auch mit?«

Er war ernsthaft versucht, aber sie hatte sein Interesse am Treiben seines Bruders geweckt. Offensichtlich war sie der Ansicht, daß die geheimen Akten schädlich genug waren, um ihn damit erpressen zu können, und ihm war klar, daß sie die wertvollen Papiere mitnehmen würde. »Sabre, heute abend habe ich keine Zeit, aber ich werde nachkommen, sobald ich kann. Sag du Mason und dem Mädchen Bescheid, und ich sorge dafür, daß dich ein zuverlässiger Kutscher sicher nach Blackmoor bringt. Gib mir deine Truhen. Dann bringe ich sie schon mal runter in den Stall.«

Sie sah ihn dankbar an und legte ihm die Hand auf den Arm. »Dem Himmel sei Dank, daß ich mich auf dich immer verlassen kann, Matthew.«

Eine Woge der Leidenschaft wallte in ihm auf, und am liebsten hätte er sie an sich gezogen und geküßt. In diesem Augenblick erkannte er, daß sie sehr verletzlich war, aber in seinem Innersten läutete eine Alarmglocke. Nur Geduld. Diese Frau sollte eine Frau sein, und wenn er dazu beitrug, daß die Scheidung erfolgreich über die Bühne gebracht wurde, würde er sie endlich für sich in Anspruch nehmen können. Er küßte sie sanft auf die Schläfe, trat einen Schritt zurück, schnappte sich ihr Gepäck und ging die Treppe hinunter. Als er kurze Zeit später in der Einfahrt stand und der Reisekutsche nachwinkte, steckten die Walsinghamschen Akten sicher in seinem Wams.

Shane fluchte, weil er den Wachmann nicht ordnungsgemäß zum Schweigen gebracht hatte. Das üble Geschäft der Spionage ließ keinen Raum für Gnade, und niemand wußte das besser als er. Im Bruchteil einer Sekunde öffnete er den Verschluß seines Wamses und glitt wie ein Aal aus dem Kleidungsstück heraus. Die beiden Wächter zuckten in abergläubischem Entsetzen zurück, als sie das Monster sahen, das seine Haut schmückte, und noch ehe sie sein Gesicht gesehen hatten, war er fort. Nachdem sie ihn einmal losgelassen hatten, hatten sie keine Chance mehr, ihn erneut zu ergreifen. Innerhalb von Sekunden war er vor dem Gefängnis, aber die Wachmänner gaben Alarm und machten sich mit einigen Kollegen auf die Jagd nach dem Schwarzen Schatten, der einen prestigeträchtigen Gefangenen abgeben würde.

Glücklicherweise kannte Hawkhurst London wie seine Westentasche, denn andernfalls wäre die Flucht unmöglich gewesen. Er wandte sich weder nach rechts noch nach links, sondern nach oben. Er kletterte auf das Dach des massiven Gefängnisses, denn sie kamen immer näher, und er wußte, daß sie ihn vielleicht über sich entdecken würden, aber nicht wendig genug waren, um ihm zu folgen. Außerdem waren ihre Laternen nicht stark genug, um weiter als bis zur zweiten Etage zu reichen. Von seinem Hochsitz aus sah er sich um und beschloß, sich zu verstecken. Lautlos und verstohlen kletterte er in die Straße hinab und glitt durch die Tore des Friedhofs von St. Bride.

Sein schwarzes Wams hatte ihn unsichtbar gemacht, aber jetzt war er bis zur Hüfte nackt, und er wußte, daß er gesehen werden würde, sobald er losrannte. Also robbte er bäuchlings an zahllosen Grabsteinen vorbei, bis er möglichst weit von der Fleet Street entfernt war. Plötzlich hörte er Stimmen, die viel näher waren, als er seine Verfolger erwartet hätte. Vor ihm öffnete sich ein frisch ausgehobenes Grab, und ohne zu zögern, sprang er über zwei Meter in die kalte, feuchte Gruft hinab. Er seufzte erleichtert auf, als er merkte, daß es die Stimmen der Iren waren. Offenbar hatten sie sich ebenfalls auf den Friedhof geflüchtet, statt das bißchen Intelligenz zu nutzen, das Gott ihnen gegeben hatte. Sie hätten inzwischen längst auf einem Schiff nach Irland sein können.

Shane verharrte vollkommen lautlos in seinem Versteck, denn

wenn diese lärmenden Bastarde nicht bald mit dem Getöse aufhörten, würden bald seine Verfolger hier sein. Die Männer hatten eine leichte Auseinandersetzung.

»Du hast wirklich das Hirn einer Laus, McGuire. Nur weil du's nich' lassen konntest, dem Wachmann in die Eier zu treten, ham se den armen Hund geschnappt, der sein Leben riskiert hat, um uns zu befreien!«

»Das is' mir scheißegal. Jeder, der dumm genug is', sein Leben für andere aufs Spiel zu setzen, hat verdient, was er kriegt. Ihr beiden Idioten hättet ihm eine reinhauen un' ihm seine Pistole abnehmen sollen, als ich den Wärter getreten un' für Ablenkung gesorgt habe.«

»Du bist ein mieses Schwein, McGuire. Ich hätte mich nie mit dir einlassen soll'n. Wir hätten versuchen soll'n, dem armen Kerl zu helfen, jawohl.«

»Zur Hölle mit ihm ... un' zur Hölle mit euch!«

Dann hörte Hawkhurst ein Geräusch, als würde eine Schaufel auf den Schädel eines Mannes schlagen. Es folgte ein leises Stöhnen, und dann herrschte Stille. In diesem Augenblick wurde Shane klar, daß es in Irland niemals Frieden geben würde, denn wenn erst die Engländer vertrieben wären und die irischen Lords das Land selbst regierten, würden sich die Clans erneut gegeneinander wenden.

Plötzlich brach der Himmel auf und es begann, in Strömen zu regnen. Diese Wendung hatte wie alles im Leben ihre guten und schlechten Seiten. Die Männer auf dem Friedhof gaben Fersengeld, und die Wärter gaben auf und kehrten in das schützende Gefängnis zurück. Der Nachteil jedoch war, daß Shane bis zu den Waden im Matsch stand und daß er, egal wie behende und stark er auch war, einfach nicht die steilen Wände des Grabes erklimmen konnte. Bei jedem Versuch stürzten weitere Klumpen nasser Erde auf ihn herab, und er versank tiefer und tiefer im Schlamm. Plötzlich trafen seine Füße auf etwas Hartes, einen Sarg. Die Ironie dieser lächerlichen Zwangslage, in der er sich befand, entging ihm nicht. Er trat mit dem Absatz seines Stiefels auf den Sarg und sagte: »Hallo, du da unten. Tut mir leid, daß ich auf deinem Kopf stehe, mein Freund, aber die Umstände zwingen mich dazu.« Als der Sarg zusammenbrach, fuhr er entsetzt zusammen, doch dann war es um ihn geschehen. Er lehnte sich an die Wand des Grabes und lachte, bis ihm die Tränen kamen. Wie schändlich, hier unten in diesem Schlammloch beim ersten Tageslicht vom Totengräber gefunden zu werden. Höchstwahrscheinlich lag einer der Iren mit der Schaufel erschlagen tot da, und er würde die Schuld daran bekommen. Nein, es gab keinen Zweifel – er durfte sich unmöglich in dieser Situation entdecken lassen. Mit vom Lachen schwachen Händen begann er, Stufen in die Grabwand zu schaufeln. Obwohl die nasse Erde immer wieder unter seinem Gewicht zusammenbrach, schaffte er es schließlich, sich langsam und Stück für Stück hinaufzuarbeiten, bis er sich aus der Öffnung des Grabes ziehen und auf das nasse Grab rollen konnte.

Vorsichtig schlich er zum Stall von Walsingham House zurück und war bald darauf auf dem Heimweg, dankbar, seinen großartigen Hengst wieder unter den Schenkeln zu spüren. Hin und wieder warf er den Kopf in den Nacken und lachte laut heraus. Die Auferstehung aus dem Grab hob seine Stimmung ungemein. Morgen würde er bereitwillig zwei Stunden lang vor der Königin auf den Knien herumrutschen und sie um Verzeihung bitten, aber heute nacht würde er Sabre lieben, ob sie es wollte oder nicht. Sie war eine kleine Wildkatze, und er war der einzige Mann auf der Welt, der sie zu bändigen verstand. Und das würde er auch tun, schwor er sich vergnügt.

Matthew Hawkhursts Laune hingegen war alles andere als gut. In seinem Zimmer im Palast von Greenwich hatte er entsetzt die geheimen Akten durchgesehen und Stück für Stück die bittere Wahrheit erkannt. Es war einfach unverzeihlich, daß Shane der uneheliche Sohn von O'Neill war und trotzdem das Hawkhurstsche Schiffahrtsimperium sowie den Titel des Lord Devonport geerbt hatte. Seine Faust krachte auf den Tisch, daß sein Weinkelch überschwappte und blutrote Flecken auf dem Papier hinterließ. Shane hatte einfach alles – und er hatte schon immer alles gehabt.

Georgiana hatte geschwiegen und zugelassen, daß ihr Bastard sein, Matthews, rechtmäßiges Erbe bekam. Sie hatten seinen Vater getäuscht, den armen, schwachen Narren, und sie hatten auch ihn getäuscht! In diesem Augenblick haßte er seinen Vater, seine Mutter und seinen Bruder abgrundtief. Doch was ihn am meisten ärgerte, war, daß Shane auch Sabre besaß. Und wenn es das letzte wäre, was er jemals täte, er würde sie seinem Bruder abnehmen! Entschlossen schob er die Papiere in ein Versteck.

Am Vormittag wurden überall in den Fluren von Greenwich aufgeregte Stimmen laut, die die Neuigkeit berichteten, daß der geheimnisvolle Schwarze Schatten im Fleet Gefängnis geschnappt worden sei, daß es ihm aber wieder einmal gelungen war, seinen Häschern zu entkommen. Der Mann war maskiert gewesen, aber inzwischen nahm man an, daß er mit dem Teufel im Bunde stand, denn auf seinem breiten Kreuz tobte ein gräßliches Monster. Als Matthew den Klatsch vernahm, fiel ihm Shanes Drachentätowierung wieder ein, und er wußte, daß sein Bruder auch noch der Schwarze Schatten war; das war das einzige, was ihm Walsinghams Geheimakte nicht verraten hatte.

Blind vor Eifersucht und Rachegefühlen bat Matthew um eine Audienz bei William Cecil, Lord Burghley, aber es kam noch besser, denn Burghleys ehrgeiziger Sohn Robert Cecil nahm sich für ihn Zeit. Robert Cecil, den die Königin ihren Zwergfuchs nannte, weil sein Rücken deformiert, aber sein Verstand dafür um so brillanter war, gab dem hübschen, jungen Höfling das Gefühl, ehrlich willkommen zu sein.

Nachdem die förmlichen Begrüßungsfloskeln ausgetauscht waren, kam Matthew direkt auf den Punkt. »Mylord, die gewagten Eskapaden des Schwarzen Schatten haben dazu geführt, daß er von den Menschen geradezu bewundert statt verteufelt wird. Sobald wir einen irischen Rebellen hinter Gitter stecken, befreit er ihn im Schutz der Dunkelheit und einer schwarzen Maske. Mir ist der Gedanke gekommen, daß jemand in Irland dahinterstecken muß; jemand, der eine hohe Position innehat.«

Robert Cecil sah ihn einen Augenblick fragend an und überlegte, welche persönlichen Gründe seinen Gast zu diesem Gespräch geführt haben mochten. »Um auf den Kern der Sache zu kommen – ich glaube, Ihr sprecht von O'Neill. Aber er war bisher immer in der Lage, die Anschuldigungen wegen Verrats und Verschwörung zu widerlegen, die gegen ihn erhoben wurden.«

»Nein, Mylord, er hat sie nie widerlegt. Er hat immer nur die Königin und den Rat davon überzeugt, daß die Anschuldigungen völlig grundlos gegen ihn erhoben worden seien, und ihnen versichert, daß er der Schützer der königlichen Rechte im Norden Irlands sei.«

Cecil nickte. Er besaß das Hirn eines Strategen und hatte immer gewußt, daß O'Neill sich selbst als König von Irland sah.

»Stellt ihm eine Falle. Nehmt ein paar wichtige irische Gefangene und haltet sie im Tower fest. Unweigerlich wird der Schwarze Schatten versuchen, sie zu befreien«, fuhr Matthew fort, und Cecil beendete seinen Satz. »... und wenn wir den Schwarzen Schatten haben, werden wir auch beweisen können, daß er im Auftrag von O'Neill tätig ist.«

»Genau!« Matthew nickte und unterdrückte mühsam das Entsetzen, das angesichts des Verrats, den er an seinem Bruder beging, in ihm aufwallte.

»Etwas Wein? Ich glaube, Ihr werdet ihn mögen, er ist mit aromatischer Myrrhe gewürzt.«

Hier irrte Cecil, denn nachdem Matthew sich verabschiedet hatte, übergab er sich bei der erstbesten Gelegenheit.

Die Königin war den Großteil der Nacht in ihrem Zimmer auf und ab gestapft, bis sie vollkommen außer sich war. Das Grau der Dämmerung war noch nicht bis in die Ecken ihrer Gemächer vorgedrungen, als sie rief: »Wo sind meine Zofen?«

Ein paar Frauen kamen herbeigerannt.

»Ich will sie *alle* sehen!«

Es dauerte eine kurze Weile, bis alle Frauen fertig waren. Elizabeth trug immer noch das purpurne Kleid mit den geschlitzten Ärmeln und dem amethystfarbenen Seideneinsatz. Die meisten der vor ihr versammelten Frauen zitterten, obgleich nur wenige von dem Debakel des vorherigen Abends wußten.

Mit trügerisch süßer Stimme fragte sie: »Und, was gibt es für Neuigkeiten von meinem Gott des Meeres?« Sie stampfte zornig mit dem Fuß auf den Boden, als keine Antwort kam. »Seid ihr alle taub und stumm? Was für Neuigkeiten gibt es von Hawkhurst?« Von ihrem erregten Herumgefuchtele verrutschte die Krone auf ihrem Kopf. Sie riß sie herunter und schleuderte sie quer durch den Raum. »Meine Krone ist eine Dornenkrone!« Unglücklicherweise flog mit der Krone auch die Perücke davon, und zum Vorschein kamen die dürren Büschel ihres eigenen grauen Haars.

»Er hat diese verschlagene Wölfin zur Mätresse genommen!«

Mary Howard, die der Königin am nächsten stand, preßte entsetzt die Lippen zusammen.

»Und du hast es mir nicht erzählt!« Sie schlug dem Mädchen ins Gesicht. »Und du auch nicht, und du auch nicht!« Jede der Zofen, die in ihrer Nähe standen, bekam eine schmerzhafte Ohrfeige verpaßt. Eine der älteren, höherrangigen Frauen versuchte, sie zu besänftigen. »Die Versuchungen sind manchmal so groß, Eure Majestät, daß Ihr es ihm nicht verdenken könnt.«

»Daß ich es ihm nicht verdenken kann?« tobte Elizabeth. »Bei Gott, und ob ich es ihm verdenke. Er wird für all das Vergnügen bezahlen, das er mit ihr gehabt hat. Dafür werden sie beide im Tower landen!«

Die alte Blanche Parry, die schon ihre Kinderfrau gewesen war, schob sich an den anderen Frauen vorbei und nahm die Sache in die Hand. »Ihr macht Euch noch ganz krank, wenn Ihr auf solch dumme Gerüchte hört.«

»Ich habe es mit meinen eigenen Augen gesehen.« Ihre Stimme hatte sich in eine hysterische Höhe geschraubt, und Blanche wußte, daß sie kurz davor stand, vollkommen die Beherrschung zu verlieren. Mit nüchterner Stimme sagte sie: »Es ist ja nicht so, daß sie heimlich verheiratet wären oder daß sie ein Kind erwarten würde … es ist nur so, daß er ein Frauenheld ist, ein Draufgänger, ein Blender.«

Eine der anderen Frauen sagte: »Ja, er ist der schlimmste aller Männer!«

Die Königin drehte sich mit irre glitzernden Augen zu ihr um. »Wie könnt Ihr es wagen, so etwas zu sagen?« fragte sie. »Ihr wißt, daß er das nicht ist; das ist alles ihre Schuld!« Die Königin begann, an den Ärmeln ihres Kleides zu zerren, und die Kristallperlen flogen in alle Richtungen. Eine eilige Beratung zwischen der Comtesse von Warwick und der Herzogin von Suffolk führte zu dem Ergebnis, daß nur noch Leicester helfen könne. Robert Dudley war der einzige, der mit der Königin fertig wurde, wenn sie die Beherrschung verlor.

Nur in einen leuchtenden Samtmorgenmantel gehüllt, kam er herbeigeeilt und zog prompt die falsche Schlußfolgerung, als er sie sah. Sie sank ihm in die Arme, doch dann schob sie ihn fort, da er ein Mann und ihm deshalb nicht zu trauen war. Er entließ ihre Frauen mit einer Leichtigkeit, die daher stammte, daß er seit Jahren Englands ungekrönter König war. »Bess, Bess, was soll ich nur sagen. Ich wußte, daß es so kommen würde, wenn du erfahren würdest, was er getan hat. Aber, meine Liebe, du hast Robin derart verwöhnt, daß er der Überzeugung ist, er kann sich alles erlauben. Komm, meine liebe Bess, sei tapfer. Was man nicht heilen kann, muß man ertragen«, sagte er.

»Robin?« flüsterte sie.

»Du weißt, daß er ein launischer, junger Teufel ist, und ich glaube nicht, daß sein Herz ihr auch nur fünf Minuten lang gehört, nun, da er mit ihr verheiratet ist.«

»Verheiratet ... Robin?« fragte sie und eine neue Furcht kam in ihr auf.

»Du willst doch wohl nicht behaupten, daß ein Gör wie Frances Walsingham es schafft, unsere Königin eifersüchtig zu machen?« schmeichelte er ihr.

Sie fuchtelte abermals wie eine Wilde mit den Armen herum. Ihr Liebling Essex verheiratet mit Frances Walsingham! Die Flure von Greenwich hallten wider von dem Schrei, der aus ihrer Kehle drang, ehe sie zusammenbrach. Leicester hob sie sanft vom Fußboden auf und trug sie in ihr Bett. Dieser Akt erforderte seine ganze Kraft, und er war wie gerädert, als er fertig war und ihre Zofen rief. Allmählich wurde er zu alt für all diesen Unsinn.

Hawkhurst hatte gebadet, seinen schönsten Schmuck und seine feinsten Kleider angelegt, und nun stapfte er in Erwartung seiner Bestrafung im Vorzimmer der Königin auf und ab. Der kleine Raum hielt ihn gefangen. Falls jemand hereingekommen wäre, hätte er Shanes männliche Verwegenheit geradezu zu kosten und riechen vermocht. Als er nach seiner Rückkehr nach Thames View festgestellt hatte, daß Sabre gepackt hatte und abgereist war, hatte er sich sinnlos betrunken. Jetzt war er verkatert und schlecht gelaunt, und das dreistündige Warten auf die Königin trug nicht gerade dazu bei, ihn zu besänftigen. Auf dem Marmorsims des Kamins tickte eine Uhr, und schließlich öffnete er das Glas und riß das kleine Pendel ab.

Einer von Elizabeths Lieblingstricks, wenn es darum ging, einen Mann zur Räson zu bringen, bestand darin, ihn stundenlang warten zu lassen, aber Hawkhurst war nicht in der Stimmung für derartigen Kinderkram. Er überlegte, was er tun sollte. Er schwankte, ob er ihren Hauskanzler rufen oder geradewegs die kurze Treppe hinauf in ihr Privatgemach gehen sollte. Schließlich tat er nichts von beidem. Er murmelte »Hol sie doch der Teufel!«, machte auf dem Absatz kehrt und verließ den Palast. Sollte sie diesen Fehltritt doch ruhig seinem Sündenregister hinzufügen; darauf kam es nun auch nicht mehr an!

Zurück in Thames View erzürnte ihn die Totenstille im Haus noch mehr. »Wo in aller Welt ist Mason?« brüllte er, als ein Hausmädchen auf sein Klingeln erschien. Angesichts seines Tons riß sie erschreckt die Augen auf und starrte ihn sprachlos an. »Steh nicht rum und sieh mich an, als wäre ich ein Geist, Mädchen.«

Die arme Magd zog sich die Schürze über den Kopf und rannte schluchzend in die Küche. Nach wenigen Minuten betrat die behäbige Köchin den Raum. »Also bitte, Eure Lordschaft, ich habe ohne Mason und Meg schon genug zu tun. Da brauchen Sie nun wirklich nicht auch noch die anderen Bediensteten fertigzumachen.« Sie war die Herrin der Küche und bereits seit so vielen Jahren im Haus, daß sie es wagen konnte, ihm so unverblümt die Meinung zu sagen.

»Und wo bitte ist Mason?« donnerte er.

»Ich bin sicher, daß keine Notwendigkeit besteht, in einem solchen Ton mit mir zu sprechen, Eure Lordschaft. Er ist mit Mistress Sabre fortgefahren, und ich kann es ihr nicht verdenken, daß sie das Haus verlassen hat, falls Sie auch ihr gegenüber so unfreundlich waren.«

»Wenn Sie weniger an Türen lauschen und sich mehr um Ihre Küche kümmern würden, ginge es in diesem Haus sicher nicht zu wie in einer Irrenanstalt!«

»Ich kann verstehen, daß Sie schlechte Laune haben, denn schließlich ist die Mistress einfach auf und davon. Aber wie heißt es so schön? Wie ihr sät, so werdet ihr ernten. Das müssen Sie also mit Ihrem eigenen Gewissen ausmachen.«

»Bei Gott Frau, als nächstes drohen Sie mir vielleicht noch damit, sich beim Baron zu beschweren, wenn ich meine Zunge nicht in Zaum halte!«

»Allerdings«, erwiderte sie gnadenlos.

Shane warf den Kopf in den Nacken und lachte lauthals los. »Also gut, Mrs. Creeth, ich weiß, wann ich mich geschlagen geben muß.«

Shane berichtete dem Baron von der quälenden Nacht, die er im Fleet-Gefängnis und in dem Grab auf dem Friedhof von St. Bride verbracht hatte, und sie lachten beide über die makabren Umstände seiner Flucht, aber dann unterhielten sie sich lange über die Dinge, die in ihren Köpfen vorgingen und die ihre Herzen bewegten. Sie dachten beide gleich. Ihre Herzen gehörten nicht länger allein Irland und dem ewigen Ruf des Landes nach Freiheit. Sie waren es leid, Leib und Leben zu riskieren für undankbare Ignoranten, aber zugleich stimmte es sie traurig, daß in Irland wohl niemals Frieden einkehren würde, solange es mindestens zwei Clans gab, deren Mitglieder sich gegenseitig nachts in ihren Betten ermordeten.

Shane sehnte sich nach einem geregelteren Leben, das er mit Sabre teilen wollte. Er wanderte durch die Räume von Thames View und fühlte sich ganz verloren ohne sie. Sein Bedürfnis nach ihrer Nähe war so umfassend, daß er sich wie verstümmelt fühlte, denn inzwischen war sie ein Teil von ihm geworden. Das Haus und sämtliche Möbelstücke erinnerten ihn an sie. Ihr Geist schwebte in jedem Raum, beherrschte all seine Sinne, bis er meinte, vor Einsamkeit zu vergehen. Sie war erst ein paar Tage weg, aber ihm kam es vor wie eine Ewigkeit. Eins war sicher: Er mußte sie zurückholen und sie an sich binden, so daß sie ihn niemals wieder verlassen konnte. Er würde Jacob Goldman den Auftrag geben, die Scheidung von Sara Bishop vorzubereiten.

Auch in Goldmans Büro stapfte Shane auf und ab, was seine Ungeduld verriet, die ganze Sache so schnell wie möglich zu erledigen.

»Sind Sie sicher, daß Sie sich scheiden lassen wollen, Mylord? Verzeihen Sie die Frage, aber vor weniger als einem Jahr waren Sie sich noch ganz sicher, daß sie Sara Bishop heiraten wollten.«

»Ja, ja ich bin sicher. Vor einem Jahr schien es mir nur wichtig, die Ländereien in Irland zu bekommen, aber jetzt erwäge ich, meine Bindung an Irland zu lösen.«

»Ich verstehe. Haben Sie schon an eine Annullierung gedacht, Mylord? Wenn die Ehe nie vollzogen wurde, ist eine Scheidung vielleicht gar nicht erforderlich.«

»Nein, wenn ich eine Annullierung wünschte, wäre das eine religiöse Angelegenheit und ich hinge von der Kirche ab. Und die liebt nichts mehr, als solche Dinge über Jahre hinauszuzögern. Ich will, daß es schnell geht und daß es legal und bindend ist.«

Goldman sah ihn ernst an. »Das ist eine äußerst delikate Angelegenheit. Sie müssen Gründe für die Scheidung haben und diese auch beweisen.«

»Es gibt Gründe – Ehebruch. Sie muß sich von mir scheiden lassen«, sagte Shane.

»Mylord, bitte verzeihen Sie, wenn ich es so kraß ausdrücke, aber auf diese Weise geben Sie ihr die Gelegenheit, sich einen beachtlichen Anteil Ihres Vermögens zu sichern.«

»Es ist mir egal, wieviel mich diese Sache kostet, Jacob. Ich will die Scheidung. Sie hat es verdient, angemessen entschädigt zu werden für das, was ich ihr angetan habe. Ich muß sie wenigstens zu einer reichen Frau machen, wenn sie nicht ganz das Gesicht verlieren soll. Setzen Sie die Papiere auf, und bringen Sie diese so schnell wie möglich nach Blackmoor.«

»Es darf aber nicht der Eindruck eines geheimen Einverständnisses entstehen. Die Sache ist eine Privatangelegenheit zwischen Ihnen und Sara, ich darf mich da nicht einmischen. Sie müssen persönlich hinfahren und die Unterschrift Ihrer Frau unter das Abkommen einholen. Dann werden wir den Antrag auf Scheidung dem Gericht vorlegen. Ihr Freund Sir Edward Coke kann sich sicher für Sie verwenden, aber ich kann das nicht.«

»Verdammt!« sagte Shane, frustriert von all dem Bürokratismus.

Jacob Goldman lächelte über die Ungeduld seines Klienten. Shane Hawkhurst wäre nie ein guter Anwalt geworden, da er nichts auf Details gab, die den Gesamtzusammenhang der Dinge oft genug völlig außer acht ließen. »Ich werde einen Vertrag vorbereiten und die Stelle freilassen, an der Sie die Dinge auflisten, die Sie ihr überlassen wollen, wie zum Beispiel monatliche Geldbeträge oder Schmuck. Aber das Land in Irland sollten Sie vielleicht behalten. Schließlich haben Sie es sich eine ganze Menge kosten lassen«, fügte er in amüsiertem Ton hinzu.

»Ah, Jacob, wenn man Ire ist, dann weiß man, daß die Welt einem das Herz bricht, noch ehe man dreißig ist.«

Goldmans Mund verzog sich zu einem Lächeln. »Ich glaube, im Hebräischen gibt es ein ganz ähnliches Sprichwort.«

Sie grinsten einander wehmütig an.

Als Shane nach Thames View zurückkehrte, wartete der Baron mit einer dringenden Nachricht aus Irland auf ihn. O'Neill hatte eine kurze Mitteilung geschickt, daß es Gerüchte gebe, denen zufolge Gefangene aus der Dubliner Burg in den Londoner Tower überführt werden sollten. Diese Männer, Mitglieder der mächtigen Clans der O'Haras oder O'Donnells wurden als Geiseln in Dublin gefangengehalten, damit sich die beiden großen Clans nicht zum Zwecke einer Rebellion verbündeten. Shane wußte, daß O'Hara und O'Donnell dick befreundet und darüber hinaus O'Neills beste Verbündete waren, aber er hatte etwas gegen den kurzen Brief, der mit dem Befehl endete, er solle herausfinden, wann sie überführt würden und sie anschließend aus dem Tower befreien. O'Neill bat nie um etwas; er nahm alles als selbstverständlich hin, als wäre sein Sohn ihm diesen Gefallen von Geburt an schuldig.

Shane, dessen Nerven bereits von der Königin, von Sabre und von seinem letzten Besuch im Fleet strapaziert waren, setzte sich hin und schrieb eine ebenso kurze Antwort an O'Neill.

Betrachtet den Gefallen als erwiesen, aber erwartet im Anschluß daran nichts mehr von mir.

Ehe er den Brief abschickte, zeigte er ihn dem Baron, der zustimmend nickte. Dann dachte er nicht länger über die Angelegenheit nach und wandte sich mit einem anderen Thema an seinen treuen Freund. »Ich muß aus persönlichen Gründen nach Blackmoor. Ich weiß nicht, wo in aller Welt Sabre ist, aber wenigstens hat sie eins der Mädchen und Mason mitgenommen, der durchaus vernünftig ist. Wahrscheinlich weiß Matthew, wo sie ist, und ich nehme an, daß ich es aus ihm herauspressen könnte, aber sie wird nicht zurückkommen, bevor ich nicht die Sache in Blackmoor geregelt habe. Ich kenne sie einfach zu gut. Je eher ich also abreise, um so eher wird sie wieder zu Hause sein, wo sie hingehört.«

Der Baron bedachte ihn mit einem unergründlichen Blick, der eine Mischung aus Allwissenheit, Verständnis und Mitgefühl verriet, der aber zugleich besagte, daß er Informationen hatte, die der große Lord Devonport nicht besaß. Shane zuckte mit den Schultern und packte die Satteltaschen für den Ritt nach Blackmoor.

21. Kapitel

Als Sabres kleine Reisegesellschaft auf der entlegenen Burg in Blackmoor ankam, ließen die Hunde, die Fremde nicht gewohnt waren, sie nicht durch das Tor. Sie waren sich ihres Territorialbesitzes sehr bewußt und liefen immer frei herum, so daß eine menschliche Wache überflüssig war. Als Travis, der oberste Burgwart, kam, um nach dem Grund für das Gekläffe zu sehen, mußte er sie mit seiner Peitsche vertreiben, bevor die Pferde die Kutsche zum Haus hinaufziehen konnten.

Meg war außer sich vor Entsetzen und saß zitternd in ihrer Ecke, was nicht nur an den Hunden lag, sondern auch an der Einsamkeit und der Wildheit des Ortes. Mason, der an die technischen Raffinessen des Stadtlebens gewöhnt war, faßte den Entschluß, alles in die Hand zu nehmen. Immer, wenn ihm Zweifel kamen, sah er in Sabres gelassenes Gesicht und war sofort beruhigt. Auf Blackmoor gab es keinen Butler; die Burg wurde von einer Haushälterin geführt, die gleichzeitig als Köchin fungierte und auf den pittoresken Namen Mrs. Mole, Mrs. Maulwurf, hörte. Mason war klar, daß er sofort eine neue Hackordnung einführen mußte, und Meg machte sich daran, Sabres Truhen auszupacken. Sie war fest entschlossen, die Sicherheit, die ihr das Schlafzimmer ihrer Herrin bot, nicht so schnell wieder zu verlassen.

Sabre ging geradewegs in die Küche, nahm sich einen großen Brocken Fleisch aus der Speisekammer und machte sich auf die Suche nach dem Burgwart. »Ah, Travis, da sind Sie ja. Ich möchte, daß Sie die Hunde einsperren. Meine Dienstboten fürchten sich vor ihnen, und ich muß zugeben, daß die Tiere auch mich ein wenig nervös machen. Ich möchte nicht Angst davor haben zu müssen, daß mich ein Hund anfällt.«

»Verzeihen Sie, Missus, aber die Hunde schützen uns vor Gefahren. Womit ich keine Menschen meine, denn Fremde lassen sich hier nur selten blicken.«

»Was für Gefahren?« fragte Sabre unsicher.

»Nicht weit von hier ist der Wald von Exmoor, und dort wimmelt es nur so vor wilden Tieren. Es gibt Wildschweine und wilde Stiere, Wölfe und sogar Wildkatzen. Einige sind so verwegen, daß sie sich unsere Schafe und Ziegen holen, und einmal haben sie sich sogar an die Pferde im Stall gewagt.«

»Ich verstehe«, sagte Sabre. »Dann stecken Sie die Hälfte der Hunde zu den Schafen und Ziegen und die andere Hälfte in die Stallungen. Sie können jeden Tag eine Stunde frei herumlaufen.« Sie musterte das Rudel Hunde, das angelaufen gekommen war, weil der Duft des Fleisches, das Sabre in den Händen hielt, einfach unwiderstehlich war. Nur Travis' Peitsche hielt sie noch in Zaum.

»Diese beiden struppigen grauen Geschöpfe, die fast so groß sind wie Esel ... sind das Wolfshunde?«

»Ja, Missus, Irische Wolfshunde.«

»Ich möchte mich mit ihnen anfreunden. Sperren sie all die anderen ein und überlassen Sie die beiden mir«, wies sie den Burgwart an und warf den beiden Tieren eilig das Fleisch vor die Füße. Innerhalb einer Sekunde hatten sie es verschlungen. Dann streckte sie vorsichtig die Hand aus. »Ja, brav, ja, gut so, fein!« Sie ließen sich von ihr das verfilzte Fell streicheln, während sie an ihr herumschnupperten, weil sie hofften, noch mehr Fleisch zu entdecken. Sie nahm all ihren Mut zusammen, drehte ihnen den Rücken zu und ging langsam zum Haus. Instinktiv folgten sie ihr, da sie spürten, daß sie ihre gute Fee war, und als sie sich eilig umsah, bemerkte sie, daß einer von ihnen tatsächlich mit dem Schwanz wedelte. Innerhalb von vierundzwanzig Stunden hatten sich die beiden verwilderten Wolfshunde mit ihr verbündet und folgten ihr auf Schritt und Tritt. Wenn es dunkel wurde, legten sie sich sogar vor die Schwelle ihres Schlafzimmers, so daß sie sich vollkommen sicher fühlen konnte.

Verglichen mit London und König Elizabeths Hof war Blackmoor so ruhig, daß Sabre viel Zeit zum Nachdenken fand. Endlich würde sie die Rache bekommen, auf die sie so lange hingearbeitet hatte. Weiter wollte sie nicht denken. Sie würde ihm erzählen, wer sie war und die Scheidung verlangen, und das mußte das Ende ihrer Beziehung sein! Aber ihr verräterisches Hirn dachte immer über die Grenzen hinaus, die sie ihm gezogen hatte. Es wäre *nicht* das Ende, sagte eine leise Stimme in ihrem Inneren, denn unter ihrem Herzen trug sie sein Kind. Das letzte, was sie brauchte, war eine Scheidung. Doch sie klammerte sich starrsinnig an ihren Vorsatz und schob alle Gedanken an die Zukunft beiseite. Manchmal ging ihre Phantasie mit ihr durch, und sie fürchtete, daß die Königin ihn vielleicht in den Tower hatte werfen lassen, so daß er nicht kommen würde. Andere Male fürchtete sie, daß er sich niemals von Sara Bishop scheiden lassen würde, um Sabre Wilde zu heiraten; Männer heirateten ihre Mätressen nun einmal nicht. Einmal träumte sie von Shane, und es war ein so lebendiger Traum, daß sie zitternd erwachte: Als er gemerkt hatte, daß er mit der Frau verheiratet war, die er als Mätresse genommen hatte, hatte er sich entsetzt von ihr zurückgezogen. Er hatte auf der sofortigen Scheidung bestanden und sie zu Reverend Bishop zurückgebracht, der fest entschlossen war, den Rest seines Lebens damit zu verbringen, sie für diese Schande büßen zu lassen.

Der strahlende Sonnenschein eines Maimorgens vertrieb diesen erschreckenden Traum und sie beschloß, ihr Lieblingskleid, das weiße Samtreitkleid mit der tief geschnittenen schwarzen Seidenweste anzuziehen, denn das würde ihre Stimmung sicher heben. Sie bürstete gerade ihre leuchtende Kupfermähne aus, als die Hunde einen Höllenlärm veranstalteten. Auch ihre beiden irischen Wolfshunde stimmten in das Gebell ein, schossen wie die Raketen davon und rannten zum Eingang der Burg.

Sie ließ die Bürste fallen, schnappte sich die Hundepeitsche, die sie immer bei sich trug, wenn sie draußen herumspazierte, und folgte den beiden riesigen Tieren. Sie standen auf den Hinterbeinen und kratzten an der Tür herum, so daß sie sie zurückrufen mußte, ehe sie überhaupt öffnen konnte. Dann sprangen sie mit weit aufgerissenen Mäulern und außer sich vor Begeisterung in den Hof hinaus, und sie dachte: Gott helfe dem armen Geschöpf, auf das sie es abgesehen haben. Wie der Wind rannte sie hinter den Wolfshunden her, die auf das Tor zustürmten.

Sie sahen einander im selben Augenblick. Ganz in weißen Samt gekleidet und mit wild durcheinander fliegendem kupferfarbenem Haar hob sie die Hundepeitsche hoch in die Luft.

Hawkhurst, der auf Neptun saß, hatte alle Hände voll damit zu tun, das verängstigte Tier zu bändigen, das sich auf die Hinterbeine stellte und vor Entsetzen wieherte, als sich die beiden riesigen Hunde auf Pferd und Reiter stürzten. Er starrte sie verwirrt und ungläubig an und schrie über den Lärm hinweg: »Sabre, was in aller Welt machst du denn hier?«

Statt die Hunde zu schlagen, ließ sie die Peitsche bis zur Besinnungslosigkeit auf seine Schenkel sausen. »Ich bin hier, um meine Scheidung zu bekommen. Mein Name ist Sara Bishop Hawkhurst!«

Er war so schockiert, daß es ihm die Sprache verschlug. Er brachte die Wolfshunde zur Räson, aber Sabre wies sie an, ihn anzugreifen, und Neptun drehte vollends durch. Mit übermenschlichen Kräften gelang es ihr und den Hunden, ihn davon abzuhalten, durch das Tor zu reiten. Er bedachte sie mit einem Blick, der sich tief in ihre Seele zu bohren schien, dann wendete er den schwarzen Hengst und galoppierte davon.

Sie stöhnte vor Erschöpfung und Frustration. Wie in Trance kehrte sie ins Haus zurück und schloß sich in ihrem Schlafzimmer ein, um ihren Sieg zu genießen. Sie wußte, daß etwas Wichtiges geschehen war. Sie spürte die Seide ihrer Unterwäsche auf ihrer Haut, und hatte das Gefühl, jeden Augenblick losschreien zu müssen. Er war der schönste Mann der Welt für sie und endlich, unwiderruflich, gestand sie sich zum ersten Mal, daß sie Liebe für ihn empfand. Sie liebte ihn von ganzem Herzen. Sie sehnte sich schmerzlich danach, die ganze Nacht nackt neben ihm zu liegen und ihn zu lieben. Sie wußte alles über ihn, kannte seine Identität, seinen Verrat, seine Spionagetätigkeit, die Unterstützung, die er Irland gewährte, und nichts davon war von Bedeutung für sie. Sie hatte ihn schon immer geliebt!

Sie ließ zu, daß die heiße Leidenschaft, die sie verspürte, über ihr zusammenbrach. Dann schleuderte sie die verhaßte Peitsche fort und warf sich schluchzend auf das Bett.

Plötzlich wurde die Tür so gewaltsam aufgerissen und wieder zugeschlagen, daß sie fast aus den Angeln fiel. Sabre schrie erschreckt auf und stand auf, um sich Hawkhurst zu stellen, der wütender war als sie ihn jemals gesehen hatte.

»Ich fordere eine Erklärung!« donnerte er und machte einen bedrohlichen Schritt auf sie zu, so daß sie ängstlich zurückschreckte.

»Ich bin deine Frau!« schrie sie ihn vorwurfsvoll an. »Die Frau, die du von einem Stellvertreter hast heiraten lassen. Ich habe dir nichts bedeutet ... weniger als der Dreck unter deinen Füßen! Du hast mich hierher verbannt, ans Ende der Welt, während du alter Hurenbock dich mit der Königin amüsiert hast!« Die winzigen Knöpfe der schwarzen Seidenweste platzten auf, und ihre Brüste quollen herrlich aus der Enge hervor. Ihr glänzendes Haar umwogte ihren Kopf wie eine Feuerwolke, während ihr Zorn entflammte und ihr verletzter Stolz und ihre Empörung den Raum mit knisternder Spannung erfüllten. »Ich bin nur aus einem Grund an den Hof gekommen – mich an dir zu rächen. Ich war fest entschlossen, deine Mätresse zu werden – und jetzt verlange ich die Scheidung!«

»Sabre, du hast deine Hand gegen mich erhoben, dein Messer und heute deine Peitsche. Bis jetzt habe ich dir gegenüber große Geduld bewiesen, aber damit ist es jetzt vorbei – du hast meine Langmut einfach überstrapaziert. Ich werde dir eine längst überfällige Lektion in weiblichem Gehorsam erteilen!«

»Deine Brutalität habe ich schon des öfteren zu spüren gekriegt«, tobte sie.

»Brutalität? Ich habe dich angebetet! Wie konntet ihr beide, du und Matthew, es nur wagen, euch meinem Befehl zu widersetzen und an den Hof zu kommen? Am Hof stinkt es – das ist nicht der richtige Ort für meine Ehefrau!«

»Ich habe nicht den Wunsch, noch länger deine Ehefrau zu sein, ich will die Scheidung«, zischte sie.

Er musterte sie wütend, und sie entdeckte die Lust in seinem Blick. »Ich fordere mein Recht als Ehemann«, stellte er fest.

»Nein!« Sie rang nach Luft. »Wag es ja nicht, mich anzurühren.«

»Als meine Mätresse konntest du mir derartige Gefälligkeiten verweigern, als meine Ehefrau kannst du das nicht!« Er zog sie in seine Arme, und sein dunkler Kopf beugte sich über sie, um ihre Brüste mit brennenden Küssen zu bedecken. Seine Hände umklammerten sie wie Schraubstöcke, als er sie schüttelte. »All diese Kämpfe, die du provoziert hast, weil ich mit Sara Bishop verheiratet war. Du bösartiges kleines Luder, du provozierst mich mehr als jede andere Frau!« Er stöhnte, streifte das Samtkleid über ihre Schultern und schob es bis zu ihren Hüften hinab. Sie trat es fort und stand trotzig vor ihm, mit nichts als ihrer Seidenunterwäsche am Leib.

»Wie konntest du nur so tun, als wären Sara Bishop und Sabre Wilde zwei verschiedene Frauen?«

»Wie kannst gerade du es wagen, diese Frage zu stellen? Du lebst die Leben mindestens dreier verschiedener Männer!«

Er bedeckte ihre Lippen mit seinem Mund und küßte sie mit einer Leidenschaft, die ihr den Atem nahm. Langsam geriet ihre Entschlossenheit ins Wanken. Als er sie an sich zog und sie seinen harten Körper spürte, war es um sie geschehen.

»Sabre, ich bete dich an«, flüsterte er, und sie schmiegte sich an seine Brust. Sie brauchte seine Liebe wie die Luft zum Atmen.

»Shane, bitte«, wisperte sie.

»Sag es noch einmal«, forderte er heiser. »Ich will meinen Namen auf deinen Lippen kosten.«

»Shane, Shane, Shane.«

»Ich bin wirklich ein Schuft, mein Liebling. Ich habe dir deine Hochzeitsnacht vorenthalten ... Aber wir werden sie auf der Stelle nachholen«, versprach er und zog sich eilig aus.

»Aber es ist nicht Nacht ... es ist früher Vormittag«, protestierte sie schwach.

Er lachte rauh. »Keine Angst, du wirst im Bett bleiben, bis es Nacht ist.«

Dann begann er langsam und vorsichtig, sie zu liebkosen. Zuerst küßte er sie nur unendlich lange. Er küßte ihre Ohren, ihre Augenlider, ihren Schönheitsfleck, ihren Hals, ihre Schläfen, ihre Fingerspitzen. Es gab keine Stelle an ihrem herrlichen Körper, die keinen Kuß der Anbetung erhielt. Seine Hand glitt ihren warmen, weichen Rücken hinab, zog sie an seinen Leib und preßte ihre Brüste an seine Haut, bis es nichts mehr für ihn gab außer ihren harten, kleinen Brustwarzen. Seine Zunge glitt verführerisch über ihre Lippen, und er drückte ihre Hüften an seinen Unterleib, so daß sie den pochenden Druck seiner Männlichkeit zu spüren bekam.

Sie lagen einander auf dem Bett gegenüber, ihre Schenkel verschlungen, ihr Atem vermischt, und tauschten langsame, sinnliche Küsse aus. Shane drückte sie an sich und seufzte an ihrem Mund. »Du hast mich verhext, Sabre Wilde.« Er wiegte sie sanft in den Armen und genoß sichtlich die Rolle des Ehemanns. »Ist dir klar, wie lange es her ist, seit wir uns zum letzten Mal geliebt haben?« flüsterte er. »Du bist die Würze meines Lebens; ohne dich fühle ich mich wie ein Verhungernder.«

Shane wußte sehr genau, wie süß die Qual eines so langen Vorspieles war. Je länger es dauerte und je unerträglicher das Warten wurde, um so großartiger und reicher würde schließlich die Freude der letzten Erfüllung sein. Sabre war jetzt seit über einer Stunde höchst erregt, und ihr Verlangen war so groß, daß sie glaubte, wahnsinnig zu werden. Ihre Zunge leckte über seine Mundwinkel, und es war um ihn geschehen. Sein offener Mund stürzte zu einem brutalen Kuß auf sie herab. Seine Lippen zwangen ihre Lippen auseinander, und seine Zunge plünderte sie mit einer Wildheit, die einfach überwältigend war. Seine bisher beherrschte Leidenschaft brach sich Bahn, und er ergab sich ganz der Hitze seiner Lust.

Sie konnte nicht mehr atmen, konnte keinen klaren Gedanken mehr fassen. Ihre Mitte pochte unter der glühenden Hitze seiner Männlichkeit. Sie reckte sich ihm entgegen, als er in sie eintauchte. Ihren Leib zu beherrschen erfüllte ihn mit einem solchen Vergnügen, daß er schrie: »Du bist meine Frau, und ich nehme dich, wann immer ich es will, wann immer ich es will.«

Sabre zog ihre seidige Scheide von seinem Schwert zurück. »Ach ja, Mylord?«

Er packte ihre Handgelenke und drückte sie auf das Bett. »Wann immer ich es will! Wann immer ich es will! *Mylady!*«

»Und ich werde mich scheiden lassen, und wenn ich sonst nichts anderes tue«, schwor sie ihm.

Sie sahen einander an, beide keuchend vor Zorn, beide bebend vor Wut.

»Ich werde mich niemals von dir scheiden lassen«, stellte er entschieden fest.

»Oh, doch, denn ich habe die Mittel, dich dazu zu zwingen. Ich habe immer noch Walsinghams geheime Akten über dich!«

»Du falsches Luder, du hast mir erzählt, du hättest sie verbrannt.«

Sie warf den Kopf zurück. »Was ich dir erzähle und was ich tue, das sind zwei verschiedene Dinge!«

Sein Blick durchbohrte sie. »Sie müssen in diesem Zimmer sein, in der Nähe deiner verräterischen Hand.« Er zerrte ihre Kleider aus dem Schrank, riß die Schubladen auf, warf ihren Inhalt auf den Boden, und dann wandte er sich ihren Truhen zu.

»Nein, Shane!« schrie sie, weil sie wußte, daß er sie gleich entdecken würde.

Er warf die Deckel der Truhen auf und wühlte darin herum. »Du wirst mir sagen, wo die Akten sind, und wenn ich dich zu diesem Zweck erwürgen muß«, drohte er.

Sabre wurde kreidebleich. Die Papiere waren nicht mehr da! »Mein Gott, sie sind verschwunden! Jemand hat sie gestohlen«, weinte sie.

»Was für ein mieser Trick ist das nun wieder?« fragte er erbost.

»Kein Trick, ich schwöre es bei meinem Leben.« Sie riß die Tür auf. »Meg! Meg, komm sofort her.«

Das Mädchen kam angerannt, und Shane hatte gerade noch Zeit, sich seine Hose zu schnappen und hineinzusteigen.

»Wo sind die Papiere, die ich auf den Boden meiner Truhe gelegt habe?«

Angesichts von Sabres Nacktheit wurde das Mädchen puterrot. »P-papiere?« stotterte sie. »Als ich die Truhe ausgepackt habe, lagen keine Papiere drin.« Sabre wußte, daß das Mädchen viel zu verängstigt war, um zu lügen.

»Mason«, sagte sie. »Hoffentlich weiß er, wo sie sind.«

Shane sah sie skeptisch an, als sie in ihren Morgenmantel glitt. Charles Mason kam und setzte eine unergründliche Miene auf, als hätte er das laute Geschrei der beiden nicht gehört.

»Charles, ich habe eine sehr wichtige Frage an Sie. Als ich meine Truhen in Thames View gepackt habe, habe ich in eine von ihnen ein paar Papiere gelegt, und jetzt kann ich sie nirgends finden. Sie sind einfach verschwunden! Meg sagt, sie wären nicht mehr in der Truhe gewesen, als sie sie ausgepackt hat. Wissen Sie etwas darüber?« fragte sie.

»Tut mir leid, Madame, ich habe keine Ahnung. Aber ich werde losgehen und den Kutscher fragen.«

Der Kutscher wurde herbeizitiert, aber er wußte auch nichts über die verschwundenen Akten.

Shane starrte Sabre ungläubig an. Er nahm an, daß sie log, wenn sie sagte, daß die Akten »verschwunden« seien. Sie hatte sie einfach versteckt!

Der Kutscher wandte sich mit einem Schulterzucken an Shane. »Matthew hat die Truhen zur Kutsche gebracht. Danach hat sie niemand angerührt, bis ich sie hier heraufgetragen habe.«

»Matthew?« brüllte Shane.

»Das ist unmöglich«, sagte Sabre schwach.

Mit einem Kopfnicken entließ Shane die Bediensteten. »Danke ... Sie können jetzt gehen.«

Die drei verschwanden, und er wandte sich wütend an seine Frau. »Wußte Matthew, daß du Walsinghams Akten hattest?«

»Nein ... ja ... oh, mein Gott, ich war so wütend auf dich, daß ich sagte, ich hätte die Mittel, um dich zu einer Scheidung zu zwingen. Er sah mich so verblüfft an, als ich über die Akten sprach, daß mir klar wurde, daß er keine Ahnung hatte. Also habe ich sofort das Thema gewechselt. Und dann bot er mir an, die Truhen zur Kutsche zu bringen, und ich nahm das Angebot dankbar an.«

»Weißt du, was du da getan hast?« fragte Shane. »Ich habe ihm nie etwas von O'Neill erzählt. Aber es stand sicher in den Akten, daß er mein Vater ist, nicht wahr?«

Sie nickte stumm.

»Gab es irgend etwas, was nicht in den Akten stand?« fragte er.

»Es stand nirgends, daß du der Schwarze Schatten bist«, flüsterte sie.

Er verzog den Mund zu einem sarkastischen Grinsen. Wie hatte er nur so dumm sein können, sich diesem Weib anzuvertrauen? Die Liebe hatte ihn blind gemacht, jawohl, und sie hatte seinen Verstand verwirrt. Er mußte sofort zu seinem Bruder und versuchen, den Schaden zu begrenzen, den die Enthüllungen des Geheimberichts sicher angerichtet hatten. »Zieh dich an. Wir reiten nach London zurück«, befahl er kalt.

»Ich werde hierbleiben«, sagte sie.

»Ihr werdet tun, was ich sage, Madame!« In seinen Augen blitzte die blanke Mordlust auf, so daß sie diesmal nicht wagte, ihm noch einmal zu widersprechen.

Den Zweihundert-Meilen-Ritt brachten sie in angespanntem Schweigen hinter sich. Er galoppierte in halsbrecherischem Tempo voran, und ihre Sturheit und ihr Stolz verlangten, daß sie sich nicht abhängen ließ. Immer wieder sagte sie sich, daß sie ihn um Verzeihung bitten sollte, weil sie die Walsinghamschen Akten nicht vernichtet hatte, aber ihre Schuldgefühle waren übermächtig, und Shane wirkte so kalt und bedrohlich, daß sie es nicht wagte, den Mund aufzumachen.

Immer wieder wollte er sie in seine Arme ziehen, aber der Verdacht, daß sie ihn niemals wirklich geliebt hatte und deshalb forderte, von ihm geschieden zu werden, ließ ihn kühle Distanz bewahren.

Die Bediensteten kamen mit dem Gepäck langsamer nach, so daß sie sich weder umziehen noch schminken konnte, um ihr Aussehen aufzufrischen, aber Shane war sich ihrer schmerzlichen Schönheit nie bewußter gewesen als in diesem Moment. Sabre spürte, daß er sie wieder und wieder ansah, aber sie hielt den Blick abgewandt, weil sie sich sagte, daß in seinen Augen nur Vorwürfe zu lesen sein würden.

Wenn er allein gewesen wäre, hätte er keine Pause eingelegt, aber er sah ihr ihre Erschöpfung an und beschloß, in der Ebene von Salisbury ein Nachtlager aufzuschlagen, damit sie ein paar Stunden ausruhen konnte. Er öffnete seine Satteltasche und gab ihr Wein, Brot und Käse. Außerdem reichte er ihr eine Decke und führte die Pferde an einen Bach, um ihnen zu trinken zu geben. Als er zurückkam, schlief sie bereits tief und fest, trotz des harten Bodens und der unheimlichen Einsamkeit des Orts.

Obwohl sie noch nie zuvor eine Nacht im Freien verbracht hatte, verspürte Sabre nicht die geringste Angst. Sie wußte ohne jeden Zweifel, daß dies an Shanes Anwesenheit lag. Er war so selbstsicher und stark, daß er ihr uneingeschränktes Vertrauen genoß. Sie wußte, solange er in ihrer Nähe weilte, war sie in Sicherheit. Die ganze Zeit über dachte sie an das Kind, das sie unter ihrem Herzen trug, und daß er sie ganz anders behandeln würde, wenn er wüßte, daß sie schwanger war. Aber sie wollte es ihm nicht erzählen, denn dies wäre der Weg eines Feiglings, seine Vergebung und das Geständnis seiner Liebe zu erreichen. Sie sehnte sich nach seiner Liebe, aber um ihrer selbst willen, nicht wegen des Kindes, das sie erwartete.

Erschöpft, schmutzig und hungrig kam sie in Thames View an, aber ehe sie sich ausruhen, waschen oder essen konnte, verlangte er: »Schreib Matthew einen Brief und fordere ihn auf, sofort hierher zu kommen.« Und sofort setzte sie sich hin und griff nach einem Federkiel.

Die Nachricht war kurz und bündig:

Bitte komm zu mir nach Thames View.

Sabre

22. Kapitel

Matthew Hawkhurst hatte eine schlimme Woche hinter sich. Der Gedanke an das Gespräch, das er mit Robert Cecil geführt hatte, schmerzte ihn stärker, als hätte man ihn mit einem Schwert verwundet. Er wünschte sich von ganzem Herzen, niemals vorgeschlagen zu haben, den Schwarzen Schatten in die Falle zu locken, und betete hundertmal am Tag, daß Cecil seinen Rat einfach nicht befolgen würde.

Er grollte seinem Bruder immer noch und begehrte Sabre nach wie vor, aber der Gedanke, daß er Shane verraten haben könnte, peinigte und ängstigte ihn von Tag zu Tag mehr. Und dann passierte es! Am Hof machte das Gerücht die Runde, der Schwarze Schatten wäre im Tower von London bei dem Versuch, irische Gefangene zu befreien, gefangengenommen worden. Matthew war verwirrt. Der Plan, den er vorgeschlagen hatte, war offenbar sofort in die Tat umgesetzt worden, und sein Opfer war bereits in die Falle getappt. Er dachte ernsthaft über Selbstmord nach, doch dann gewann sein kühler Kopf die Oberhand, und er erkannte, daß er alles in seiner Macht Stehende unternehmen mußte, um das, was er angerichtet hatte, wiedergutzumachen.

Zu seiner übergroßen Erleichterung schien die Identität des Schwarzen Schatten immer noch ungeklärt zu sein. Niemand konnte ihn identifizieren, so daß unmöglich Shane derjenige sein konnte, den man festgenommen hatte. Der Mann weigerte sich zu sprechen, und es wurde geflüstert, daß er gefoltert werden sollte, um ihm die Zunge zu lösen.

Matthew war geradezu euphorisch, daß nicht sein Bruder im Tower gewesen war, und zum ersten Mal seit zehn Tagen verfiel er in einen tiefen, traumlosen Schlaf. Trotzdem wollte er Shane mit den Walsinghamschen Akten konfrontieren, um die Papiere anschließend so schnell wie möglich zu vernichten.

Als er Sabres Nachricht erhielt, atmete er auf. Offensichtlich hatte sie ihre Meinung bezüglich Blackmoor geändert und war nach Thames View zurückgekehrt.

Er brachte sein Pferd in den Stall und ging ins Haus. »Sabre, du bist blaß. Geht es dir nicht gut?« fragte er besorgt.

Sie sah ihn an und wollte einfach nicht glauben, daß er tatsächlich die Papiere gestohlen haben sollte. »Ich habe eine ermüdende Reise hinter mir, Matthew. Du hattest gesagt, du kämest später nach Blackmoor, aber anscheinend hattest du hier wichtige Dinge zu erledigen.«

»Es tut mir leid, meine Süße. Ich will nichts mehr, als den Rest meines Lebens mit dir zu verbringen«, bekannte er.

Ein dunkler Schatten fiel in die Tür des Salons, und Matthew wäre vor Schreck fast gestorben, als er Shanes große Gestalt erkannte. Mit tödlich leiser Stimme sagte der: »Ich sage es nur einmal: Dies ist meine Frau – heute, morgen und immer. Versuch niemals, dir zu nehmen, was mir gehört!«

Matthew sprang auf, und seine Augen sprühten vor Zorn. »Du hast dir genommen, was mir gehörte, mein Erbe, meinen Titel, dabei bist du nichts weiter als der Bastard von O'Neill!«

Shane sah ihn ruhig an. »Ich habe immer versucht, dich vor diesem Wissen zu bewahren. Wir sind Brüder, Matthew, wir beide sind Söhne von O'Neill.«

Matts Gesicht verriet blankes Entsetzen. Als ihm klar wurde, was Shane gesagt hatte, zerrte er die Papiere aus seinem Wams und warf sie seinem Bruder vor die Füße. »Sie brennen mir ein Loch in die Brust. Um Himmels willen, zerstöre sie, ehe sie irreparablen Schaden anrichten.«

»Dazu ist es bereits zu spät.«

»Ich bitte dich um Verzeihung; ich wußte es nicht!« schwor Matt, doch Shane schüttelte ungeduldig den Kopf. »Der Mann, den sie im Tower foltern, ist der Baron.«

Sabre starrte ihn entgeistert an. »Oh, mein Gott, sag, daß das nicht wahr ist!«

Matthew wurde kreidebleich. »Das ist alles meine Schuld! Ich war bei Robert Cecil und habe ihm vorgeschlagen, O'Hara und O'Donnell von Dublin in den Tower bringen zu lassen. Ich war der Überzeugung, daß er auf diese Weise O'Neills Kontaktperson erwischen würde, und ich nahm an, daß du es bist.«

Sabre schwankte. Ihre Lippen waren blutleer, und ihre Augenlider flatterten wie die Flügel eines sterbenden Schmetterlings. Shane fing sie in seinen starken Armen auf und legte sie auf die mit weichen, leuchtend bunten Kissen geschmückte Couch. Dann füllte er einen Kelch mit Wein und hielt ihn ihr an den Mund.

»Es ist allein meine Schuld«, flüsterte sie. »Statt die Papiere zu verbrennen, habe ich sie behalten, um mein Ziel zu erreichen, und nun habe ich mich zwischen zwei Brüder gestellt, die sich einst geliebt haben.« Tränen rannen über ihre Wangen, und sie zitterte vor Entsetzen.

Die beiden Männer sahen sie an und sagten gleichzeitig. »Wir lieben einander immer noch.« Dann fügte Matthew hinzu. »Es ist meine Schuld. Ich werde zu Cecil gehen und ihm erklären, daß sie den falschen Mann gefangen genommen haben. Ich werde sagen, daß ich der Schwarze Schatten bin!«

»Du Narr – du wirst nichts tun, was den Gefangenen mit uns in Verbindung bringt. Gott sei Dank leben die Bediensteten am Hof in einer solchen Anonymität, daß niemand den Baron erkennen wird. Keine Angst, wir werden einen Weg finden, um ihn zu retten.«

»Shane, du sprichst vom Tower von London!« sagte Matt.

»Ich habe auch nicht gesagt, daß es ein Kinderspiel wird«, stellte Shane fest.

»Um Himmels willen, wenn du einen Plan hast, dann heraus damit!«

Er sah sie beide ironisch an. »ihr habt mich beide verraten, aber trotzdem erwartet Ihr, daß ich euch in meine Pläne einweihe.« Er schnappte sich Walsinghams Akten und sagte: »Ich werde am Hof gebraucht. Wie ich höre, hat die Nachricht von Essex' Hochzeit der Königin das Herz gebrochen. Und Ihr solltet Euch ein wenig ausruhen, Madame.« Er machte eine Verbeugung vor Sabre und schob Matthew zur Tür hinaus. Er brauchte ihm nicht zu sagen, daß er sich von Thames View fernhalten sollte, solange er nicht ausdrücklich eingeladen war.

Shane kehrte den ganzen Tag lang nicht zurück, aber Sabre kannte ihn zu gut, um zu befürchten, daß er wertvolle Zeit vergeudete, indem er Elizabeth die Füße küßte. Sie erinnerte sich nur allzu gut an die Dinge, die Shane ihr in seinem Fieberwahn über den Baron erzählt hatte, aber sie schob die undenkbaren Worte beiseite, mit denen die Bestrafung beschrieben worden war, die er erfahren würde, falls seine Peiniger dahinter kamen, daß er der rechtskräftig verurteilte Fitzgerald, Earl of Desmond, war. Es war barbarisch, Menschen zu foltern, und geradezu unvorstellbar, daß so etwas im Jahr 1597 immer noch geschah.

Sie war erschöpft. Sie hätte ihr ungeborenes Baby nicht in Gefahr bringen dürfen, indem sie mit nur einer Pause von Blackmoor bis nach London ritt. Sie holte sich etwas zu essen und ging damit ins Schlafzimmer hinauf, wo sie in das große, weiche Bett kletterte. Die Erinnerungen, die mit diesem Bett verbunden waren, quälten sie. Sie erinnerte sich an das erste Mal, als sie gemeinsam in diesem Bett gegessen hatten, und dann erinnerte sie sich allzu lebhaft an die Nacht, in der er sie zornig vergewaltigt hatte, aber all das Glück und die Freude, die sie seither geteilt hatten, wogen diese eine Nacht des Grauens auf.

Sie leerte ihren Weinkelch und blies die Kerzen aus. Sie mußte schlafen – etwas Ruhe würde ihre Stimmung gewiß heben. Aber der Schlaf blieb ihr verwehrt. Sie dachte über Matthews Verrat nach und wußte, daß seine Begeisterung für sie sehr viel damit zu tun hatte. Warum hatte Shane ihm verziehen, überlegte sie, doch dann wußte sie die Antwort. Es war, weil Shane wirklich ein guter Mensch war ... ein anständiger Mensch ... und, o Gott, wie froh war sie, daß er ihr Ehemann und der Vater ihres ungeborenen Kindes war. Obwohl sie stur die Scheidung verlangt hatte, war dies das letzte, was sie wollte. Sie hatte von ihm umschmeichelt werden wollen und schließlich einen förmlichen Heiratsantrag erhofft. Sie hatte in der Kirche neben ihm stehen und das Treuegelöbnis sprechen wollen. Aber was geschehen war, war nun einmal geschehen, und sie würde ihren Mann mit keiner Frau der Welt tauschen. Sie erschauderte bei dem Gedanken, daß es ebenso gut hätte Shane sein können, der nun im Tower von London gefangengehalten wurde ... der in diesem Augenblick dort gefoltert wurde. *Nein,* schrie ihr Herz, *denk nicht an den Baron, denn sonst wirst du verrückt.* Doch sie sah ihn vor sich, wie er neben ihr am Bett ihres Geliebten gestanden und ihn von den Toten zurückgeholt hatte. Von den Toten ... zu denen Shane früher oder später gehören würde, wenn sie ihn nicht von O'Neill fernhielt.

Die Uhr auf dem Kaminsims schlug dreimal, und sie streichelte sanft ihren Bauch, in dem das Kind im Augenblick sicher war. Sie war fest entschlossen, diesem Kind sowohl eine Mutter als auch einen Vater zu geben, Eltern, die es gegen die harte, grausame Welt abschirmen würden.

Plötzlich flog die Schlafzimmertür auf, und sie kämpfte sich hoch, als Shanes dunkle Gestalt sich ihr näherte.

»Tut mir leid, dich zu stören, Sabre, aber ich muß mit dir reden.«

»Schon gut, Shane, ich kann sowieso nicht schlafen ... ich liege seit Stunden wach.«

Er zündete die Kerzen an und setzte sich auf die Bettkante. »Ich habe mir das Hirn zermartert wegen eines Fluchtplans für den Baron. Ich habe jeden Gedanken verfolgt, jede Idee, und ich habe sie alle wieder verworfen, weil immer irgendwo ein Fehler war. Die einzig sichere Art, einen Gefangenen aus dem Tower herauszubekommen, ist der Transport in einem Sarg.«

Sie rang nach Luft und ergriff eine seiner starken, braunen Hände.

»Ich habe eine Droge besorgt, nach deren Einnahme ein Mensch wirkt, als wäre er tot. Sie verlangsamt den Herzschlag derart, daß man nicht einmal mehr den Puls fühlen kann. Das einzige Problem ist, wie ich dem Baron das Mittel zukommen lassen kann. Es wäre so einfach, wenn er in Fleet oder Newgate säße. Ich würde ein paar Mädchen aus dem Bordell anheuern, die reinspazieren und die Wachen ablenken könnten. Die Kerle dort sind für jede Art der Bestechung empfänglich. Aber der Tower ist etwas ganz anderes.«

Sie umklammerte seine Hand. »Shane, wenn du reingehst und versuchst, ihm die Droge zuzustecken, dann werden sie dich auch noch erwischen, und ihr sitzt beide fest.«

Sein rauher Daumen rieb die seidige Haut ihrer Hand, als er zögend sagte: »Ich kann unmöglich alleine gehen, aber ... wir beide zusammen könnten es schaffen, Sabre.«

»Wovon sprichst du? Sie würden mich niemals reinlassen«, rief sie ängstlich aus. Allein der Gedanke an den Blutigen Tower ließ sie erschaudern.

Er schob ihr die flammend roten Strähnen aus der Stirn. »Sabre ... wenn du dich als Elizabeth verkleiden würdest, würde dir überall Einlaß gewährt.«

Sie starrte ihn mit großen Augen voller Panik an. »Du bist vollkommen wahnsinnig; man würde mir niemals glauben, daß ich die Königin bin!«

»Es hat schon einmal geklappt, und es geht sicher auch ein zweites Mal«, drängte er sie.

»Nein! Shane, darum darfst du mich nicht bitten!« flehte sie.

»Aber ich bitte dich darum, Sabre. Es ist die einzige Chance, die der Baron hat. Du gehst als Königin in den Tower und ich als ihr Gott des Meeres. Wenn wir selbstbewußt, autoritär und arrogant genug auftreten, wird uns niemand den Zugang verwehren. Ich werde dafür sorgen, daß uns ein ganzes Heer von Bediensteten umgibt. Gemeinsam können wir es schaffen!«

»Shane, das ist unmöglich. Ich kann ihr Kleid und ihre Frisur nachmachen, aber mein Gesicht ist ganz anders als ihres. Die Wachen werden sofort merken, daß ich eine Hochstaplerin bin!«

»Wie oft, glaubst du, haben die Wachen die Königin gesehen? Höchstwahrscheinlich noch nie, und diejenigen, die sie schon einmal gesehen haben, haben sie höchstens von weitem gesehen. Du wirst einfach eine Maske vor dein Gesicht halten, um dich von der üblen Umgebung abzuschirmen; Sabre, es ist alles eine Frage des Auftretens. Und ich habe vollstes Vertrauen in dich.«

»Shane ... nein!«

»Sabre, wenn du diese eine Sache für mich tust ... dann willige ich in die verdammte Scheidung ein, die du so unbedingt willst.«

Sie wußte nicht, ob sie lachen oder weinen sollte. Sie zitterte. »Shane, ich habe solche Angst ... halt mich fest.«

Er zog sie an sich. Am liebsten hätte er sie ganz in sich eingehüllt, hätte sie auf das Bett gezogen und sich ganz in ihr verloren. Aber zugleich verspürte er schwere Schuldgefühle, weil er sie bat, ein derartiges Risiko einzugehen. Wie konnte er nur ein solcher Unmensch sein, so etwas von ihr zu verlangen? Er liebte sie von ganzem Herzen, und sie war ihm unermeßlich wertvoll, doch zugleich war er bereit, ihre Freiheit, vielleicht sogar ihr Leben aufs Spiel zu setzen, um dem Baron zu helfen. Die unerklärliche Wahrheit war, daß er wußte, daß sie gemeinsam einfach unschlagbar waren. Gemeinsam würden sie jede Gefahr überwinden können, jedes Risiko, und er liebte sie, weil sie genau wie er den Mut, die Verwegenheit und die Kühnheit besaß, alles zu wagen und noch Vergnügen zu empfinden angesichts solch schwindelerregender Gefahr.

Mit unendlicher Zärtlichkeit berührten seine Lippen ihre Haut. Seine Fingerspitzen strichen federleicht über ihre Schläfen, ihre Wangenknochen und ihr Haar, während er all die Liebesworte flüsterte, die sein Innerstes ihr entgegenrief. »Sabre, ich liebe dich mehr als mein Leben. Du bist ein Teil von mir ... meine zweite Hälfte ... nur mit dir bin ich ganz.« Er zog sie an sein Herz, das leidenschaftlich zu pochen begann. »Meine Wunderbare, ich bete dich an«, wisperte er, und eine Strähne ihres Haars strich über sein Gesicht. Er streichelte sie vorsichtig. »Du hast das schönste Haar, das ich je gesehen habe, und alle Männer, die es erblickt haben, müssen sich schmerzlich danach sehnen, es zu streicheln und um ihre Finger zu wickeln. Meine Liebe, du verzauberst mich. Ich sehe dich Tag und Nacht vor mir. Ich dürste nach dir. Wenn ich dich am anderen Ende eines Raumes erblicke, muß ich mich dir nähern, und wenn ich bei dir bin, muß ich dich berühren. Sobald ich dich berührt habe, verspüre ich ein unkontrollierbares Verlangen, deinen ganzen Leib zu spüren. Von deinem Duft schwindelt mir, und ich bekomme nie genug davon, dich zu riechen und zu kosten. Deine Stimme und dein Lachen erregen mich, egal, wo wir gerade sind. Sabre, mein Liebling, du haßt mich, weil ich nicht persönlich zu unserer Hochzeit erschienen bin, aber, oh, mein Liebling, siehst du denn nicht, daß ich dich dann geheiratet und zurückgelassen hätte und daß ich dich niemals so kennen und schätzen gelernt hätte wie jetzt? Indem du meine Mätresse wurdest, hast du mich für alle Zeiten an dich gebunden. Wir gehören zueinander ... das mußt du doch spüren, Liebling ... es ist so stark, so richtig!«

Seine Nähe hüllte sie ein wie ein Rausch, sie hatte das Gefühl, ihm wertvoll zu sein, angebetet und von ganzem Herzen geliebt. In diesem Augenblick wußte sie, daß sie mit diesem Fels von einem Mann neben sich alles schaffen würde. Ihre Furcht legte sich, und sie sehnte sich mehr als alles andere in der Welt danach, daß er zu ihr ins Bett käme, um sich ganz mit ihr zu vereinigen. Sie hungerten nacheinander. Das Bedürfnis war so stark, daß es jeden anderen Hunger und Durst verblassen ließ. Ihre Liebe war so stark, daß sie unüberwindbar war.

Als die Dämmerung hereinbrach, quälte sie abermals ihr herrliches Kupferhaar, bis es Elizabeths gräßlicher Perücke zum Verwechseln ähnlich sah. Sie schüttelte das purpurne Kleid aus und nahm die kleine Krone aus dem Schmuckkasten. Da sie sich nun einmal in dieses verrückte Abenteuer gestürzt hatte, würde sie alles geben, was sie besaß. Sie wußte, daß sie Elizabeth *werden* mußte, um erfolgreich zu sein.

Sie saß vor dem Spiegel und achtete sorgsam auf das kleinste Detail ihres Make-ups. Sie bleichte sich das Gesicht mit Puder und legte reichlich Rouge auf, um die leuchtend roten Wangen der Königin zu imitieren. Dann verschmälerte sie ihre Lippen mit einer Creme, bis sie eine gerade, dünne Linie bildeten, und schließlich wandte sie den Kopf nach links und nach rechts, um zu sehen, ob die Maskierung mögliche Schwächen aufwies.

Als Shane eintrat, um zu sehen, wie weit sie war, blickte er sie so beifällig und dankbar an, daß ihr Selbstvertrauen einen beachtlichen Schub erhielt. Sie wagten nicht, ein Gespräch anzufangen, aber sie unterstützen einander mit ruhiger Zuversicht.

Er wählte ein Wams in leuchtend grauem Samt, unter dessen geschlitzten Ärmeln amethystfarbener Satin zum Vorschein kam, und zog schenkelhohe graue Lederstiefel an. Sein Äußerstes paßte hervorragend zu ihrem reich verzierten purpurnen Kleid. Sie beide waren kostümiert, als müßten sie auf die Bühne des Rose-Theaters treten, aber die Rollen, die sie spielten, würden über Leben oder Tod entscheiden.

Den Weg die Themse entlang bis zum Londoner Hafen, in dem zahlreiche Hawkhurstsche Schiffe vor Anker lagen, legten sie in einer geschlossenen Kutsche zurück. Dort angekommen, stiegen sie zu Sabres Verwunderung in eine Barkasse ein, die in den Tudorfarben Grün und Weiß gehalten war. Es war nicht die königliche Barkasse, aber bei flüchtigem Hinsehen ginge sie als solche durch. Irgendwie war es Shane gelungen, drei Hofdamen, einen jungen Pagen und zwei männliche Bedienstete für sich selbst aufzutreiben. Sie sahen so echt aus, daß selbst Sabre sie nicht als die Schwindler erkannt hätte, die sie sicher waren.

Es war ein düsterer Tag, der Himmel war zinnfarben, und sie zitterte vor Angst, als die Barkasse sich den Wassertoren des Towers näherte. Shane reichte ihr eine goldene Gesichtsmaske mit einem langen Stab, und plötzlich wurden ihre Knie weich und ihr Mund so trocken, daß ihre Lippen an den Zähnen zu kleben schienen. Ihr Herzschlag dröhnte so laut in ihren Ohren, daß sie fürchtete, nichts anderes mehr verstehen zu können.

Viel zu schnell legte die Barkasse an, und Shane half ihr an Land, wo sie einem halben Dutzend Leibgardisten gegenübertrat. Sie stolperte, aber Shane legte ihr seine feste, starke Hand auf den Rücken, und das Fallgitter wurde geöffnet, um sie bis zu den ersten schweren Eisentüren durchzulassen.

»Öffnet im Namen der Königin«, piepste der Page.

»Öffnet im Namen der Königin«, wiederholten die Leibgardisten mit ihren tiefen Stimmen.

Shane reichte ihr den wertvollen Flakon, und während sie ihn sicher zwischen ihre Brüste schob, zerbarst ihr Hirn in Millionen kleiner Teilchen, und ihre Brust zog sich so eng zusammen, daß sie kaum noch Luft bekam. Dann kamen ihr auf wundersame Weise plötzlich die Worte einer Novene in den Sinn, die ihr Vater ihr beigebracht hatte.

»Oh, großer Heiliger, Apostel und Märtyrer, reich an Wundern und Tugendhaftigkeit, Gefolgsmann Jesu Christ, ehrlicher Fürsprecher aller, die deiner besonderen Hilfe bedürfen in Zeiten der Not. Zu dir spreche ich aus der Tiefe meines Herzens und voller Ergebenheit, um zu erflehen, daß du zu meiner Rettung kommst. Hilf mir und erhöre mein dringendes Flehen. Als Dank will ich deinen Namen verbreiten und die Menschen anhalten, dich zu ehren und sich an dich zu wenden in Zeiten der Not.«

Plötzlich merkte Sabre, daß die Wachen viel nervöser waren als sie selbst, weil sie so unvermittelt dem höchsten Souverän des Königreichs gegenüberstanden, und sie beeilte sich, die Männer zu beruhigen.

»Meine Herren, ich bitte Sie, seien Sie nicht allzu förmlich. Ich bin schließlich unangemeldet hier aufgetaucht. Das Gerücht, daß Sie den Schwarzen Schatten sicher hinter Gittern haben, hat meine Neugierde geweckt. Also habe ich meinen geliebten Gott des Meeres gebeten, mich zu begleiten, um den Gefangenen persönlich in Augenschein zu nehmen.« Sie fegte durch die Gänge des unteren Tower und bedeutete jedem der sich vor ihr verbeugenden Wachleute mit einer großmütigen Geste, sich wieder aufzurichten. Als jedoch der oberste Kerkermeister der Königin gerufen wurde, um sie in die Zelle des Gefangenen zu begleiten, mußte sie abermals tief einatmen.

Er kam eilends herbei, aber der Gedanke, ihr den Gefangenen zeigen zu müssen, der in der Nacht gefoltert worden war, gefiel ihm nicht. Statt dessen lud er sie ein, in seinem gemütlichen Büro eine Erfrischung zu sich nehmen, während der Gouverneur des Towers herbeizitiert werde.

»Sir, wenn ich einen Tee gewollt hätte, wäre ich auf eine Teeparty gegangen! Ich verbiete Ihnen, den Gouverneur des Tower zu stören – er ist in Ungnade gefallen und würde mich mit Forderungen belästigen!« Sie senkte ihre Maske und sah dem ältlichen Kerkermeister direkt in die Augen. Dann fragte sie in herrischem Ton: »Waren Sie einer der Wachleute, als ich hier gefangen war, Sir?«

»Nein, nein, Eure Majestät.« Er beeilte sich, ihr zu versichern, daß er mit diesem furchtbaren Unrecht nicht das Geringste zu tun hatte.

»Das ist gut!« stellte sie fest, um gleich darauf zu befehlen: »Aber jetzt führen Sie mich zu dem Gefangenen!«

Die kleine Gruppe mußte vor der Zelle warten, während der Schlüssel geholt und die Tür geöffnet wurde.

»Ich glaube, nur Lord Devonport und ich werden uns den berüchtigten Gefangenen ansehen. Meine Bediensteten vertragen so etwas nicht.« In der Zelle warf Sabre einen Blick auf Shane, doch sofort wünschte sie, es nicht getan zu haben. Er hatte den Mund zu einer grimmigen Linie zusammengepreßt, und sie fürchtete, beim Anblick des Barons könnte es um seine Beherrschung geschehen sein. »Dieser Mann ist gefoltert worden«, knurrte er.

»Ja, Mylord, aber trotzdem hat er noch kein Wort gesagt.«

Sabre zwang sich, den Baron anzusehen. Er war bei Bewußtsein und sie wußte, daß er sie erkannte. »Kein Wort, sagen Sie?« fragte sie mit harter Stimme, um ihr Entsetzen zu verbergen.

Der Kerkermeister zerrte den Gefangenen brutal auf die Beine. »Auf die Knie vor deiner Königin, du Hund!«

Sie trat näher und berührte seinen Hals, wobei sie den Flakon in seine gefesselten Hände gleiten ließ. »Ihr Narren!« tobte sie. »Dieser Mann kann nicht sprechen … man hat ihm die Stimmbänder durchgeschnitten! Seht ihr nicht die beiden kleinen Knoten an seinem Hals?«

Obgleich keine Knoten zu sehen waren, nickte einer der Wächter, nachdem er ebenfalls den Hals des Gefangenen betastet hatte.

»Was meint Ihr, Lord Devonport?« fragte sie.

»Ihr habt recht, Eure Majestät. Es ist reine Zeitverschwendung, diesen Mann zu foltern. Er wird niemals sprechen.«

Sie machte auf dem Absatz kehrt und rauschte, gefolgt von

den Männern, davon. »Wissen Sie, was ich denke, Sir?« fragte sie. »Man hat Sie hinters Licht geführt. Dieser Mann kann nicht der Schwarze Schatten sein. Er ist irgendein armer Sündenbock, den man in die Falle gelockt hat.«

»Die Leute werden uns auslachen«, stellte Devonport angewidert fest.

Sabre erkannte einen versteckten Hinweis, sofort, wenn sie einen hörte. »Oh, nein, mein Freund, denn mein treuer Kerkermeister und seine Wachleute werden kein Wort über unseren Besuch verlieren. Er wurde extra wegen seiner Diskretion für diesen Posten ausgesucht.« Sie winkte mit der Hand. »Und Diskretion ist mir immer eine Belohnung wert.«

Lord Devonport drückte dem Mann einen schweren Beutel in die Hand, und sie machten sich eilends davon.

Als Shane sah, daß Sabre die Strapazen ohne großen Schaden überstanden hatte, schickte er sie nach Hause und machte sich auf den Weg, um seine Mission fortzusetzen. Sie hatte ihre Aufgabe erfüllt, aber er hatte noch einiges zu tun. Als erstes galt es, den Sargmacher zu bestechen, der die Toten aus dem Tower holte.

Zurück auf Thames View versuchte Sabre sich auszuruhen, aber sie war zu aufgeregt, um ruhig liegen zu bleiben. Sie würde Shane nicht vor Anbruch des nächsten Tages wiedersehen, wenn er den Baron im Sarg nach Hause brächte.

Am Nachmittag kam die Kutsche mit Mason und der jungen Meg. Sie hatte Schuldgefühle, weil sie die beiden nach Devon in die Wildnis verschleppt hatte, nur um sie sofort wieder kehrtmachen zu lassen.

»Es war eine nette Abwechslung, Lady Devonport, aber ich muß zugeben, daß ich froh bin, wieder in London zu sein.« Es überraschte sie, daß er sie mit ihrem Titel ansprach, aber dann wurde ihr klar, daß sie und Shane bisweilen lautstark zu streiten pflegten, und sie errötete, als sie an all die Dinge dachte, die der Butler mitbekommen haben mußte.

»Charles, in den nächsten paar Tagen wollen wir keine Besucher auf Thames View. Der Baron ist schwer krank, und Shane wird ihn morgen nach Hause bringen. Nun, da Sie hier sind, um sich um alles zu kümmern, werde ich alles Ihnen überlassen. Ich werde ein wenig spazierenreiten. Ein bißchen frische Luft tut mir bestimmt gut, so daß ich heute nacht vielleicht wenigstens schlafen kann.«

Als sie abends erschöpft in ihr Bett fiel, schlief sie tatsächlich ein, aber um drei Uhr morgens war sie wieder hellwach und begann sich um den Baron und Shane ernste Sorgen zu machen.

Als Shane schließlich mit einem grob gezimmerten Wagen vorgefahren kam, erkannte sie ihn kaum. Genau wie sie war er inzwischen ein wahrer Meister der Verkleidung. Er war ungewaschen und unrasiert, und sein glattes Haar hing ihm wirr ins Gesicht. Er bot einen erschreckenden Anblick, aber als sie sah, daß er mühelos den Holzsarg schulterte, wußte sie, daß er es war.

Er trug seinen Freund die Treppe hinauf und legte ihn auf sein Bett. Sabre sah den Baron kurz an, und ihr Herz zog sich schmerzlich zusammen. Es war zu spät; er war tot.

Mit grimmiger Entschlossenheit machte sich Shane daran, ihn auszuziehen, und Sabre rannte los, um Seife, heißes Wasser und Handtücher zu holen. Der Körper des Barons wies zahllose Schürfwunden und Quetschungen auf, und seine Arme und Beine standen seltsam vom Körper ab.

Shane sah Sabre an. »Meine Liebe, falls dies alles zuviel für dich ist, hol bitte Mason, damit er mir hilft.«

»Nein, das Schlimmste ist bereits vorüber«, stellte sie traurig fest.

Mit einem sicheren Ruck schob Shane einen der ausgerenkten Arme in das Gelenk zurück.

»Oh, bitte, kannst du ihn nicht einfach in Ruhe lassen?« flehte sie.

»Nein, die Gelenke werden steif, und er wird für den Rest seines Lebens ein Krüppel sein, wenn wir nicht sofort etwas tun.«

»Er lebt?« Sie starrte den Scheintoten ungläubig an.

»Bei Gott, ich hoffe doch, daß er lebt, sonst hätten wir uns schließlich die ganze Mühe umsonst gemacht!«

Die Beine waren schwieriger zu richten, und sie brauchten beide ihre ganze Kraft, um etwas zu erreichen. Schließlich setzte sich Sabre auf die Brust des Barons, um ihn an jeder Bewegung zu hindern, und Shane zog mit aller Macht an seinen Beinen, bis sie in die richtige Position zurückschnappten. Dann badeten sie ihn und rieben die Gelenke mit Kampferöl ein. Anschließend machte Shane ein Feuer im Kamin, deckte den Baron gut zu und ließ ihn ruhen, bis die Wirkung der Droge nachlassen und er aus seinem komatösen Schlaf erwachen würde.

Sabre hielt es nicht länger aus. In der Nacht machte sie Shane alle ihre Ängste klar. »Shane, ist dir klar, daß sie dich im Tower erwischt hätten, wenn du in jener Nacht in London gewesen wärst? Sie hätten dich sofort erkannt und des Verrats angeklagt. Du wärst inzwischen tot – erhängt, gestreckt, gevierteilt!« Sie zitterte, und Tränen liefen über ihre Wangen. »Eines Tages wird es passieren – es ist einfach unvermeidbar. Es sei denn, du brichst die Verbindung zu O'Neill vollkommen ab.«

Er sah sie lange schweigend an. »Ich habe bereits mit ihm gebrochen. Inzwischen hat er meine Nachricht sicher erhalten.«

Sie wollte ihm glauben, aber sie kannte O'Neill und hoffte nur, daß auch Shane wußte, was für ein Mensch sein Vater war. Die irischen Gefangenen aus Dublin saßen immer noch im Tower und sie wußte, daß O'Neill nicht eher ruhen würde, bevor Shane nicht versprochen hatte, sie zu befreien.

Sie pflegten den Baron zwei Tage und zwei Nächte lang, und als er erwachte, war das erste, was er sagte: »Georgiana.«

Shane sah Sabre an und grinste. »Ich habe eine hervorragende Idee. Ich werde ihn zu meiner Mutter nach Hawkhurst bringen, wo er in Sicherheit ist und sich erholen kann. Und wenn ich zurück bin, können wir uns über die Scheidung unterhalten, die du so unbedingt willst.«

Sie öffnete den Mund, um zu protestieren, aber alles, was sie herausbrachte, war ein schwaches: »Würdest du dich wirklich von mir scheiden lassen?«

»Sabre, ohne dich hätte ich es nie geschafft, den Baron zu befreien. Du warst einfach phantastisch. Und ich werde mein Wort halten. Du hast es verdient, zu bekommen, was du dir wünschst.«

23. Kapitel

Mason stand seinem Herrn mit einem dick geschwollenen Auge gegenüber und sah ihn betreten an. »Mylord, man hat sie entführt. Ich habe versucht, sie zu schützen, aber ich habe elendiglich versagt. Ich habe voller Verzweiflung darauf gewartet, daß Sie zurückkommen.«

»Matthew!« donnerte Shane. »Ich werde ihm bei lebendigem Leib die Leber rausreißen ... ich werde ihm die Eier abschneiden! Bei Gott, ich habe diesen kleinen Narren wieder und wieder gewarnt.«

Mason schüttelte betrübt den Kopf. »Mylord, ich habe große Zweifel, daß Matthew etwas damit zu tun hat. Die Männer, die sie mitgenommen haben, waren rauhe Gesellen ... Iren ...«

»Iren!« wiederholte Shane, und sein Herz zog sich ängstlich zusammen. »O'Neill«, flüsterte er. »Nur er würde so etwas wagen!« O'Neill hatte erkannt, daß Sabre seine einzige Schwachstelle war. Er ballte ohnmächtig die Fäuste und verfluchte Gott und die Welt. Falls Sabre etwas geschehen sollte, würde er seinen Vater umbringen.

Ohne weitere Zeit zu verlieren, rannte er die Treppe hinauf und packte seine Sachen. Wider besseres Wissen hoffte er, daß doch Matthews Männer die Entführer gewesen sein könnten. Er fand seinen Bruder am Hof und wußte sofort, daß er nichts mit der Sache zu tun hatte, denn Matts Gesicht war so offen und leicht zu lesen wie ein aufgeschlagenes Buch. Als Matt die zornige Miene seines Bruders sah, fürchtete er das Schlimmste. »Ist der Baron tot?« wisperte er mit blutleeren Lippen.

Shane schüttelte den Kopf. »Sabre wurde von Thames View entführt«, erklärte er knapp.

»Von wem? Wohin?« fragte Matthew.

Shane zuckte die Achseln und knirschte mit den Zähnen. »Ich segele umgehend nach Irland.«

»O'Neill?« flüsterte Matt. »Ich komme mit!«

Shane schüttelte abermals den Kopf, aber Matthew bestand darauf. »Seine beiden Söhne werden ihm in dieser Angelegenheit gemeinsam entgegentreten!«

Im Londoner Hafen wählte Shane das erste Hawkhurstsche Schiff, dessen Mannschaft vollständig war. Es war die *Winged Dragon,* die eigentlich zu den Kanarischen Inseln fahren wollte. Shane sprach mit dem Kapitän. »Wir müssen so schnell wie möglich los, aber ich werde Sie nicht bitten, uns ganz bis nach Irland zu bringen. Bringen Sie uns nach Devonport, und dort werde ich mein eigenes Schiff, die *Defiant,* holen.« Die Männer der *Defiant* hatten nach dem Sieg in Cádiz Heimaturlaub bekommen, und obgleich sämtliche Matrosen auf den Handelsschiffen ebenfalls in seinen Diensten standen, fühlte sich Shane sicherer, wenn er seine eigenen Männer auf seinem eigenen Schiff befehligte. Falls es zum Kampf kommen sollte, wäre er auf alles vorbereitet und zu allem bereit.

Die beiden Kerle, die Sabre entführt hatten, sprachen mit einem so starken irischen Akzent, daß sie sie kaum verstand, aber sie wußte sofort, wessen Männer sie waren und wohin sie sie bringen würden. Sie hatten den armen Mason einfach niedergestreckt und sie durch den Garten ans Ufer der Themse geschleppt, wo sie an Bord einer kleinen irischen Barkasse verfrachtet worden war. Als das kleine Fischerboot die Mündung der Themse verließ, begann sie, sich ernsthafte Sorgen zu machen. Dieses einzige Gefährt würde tatsächlich über die offene See fahren. Ihr wurde sofort schlecht, und sie wußte, daß ihre Schwangerschaft in Verbindung mit der Seekrankheit sie bald vollkommen hilflos machen würde. Sie durfte keine Zeit verlieren, sondern mußte sofort mit Verhandlungen beginnen.

»Ich bin Lady Devonport, und ich erwarte, daß Sie mir den gebührenden Respekt erweisen.«

Der Fährmeister sah die beiden Kerle scharf an, die sie gefangengenommen hatten. »Wir sollten seine Hure holen un' nich' seine Frau!«

»Das is' schon die Richtige, keine Angst. Mädchen, bist du seine Hure oder sein Weib?« fragte einer der Entführer.

»Beides«, erwiderte sie unverblümt und fuhr ironisch fort: »Außerdem bin ich die Schwiegertochter des Earl of Tyrone, der Sie hierher geschickt hat, und in ungefähr zwei Minuten werde ich dringend die Hilfe zweier galanter Gentlemen benötigen.«

Die Männer sahen einander unsicher an. Sie hatten nicht persönlich mit O'Neill gesprochen, sondern waren von einem seiner Männer angeheuert worden, die Frau zu entführen und sie nach Dungannon Castle zu bringen. Sie wagten es nicht, sie schlecht zu behandeln und sich dadurch möglicherweise den Zorn O'Neills zuzuziehen, also ging der eine los, um eine Decke zu holen, die die Gefangene gegen die Kälte schützen konnte, während der andere sie mit sanften und zugleich starken Händen hielt, damit sie nicht über Bord fiel, als sie sich heftig übergab.

Trotz ihrer momentanen Zwangslage und trotz der Furcht vor dem, was sie möglicherweise in Irland erwartete, verspürte Sabre tiefe innere Ruhe, denn sie wußte ohne jeden Zweifel, daß Shane zu ihrer Rettung geeilt kommen würde. Egal, welches Risiko er damit einging, er würde sie retten. Sie war seine Frau, und dieses Wissen erfüllte sie mit unerschütterlicher Zuversicht.

Was für eine Närrin wäre sie, wenn sie sich, nur um ihren dummen Stolz zu wahren, von ihm scheiden ließe. Er war alles, was sie je begehrt hatte, und mehr; er war alles, was eine Frau je wünschen konnte. Sie erschauderte, als ihr ein erschreckender Gedanke kam. Wenn sie sich von ihm scheiden ließ, würde eine andere Frau ihn sich als Ehemann angeln können!

Sie hatten Glück, denn der englische Kanal war ungewöhnlich ruhig. Sobald sie Land's End umrundet hatten und in die Irische See einfuhren, wurde die Nußschale, in der sie saßen, von den starken Winden mit hoher Geschwindigkeit an die irische Küste geschoben, und bald kamen die Mountains of Mourne in Sicht.

Die Männer hatten eine Decke gespannt, hinter der Sabre ein

wenig Ruhe fand, und dreimal täglich brachten sie ihr warme Suppe. Sie nahm sie dankbar an, denn sie wußte, daß die Männer auch nichts anderes aßen. Die drahtige Kraft, die sie trotz der mageren, nur aus Kohl und Kartoffelsuppe bestehenden Ernährung zu haben schienen, verblüffte sie. Als sie die Berge von Mourne in der Irischen See erreichten, hatte sich Sabres Seekrankheit ein wenig gelegt. Der prächtige Anblick nahm ihr die Luft, und als die kleine Barkasse in die dunklen Gewässer des langen, schmalen Meeresarmes von Carlingford einfuhr, wurde ihr klar, daß sie die Besitzerin dieses Landes war. Dieser wunderschöne Wasserweg vom Meer bis nach Newry war der Grund dafür gewesen, daß Shane sie geheiratet hatte.

Sie machte eine ausholende Handbewegung und sprach ihre Gedanken laut aus. »All das gehört mir! Darum hat mich der Sohn von O'Neill geheiratet.« Die Männer dankten stumm den Heiligen, daß sie sie nicht mißhandelt hatten, denn diese einfache Feststellung klang eindrucksvoll und stark in ihrer Ehrlichkeit. Dieses Land und das Wissen, daß Shane näher und näher kam, verliehen ihr Kraft.

Als sie sich Dungannon Castle näherten, wunderte sich Sabre über die Pracht der riesigen, kreisförmig angelegten Festung, die von einer enormen Blendwand umgeben war und in deren zweigeschossigen Türmen viel Platz zu sein schien. Das Ganze war sicher geschützt von einer ganzen Armee, die mit zahllosen Waffen und gar Kanonen ausgerüstet war.

Als O'Neill sie erblickte, war er erbost, weil sie nicht gefesselt war, aber sie trat mit einem solchen Stolz vor ihn, daß er sofort spürte, daß sie keine gewöhnliche Frau war.

»Wenn ich hier Gast bin, dann ist vielleicht noch nicht alles verloren, aber wenn ich eine Gefangene bin, dann fürchte ich um Euch und hoffe nur, daß Gott Euch beistehen möge!«

Der rothaarige Riese versuchte, sie mit einer männlichen Arroganz einzuschüchtern, die ihrem weiblichen Stolz durchaus ebenbürtig war. »Schweig, Weib!« befahl er, als sie noch nicht einmal blinzelte.

»Shane hat Euch noch nie eine Bitte abgeschlagen, aber was

er Euch gab, gab er freiwillig. Er tat es aus Liebe. Versucht, ihn zu etwas zu zwingen, und er wird Euch töten.«

O'Neill kniff den Mund zu einer grimmigen Linie zusammen und reckte trotzig das Kinn.

Sabre warf ihr prächtiges Haar in den Nacken und trat herausfordernd auf ihn zu. »Ich bin Lady Devonport! Ich bin Eure Schwiegertochter! Unter meinem Herzen trage ich Euer Enkelkind! Einen Prinzen von Irland, von königlichem Blut!«

In der riesigen Halle herrschte tödliche Stille, denn sämtliche Männer warteten mit angehaltenem Atem darauf, was nun folgen würde.

Sie senkte die Stimme und stellte nüchtern fest: »Wenn Ihr mich gefangen haltet, dann auf eigene Gefahr.«

O'Neill brüllte die Bediensteten an. »Nun, steht nicht herum, als wärt Ihr aus Stein. Laßt ein Bad ein ... bereitet etwas zu essen vor und macht ein Feuer im Kamin. Seht Ihr nicht, wie erschöpft meine Tochter ist? Gebt meinem Gast das beste Zimmer auf der Burg!«

Er sah auf einmal, daß sie sich nur aus Stolz auf den Beinen hielt.

Ein paar Stunden später, nach einem wohligen Bad und einem prächtigen Mahl, lag sie auf einem weichen Federbett neben einem warmen Kamin. Gerade, als sie einnicken wollte, wurde sie durch laute Stimmen in der Halle wieder geweckt. Ihr Herz machte einen Satz, obgleich sie kaum glauben konnte, daß er so schnell gekommen war. Ein heimliches Lächeln umspielte ihre Lippen, als ihr klar wurde, mit welcher Geschwindigkeit er ihr nachgereist sein mußte.

O'Neill und seine beiden Söhne standen einander gegenüber und schleuderten einander Beleidigungen und Drohungen ins Gesicht, bis die Luft vor lauter irischer Flüche geradezu zu rauchen schien. Sie bedachten einander mit sämtlichen Schimpfworten, die sie je vernommen hatte.

»Ich wünschte, ich hätte Euch niemals gesehen. Wenn Ihr ihr auch nur ein Haar gekrümmt habt, mache ich Hackfleisch aus Euch und werfe Euch den Aasgeiern vor!« drohte Shane.

Sabre merkte, daß sie besser eingriff, ehe dort unten ein Unglück geschah oder ehe starrer, unbeugsamer Stolz die Männer zu so erbitterten Feinden machte, daß nun der Tod ihrem Haß ein Ende zu machen vermochte. Sie zog ihr warmes Kleid an, griff nach einem Kerzenleuchter und schritt die Treppen des Turms hinab. Im Eingang der Halle blieb sie stehen und rief: »Mein Gatte, bitte glaubt, daß ich die größte Gastfreundschaft genossen habe und daß mir der Earl of Tyrone jede Ehre zuteil werden ließ.«

»Sabre!« rief Shane erleichtert und steckte seine Waffe in die Scheide zurück. In weniger als einem Augenblick war er neben ihr und nahm sie in seinen starken, schützenden Arm, während Matthew immer noch mit gezücktem Degen seinem Vater gegenüberstand.

»Ich werde Euch nichts mehr geben!« schwor Shane. »Ich hätte Euch alles verziehen, aber das hier nicht. Nur der Teufel konnte Euch veranlassen, die Frau, die ich über alle Maßen liebe, als Geisel zu nehmen. Nehmen, nehmen, nehmen, das ist das einzige, was Ihr könnt. Nun, dies war das letzte, was Ihr von mir genommen habt, O'Neill!«

Seltsamerweise schämte sich der große O'Neill keineswegs, von seinen beiden Söhnen derart verflucht zu werden. Er platzte bald vor Stolz, weil er zwei solche Wölfe erzeugt hatte, deren Wildheit jeden Mann das Fürchten zu lehren versprach. Er selbst hatte eine gewisse Angst verspürt, als sie ihre Waffen gegen ihn gerichtet hatten, obwohl er von einer ganzen Armee umgeben war.

Plötzlich brach er in lautstarkes Gelächter aus, ein Geräusch, das die Halle erbeben ließ. Er maß Sabre mit einem bewundernden Blick. »Bei Gott, ich weiß, warum du sie gewählt hast – sie ist eine würdige Partnerin für dich, aber nur, weil sie Irin ist! Nimm deine Frau, sie ist jeden O'Hara und jeden O'Donnell wert!«

Ohne Sabre loszulassen, trat Shane erneut neben seinen Bruder, und O'Neill sah ihn an: »Du sagst, ich hätte nie etwas gegeben. Nur, um dich Lügen zu strafen, werde ich dir eine Information zukommen lassen, die sicher von großer Bedeutung für dich ist. Philipp von Spanien segelt im August gen England.«

Shane sah ihn mit zusammengekniffenen Augen an. Er bezweifelte nicht eine Sekunde, daß O'Neill in Philipps Pläne eingeweiht war. Er verstand nur nicht, warum der Alte dieses Wissen mit ihnen teilte, obgleich er wußte, daß seine Söhne England die Treue hielten und nicht Irland.

»Nun, Jungs, werdet Ihr bleiben und Euch heute abend gemeinsam mit mir vollaufen lassen?«

Shane lehnte die Einladung ab. Sobald die Sonne untergegangen war, würde großzügig rauchiger irischer Whisky ausgeschenkt werden, und betrunkene Iren gerieten allzu schnell in Zorn und Streit. »Ich habe Wichtigeres zu tun.«

O'Neill bedachte Sabre mit einem lüsternen Blick. »Als hättest du das nicht schon getan, Junge.«

Shane sah, daß Sabre den Alten mit einem bösartigen Grinsen bedachte, und wußte, daß sie irgendein Geheimnis teilten.

Als sie die Festung verließen, riß Sabre die Augen auf. Draußen wartete die gesamte Mannschaft der *Defiant* auf sie. Sie stand zwischen den beiden riesigen Hawkhursts und blickte zu Shane auf. »Hast du etwa einen Kampf erwartet?«

»Ehrlich gesagt, wußte ich nicht, was mich erwartete, aber um dich wiederzubekommen, hätte ich mich auch in den Kampf gestürzt.«

Matt mischte sich ein. »Es war gar nicht so einfach. Die *Defiant* konnte nicht weiterfahren als bis zum Eingang des Meeresarmes, also haben wir sie in Shanes Stadt Newry zurückgelassen, die Männer in die Rettungsboote gesteckt und sind den Bann und den Blackwater raufgerudert.«

»Ihr gebt mir geradezu das Gefühl, Helena von Troja zu sein«, stellte Sabre zufrieden fest. »Und jetzt nehme ich an, daß Ihr diese Strapaze noch einmal auf Euch nehmen müßt, um zum Schiff zurückzukommen.«

»Das reinste Kinderspiel«, brüstete sich Matt. »Jeder der Männer wäre problemlos die doppelte Strecke gerudert.«

Obgleich es für Juli eine ungewöhnlich finstere und kalte Nacht war und obwohl ihre Füße und ihre Röcke bald durchgeweicht waren, hatte sich Sabre noch nie in ihrem Leben geborgener und sicherer gefühlt. Das hier waren ganze Männer, und was noch besser war, es waren *ihre* Männer!

Shane beugte sich zu ihr hinab und murmelte: »Tut mir leid, daß ich dich aus deinem warmen Bett gezerrt habe. Laß mich dich tragen, mein Schatz.«

Fast hätte sie das Angebot abgelehnt, denn er war bestimmt genauso erschöpft wie sie, aber sie sehnte sich nach seiner Berührung und gab ihrem Verlangen nach. Sie blieb stehen und streckte liebevoll die Arme aus. »Hebst du mich bitte hoch?« flüsterte sie, und mit einem zufriedenen Grunzen zog Shane sie an sein Herz. Sofort geriet sein Blut in Wallung, und ein schwerer, süßer Schmerz breitete sich in seinen Lenden aus. Sobald er sie in seinen Armen hielt, war es um ihn geschehen. Niemals würde er sich von ihr scheiden lassen, auch wenn er es ihr in guter Absicht angeboten hatte. Ihre Brüste wurden an seinen Oberkörper gedrückt, ihre schlanken Schenkel lagen federleicht auf seinen Armen, und ihr phantastisches Hinterteil strich über die Spitze seiner Männlichkeit, die vor Verlangen reif und geschwollen war. Die herrliche Qual vertrieb jede Müdigkeit und ließ ihn stetig weitermarschieren. Falls Sabre weiterhin versuchen würde, eine Barriere zwischen ihnen zu errichten, dann würde er sie mit dem größten Vergnügen zerstören.

Von Shane getragen zu werden war etwas verrucht Erregendes. Es war für sie beide ein einzigartiger, erotischer Marsch. Nie zuvor hatte sie die kraftvollen Muskeln seines Oberkörpers so bewußt gespürt, und als der Wind Strähnen ihres Haars über seine Wange blies, dachte er, er würde vor Leidenschaft vergehen. Als sie die Boote erreichten, ließ er sie nicht los, sondern setzte sie zwischen seine Beine, wo sie sicher, geschützt und ihm unendlich nahe war. Obwohl sie sich in einem voll besetzten Boot befanden, versank die Welt um sie herum, bis es nichts mehr außer ihnen beiden gab. Seine Stärke gab ihr Kraft, ihre Erschöpfung legte sich, und sie verspürte eine solche Vorfreude auf die Liebe, die er ihr in seiner Kabine an Bord der *Defiant* geben würde, daß sie geradezu euphorisch war. Sie war über alle Maßen verliebt in ihren Ehemann und sehnte sich nach den betörenden, leidenschaftlichen Küssen, die nur sein Mund ihr gab.

Als sie das Schiff erreichten, zog er sie erneut an sich und erklomm die Strickleiter mit nur einem starken Arm. Als sie seinen Hals umschlang, konnte er der Versuchung nicht widerstehen, ihre verführerischen Lippen mit einem brennenden Kuß zu bedecken, der sie beide schwindeln ließ vor heißer Lust. Er eilte die Treppe zur Kapitänskajüte hinunter und legte seine wertvolle Last auf das Bett. Dann zündete er die Lampe an und hockte sich vor den Safe in der Ecke des Raums. Als er zurückkam, hielt er etwas in der Hand.

»Sabre«, flüsterte er voller Zärtlichkeit. »Können wir bitte noch einmal von vorne anfangen? Ich verspreche, daß ich dich hofieren werde, wie es dir gebührt. Ich gebe dir mein Ehrenwort, daß ich dich nicht drängen werde. Ich bitte dich nur um die Chance, dich dazu zu bringen, mich zu lieben.«

Fast hätte sie ihm gesagt, daß sie ihn bereits über alle Maßen liebte, aber der Gedanke, umworben zu werden, gefiel ihr so gut, daß sie schwieg. Er zog sie überraschend sanft an seine Brust und seine Lippen und seine Zunge erforschten langsam den warmen Honig in ihrem Mund. Dann zog er sich seufzend zurück und hob eine ihrer Hände an seine Lippen. Er küßte sie sanft und legte eine Diamantkette hinein. »Gute Nacht, meine Geliebte«, flüsterte er und stand widerwillig auf.

»Wo gehst du hin?« fragte sie alarmiert.

»Ich werde dich nie wieder zwingen, das Bett mit mir zu teilen, mein Liebling. Ich werde während der Rückfahrt bei Matthew schlafen.«

Sie blinzelte, da sie es einfach nicht glauben konnte, daß er sie alleine schlafen lassen wollte. Sie blickte auf die wertvollen Diamanten in ihrer Hand und schluchzte lautlos auf. Sie wollte keine Juwelen, sondern seinen harten, muskulösen Leib. Ihr Körper schrie in dem Verlangen, auf der Stelle von ihm angefüllt zu werden, und ausgerechnet jetzt beschloß dieser Kerl, den Gentleman zu spielen und ihr die Achtung zuteil werden zu lassen, die sie immer gefordert hatte!

24. Kapitel

Es dauerte eine Ewigkeit, bis sie endlich einschlief, und als es ihr endlich gelang, wurden die Stunden zum Tagesanbruch von derart erotischen Träumen ausgefüllt, daß sie nach dem Aufwachen noch lange sehr verlegen war.

Shane und Matt lagen in einer Kabine und redeten stundenlang. Sie sprachen von ihrer Kindheit und von ihrer tiefen Liebe zu Sebastian Hawkhurst. Sie waren sich einig, daß sie ihn ihrem leiblichen Vater jederzeit vorgezogen hätten, aber insgeheim waren sie beide stolz auf das Blut irischer Könige, das in ihren Adern floß.

»Glauben wir ihm die Geschichte mit Philipp von Spanien?« fragte Matthew.

»Das sollten wir wohl. Er hat mit Philipp Hand in Hand gearbeitet, um das genaue Datum herauszufinden, an dem die Armada gen England segelt, weil an diesem Tag, wenn Bess alle Hände voll zu tun hat, die irische Rebellion beginnen wird.«

»Das sind ja schöne Aussichten ... erst Krieg gegen Spanien und dann auch noch Krieg gegen Irland«, stellte Matthew trübsinnig fest.

»Ich bin Realist, Matt. Wenn wir die Spanier frontal angreifen und die Schlachten ausschließlich auf See schlagen, werden wir den Sieg für England erringen und vielleicht einen lang anhaltenden Frieden erzwingen. Mit Irland ist es etwas anderes. Diese Kämpfe werden auf Land ausgetragen. Es wird eine langwierige und blutige Angelegenheit sein. Du weißt, wie sehr die Iren den Dienst in der englischen Armee fürchten. Egal, wie oft England das Land unterjocht, die Rebellion wird immer wieder ausbrechen, denn die Iren sind Fanatiker, lauter Verrückte. Sie werden eher verhungern wollen, als den Kampf aufgeben!«

»Unsere Zeit ist knapp; wirst du die Königin oder Burghley informieren?«

»Ich werde mit der *Defiant* zurück nach Devon segeln, denn dort wird die Armada landen, wenn wir sie so weit kommen lassen. Ich werde dich nach Liverpool bringen und dir Nachrichten an die Königin und Burghley mitgeben. Außerdem werde ich Drake und den Lord Admiral Howard warnen. Die Marine steht schon eine ganze Weile bereit, denn es war kein Geheimnis, daß Philipp die Absicht hat, hierher zu kommen. Ich möchte, daß du sämtliche Hawkhurstschen Schiffe nach Devonport zurückbeorderst. Ich werde dir schriftliche Befehle für die Kapitäne mitgeben.«

Matthew fühlte sich geehrt, daß sein Bruder ihm diese verantwortungsvollen Aufgaben übertrug, und wußte, daß ihm sein Verrat endlich verziehen war. »Du wirst nicht viel Zeit für Sabre haben«, merkte er an.

Shane lächelte. »Zeit genug, um sie zu heiraten. Spanien ... England ... die ganze verdammte Welt wird eben ein bißchen warten müssen.«

Bei Anbruch der Dämmerung holte die *Defiant* den Anker ein und segelte aus dem Meeresarm von Carlingford in die Irische See hinaus. Hawkhurst war gewohnt, sein Schiff selbst zu befehligen, daher fand Sabre ihn auf dem Achterdeck.

»Süße«, begrüßte er sie. »Dieses herrliche Land gehört dir.« Er nahm ihre kleine, kalte Hand und wärmte sie. Sabre blickte zu den nebelverhangenen Bergen hinauf und sagte leise: »Vielleicht sollten wir es O'Neill geben.«

»Sabre, laß mich dir eines sagen – gib niemals auf, was du einmal hast!«

Ihr Blick wanderte von den Bergen zu seinem Gesicht und verharrte einen Augenblick auf dem harten, gemeißelten Mund und dem kräftigen, arrogant gereckten Kinn. Seine ausgeprägten Wangenknochen verstärkten noch den Eindruck von Stärke und gnadenloser Vitalität. Seine dunklen, harten und doch unglaublich schönen Züge ließen abermals heiße Liebe in ihr aufwallen, und sie wisperte: »Oh, ja ... ich werde behalten, was ich einmal habe.«

»Wir fahren über die Irische See nach Liverpool. Wenn das Wetter anhält, werden wir noch vor Anbruch der Dunkelheit dort sein. Machst du mir die Freude, heute abend mit mir zu essen?«

»Es wird mir eine große Ehre sein, mit dem Kapitän der *Defiant* zu speisen«, sagte sie mit einem provozierenden Seitenblick.

Gott im Himmel, dachte er, *weiß sie eigentlich, was ihr Lächeln aus mir macht? Natürlich weiß sie es, schließlich ist sie durch und durch Frau.*

»Ich gehe besser wieder nach unten, denn sobald wir auf dem offenen Meer sind, wird mir bestimmt wieder schlecht.«

Er preßte ihre Hand an seine Wange und fragte besorgt: »Meine Liebe, bist du immer noch seekrank? Das kann ich mir kaum vorstellen, denn inzwischen warst du schon so oft auf einem Schiff. Ruh dich aus, und ich komme in einer Stunde und sehe nach dir.«

»Versuch, das Schiff nicht allzu sehr schwanken zu lassen«, sagte sie lachend und verschwand unter Deck. Ihr wurde nur ein wenig übel, daher mußte sie weder würgen noch brechen, und sobald das Schiff in Liverpool vor Anker ging, verschwand selbst das leichte Unwohlsein.

Shane und sein Bruder schlossen sich über zwei Stunden in seiner Kabine ein, ehe Matthew das Schiff mit Briefen an die Königin und schriftlichen Anweisungen an die Kapitäne von Hawkhurst verließ.

Shane und Sabre nahmen Platz, um sich das herrliche Gericht aus Meeresfrüchten munden zu lassen, das einer der besten Köche von Liverpool bereitet hatte. Auf dem Tisch standen dampfende Silberterrinen, gefüllt mit Krebssuppe, Kammuschelfleisch, Garnelen, Krabben und Hummer. Es gab alles, von zart gebackenem Weißfisch bis hin zu fleischigen, nahezu dekadenten, golden gerösteten Austern.

Sabre wollte die Austern nicht probieren, aber Shane zählte ihr die zahlreichen Vorzüge dieser Speise auf und flehte: »Vertrau mir, Liebling, sie sind einfach köstlich.« Also versuchte sie es, und zu ihrer Überraschung gefiel ihr der Geschmack. »Mmm«, stichelte sie, »noch besser als Sex!«

Er zog sie auf seinen Schoß und fütterte sie mit einem halben Dutzend. Sie erschauderte, als seine starken, braunen Finger über ihre Lippen strichen. »Dir ist ja ganz kalt, mein Liebling«, rief er, da er ihr Schaudern falsch interpretierte. »Liverpool ist wirklich die feuchteste Stadt der Welt.« Er öffnete die Tür eines kleinen Ofens und schob Kohle hinein, dann schenkte er ihnen herrlichen Chablis in zwei Kelche und schob einen großen, ausladenden Sessel an den Kamin. Er zog sie erneut auf sein Knie, und sie lehnte ihren Kopf an seine breite Brust, bis sie nichts mehr hörte als das Hämmern seines Herzens. Sie saßen in nahem, warmen Schweigen da, und er merkte an ihrer entspannten Haltung, daß es in diesem Augenblick keine Barriere zwischen ihnen gab. »Du hast keine Angst vor Philipps Unüberwindbarer Armada, nicht wahr?« fragte sie und sah ihn verwundert an.

»Nein. Spanien hat vielleicht die besten Schiffe der Welt, aber Schlachten werden nicht von Schiffen gewonnen, sondern von den Männern an Bord. Wir Engländer sind den Spaniern an Mut und seefahrerischem Können weit überlegen. Sie haben keine Chance.«

Selbstvertrauen, das war das Geheimnis seines Erfolges. Er hat niemals Zweifel an sich, dachte sie, *und dadurch hat er auch mir Selbstvertrauen gegeben. Was für ein kostbares Geschenk.*

Sein Blick wanderte ihren Körper hinab und beobachtete das Spiel der Flammen auf der Seide ihres Kleides, das ihre Figur so gut zur Geltung brachte, daß seiner lebhaften Phantasie nicht viel zu tun blieb. Er überlegte, wie lange er wohl in dieser Position verharren konnte, ehe seine Erregung offensichtlich wurde. »Sabre«, setzte er zögernd an. »Du hast mir auf Blackmoor gesagt, daß du möchtest, daß ich dich umwerbe, daß ich dir einen Heiratsantrag machen und daß ich dir in der Kirche die Treue schwören soll. Glaube mir, Liebling, wenn ich sage, daß ich diese Dinge noch mehr möchte als du ... aber ... Süße ... wir brauchen uns vorher nicht extra scheiden zu lassen ... wir können all diese Dinge auch tun, ohne uns vorher zu trennen.«

»Ach ja, Mylord?« fragte sie ernst und bedachte ihn mit einem Unschuldsblick.

»Sabre, willst du mich heiraten? Ich möchte dich mit nach Hause nach Devonport nehmen; wir können dort in der Kirche heiraten.«

Am liebsten hätte sie ihn weiter auf die Folter gespannt und so getan, als dächte sie eingehend über seinen Vorschlag nach, aber sie liebte ihn einfach zu sehr, um ihn noch länger warten zu lassen. »Ich liebe dich von ganzem Herzen. Natürlich werde ich dich noch einmal heiraten.«

Plötzlich entdeckte er eine nie gekannte Schüchternheit an sich. Wenn er jetzt an ihr herumfummeln würde, würde er wirken wie ein unbeholfener Junge, der versuchte, seine erste Eroberung zu besteigen. Er stand auf, trug sie zur Koje hinüber und küßte sie sanft auf die Augenlider und auf den winzigen schwarzen Schönheitsfleck auf ihrem Wangenknochen, den er so sehr bewunderte. »Gute Nacht, meine liebste Sabre.«

Plötzlich wurde ihr klar, daß er sie vor ihrer Hochzeitsnacht nicht anrühren würde. Sie schloß die Augen, um die Enttäuschung zu verbergen, die sie bei dieser Erkenntnis überkam, und hoffte, daß sie bald nach Devonport kamen. Andernfalls würden zwei Menschen aus unerfüllter Leidenschaft vergehen.

Sobald die *Defiant* Lizard Point an der Spitze von Cornwall umrundet hatte, hißte Hawkhurst das Segel mit dem prächtigen Drachensymbol, um den Menschen von Devonport die Ankunft des Gottes der Meere anzukündigen. Sabre stand neben ihm und starrte fassungslos auf die begeisterte Menschenmenge, die sich am Ufer drängte, um die lebende Legende dieser Stadt in Empfang zu nehmen. »Wie soll ich ihnen in diesem Kleid gegenübertreten, das ich seit über einer Woche trage?«

»Deine Schönheit wird sie ebenso blenden wie sie mich geblendet hat«, versprach er ihr.

Es war Mittag, und der Hafen lag in gleißendem Sonnenlicht, so daß alles warm und freundlich aussah. Sabre blickte auf das große Haus, das auf den Klippen stand, und es war Liebe auf den ersten Blick. Die gesamte Klippe und sämtliche Wege waren von leuchtenden Blumen gesäumt. Die ganze Stadt schien ihn zu lieben, und so, wie die Menschen sie anlächelten, schienen sie auch sie lieben zu wollen. Er nahm ihre Hand und führte sie vorsichtig die Gangway hinab auf den Kai, wo er ein paar Steinstufen erklomm und um Ruhe bat.

»Ich habe wichtige Neuigkeiten für Euch. Nächsten Monat wird die Armada von Philipp von Spanien gegen uns segeln.« Die Menschen starrten ihn schweigend an. »Devonport hat die besten Seeleute von ganz England. Wir werden von hier aus lossegeln und den Feind vernichten!«

Sofort brach die Menge in ohrenbetäubenden Jubel aus. »In unserem Hafen werden sich bald die Schiffe der Marine und Drakes Schiffe drängen. In unseren Straßen werden so berühmte Männer wie Hawkins, Frobisher, Howard und Raleigh herumspazieren. Zeigt ihnen unsere Gastfreundschaft, öffnet Eure Herzen und Eure Häuser für sie!«

Wieder brachen die Umstehenden in Begeisterungsrufe aus, die ihre Großzügigkeit bewiesen.

Er bat erneut um Ruhe. »Und die wichtigste Neuigkeit kommt zuletzt ... ich werde heiraten! Und Ihr seid alle eingeladen!«

Jetzt war es um seine Anhänger geschehen. Sie drängten nach vorne, hoben das glückliche Paar auf ihre Schultern und trugen sie den ganzen Weg die Klippen hinauf bis zu den Türen von Devonport House. Als das Drachensegel vor zwei Stunden gesichtet worden war, hatten sich die Bediensteten gleich in der Küche zu schaffen gemacht. Sie kochten immer so viel, daß die gesamte Mannschaft des Schiffs ihres Herrn zu essen bekam, wenn es in den Heimathafen kam, aber die Nachricht von der bevorstehenden Hochzeit, zu der die ganze Stadt eingeladen war, führte dazu, daß sie ihre Bemühungen verdreifachten.

»Ich habe nichts zum Anziehen«, stellte Sabre jammernd fest. Auf Thames View hatte sie genug Kleider und Schmuck, um ein Schiff zum Sinken zu bringen, aber hier hatte sie nur das, was sie am Leibe trug. Er legte einen Arm um sie und führte sie die Haupttreppe hinauf. Dann öffnete er die Tür zu Georgianas Schlafzimmer und ging zum Kleiderschrank.

»Meine Mutter ist, was ihr Aussehen betrifft, genauso eitel und extravagant wie du. Ich bin sicher, daß du etwas finden wirst, was dir gefällt, mein Schatz. Ich muß runter, die Weinkeller öffnen und dem Kaplan eine kurze Nachricht schreiben.« Er küßte sie sanft. »Ich werde Anweisung geben, daß man dir ein Bad einläßt.«

»Shane«, sie streckte zögernd die Hand aus, »Mylord ... seid Ihr sicher ... daß Ihr Eure Mätresse heiraten wollt?«

»Oh, mein Liebling, meine Geliebte, ich werde dir immer die dir gebührende Ehre zuteil werden lassen. Für mich wirst du immer Mylady sein.«

Ihre Stimme zitterte. »Und Ihr seid für mich immer Mylord. Das verspreche ich.«

Die Kirche war ein solch einfaches, kleines Kalksteingebäude, daß Sabre fürchtete, zu elegant gekleidet zur Trauung erschienen zu sein, aber Lord Devonport wirkte in Schwarz und Gold nicht minder elegant. Das silberfarbene Seidenkleid, das Sabre sich ausgesucht hatte, war ihr für eine Hochzeit am passendsten erschienen. Sie trug ihr langes Kupferhaar offen, und ihr einziger Schmuck war die schlichte Diamantkette, die Shane ihr geschenkt hatte. In den Händen hielt sie weiße Rosen, die die Bediensteten eilig aus dem Garten geholt hatten.

In der Kirche waren sämtliche Plätze besetzt, und die Türen waren offengelassen worden, damit die Menschen, die sich draußen drängten, ebenfalls hören konnten, wenn sie sich die Treue schworen.

Shane ignorierte den üblichen Brauch, ergriff ihre Hände und sah ihr während der gesamten Zeremonie tief in die Augen. Er war entschlossen, ihr zu beweisen, wie ernst er diese Trauung nahm, und Sabre achtete auf jedes Wort und jede Einzelheit, um sie niemals zu vergessen.

Es war erstaunlich schnell vorbei, doch die Feier würde bis in die frühen Morgenstunden dauern. Auf dem Rückweg nach Devonport House bewarfen die Menschen sie mit Blütenblättern und Reis. Dann wurden die Türen weit geöffnet, und die gesamte Stadtbevölkerung kam, erhielt Erfrischungen und sprach einen Toast auf die frisch Verheirateten.

In den Gärten drängten sich Tänzer und Musiker, die auf selbstgemachten Instrumenten spielten. Shane nahm Sabre bei der Hand und bewegte sich mit ihr inmitten der zahlreichen Tanzenden. Als die Sonne über dem Meer unterging und die Umgebung in leuchtendem Rot und dann in plötzlicher Finsternis versank, nahm die Spannung zwischen den Liebenden zu. Schließlich legte er den Arm um ihre Taille und gab ihr sein Verlangen deutlich zu verstehen.

»Sabre, ich kann einfach nicht länger warten.« Sie stellte sich auf Zehenspitzen, schlang ihre Arme um seinen Hals, vergrub die Hände in seiner dunklen Löwenmähne und gab ihm einen sanften Kuß. Die Umstehenden brachen in lauten Jubel aus, und ihre Begeisterung war grenzenlos, als er seine Braut in die Arme nahm und sie in seinen Flügel des Hauses trug.

Sein Schlafzimmer war für sie zurechtgemacht worden, und auf dem Tisch standen ein leichtes Abendessen und eine Flasche Wein bereit. Im Kamin brannte ein gemütliches Feuer, und überall waren Vasen mit frischen Blumen aufgestellt. Er stellte sie auf den Teppich, aber hielt sie weiterhin besitzergreifend fest. »Bist du glücklich?« murmelte er.

»Oh, ja«, hauchte sie. »Zu glücklich, fürchte ich.«

Er sah sie fragend an.

»Ich fürchte, wir werden nie wieder so glücklich sein.«

»Ich verspreche dir, daß es immer besser werden wird.«

»Dies ist ein wunderbarer Raum. Er gehört dir, nicht wahr?«

Er nickte. »Mein privates Heiligtum.« Zögernd ließ er sie gehen, damit sie sich umsehen konnte. Sie blickte durch die großen Fenster auf das Meer hinaus, ging zum Bett, strich vorsichtig über die luxuriösen Felle und öffnete den massiven Schrank, der in der Ecke stand.

Plötzlich erstarrte sie. Ihre Hand schoß in den Schrank und zog eine Handvoll durchsichtiger, eindeutig erotischer Wäschestücke hervor. »Privates Heiligtum? Du Lüstling! Du Hurenbock! Wenn du dir einbildest, daß ich in demselben Bett schlafe, in dem du –«

»*Mylord* Lüstling, *Mylord* Hurenbock, Sabre. Denk an dein Versprechen, mich immer Mylord zu nennen.« Seine Augen blitzten vor Verlangen auf.

»Rühr mich ja nicht an!« fauchte sie.

Er grinste, ehrlich amüsiert von ihren Protesten, und zog sie eng an seine Brust. Sein Mund kam auf ihre Lippen herab und nahm sich Freiheiten heraus, die sie lebhaft an die Nacht erinnerten, in der sie ihre Jungfräulichkeit an ihn verloren hatte. Er hielt sie so fest, daß sie die Leidenschaft zu spüren bekam, die ihn trieb, und ihr Zappeln, mit dem sie sich ihm zu entwinden versuchte, erregte ihn nur noch mehr.

»Oh, nein, du rührst mich nicht an!« schrie sie verzweifelt auf.

»Oh, doch, das werde ich, Sabre, das werde ich«, stellte er selbstsicher fest, während er ihr Kleid mit sicheren Händen öffnete und über ihre Schultern schob. Seine Lippen bahnten sich einen Weg über ihren Hals, und seine Zunge schoß hervor, um die Schwellung ihrer Brust zu lecken. Seine ungeduldigen Hände zerrten ihr auch die anderen Kleider vom Leib, aber sein Mund ließ nicht für eine Sekunde von ihr ab. Er küßte sie mit einem solchen Hunger, mit einer solchen Lust, daß ihr Fluchtversuch in einer Woge des Verlangens unterging. Plötzlich wurde ihr Mund weich und öffnete sich begierig für ihn. Sie war verloren. Sein Geschmack weckte eine Wildheit in ihr, die sie den Kopf zurückwerfen und vor Erregung aufschreien ließ.

Langsam zog er sich ebenfalls aus, und als sie den Drachen sah, blitzten ihre Augen in sinnlicher Begeisterung auf. Er stöhnte. »Mein Gott, ich habe das Gefühl, als hätte ich mein Leben lang auf diese Nacht gewartet.«

»Ich auch«, hauchte sie, und ihre Zunge schoß hervor, um die kupferfarbenen Knospen auf seiner tief gebräunten Brust zu kosten. Er hob sie hoch, und seine Stimme klang plötzlich heiser.

»Öffne dich für mich, mein Schatz.« Sie schlang ihre geschmeidigen Beine um seinen Rücken, als er sie auf die Spitze seines geschwollenen Schwanzes schob. Zentimeter für Zentimeter schob er sich in ihre seidige Scheide hinein, und zugleich füllte seine Zunge langsam ihren Mund, bis sie dachte, sie würde vor Hitze vergehen.

Seine starken Hände hoben und senkten ihr Hinterteil in einem herrlichen Rhythmus, der sie in Flammen aufgehen ließ. Ihre Finger vergruben sich in seinem langen dunklen Haar, und sie zog seinen Kopf näher an sich heran, da sie einfach nicht genug von ihm bekam. Plötzlich wurde sie steif, doch dann schmolz sie an seinem Leib, löste ihre Lippen von seinem Mund und schrie vor Vergnügen auf.

Ohne sich aus ihr zurückzuziehen, trug er sie zum Bett. Sie liebte seinen großartigen, muskulösen Leib, sein Gewicht auf ihrer weichen Weiblichkeit. Dunkle Magie flackerte zwischen ihnen auf, die niemals enden sollte. Das Gefühl seiner behaarten Brust auf ihren rosigen Brustwarzen weckte so wohlige Gefühle in ihr, daß ihr abermals ein Schrei entfuhr.

Er begegnete ihrem vor Verlangen verhangenen Blick, sah ihren Mund, der so sanft und zugleich so begierig war, und wurde von einer solch verwegenen männlichen Kraft erfüllt, daß er sich gnadenlos in sie schob und sie unter sich gefangenhielt. während er tief in ihre heiße, seidige Weichheit drang.

Sie ergab sich ihrem sinnlichen Verlangen und reckte sich seinen Stößen entgegen, damit er tiefer und tiefer in sie fuhr. Sie beteten beide, daß es lange Minuten dauern würde, ehe sie im Höhepunkt vergehen würden, und das Wunder geschah, doch dann spürte sie, wie sich ihr Leib in übermächtiger Leidenschaft zusammenzog.

Shanes ganzer Körper schmerzte vor Verlangen nach Erleichterung, und als er spürte, daß sie zu zucken begann, hielt er es nicht länger aus. Seine Bewegungen und die Liebkosungen seines Mundes wurden heftiger, als auch er endlich die Erfüllung fand und seinen heißen Samen in ihr ergoß.

Den Rest der Nacht verbrachten sie aneinander geklammert,

küssend, streichelnd, liebkosend, kostend, flüsternd, und schließlich verfielen sie in glückseligen Schlaf. Sabre erwachte mit einer herrlichen Sehnsucht, die ihr bewies, daß seine Hände selbst im Schlaf auf ihrem Leib gelegen hatten.

Plötzlich jedoch war sie hellwach. »Shane, Shane, ich habe ganz vergessen, es dir zu sagen.« Sie schüttelte ihn sanft. »Ich erwarte ein Kind.«

Er blinzelte. »So schnell?«

»Nein, Shane, schon seit langer Zeit.«

Plötzlich war er ebenfalls hellwach. »Seit wann? Wie lange weißt du es schon? Warst du schon schwanger, als du die Scheidung wolltest?«

»Ja, aber eigentlich wollte ich –«

»Himmel, du warst schwanger, als du mit mir im Tower warst, um den Baron zu retten?« Er packte sie bei den Schultern und drückte sie aufs Bett. »Verdammt, und ich kann dich noch nicht einmal verprügeln. Du bist eine verwegene kleine Hexe!«

»*Mylady* Hexe«, verbesserte sie und reckte trotzig das Kinn.

Er grinste in dem Gefühl, der glücklichste Mann der Welt zu sein, und dann zog er sie eng an seinen Leib. Er vergrub das Gesicht an ihrem Hals und seufzte zufrieden auf. »Jetzt gibt es keinen Ausweg mehr für dich, mein Schatz, denn jetzt sind wir wirklich eins.«

Sie sah ihn liebevoll und spöttisch an. »Was? Willst du mich etwa nicht mehr einfach fallenlassen und dich in irgendwelche Abenteuer stürzen?«

Er schüttelte den Kopf. »Du wirst immer bei mir sein, nah bei meinem Herzen, wo du hingehörst.«